# 情迷象牙塔

辛漠然 著

北京联合出版公司

# 序　言

　　故事发生在20世纪90年代，以主人公林秀的视角，展现了那个时代大学生的生活，特别是他们的爱情生活。

　　大学时光，也许是人的一生中最美好的时光了，不仅仅是因为这段时光课业负担少、生活无忧无虑，更多的是因为一群生理成熟但心理尚未成熟的少男少女在一起，没有物质的诱惑、没有工作的压力，鲜有社会权力、地位、门第等世俗观念的影响，远离父母的管束，可以尽情地享受着以往从未有过的解放和自由，认真、轻松地谈一场或几场轰轰烈烈的恋爱。让自己的青春随着时代而激荡，让那段青葱岁月多了更多值得珍惜的美好记忆。

　　那个时代的大学生，从爱情的懵懂，到对爱的渴望、对爱的追求，再到失恋、挫折、受伤、爬起，不断总结爱情的经验教训，进而形成自己的爱情观；他们从最初的难为情，到努力追求，再到敢于去爱、敢于追求自己的幸福。这些都是青春的萌动，无不体现了青春的力量！而这些变化，见证了青年一代大学生对爱情的尝试和思考，让他们从稚嫩走向成熟，更为他们的爱情观、人生观、价值观走向成熟奠定了基础。

　　我们作为90年代的大学生，如今已经过了不惑之年，在社会上已经闯荡了20年，对于人生和爱情有了自己成熟的认识，也有了深入的思考。一直以来，我有一个愿望，就是写一本书，来记录一下共同度过那段青葱岁月的我们，记录一下我们对爱情的理解，特别是记录我本人对爱情的态度、认识、思考和治疗失恋创伤、平复内心伤痛的见解。酝酿了多年，思考了多年，直到今天才拿起笔，得以实现这个夙愿。谨以90年代中期作为时代背景，以北京政治学院这所虚构的学校作为学习和生活的环境，以本人有限的文字水平勾勒出90年代大学生的生活，特别是爱情生活的群像。

  谨以此篇小说献给90年代的大学生，献给"70后"的一代人，献给那个充满回忆的青春时代，也献给现在正在经历大学这个青春时代的青年朋友们。

作　者<br>2017年2月于北京

# 目　录

一　　新生报到 / 001
二　　初见 / 005
三　　自我介绍 / 015
四　　军训 / 025
五　　军训归来 / 052
六　　迎新舞会 / 059
七　　学生会报名 / 065
八　　女子篮球友谊赛 / 066
九　　夜聊 / 070
十　　"约会" / 078
十一　国庆四十五周年成就展 / 082
十二　失望 / 085
十三　联谊会 / 095
十四　爱与被爱都是幸福的 / 100
十五　新年联欢会 / 107
十六　恢复平静 / 109
十七　分手 / 113
十八　通县之行 / 128
十九　燕山之行 / 134

二十　　复合 / 138

二十一　　生日聚会 / 142

二十二　　医院检查 / 146

二十三　　春游 / 149

二十四　　情书 / 156

二十五　　希望破灭 / 161

二十六　　黄河大合唱 / 164

二十七　　变故 / 169

二十八　　新目标 / 173

二十九　　释怀 / 176

三十　　山东社会实践 / 183

三十一　　旅程 / 199

三十二　　彻底了断 / 204

三十三　　开学 / 209

三十四　　安乐死讲座 / 215

三十五　　为情所困 / 217

三十六　　矛盾 / 223

三十七　　学生图书室 / 227

三十八　　认妹妹 / 229

三十九　　电影赏析 / 233

四十　　光棍节之游 / 235

四十一　　误会 / 237

四十二　　邂逅 / 241

四十三　　一封来自远方的来信 / 243

四十四　　友好宿舍 / 245

四十五　　退学 / 252

四十六　夜间闲话 / 254

四十七　错觉 / 260

四十八　辞职 / 262

四十九　如释重负 / 264

五十　　投机 / 267

五十一　支部建设 / 272

五十二　毕业就业 / 274

五十三　离别 / 276

五十四　告别 / 278

五十五　发展党员 / 282

五十六　进展 / 284

五十七　全国青联、学联会议 / 289

五十八　我的法国朋友罗宾 / 291

五十九　我的姥爷 / 299

六十　　综合评估 / 302

六十一　寻觅 / 306

六十二　入党 / 309

六十三　亚洲杯 / 311

六十四　云居寺之旅 / 315

六十五　"小师妹" / 323

六十六　打工 / 332

六十七　学车 / 337

六十八　找工作 / 349

六十九　香港回归 / 358

七十　　毕业 / 361

# 一　新生报到

1994年的夏天，天气十分炎热，屋外大杨树上的蝉"知了知了"地叫个不停，叫得人心烦意乱，百爪挠心。高考结束1个多月了，我因高考那几天天气闷热发挥失常，正在家百无聊赖地躺在床上，心不在焉地翻着历史课本，准备来年再考，听着窗外的蝉叫声，心情无限郁闷。忽然妈妈急匆匆地跑回家，一进院子门就喊开了："林秀、林秀，你们学校来电话了，让你去学校领录取通知书！"

我噌地一下从床上弹跳到地上，"哪个学校？"

"我也没问，一听到你们老师电话说让你领录取通知书就把电话挂了。"

"哎，怎么连问都不问一声呀！"虽然语气中有些埋怨，但至少被录取了，我的心情顿然从一个多月以来的烦躁郁闷变得开朗。"我就说么，我怎么也不会没学上嘛！"

顾不上多收拾，我到自来水前洗了把脸，就兴冲冲地直奔学校。到了何老师办公室，何老师就问我："林秀，你怎么回事儿呀？录取通知书都到学校一周了，你也不着急来取呀？真够气定神闲的呀！"

"什么？都到一周了？那您为什么不给我打个电话呀？我还在家傻等呢！"

"你这回没考好，但还好，被北京政治学院录取了，恭喜你！"

"谢谢您！"

9月8日一大早儿，爸爸帮我拎着一个皮箱，我们一起出发到北京政治学院报到了。一路上换了3次公交车，用了3个多小时，才到了位于北京东北方向朝阳区的"丽都饭店"站，下了车。一下车就蹚了一鞋土，地上全是浮土，车站附近除了京顺路两旁的大杨树外，都找不到一座像样儿的建筑物，又走了十分钟，一座6层高楼挺拔地矗立在路旁，走到该楼的大门前，看到大门左侧的黑色水磨石上赫然横向大书着"北京政治学院"几个烫金的大字，校名题字的落款儿是邓小平。已有一些学生家长和新生前来报到了。进了校门，映入眼帘的便是那座6层的教学楼，一楼玻璃门上方挂着一个红色条幅，上面用黄字书写着"欢迎94级新同学！"教学楼前有三级台阶儿，在台阶儿前摆了一排桌子，桌子后面从左到右依次立着四块白板，上书：管理系、文秘系、青年思想教育系、少儿思想教育系，我和父亲走至文秘系，看到了94级中英文秘书班的桌牌儿。一名男生和他的父亲正在桌前签到，我也上前，接待的女同学问："同学，你是新生吗？是哪个专业的？"

"我就是咱们94级中英文秘书专业的。"我用右手指了一下桌子上的桌牌儿。

"哦，欢迎你，新同学！"

此时，正在低头签到的男生签完到后抬起头来，向我致意，"你——你也是94级中英文秘书班的？那——那咱们以后就是同班同学了！"他略有些结巴地说。

"是吗？你叫什么名字？"

"我叫安小超。你呢？"

"我叫林秀。"于是我也签完了到，交了《录取通知书》，然后领完被子、床单、枕头，和爸爸会同安小超和他的父亲一起穿过6层楼1层，进到了校园里。

刚推开楼门儿出来，映入眼帘的便是一个圆形的水泥平台，大概有半个篮球场那么大，左右两边是满眼的绿色，绿油油的草坪上矗立着几棵针叶松，几株凤尾丝兰星星点点地散落于针叶松之间，它们正在盛开着白色的花蕾，那郁郁葱葱的生机，令人看后心情十分舒畅。从左侧草坪边上的水泥甬道走过，左边是一座礼堂，再往前走，便是一座6层的灰楼，楼4-2层从上至下书写着"宿舍楼"三个字。进了宿舍楼，光线立即暗了下来，到了楼道，楼道顶上几盏白炽灯散发着幽暗的黄光，令人昏昏欲睡。迎面的房门门框上方喷印着"109"三个红字，门突然打开了，从里面出来一名女生，手里拿着一袋方便面和一根火腿肠。"怎么男生宿舍女生也可以进吗？"还没等我开口，安小超便抢先开口问上了："同学，请问125房间怎么走？"

"往那边就是了。"她用左手向她的左侧方向指了指，然后便上了对面不远处的楼梯。

我们一行4人循着她刚才手指的方向向楼道右侧走去，111、113……125，"就是这儿了。"我兴奋地说道。门敞开着，里面正有一名男生坐在右边的下铺，正襟危坐地看着一本书。见我们一群人进来，他赶忙站起来，热情地说："你好！你好！欢迎欢迎，我叫吴继龙，今后咱们就是一个宿舍的了。哦？叔叔也跟着来了？快里面请，请坐、请坐。"说着话，他热情地搬了宿舍桌子边上的两把木凳，放在我父亲和安小超父亲的面前。

"谢谢你！"他们二人道谢！

"我叫林秀，今后咱们就一个宿舍了，很高兴认识你。"

"我叫安小超。"

吴继龙说："我是第一个来的，我已经选择上铺了。"于是他指着窗户右侧的上铺。"你们俩怎么选？"

安小超抢先说："我就选这边的上铺吧！"手指着窗户左边的

上铺。

"那我就选这边的下铺吧！"我指了指窗户左边的下铺。于是我们俩就在各自父亲的帮助下，把各自的床铺铺好。

"你们今后就是一个宿舍的同学了，今后你们可得相互照应呦！新同学在一起住肯定有什么习惯不一样的地方，你们小哥儿几个还得相互多体谅呦！"爸爸对我们几个说。

"您就放心吧，别什么都不放心了！"我不耐烦地说。和他们打了声招呼后，我和爸爸一起出了宿舍门，又走出了校门儿，因为学校没发洗脸盆，我又和他向校门右方走了差不多2公里，才看到了一个"大山子生活超市"，买了一个洗脸盆、一条毛巾和一块香皂，然后又回到十字路口，我将他送到公交车站。

他说："你就送到这里吧，回学校吧，从此你就开始你大学的独立生活了，一切问题都自己处理了，和同学们可得搞好关系呦！"

"您就放心吧！就别再唠叨了！您还能管我一辈子呀？我都大学生了！您回去注意安全呦！"

401路公交车来了，父亲上了车，看到车窗里硬汉的他站着看着我，他的眼睛里好像闪着泪光，我笑着向他挥手告别。

## 二 初见

　　看着公交车远去了,我自己回到了学校,这时6层教学楼前已经人声鼎沸了,许多新生和家长都在签到桌前排起长队签到。我径直回了宿舍,安小超的爸爸还没离去,还在和他闲聊,看我进来了,他就说:"好了,小超,我就不多待了,我走了,有事儿就给家里打电话吧。"

　　我们一起把他送出门,我回了屋,和吴继龙闲聊了起来。

　　"你家哪儿的?"

　　"我家就是朝阳的,在小关儿住。你呢?"

　　"我家是房山的。你是哪个系?"

　　"我是文秘系中英文秘书专业。"

　　"我也是!"我高兴地说。

　　这时安小超也回屋了,"你也是中英文秘书专业?我也是。真巧了!是不是咱们每一个宿舍都是一个班的呀?"说话同时他下意识地用右手蹭了一下他嘴角右边的小胡子,更确切地说是颜色刚有些黑色的茸毛儿。

　　"还真不知道,刚来了咱们3个人,看看陆续来的问问便知道了。"我说道。于是大家便闲聊起家常。

　　到了下午4点半左右,我们3个人正聊得起劲儿,突然听到屋外楼道里"呵呵呵呵——呵呵呵呵"的笑声,不一会敲着的门前闪进了一个矮胖子,身高一米六五左右。

"呦，哥儿几个到得够早的呀？咱们今后就一个战壕儿的了！我叫苏开辟，开辟新天地的开辟。你们怎么称呼？"

"我叫林秀。"

"我叫吴继龙。"

"我叫安小超，你哪个区的？"

"哥们儿海淀的。哥儿几个都是应届的吧？"

"是呀！怎么呢？你不是？"

"哥们儿在社会上工作过1年多，然后又再考的。"

"哦，今后咱们就是一个宿舍的了。你是哪个系哪个专业的？"

"我是文秘系中英文秘书专业的，你们呢？"

"我们也是，真巧了！刚才我们还说着呢，可能是一个班的都给安排在一个宿舍了呢！"

话音未落，一个戴着小眼镜、脸色略显苍白、脸上有些许青春痘的瘦高个儿戴着"随身听"哼着小曲走到了门边儿上，斜着眼向上瞟了一下门框，"125？到了。"他进了门儿，说："同学们，你们好！你们都到了呀？"

"是的，你好！你怎么称呼？"

"我叫张奇志，你们呢？"

"我叫吴继龙。"

"我叫林秀。"

"我叫安小超。"

"我叫苏开辟。你是哪个区的？"

"我家是房山的！"

"房山的？我也是！老乡呀！"我高兴地说。

张奇志上前一步，握着我的手说："你也房山的？我家良乡的，你呢？"

"我家城关的！"

"老乡见老乡，两眼泪汪汪呀！我良乡中学的，你呢？"

"我房山中学的！"

"哦，房中可是区重点呢！"

"哎，哪里呀？别提了！惭愧！惭愧！"说着，我的脸上泛起了红晕（天知道，我要不是高考发挥失常，怎么会来这所学校！我心里闷闷地想）。"我和安小超在窗户左边的上下铺了，老吴和苏开辟在窗户右边的上下铺了，现在就剩下门边上这个上下铺了，你选一个吧！"

"我喜欢睡上铺，那我就上铺吧！"张奇志说。

收拾了一阵儿，不觉得到了下午5点半，大家有些饥肠辘辘了，"都收拾好了，咱们吃饭去吧！"苏开辟说。于是大家拿起各自准备好的饭盆儿，出了宿舍门儿，向左沿着楼道走过了两个宿舍门儿，就到了楼道的尽头，尽头便是楼的侧门儿。出了侧门儿，眼前一片空旷，是一个200米一圈儿的标准操场，大家一到学校就在宿舍里收拾东西或迎来送往，还没来得及欣赏校园的景致。操场中间是一个足球场，两侧一边是一个足球球门儿，操场四周是8条跑道，都是砂石子。在操场的右侧，相隔一片2米多宽的米兰绿篱，是两个并列的篮球场。我们四处张望，不知食堂在哪个方位，正在这时，一个戴着黑丝金属框小眼镜儿、留着齐耳短发的小娃娃脸，身高大概在一米五七左右的女同学拿着饭盆儿和暖壶也从楼门里出来，我便问道："同学，请问食堂怎么走呀？"

"新生吧？正好我也去，跟我走就行了！"于是，我们5个小伙子，便尾随着这个"小娃娃脸"沿着宿舍楼与操场之间的水泥甬道往左边走来。"你们是哪个系哪个专业的？""小娃娃脸"问道。

"我们5个都是文秘系的，我们4个是中英文秘书专业的，他是中文秘书专业的。"我指着张奇志说。

"哦，那你们都是小师弟了！以后你们可得叫我师姐了。"她略带玩笑地说道。

"是吗？是吗？"安小超凑上前来问道："你也是文秘系的？你是哪届的？"

"我是93中英文秘的！"

"哦，那以后师姐你得多关照我们呦！"

"没问题！我叫王新进，也是咱们校学生会外联部副部长，下周你们就该军训去了，过了'十一'你们就回来了，'十一'过后那一周，咱们校学生会就会在校园里招人了，欢迎你们参加！也欢迎你们报我们外联部！"

"好嘞！我们一定去！你们外联部是干吗的？"

"就是负责学生的对外联络呀！比如和其他高校的联络，与一些社会单位的联络什么的！"

"哦，那还不错！"我应道，我们边走边聊着，转过宿舍楼后的青少年研究所，向左一拐弯儿，走了大概20米，路右方便是食堂了。

进了食堂大门儿，王新进说："咱们的食堂有三层，一层、二层是学生食堂，三层平时是教师食堂，但也是咱们学校的小炒餐厅，老师或学生们要有朋友来，吃饭一般也在这儿，菜味儿还不错！咱们学校的伙食在全市高校里算是好的，不像一些学校，像猪食，没法吃。你们得到右边的窗口先买饭票儿去！我就不陪你们了，你们自便吧！"

"谢谢师姐！再见！"

于是我们各自到卖饭票儿的窗口买了50块钱的饭票儿。然后目光一扫，整个右边一排十五六个都是身着"白大褂儿"卖饭菜"大师父"，每名"白大褂儿"面前都站了一队学生，拿着饭盆儿在那里等着买饭菜，食堂中间便是一排排的餐桌和椅子。我选了最里面人最少的一队排起来，安小超先到前面看了一眼，然后也跟着我排了这个队，"这队不错，红烧肉！正好我饿了！"

"多少钱呀？看标价了没有？"我问道。

"没看！能多少钱呀！"

吴继龙和张奇志排了中间一队，苏开辟则摇晃着胖胖的身躯这队看看，那队看看，左张右望，一不注意，他就在我们相邻的一队买完了，冲我俩一招手，指着不远处一处空桌儿，"哥几个，我先过去吃了，就那桌儿，一块儿吃。"原来别看这小子胖，但他左张右望的同时就"加了个塞儿"。

"在社会上工作这1年真没白混呀！"安小超有些羡慕地说道。我看了他一眼，略摇了摇头，没说话，但我从心里是看不惯加塞儿的。

快到我们了，我们前面的那个男生，一看就是师哥了，说："哎，爱红姐，今天又你值班呀？没休呀？"

卖红烧肉的"白大褂儿"也就三十出头儿，两颊泛红，一副朴实憨厚的农村姑娘样子，用右手将粗粗的麻花儿辫子向后一甩说："是呀，新生都到了，我怎么休得了呀！哪里像你，想逃课就逃课呀！"她略带玩笑地说。

"别影响我的光辉形象呦！我是那样的人吗？给我来份儿红烧肉，4两米饭。"

"少来了你！"说着，她搋了冒尖儿的两勺红烧肉给他（看来一份儿是两勺）。

"谢啦！我先吃去了，回头再聊！"

"好！"

到我和安小超了，我谦让了一下，安小超就很自然地上前，"给我也来一份儿红烧肉，3两米饭。"

"白大褂儿"一看是新面孔，拿着盛菜的勺子掫起肉来，本来勺里的肉很满，她手腕轻轻抖动了一下，便掉下了五六块儿，变成平勺了，第二勺也如此抖动了一下。

"多少钱？"

"3块6。"

安小超从一联5张的饭票上撕下了4张黑色1元的饭票递给了她，她找了他两张蓝色的2角饭票。

轮到我了，我上前喏嚅着试探地问道："爱红姐，请问卖半份儿吗？"

"白大褂儿"上下打量了我一眼，"新生吧？"

"是的，我是94文秘的，以后得请爱红姐多多关照呦！"

"嗯，你真会说话，以后姐姐会关照你的！我们卖半份儿，半份儿就1勺。"

"那炒芹菜多少钱一份儿呢？"

"8毛。"

"那您给我来半份儿红烧肉、半份儿炒芹菜，3两米饭。"

"3两够吃吗？"

"够了，我吃不多。"

"白大褂儿"抄起勺子给我掫了冒尖1勺红烧肉和1勺炒芹菜，还在我的饭盆里盛了足足有4两的米饭。

"谢谢爱红姐了！您先忙！我先吃去了。"

"好嘞！去吧！"

于是，我便走到苏开辟所在的那一桌儿，这时安小超也和他并排坐了下来，我坐在了安小超对面，过了5分钟，吴继龙、张奇志都陆续坐了下来，我们边吃边聊边张望，甚是兴奋。安小超一边吃饭，一边拿勺子扒拉着红烧肉中的肥肉，凡是肥肉就放在饭盒盖里不吃，只拣瘦的吃。

"哎,你们看那边!"苏开辟神秘地向左努了努嘴,我们循着他目光的方向朝右边看去,看到邻桌有两名女同学正在那边相对而坐吃饭聊天,两个人都是短发,不同的是一个短发到脖子,额前刘海儿较为自然,长得格外清丽脱俗,穿着一件紫色外套,裤子则是一条浅棕色的牛仔裤,牛仔裤虽然贴身,但并不紧绷,穿在她的身上显得格外妥帖,勾勒出她亭亭玉立的曼妙身姿,脚上穿着一双带粉色条纹的旅游鞋;另一个则是齐耳短发,头帘儿也是齐齐的,像是刚用剪刀一下子剪过一样,她身材也十分苗条,上身穿着短款的黄色夹克,裤子是一条米色的牛仔裤,脚上穿着一双纯白色的旅游鞋,她看上去谈不上漂亮,但十分清秀,鼻梁上厚厚的眼镜片儿,则让人感觉到她有十足的书卷气,可是没有那种书呆子的呆傻,总之是气质胜于美丽。她们的桌子旁一边放着一个暖壶。

苏开辟俯下身子,低声说道:"怎么样?美女!"

安小超对这个话题非常感兴趣,右手大拇指和食指捋着下巴说:"嗯——不错!"看他那样子口水都快流出来了。我低声笑了笑。坐在我左侧的吴继龙和他对面的张奇志则也伸着脖子向那两个女孩投去眺望的目光。

"怎么样?确实不错吧?"苏开辟色色地说。

"你看上哪个了?"安小超问。

"穿紫色外套的那个!"苏开辟答道。

"人家能看上你吗?"这时吴继龙没有任何掩饰地说道。

"呵呵,这你就甭管了,反正哥们儿觉得她好就行啦!"

这时候,我看到我对面相隔一个桌的长条餐桌旁也有几个个子高高的男生正用手指着这两名女生指手画脚、兴高采烈地谈论着什么,看得出来这几个男生也是对这两个女生感兴趣,感觉得出来,这几个应该是情场老手，比我们成熟很多。忽然，这几个男生中有一个男生站了起来，被旁边的男生推了一把，他趔趄了一下，向两个女生走了过去。

"你们好！你们是94级新同学吧？认识一下吧，我是——93级的——，是你们的师哥，叫姜弛，今后学校有什么事儿不清楚就可以来找我，我是管理系财会专业的，我住302宿舍。"他说话有些结巴，说话的同时他伸出了右手，想要和两名女生握手。

穿黄色夹克的女生怯怯地低声说了声"你好！"便闷头吃起饭来。

穿紫色衣服的女生，则坐着伸出手，意思一下地和这名男生握了一下，便收了回去，嗫嚅地说："你好！我——叫朱丽，她是——汪宜静。"

"好了，今天咱们就算认识了！有事儿就来找我吧。"男生大大方方地说，没有了刚才的结巴。

看起来，这个男生身高一米八〇左右，身材魁梧，而且长得十分白净、帅气。接着他转身回到了自己的座位，那张饭桌边观望的几个男生等他回去后"哦——"的一声哄堂大笑！"哥儿几个，哥们儿还行吧？"他正面对着我们，看得出来，他的脸上泛出了洋洋得意的表情。

我们宿舍的几个人吃完饭，匆忙刷了饭盆儿，然后回到宿舍，我和吴继龙拿了自己的暖壶和安小超、张奇志的暖壶（苏开辟没带暖壶），二人一手一个径直到食堂西侧的热水房来打开水。水房里一排10个热水龙头，每个龙头前都有几名同学在排队打热水，我扫了一眼，右侧最里面的队人好像少些，于是我便往里面走，排在了靠墙的第二排，前面有两个人正在打水，最里面靠墙的那排也是两个人，正在打水的是食堂里穿黄色衣服的女生，她后面便是穿紫色衣服女生。"真巧呀！在这儿又遇上了。"我心里暗道。这时黄衣服女生已打完水，转身拎着暖壶和我擦肩而过，走到水房外，她好像并不着急走。紫衣服女生打开壶塞儿，然后先接了一下热水，反复地涮了几次，倒出了热水，看得出来，她的水壶是新的。这时候，我前面的两个人已经打完水离去，到我了，我的暖壶是从家里带的，不是新的。伴着热水流进壶里的"突……突……"声，我偷偷地斜着眼瞄了一下紫衣服女生，她确实非常漂亮，而且面目清秀，着实令人怜爱，恰似《爱莲说》中一句：可远观而不可亵玩焉。这时她也不经意地向我这边扫了一眼，我的目光与她的目光撞了一下，我似被电了一下似的，立即收回目光，低头看起了流向暖壶的水柱儿，脸上隐隐有些灼热感。听着水声渐满，我关了水龙头，盖上了壶盖儿。正待转身离去，她已经拎着暖壶向我说："同学，麻烦借过一下！"

"哦。"我也拿起暖壶侧了一下身，让她先过去，然后跟着也欲朝门外走，迎面看到一个一米六三左右的女生，她正拎着暖壶静静伫立在我左侧的一队中。她面目轮廓分明，总的来看，是瓜子脸，但又不是规则的瓜子脸，她的两个颧骨较高，脸上直削削的，一直到下巴，头发松散，用红色皮筋头绳随意地在脑后右侧打了一个结，辫子歪在头的右侧，身穿一身儿粉红色的运动服，脚上穿一双淡粉色的旅游鞋，浑身散发着青春活力。她上身的运动服没有拉拉链儿，自然地敞着，运动服内一件明黄色的薄衫儿被隆起的双峰撑得喷薄欲出，她两只眼睛大大的，非常清澈有神，两侧眼角儿略微上翘，看上去不笑也似在笑，使其显得更加妩媚动人。天哪！这不正是我苦苦找寻的那个"梦中女神"嘛！我都快醉了！太令我着迷了！我怔怔地驻足了得有两三秒钟，而这两三秒钟就像是一个世纪那样长。

我看着看着，她突然说话了："同学，你打完水了，是要从我这里过吗？"同时，她略向右后侧了一下身。

这时我从"梦"里被拽了回来，傻傻地"哦——哦——是，是的，我，我，打，打，打完了。你刚，刚刚来呀？"平生我第一次这样结巴。她笑了笑，略微点了一下头。

"再见！"我从她身边倏地擦肩而过，她发间脖颈上散出一丝淡淡的清香（多少年后，我才知道她身上散发的是向日葵味道的香水儿味儿），沁人心脾。我从水房门儿出来，恍如从梦境中回到了现实。这时操场方向响起了："蝴蝶飞呀，就像童年在风里跑，感觉年少的彩虹比海更远比天还要高。蝴蝶飞呀，飞向未来的城堡，打开梦想的天窗，让那成长更快更美好……"是小虎队《蝴蝶飞呀》的歌声，原来是校广播站播放的歌曲。伴着歌声，我的心旌开始飘扬……

不远的前方，"黄衣服"和"紫衣服"拎着暖壶在水泥甬道上摇曳地漫步，我加快了步伐，兴奋地恨不得一下子飞回宿舍，让室友们共享我刚才艳遇的喜悦。我迅速地从"黄衣服"和"紫衣服"身边掠过。

## 三　自我介绍

　　第二天是星期五，早上7：40，我们宿舍一行5人都来到了6层教学楼的2层，1204教室是94中文秘书班，1205教室是我们94中英文秘书班。张奇志进了1204，我们4个人进了1205。这是一间小教室，从讲台往下看，横宽，最多可容纳30人，但课桌椅则是一共6列，每两列的桌椅紧挨着放置，每列4个人。我随便坐在了靠门方向的第2列第3桌的椅子上，我这列的第1桌和靠门方向的第1列第1桌都是女生，这两列的第2桌都还没人。安小超坐在了我左边中间的那排第1桌的椅子上，吴继龙坐在了安小超身后第2桌，苏开辟坐在吴继龙这一列的最后一桌。不一会儿，同学们陆续来了，"黄衣服"和"紫衣服"也进了我们班，"呦！原来我们是同班同学呀！"我心想。因为第1桌已经差不多都有人了，"黄衣服"便坐在了我前面的第2桌，"紫衣服"和"黄衣服"并排坐在了第1列的第2桌。
　　一个年纪看着比我大几岁的戴着黑色宽框塑料眼镜的男同学坐在了我右侧的座位上。"你好！我叫林秀，你呢？"
　　"我叫王先晋。"
　　我主动问"黄衣服"和"紫衣服"："你们好！我叫林秀，你们俩怎么称呼？"
　　"黄衣服"说："我叫汪宜静。"
　　"紫衣服"说："我叫朱丽。"王先晋也与她俩彼此打过了招呼。
　　伴着上课的铃声，一个一米五六左右的女人走了进来，站在了讲台上的讲桌前。"同学们，你们好！欢迎你们成为北京政治学院94级中英文秘书班的新生。我是你们的班主任老师郭岩，从今天开始，咱们就一起学习、生活了，如果不出意外的话，这3年我都将是你们的班主任，希望大家在今后的学习生活中有什么问题和困难都告诉我，我将尽我的努力帮助你们解决。咱们现在所在的这楼是1号楼，也是咱们学院的教学楼，咱们文秘系在这个楼的5层1511房间。"现在我才知道1205前面这个"1"是指1号楼。

"同学们，下面也让我认识一下你们，每名同学上来介绍一下自己，顺便你们也相互认识一下。咱们从我左边第1列依次上台来介绍，名字，来自哪里，兴趣爱好，想介绍什么都行。"说着，郭老师便指着我右侧第1列第1桌女生说："你先来吧。"

她上台说："我叫林娟，房山人，毕业于房山良乡中学，很高兴和大家成为同学。"原来她和我是老乡。

朱丽站起来走上讲台："大家好！我叫朱丽……"

她的声音有些小，最后一排的苏开辟大声嚷道："叫什么名字？大点儿声儿，听不见！"

朱丽红着脸提高了调门儿，"大家好！我叫朱丽，我家是通县的，毕业于潞河中学，我属虎的，我的爱好是看书，今后请大家多多关照！"

王先晋站起身来，走到讲台上，两手有些抖，看得出来他有些紧张。"额叫王先晋，额是山西长治人，额是属牛的，今年22岁，很高兴和大家认识！额就介绍这些哩！"说着便匆匆回到座位上。

我在座位上想着我怎么介绍自己，不知不觉地，郭老师点到我了。我在台上镇定自若地用英语说了起来："I'm Linxiu.I was born in Fangshan district Beijing.I graduated from Fangshan middle school. I have many interstings.Such as all kinds of balls, football, volley-ball, basketball, table tenis. All kinds of chesses, singing, swimming, and so on. Wish be friends with everyone."

郭老师一手拿着人名单，一手指着我说："林秀同学，你的英语不错嘛！非常好！下一位。"

轮到苏开辟了，他摇晃着肥胖的身躯，我看着他好像每走一步都要喘似的，他像一个大秤砣一样杵在了讲台上的讲桌前，耷拉着肩膀，两只手各拄着讲桌的两个角儿，"我叫苏开辟，开辟新天地的开辟，哥们儿家是海淀的，前年哥们儿在社会上工作了1年多，后来又参加补习考上了咱们学院，今后希望哥儿几个、姐儿几个多关照！"

"苏开辟，大家都是同学，不是哥几个、姐儿几个。"郭老师提醒道。

"岁数都差不多，叫哥几个、姐儿几个没错儿！"他顶嘴道。郭老师有些不悦，但没再理他。

接着便是安小超了，他边下意识地摸着他嘴角儿的小胡子，边流利地说道："I'm Anxiaochao，I come from dongcheng district………"他嘟嘟嘟地说得非常快，连我这个初中时的英语课代表后面都没听清，只听出来他是166中学毕业的。

吴继龙也上了讲台，他瘦削的脸上总有一种睡不醒的倦怠，嘴边的一些胡子茬儿没刮干净，感觉他像30多岁的样子。"我是吴继龙，就是朝阳区的，我今年19岁，属虎的，以后大家叫我老吴就好了……"我们全班共21人，其中男生8名，女生13名，家是北京的12人，外地的9人。大家都有了一个初步的印象了。

郭老师说："各位同学，今天晚上学校特地为你们举办了一次迎接新生的晚会，你们谁有节目也可以报上来，晚上7点准时在教学楼与校内圆台之间的空地参加。"

"汪玉瑾唱歌唱得好听！"也不知道是哪位女同学说了一句。

"那好，汪玉瑾同学，你就准备一下啰，代表咱们94中英文秘书班在晚会上献歌一首吧！"

吃过晚饭，校园圆台与教学楼之间的空地上搭起了一个简易的小舞台，并竖起了背景板，上书"迎新生歌舞晚会"。7点钟，晚会准时开始，小舞台前站了小200人。我们宿舍几个人站在中间三四排的位置，在我们右边相隔四五个人，朱丽和汪宜静站在那里，苏开辟和安小超不时地向她们的方向指指点点，嘀嘀咕咕地说着些什么。此时，我已无暇顾及他们，心里期待着昨天水房遇见的"梦中女神"今天能够出现在我面前。但我左顾右盼地看了半天，也没有看到"梦中女神"的身影，心中别提有多么失望了。我沮丧地杵在那里，有些失魂落魄，心想"难道她不是94级的新生？难道她是比我大的师姐？难道她今天有事儿……"我在心里胡思乱想着。

这时，主持人亮相了，一男一女，女的正是昨天带我们到食堂的师姐王新进，男主持开腔了："尊敬的各位老师和各位同学，欢迎你们参加今晚的迎新生歌舞晚会！我是主持人蔡世祥。"

"我是主持人王新进，我俩都是文秘系93级中英文秘书班的。蔡世祥同学，你看，今天咱们学院又迎来了140多张新面孔，看着他们朝气蓬勃的样子，让我想起了去年我们刚入校时的情景。"

"没错儿！这回咱们学院又多了许多新鲜血液！我这一看呀，多了不少男生，可不像咱们这届，就屈指可数的几个，可谓是阴盛阳衰呀！"他说话的举止让人感觉阴柔有余，阳刚不足，有些娘娘腔儿。

"你跑题了吧？蔡世祥同学。咱们今天可不是讨论男女比例来了！咱们可是迎新晚会的主持呀！我们也没把你当男生呀！"别看王新进个子矮矮的、身材瘦瘦的，那小嘴皮子可真不饶人，而且小眼镜儿后面那双小眼睛透着机灵。

男主持红着脸说："哦，哦，是呀！？下面请大家欣赏——94少儿的同学们表演的民族舞：我们来自祖国各地！"台下一片掌声。

伴着《阿佤人民唱新歌》（村村寨寨哎打起鼓敲起锣，阿佤唱新歌，毛主席光辉照边疆……哎——道路越走越宽阔越宽阔，哎——江三木罗……）的音乐和歌声响起，一群身着少数民族各色绚丽服装的男女蹦着、跳着陆续上台，不断挥着手、伸着胳膊、转着圈儿，扭动着身姿，有蒙古族的、回族的、彝族的、白族的、藏族的等等，一组4个人，从舞台左侧上台跳完，便从舞台右侧下台离场，然后到背景板后面换服装。第三组舞者过后，我正无精打采地看着，突然一顶红色的小花帽儿、红色小坎肩儿、肥大的彩色条纹儿裤子的维吾尔族舞者飘然上台。我两只眼睛顿然放光，突然像被电了一下似的打了个机灵，精神起来。这，这不就是我心仪的"梦中女神"吗？原来她上台表演了！她也是94级的新生呀！太好了！耶！我心里窃喜。我目不转睛地盯着她看，她轻盈的舞步、曼妙的身姿伴随着音乐的节奏时而漫步、时而旋转、时而跳跃，我的视线焦点也伴随着她的身影四处转移，但始终聚焦在她的身上，恨不得将她始终框在我眼睛的摄影框中。有一次我的目光不经意地落在了她高耸的胸前，我心里荡起了一丝兴奋的涟漪，但一转念，我就被内心的声音打断了——"呸、呸、呸！别胡思乱想，怎么能这样亵渎我心目中完美的'梦中女神'呢！要知道，她只可远观，而不可亵玩呀！"

随着她从舞台右侧飘然下台，脱离了我的"视窗"范围，我心中的期待再次像发动机一样燃起，"一会儿她还会上台吗？还有她的节目吗？"我边想着，边伸长了脖子看着舞台的左侧，果然，没过两分钟，她又换了一身我叫不上名字来的民族服装，戴着一顶有长长的粉色羽毛的小花帽儿上台了，我的目光再次聚焦在她的身上，眼珠儿眨也不眨紧紧盯住她，伴随着她的舞步移动。不过可惜的是，时间如白驹过隙,刹那间她又消失了！这个节目结束了。我挤过人群,向舞台右侧走去,想从背景板右侧边上看看她在不在,但可惜有幕布遮住,不见了她的踪影,我便在舞台最右侧的第一排伫立,再次心不在焉地观看接下来的节目了。

　　第二个节目就是汪玉瑾和一名男生的情歌对唱,那个男生叫什么我也没听见,至于唱了什么,我也没听见！直到这个节目结束,我像根儿木头一动不动地戳在那里。第三个节目演了一半儿,从右侧背景板后面走出了几个人,我眼睛再次一亮,"梦中女神"上身穿着昨天的粉红色运动服,腿上仍是她跳舞时的那条裙子、脚上仍是那双舞鞋朝我这边走了过来,我的心扑通——扑通——扑通地快速跳了起来。这时她和她的几个伙伴一起站在了我的右侧,她和我只隔了1名女生。我心里那种感觉呀,别提多高兴！多兴奋！多紧张了！心都快跳到了嗓子眼儿了。我偷偷地用眼睛的余光向右扫着,她的"红脸蛋儿"依然在双颊上敷着,浓浓的黑色眼线使得她本已清澈的双眼看起来更加有神！胭脂、眼线、眼影也使她分明的面部轮廓格外清晰！她是那么美丽！那样楚楚动人！那样神采奕奕！那样让人油然而生出一种莫名的怜爱！她专注地看着台上的演出,并没有留意我。从侧面看,她的轮廓更加分明,长长的睫毛、翘翘的鼻子,微微上翘的双唇都是那样动人！我的心简直是醉了。时间飞快,晚会大概十几个节目,但仿佛在1分钟之内就结束了。散场后众人如鸟兽散,她也和同伴一起到后台,也许是拿她的演出服去了,我也恋恋不舍地随着安小超他们回了宿舍。

　　回到宿舍,门儿居然开着一道缝儿,明明我们走时是锁了门的,而且我记得清清楚楚是我锁的,怎么门开了？难道？……还没等我多想,苏开辟用右脚侧着把门磕开了。门边儿上的下铺,坐着一位个子高高的、大概得有一米九,戴着大大的、宽宽的黑边塑料眼镜,穿着一件长长的浅棕色粗线毛衣的男生，正在整理着衣物。他看我们进门儿，赶忙站了起来，嘴一咧，笑着说："你们回来啦？"他的脸上两个深深的酒窝十分明显，虽然面色像是刚从海边儿回来的有些深棕色，但笑起来倒是不招人烦。

"嗯，你是谁？"苏开辟问道。

"我是刚入校的新生，我叫林达雷。"他慢条斯理地说。

"哦，你今天刚到的？"吴继龙问道。

"是的，晚上7点刚到。"他回道。

"那你怎么进来的？7点已经没有人接待了呀！你从哪儿拿到的钥匙？"安小超疑惑地问道。

"是这样的，其实我昨天中午就报到了，后来回家办了点儿事儿，今天晚上我爸爸刚派人开车把我给送过来！"

"派人开车把你给送过来？你家够有钱的呀！"张奇志说道（要知道，在1994年北京还没有多少私家车呢）。

"没有啦！我爸爸的司机啦！他们公司的车。"

"哦，那你爸爸是开公司的了？你是哪里人？"我问道。

"我家住西城区灵境胡同。我父亲是马来西亚华侨，去年他和我妈妈带我回国参加国内的高考，结果考上了咱们学院，今年夏天我们举家搬回国内定居的，我爸回国后就开了家外贸公司，专门做和马来西亚那边的贸易。"

"哦，华侨呀！失敬！失敬！"安小超脸上堆着笑容说道，同时伸手出了自己的右手，"我叫安小超，家是东城的。"

"我叫苏开辟，海淀的，以后有什么事儿言语一声儿！哥们儿一定全力帮忙儿。"

吴继龙、张奇志我们3个人也分别做了简单的自我介绍。原来林达雷是管理系94级经济管理专业的。这时候已经晚上10点半了，离宿舍熄灯还有半个小时，我们分别匆忙端了脸盆到楼道对面尽头第二间的水房洗漱，回到宿舍随便收拾收拾就上床了。安小超、苏开辟、吴继龙他们3个人还非常兴奋，意犹未尽地聊着昨天中午食堂93级男生找我们班朱丽搭讪的事儿。"那93的够胆儿大的呀！这么直接地就泡咱们班女生呀？"苏开辟有些愤愤不平。

"是呀！这丫的可以呀，胆儿够肥的！"安小超回道。

"哎，还是岁数大的有经验，一看他就是个情场老手！估计他们这些93的早就惦记上咱们这些94的小师妹了！"吴继龙说道。

"那可不行！咱们可不能让肥水流到外人的田里头！"苏开辟又说。

"是呀！近水楼台先得月嘛！那你就抓紧点儿！赶紧追呀！护花儿的任务就交给你了！我觉得咱们班朱丽不错，咱们班那个刘丽娜也不错，皮肤白白的，挺水灵的！"安小超回道。苏开辟和安小超两个人都在上铺，说起话来很方便。

"你们俩都努力吧！给咱们宿舍做个表率呦！开辟你在社会上毕竟混过1年，泡妞儿你肯定有一套，肯定比我们有经验！"吴继龙边说，边用手磕了一下床边上的通向上铺的梯子。

"少来了，老吴！哥们儿虽然在社会上混了1年多，但哥们儿可是个正人君子！"苏开辟边说，边呵呵呵——呵呵呵地笑道。

"你看自己都不信你自己的鬼话，自己都笑了！"老吴略带嘲笑地戏谑。

门那边儿，下铺的林达雷被子也没打开，双手抱着头躺在被卷儿上，两腿伸直，两脚交叉、左脚紧紧地搭在右脚上，两眼直直的，若有所思。上铺的张奇志也没说话，两耳戴着"随身听"的耳机也不知在听着什么，两只手不得闲儿地这儿收拾收拾，那儿收拾收拾，也不知道他在摆弄着什么。

而我呢，也没搭理苏开辟3个人，自己侧卧在被窝里，脸朝着吴继龙，但脑子里像过电影儿一样一幕一幕地闪现着"梦中女神"的样子。从水房里的一幕，到舞台上的一幕，再到台下一起观看节目的一幕。想着想着，我自己脸上不知不觉地露出了不易被人察觉的幸福的微笑……

第二天早上9点，我们一起来到了位于教学楼一层最东侧的阶梯教室。今天是周六，是94级所有新生的入学仪式。阶梯教室很大，足足得有两层楼高，从下到上有十五六层台阶，每排有20个固定的桌椅，中间位置是8个，两侧分别是6个，中间8个和两侧的6个桌椅之前是台阶过道，粗略一算，这个阶梯教室大概可以坐300人。我们学院有4个系，分别是文秘系、管理系、青年思想教育系和少儿思想教育系，而文秘系又有中文文秘和中英文文秘两个专业，管理系又有经济管理和财会两个专业，而青年思想教育系和少儿思想教育系则分别只有一个专业。我们94级新生一共有140多人，放眼一看，男生也就20多人，其余一水儿的"娘子军"。全校文秘系、管理系和青教系是3年制，而少儿思想教育系是2年制，所以全校加起来也不到600人（那个时候还没有扩招）。常务副院长马宪亭给我们做了一番热情洋溢的欢迎讲话，并提了不少希望，然后分别介绍了各个系的系主任和各班的班主任。最后，由学生处处长荆盛向我们做军训动员，并介绍了此次军训的注意事项，还向我们介绍了此次军训带队的老师：校团委书记李德珠、副书记聂勇和各系带队的老师——文秘系系秘书铁正派、管理系辅导员赵翔、青教系辅导员白守平、94少儿班主任罗莎莎。然后由分别由各系系主任、班主任和军训带队老师带领各系学生回各系做进一步细致的安排。

我们班和中文文秘班一起到了94中文秘书班的教室1204，94中文文秘班共有40人，但他们的教室有50套桌椅。加上我们班的

21人，还有11名同学没地方坐，便和其他同学挤在一起坐了下来。系主任张林瑞老师是个非常庄重的老先生，年纪五十出头儿，个子一米八左右，给我们提了一些原则性的要求。郭岩老师是我们两个班的班主任，也提了提具体要求和下午领取军训用品的安排。接着，由军训带队铁正派老师讲了讲军训的时间，第二天乘车的时间、地点和军训的注意事项。最后，铁老师说："请允许我隆重地介绍一下你们此次军训的教官——刘军刘教官，大家鼓掌欢迎！"

伴着老师和同学们热烈的掌声，坐在讲台右侧（我们看是左侧）角落里一个穿着绿色军装、个子在一米六八左右，皮肤黝黑的小战士站了起来，走到讲桌旁，立正，向我们行了一个标准的军礼，然后走上讲台，"同学们，很高兴我能成为你们此次军训的教官，我叫刘军，74年的，属虎的，入伍两年多了，中士军衔……"他要不说，我还真看不出来他才比我大1岁，像是30多岁的人，看来军营真是锻炼人呀，让人变得这么成熟。我心里想着。

## 四　军训

周日一大早，我们便起来了，各自洗漱完毕后，用打包的背带把被子、枕头打成包袱，安小超弄了半天，可是他怎么也不能将被子打成包袱，他急出了一脑门儿汗。原来小超是家中的独子，从小到大被子都是妈妈帮着叠，自己就没动过手，难怪他床上的被子总是平放着不叠呢。这时老吴的包袱已经弄好了，于是他帮着小超把被子叠成了包袱。我们94中英文秘班和中文文秘班的同学共同上了1辆大轿车，94青教和94少儿的同学共同上了另1辆大轿车，老师们坐了一辆面包车在前方带路。

经过班里的自我介绍，我们中英文秘班的同学们已经相互有了个印象，至少知道彼此是一个班的同学了，就不像刚来时那样拘谨了。大轿车内中间是过道，两边各两排座位，我们把各自的包袱都放在了大轿车的最后一排，每个人都是轻装落座，但是由于两个班人数较多，车上的座位都坐满了。苏开辟、吴继龙和安小超上车前就商量好了不坐一起，1人坐一个座位，静待其他新同学坐在旁边，我本想和安小超坐在一起，被他往后一推，"咱们以后天天见，你后面自己找个座儿吧，咱们也认识认识新同学。"

其实我心里十分清楚，他们是想找个女生和他们坐在一起，又不方便直说罢了。于是我找了个靠后的座位坐下，不一会儿同学全都上车了，一名眼睛大大的、娃娃脸的女生走到我身边，十分大方地问："同学，你这里有人吗？"

我说："没有，随便坐。"

她坐下后，便问我："你是林秀吧？"

"嗯，是的，你怎么？——你好像是……王玉华？"我在努力地搜寻着前天同学见面会自我介绍的片断，略带迟疑地问道。

"你前天用英语介绍的，我们对你都有印象呀！是的，我是王玉华！"

"你们？还有谁？"我不解地问道。

"我们宿舍的都有印象呀！"

这时和我们同排过道左侧靠近过道座位上也坐下一名女生，头发蓬松、卷卷的，随便在脑后扎了一下，皮套下方的头发也爆炸似的蓬松着，可以看得出来她的头发是"自来卷儿"，她皮肤十分白皙细腻，像婴儿的皮肤，如果用手指尖儿点在她的脸上，恐怕能滴出水来。

"她和我就是一个宿舍的，她叫杨莎莎，她对你也有印象。"王玉华说道。

这时，杨莎莎也十分大方地站起来，下到过道上站得十分笔直，双肩前后晃了晃，显得十分正式，向我伸出手来，"林秀同学，很高兴认识你这个高才生！"她的声音非常细嫩，十分像小学生。

我有些受宠若惊，慌忙站起身来，伸出右手，伸平手掌，轻轻意思一下地握了她的掌心一下（要知道我从小到大是没怎么碰过女生的手的），紧接着左手又放在脑后象征性地挠了一下，略带羞涩地说道："哪里是什么高才生呀？我昨天献丑了，班门弄斧，让你们见笑了！"

"不错！不错！英语语音非常标准！"杨莎莎伸起右手大拇指道。她的表情很认真，但怎么看都像是一个小女孩儿在和大人认真地说话一样，我看后心里十分想笑，心想，她可真够天真的！

这时，我们前一排的女生也扭过身子回过头来，微笑地对我说："你的英语确实说得挺溜的！"她穿着干净干练，一条长辫子也是只系了一根红色的皮套儿，自然地垂落在她后背上，她的眼睛不大，但一笑起来十分可爱，笑纹自然地浮现在她的脸颊上。她就是昨晚情歌对唱的汪玉瑾同学了。

"惭愧！惭愧！我都快无地自容了！要说英语说得溜，还得说是我们宿舍的安小超。"

"你就别谦虚了！安小超他那哪里叫英语呀！估计英国人都听不懂。"王玉华说道。于是，大家都轻轻地笑了，原来这不仅是我一个人的感觉。

"汪玉瑾同学，昨天你那首《心雨》唱得真不错！听得我十分感动！"我赞扬道。

这时她右边的男生也回过头来，"真的吗？你听我俩唱了？"

原来，他就是昨天和汪玉瑾对唱的李坤。说句实话，他的歌声并不怎么样，有点儿无病呻吟的味道，应该说他的对唱给汪玉瑾的歌声减色不少。"是的，估计大家都去了，都欣赏了你们的演唱了！"

"哎，我俩第一次合作，这首歌我以前也没唱过，唱得不好，让你们见笑！"他假装谦虚道，说话的样子像一个半大的孩子，而且有些娘娘腔儿。说实话，我不太喜欢他的歌儿，更加反感他的娘娘腔儿。

我不再理他，对着汪玉瑾说："你平时都喜欢唱谁的歌儿呀？"

"平时什么歌儿都唱唱，也没太喜欢谁的，只要歌儿好听我就学学，比如小虎队的《青苹果乐园》、BEYOND乐队的《永远等待》、孟庭苇的《冬季到台北来看雨》等。"

"哦！我也是！我也是哪首歌好听我就学。比如说罗文的《尘缘》《八月桂花香》，还有《一剪梅》《昨夜星辰》《铁血丹心》等。"我回应道。

"是吗？你会那么多好听的歌儿呢？最近你学什么新歌儿了吗？"

"最近我倒没学什么新歌，但有一首郑少秋的《摘下满天星》我觉得挺好听的，正在学，但是歌词儿我记不全，还只能哼哼调儿。"

"我这儿有一个歌本儿，好像有这首歌，我借你看看吧！"于是她从随身的包里拿出一本《新歌100首》递给我。

"哦，太谢谢你了！"我接过来翻了一下目录，还真有《摘下满天星》这首歌，我如获至宝，拿出一张纸和随身携带的圆珠笔，把歌词儿抄了下来，然后道过谢把书还给了汪玉瑾。这时汪玉瑾身边的李坤跟着他的"随身听"又哼唱起歌儿来，不过因为他自己听不见，他陶醉于"随身听"的歌曲中，但殊不知自己的哼唱已经走调至十万八千里了，虽然十分难听，但由于他的声音不是很大，再有我仔细记《摘下满天星》的歌词并在心中试着叨唱、思想集中的缘故，他的哼唱对我并没有太大的影响，而身边的王玉华却皱起了双眉。她看我没说话，而是在专心地背着歌词儿，于是也拿起一本随身带的小说看了起来。车上其他同学呢，要不看书、要不听音乐，多数人都在兴奋地聊着天儿，一路上也算是欢声笑语。

大概2个多小时，我们到达了一处四顾都没有人影儿的围墙，围墙外只有一排杨树，车队沿着围墙边上的土路开了2分钟左右，我们到达了大门儿处，大门右侧挂着一块牌子，上写"大兴高校军训基地"，看来我们的目的地到了。于是大家纷纷站了起来，相互帮助地到车后向前传递包袱和脸盆等。车开进大门，停在一排平房前，平房前又有一排一抱粗的大杨树，杨树的叶子乌黑湛绿，丝丝微风拂过，杨树叶子懒洋洋地微微摇了摇，这时虽然已经9月中旬了，但天气依旧非常炎热，碧蓝碧蓝的天空中没有一丝云，已近中午，阳光毫无保留地倾洒到地面上。我们以系为单位站成4个方队，每个方队分别横向排成4排，站在杨树前的水泥走道上，日头在我们队列的右侧天空上尽情地绽开着它的笑脸，由于我们身上的绿军装和蓝军裤布料儿比较厚，又不怎么透气，大家的汗瞬间就沁出了头发流在了脑门儿、脸和下巴等部位上，我们中的一些同学时不时就抬起手用袖子擦擦汗。这时，军训带队老师们和军训基地的军官们一一握手，带队的老师也都换上了军装，肩上都是两杠儿两星儿的中校军衔儿。基地迎接的军官最高军衔就是少校军衔儿，他简要地致了一下欢迎词，然后一名肩章是一杠儿三星儿的军官从我们队列旁跑上前来，向少校立正敬礼，用高亢的语调喊道："首长同志，二连全体官兵集合完毕，二连连长王新春，请指示！"

少校回了一个军礼，"稍息！请王连长将战士们带走，交由各班班长，先到各自宿舍熟悉内务"。

我们班的教官，就是之前见过面的刘班长把我们带到一旁，单独进行了"训话"，然后把我们带到杨树后的一个宿舍里，大家按照排队顺序分别选择了床铺，并把褥子、床单、被子等一应床上用品铺好，脸盆等洗漱用品也放下，床铺仍然是上下铺，所有人都是蓝白格儿的床单，绿色的军被，只有脸盆是各式各样的。这时刘班长走到我旁边的安小超的床前，给我们演示起来——他熟练地用手把床单抻平，然后双手向两侧"唰"的一声便把床单捋平整了，然后把被子打开，再次用双手向两侧按压式捋平，然后以长方形被子纵向中线为轴，分别将两侧的被子向中轴折了一下，再用两只手的大拇指和十指的指甲配合，一下一下地将被子的折叠处掐着捋出直角儿。接着又小心翼翼地以被子横向的中线为轴，分别将两侧的被子向中轴折了一下，再把两个折起的部分以中轴为标准再次一个小折叠，然后再用两只手的大拇指和十指的指甲配合，把被子所有边角处都掐着捋出了直角儿，成了一个"豆腐块儿"。又再次把床单捋平整，把枕头放在了床的另一侧，把脸盆放在了枕头一侧的床下，这就算大功告成了。从开始到结束不到3分钟。他问道:"刚才我的演示大家都看清楚了吗?"

"看清楚了!"大家整齐地答道。

"那好吧,你们分别整理一下自己的内务吧!"

我们分别到了自己的床铺,七手八脚地忙活了起来,我费了半天劲把被子叠好,但始终也叠不成刘班长的那种"豆腐块儿"形状。刘班长过来把我的被子打开,再次动作放慢地给我演示了一次,然后让我自己打开再重新来,安小超斜靠在床的立柱儿上,在我旁边甚是悠闲得意地看着我忙活着,因为刚才刘班长示范时已经把他的被子叠成了"豆腐块儿",他是擎现成儿的了。刘班长起身问他:"你干吗呢?怎么不动呀?"

"我这个您不都给叠好了吗?"安小超回道。

"那时我示范叠的呀!并不是你自己叠的,你自己也得叠成这样!"

安小超假意回身弄自己的被子,这时刘班长被其他同学叫走教叠"豆腐块儿"了,安小超一看刘班长走了,他转身坐在了自己的床上,嬉皮笑脸地看着我叠"豆腐块儿"。"你不练练呀?将来检查你怎么办?"我问他。

"这有什么难的呀?回头检查时我好好叠不就行了?"他回道。

我不言语了,继续摆弄了几次,才把被子叠成了"豆腐块儿",但像一块软豆腐,边角儿还算整齐,只是中间有点儿塌,怎么也不像刘班长叠得那么骨力。整理完内务,我站在旁边四周扫视其他同学整理,自己舍不得坐在床上,破坏了自己近半个小时的劳动成果。"怎么还不吃饭呀?都11点50多了!"我看了一眼自己的手表。我看还没有要吃饭的意思,就去一旁看别的同学叠被子。这间宿舍很大,摆了得有20多张上下铺,我的床铺正好在门边儿上,里面的同学仍旧继续叠得起劲儿。我往里走到对面的床边儿,看见王先晋正在给他邻床的一名男生演示"豆腐块儿"呢,王先晋自己床上的被子是一块整整齐齐的"豆腐",和刘班长叠得简直是不相上下。我上前和王先晋说:"你的'豆腐块儿'真标准!我刚才看了一遍就你的最合格!"

"哪里呀!大家叠得都不错!"他边帮那个男生叠被子边回道。

那个男生带着山西味儿回答:"你这个'大家'得把我刨去"。

"你也是山西人?"我问道。

"是呀!我是,额是长治的,他是我们211宿舍的老大。"他指着王先晋操着山西口音说道。这个时候我才看清他的正脸,白白净净的一个小伙儿,脸上皮肤白皙细腻,头发十分飘逸,同时略向额头左侧立着,还略有些金黄,仿佛是即将收割的麦子一样,一根儿根儿排列着,相互各不影响。说着,他还自然地叉开右手的5个手指将头发向上、向左侧捋着。这个男生那个帅劲儿不要说女生会这么认为,就连我都认为他是个地道的帅哥儿。

"哦,那你们是老乡了。你是中文文秘班的?"我问道。

"是的,你和老大一个班?"他反问道。

"对呀!我和你们老大一个班,'老大'?听起来怎么跟黑社会大哥似的!我叫林秀,你呢?"

"我叫辛小峰。你是哪儿的?"他问道。

"我就是北京的,家是郊区的,房山。"

"哦,就是那个周口店……"

"是的,周口店离我家就2公里左右,我家在房山城关。你也知道周口店?"

"谁不知道呀?"

正聊着,宿舍外的哨声响了,同时听到"集合!集合!"的喊声。听到哨声和集合声,大家纷纷放下手中的活儿,拿着帽子就跑了出去，然后以部队的班为单位站好4排。管理系是1班，文秘系是2班，青教系是3班，少儿系是4班。从集合哨声响到各班分别报数儿足足有2分钟，其他3个班的人都齐了，唯独我们班还差两个，刘班长让中文文秘班一个胖胖的男生去宿舍看谁还没出来，那个胖子进宿舍后返回，后面一个"白胖子"和一个"黑瘦子"慢悠悠地出来了，"白胖子"走路身体晃了晃悠、拐拉拐拉的，正是苏开辟，那个"黑瘦子"也是我们班的，但前天班里自我介绍时，我们谁也没听清他说什么，因为他的口音我们根本听不懂，他的舌头都是直的，但后来据郭老师说他是福建人，名字我没记得太清。就因为他们俩，弄得全连都无法去基地食堂吃饭，刘班长黑着脸看着他们，有些不耐烦，"抓紧点儿！入列"。

这时，王连长开腔儿了："你们俩怎么回事儿？那个胖子，你先说？"

"我不叫胖子，我叫苏开辟！"他十分不满地反驳道。

"苏开辟！名字倒是个好名字，但就是人不怎么利落，要靠你开辟新中国恐怕是没戏了！"王连长戏谑地说道。

"你怎么说话呢？武金聪同学被子叠不好，我教他怎么叠呢！我这是学雷锋做好事儿！怎么就开辟不了新中国了？"他十分不客气地说。

"好！好！好！苏开辟是吧？'活雷锋'是吧？那好！就请你这个'活雷锋'做好表率，雷锋同志可从来不迟到的呀！来到军营，我不管你是谁，不管你以前是工人、农民，还是什么大学生，只要是穿起这身军装，你就是一名士兵！士兵就得服从命令！集合就不能迟到！你既然是一名士兵到了这儿就得听我的！"王连长的语气十分严厉，看得出来，他对苏开辟的反唇相讥非常不悦，他的眼里都快冒出火来了。

苏开辟仍不作罢，嘴里小声儿嘟囔着："不就一个小连长吗？有什么了不起的？"

"你说什么？有种儿你再说一遍？"王连长生气地喊道。

这时一看气氛不对，刘班长走到苏开辟面前用手胡噜了他的头一下，"你小子还敢顶嘴？别吱声儿了！"

这时，我们系带队的铁老师赶忙走到连长面前，说道："王连长，你别生气，鉴于他是刚入学的新生，不懂得咱们军营的规矩，你就别和他计较了！"

吴继龙、张奇志他们也拉了拉苏开辟的衣角儿，劝他不要再说话了。一场即将打响的战争在双方的克制和大家的劝说下熄火了。

我们4个班排队走到食堂门口，并且在各自班长的带领下，1——2——1地原地踏步一段时间后"立定"。原来除了我们政治学院的这个连以外，北京外国语大学和黄浦大学两个连的"学生兵"也在此基地军训。我来食堂的路上就听到了他们嘹亮的歌声"我是一个兵，爱护老百姓……""团结就是力量，团结就是力量……"到食堂门口排队时，北外的学生们已经一个班一个班地往食堂里进了，黄浦大学的男生、女生们也在使劲儿地扯着嗓子喊着军歌儿。我们原地站了10多分钟，没动地儿，我偷偷瞄了一眼手表，这时已经12：15了，我们学校的食堂是11：30开饭，经过一路的颠簸、整理内务，我们早已饥肠辘辘了。这时黄浦大学最后两个班的学生也往食堂里面走了，王连长命令道："各个班开始唱军歌儿！"

于是各班的班长纷纷起头儿"团结就是力量……""日出西山红霞飞……"

同学们纷纷跟着唱了起来，4个班一起唱，分别唱不同的歌曲，相互干扰，乱成了一锅粥。各班都把一首歌儿唱完，王连长训话了，"你们这唱得都是什么呀？乱糟糟的，跟到了麻雀窝一样！下面，从

1班到4班,一个班一个班地给我唱!我倒要看看你们能不能唱齐!"接着从1班开始,我们4个班又轮流唱了1首不同的军歌。唱完后,全体同学都盯着王连长的脸,心想,这回可以进去吃饭了吧!我们都快饿晕了!

没想到的是,王连长又训话了,"这回4班倒是唱齐了,1班、2班、3班唱得还是不齐,而且还是有气无力的!4班可以进去吃饭了,1班、2班、3班重新唱!"

好嘛,唱不齐就吃不了饭呀!大家本已饿蔫儿,这回一下子抖擞起了精神,又一个班一个班地重新唱了起来。1班过关进去了,3班又重新唱了第二遍也进去了,唯独我们班,王连长还没说行,这回大家都快拼了命地扯着嗓子重新唱了第三遍。"我们都唱了4首不同的军歌儿了!这回不会再不行了吧?"我心里祈祷这次能一下子过关。没想到王连长又说话了,"你们这次唱得还是不怎么齐!"

"我靠,没事儿吧你?"有的同学低声地嘀咕道。

"但是鉴于你们声音还比较洪亮,再有你们的老师也都在这里陪着你们没吃饭,我就暂时放过你们了,吃饭!"

我看了一眼手表,已经1:10分了,"看来王连长真不是好惹的!在这里等着我们呢!"我心里暗自怪苏开辟和王连长顶嘴,连累了我们大家跟着一起罚站不能按时吃饭。

安小超也嘀咕道:"下回别再和连长顶嘴了!都快饿死我了!"

大家匆匆地奔进食堂,食堂非常大,可容纳100多桌,1000多人,这回我们学院4个班、北外10个班、黄浦大学6个班,加老师和教官合起来得有800多人。我们10个人1桌围在一起,没有椅子,都站着吃饭,这可是我平生第1次站着吃饭。但饥饿感早已让我们顾不得许多了,纷纷拿起面前的碗盛满饭大口大口地狼吞虎咽起来,虽然桌子上有8菜1汤,但所谓的炒黄瓜片儿等炒菜根本就没什么油水儿，要我说就是煮黄瓜片儿加盐。但即使是这样，由于饥饿的缘故，我们大快朵颐起来，感觉都非常香。我吃完饭后喝了1碗汤，就算用餐结束了，因为当天不是我值日，我便第一个走出了食堂（因为我平时吃饭就快，再加上饥饿感吃得就更快了，应该说是囫囵着吃完的）。

中午休息了没多会儿，2:30，各班又紧急集合，分别开始队列练习。我们班站了4排，刘班长先让大家4排一起走，但整体走得非常乱，毕竟大家没受过专业训练，他就让大家一排一排地走，1排行进时其他3排站着观看。我们文秘系两个班组合起来的这个班一共61人，而男生总共才16人，其他的都是女生。我们男生在第一排，从右到左从高到矮的排列，真是高的高——汪宇近190cm，矮的矮——李坤162cm左右，胖的胖——苏开辟、娄元宝，瘦的瘦——张奇志、吴继龙，我们走起队列来，苏开辟不改晃了晃荡的样子，福建学生叶德伦和"黑瘦子"走起路来一顺边儿，伸左胳膊时迈左脚，伸右胳膊时迈右脚，别提多有意思了！反复几次下来他们的毛病仍不改。接着便是其他3排女生分别按排行进，其中中文文秘班的小胖子王小颖走起路来也晃晃悠悠，张燕红、贺新英则走起路来总比别人慢半拍，跟不上趟儿。于是，刘班长单独把苏开辟、叶德伦和"黑瘦子"叫出列，分别问了他们的姓名，这时才听清"黑瘦子"的名字——武金聪。刘班长命令到："听我命令：苏开辟、叶德伦、武金聪，立——正，齐步走，121，121……"这时，我们几个有点放羊的感觉了，安小超趁班长不注意蹲了下来，我们其他人则继续站在原地。

吴继龙和张奇志紧挨着，他指着对面的女生说："那个女生是你们班的，叫什么呀？"

"她呀！她是我们良乡的——王小霞！"张奇志回答道。

"她左边、咱们看是右边那个呢？"吴继龙继续问道。

"她叫程玲玲,她和王小霞是一个宿舍的。"

"哦,她们俩都不错!哪天给我介绍介绍吧!"吴继龙高兴地说。

我和吴继龙相隔1人,我问道:"老吴,你们说谁呢?"

"就对面第一排左数第二和第三个。"吴继龙回道。

"你行呀!一箭双雕。"我玩笑着说。正在这时对面的程玲玲和王小霞也朝着我们这边指指点点地不知嘀咕着什么。我无暇观看本地花草,抽空扭头向左侧瞄上一两眼,希望能看到4班的"梦中女神",但因为4班距我们班有10多米远,中间还隔着3班,加之穿上"军绿"、戴上有帽檐儿的军帽后,几乎所有"女兵"都成了一个样子,再有就是我所处的角度问题,我偷偷往4班看了半天,也没找到我"梦中女神"的身影。

刘班长反复让他们仨走了多次,他们照旧一顺边儿的还是一顺边儿,晃晃悠悠的还晃晃悠悠。刘班长没办法,让他们3个人归队看别人练。这时王小颖、张燕红、贺新英3个人排成一队,在班长的号令下行进起来。我旁边的娄元宝咧着大嘴和身后的赵凯指着贺新英说:"咱们班的贺新英可算是咱们班的一朵花呀!看,要个儿有个儿,要条儿有条儿,身材修长,皮肤又白又嫩的!"

"哈哈哈哈,你看上人家了?"赵凯坏坏地笑道。

"有那么点儿意思!"他得意地说,两眼直勾勾地盯着贺新英不放。那边儿的贺新英扫都不扫他一眼,专注地练习着"齐步走",王小颖和张燕红则不时地朝男生队伍这边瞄上一两眼。

吃过晚饭,天还没黑,这段时间是大家自由活动的时间,同学们先到水房洗了洗脸,擦了擦脖子,由于军装每人就一身儿,大家也顾不上洗它,任由汗渍留在上面。我和辛小峰二人一起拎着水壶径直奔热水房打开水,基地的热水房水龙头倒不少,有10个,但由于人多,水流得慢,每个龙头前也排了两三个人,我还是本着人少原则，找了比较靠里的一队，小峰则排在了我右侧那队后面。就听他前面一个脑后梳着大马尾辫子的长发女生说道："今天真是累死额了！"（山西口音）

"是哪，在家从来没这么累过。"另一个短发女生也操着山西口音答道。我上下打量了一眼两个女生，长发女生脸盘非常大，皮肤略有些黑，脸上还零星"镶嵌"着几粒青春痘，戴着一副黑边儿小眼镜，眼睛也不是很大，她又胖又壮，让人感觉很结实，像个"重磅炸弹"。短发女生面目长得则非常清秀，头发虽然短，但乌黑发亮，齐齐的头发帘儿留到眉毛处，皮肤白皙，两只大大的眼睛水灵灵的，一看就是个活泼可爱的女孩儿。

一听是乡音，辛小峰很自然地带着乡音搭讪道："你们也是山西人？"

"是哪！你也是？"长发女生反问道。

"是哪！我是长治的，你俩呢？"

"额俩也是长治的呢！"她俩异口同声地答道。

"老乡呀！额叫辛小峰，你俩呢？"

"额叫李艳。"长发女生直爽地说。

"额叫辛莉莉。"短发女生低头略带羞涩地说。

"我是中文文秘班的，你们呢？"

李艳答："我是中英文秘班的。"我突然有了印象，的确是我们班的。

"我是少儿系的。"辛莉莉道。

"既然咱们是山西老乡，那以后可得相互多关照喱！"辛小峰带着浓浓的山西味儿说道。

"好喱！"李艳答道。还没等辛小峰介绍我，李艳就向辛莉莉介绍我说："这可是额们班的大才子，英语好着喱！那天入学都是用英语自我介绍的喱!"

"你好!"辛莉莉笑着向我示了示意。

"你好!什么才子呀,让你们见笑了。你们真有缘!都是山西的,又都在一个学校。"我说道。

"听说94级一共招了十几个山西的呢!我们宿舍就3个呢,我们仁也都是咱们长治的呢。"辛小峰一直盯着辛莉莉说道。辛莉莉仍是非常羞涩,不敢正眼看我俩。

大家打完水,各自回到宿舍,辛小峰端着他的脸盆也坐在了我的床上,我俩并排坐着,用热水泡着脚。他嘴上叨念着:"真巧,到北京同一个学院还能有这么多老乡!"

我说道:"是呀!是挺巧的,关键还是美女老乡!对吧?"我试探着开了一个玩笑。

"哈哈,你看上梳马尾辫子的了?"他也故意开我玩笑。

"我无此意,倒是你盯着那个莉莉呀眼都不眨一下呢!"我笑着说。

"就你眼尖!我们是老乡,又都姓辛,这不是缘分吗?"

"得,得,是有缘!是有缘!我看你是犯花痴了!"我哈哈地笑了。

"你算是说对了!我就是看上她了,我还要她当我女朋友呢!"

"那你就加把劲儿!抓紧些!我看咱们学院92、93级的男生可都跟色狼似的盯着咱们94级的女生呢!不怕贼偷,就怕贼惦记!你可得先下手呦!"我鼓励着他。

"你就没看上谁?"辛小峰关心地问。

"我嘛,你就别管喽!你先管好你自己吧!"我没好意思说出我已心有所属的"梦中女神"。

"没劲!你看我都和你说出了我的秘密了,你却憋着不说你的!不够意思喱!"他有些责怪地说。

"不是了！你别多想，我现在还没有看上眼的呢！有了一定告诉你还不行吗？"我略有保留地说。但我感觉我和辛小峰脾气性格挺对路子。

晚上，熄灯了，我们各自躺在自己的床上，虽然白天又是上午一路颠簸，又是下午连续几个小时的训练，大家都非常累，但是初入大学，又初入军营，有同学们刚认识的新鲜感，使我们每一个人都有些兴奋得睡不着。辛小峰和我们相隔了一个上下铺，他和他下铺的王先晋说："老大，咱们这届有不少咱们老乡呢！刚才我就看到了两个，一个叫李艳，一个叫辛莉莉。"

王先晋说："额早就知道喱，李艳是额们班的，辛莉莉是少儿的，还有5个女生也是少儿的，你们班好像也有3个。"

"真不愧是老大呀！你早就知道了？"辛小峰不解地问。

"额们来时坐一列火车，而且非常巧地坐在对桌儿。"

"哦，这么巧喱？额咋没赶上呢？"

老大没言语，辛小峰心情急切地想再就山西女孩儿的话题继续说下去，但是老大似乎对此没兴趣，有一搭无一搭地哼、哈着。我想辛小峰肯定是急得火烧火燎的了。

我这边儿上铺的吴继龙和安小超上铺的张奇志也在聊着，"奇志，那个王小霞和你是老乡，你们以前认识吗？"

张奇志哈哈哈地笑道："我们怎么不认识呀？我们高中时是同班同学！"

"那你怎么不早说呀？"

"您老先生也没问呀！下午净盯着人家看了！口水都快流出来了。哈哈哈哈。"张奇志笑道。

"不许笑话我，快跟我说说，她是一个什么样的人？脾气性格怎么样？"

"想知道？"张奇志问道。

"当然了，要不问你干吗！快说！"

"她嘛——我要说了有什么好处呀？"张奇志故意不继续下去。

"你就别卖关子了！快告诉我吧！"

"那不行！没有好处我才不说呢！"张奇志固执地说。

"那好吧，我替你做两周食堂的值日！行了吧？"吴继龙有些迫不及待。

张奇志看出了吴继龙的急切，说："咱们1桌10个人，2个人1天，每周才1次值日，替我两周就是替我做2次，这也太便宜了吧？"

"这还便宜？咱们军训可就一个月呀！全让我替你呀？"吴继龙有点儿急了！

"好好好！就替我做两周吧！我答应你！王小霞家是良乡渔儿沟村的，小名叫毛毛，她性格很内向，平时从不主动和人说话，非常温柔的一个人！"张奇志说道。

"这就完了？"吴继龙问。

"完了！你不问她是一个什么人吗？她的脾气性格，我都告诉你了呀！"

"再说点儿别的什么！关于她的都行！"

"好吧，那我就再饶你点儿！她是独生子女，在我们班学习中游，平时不言不语的，在我们班同学中朋友不多，平时爱好嘛，和我一样，爱听歌儿。"

"她爱听谁的歌儿？"老吴问。

"她特别爱听孟庭苇的歌儿，好像凡是她的新歌儿都会去买磁带。这差不多了吧？你够本儿了吧？不白替我做两次值日了吧？"

"嗯，嗯！以后有什么关于她的事儿再和我说呦！"

"那得等我想起来再说！"

张奇志下铺的安小超也凑起热闹来，"老吴，你看上王小霞了？"

"还谈不上看上吧，感觉不错！"老吴回道。

"那就直接上呗！"

"怎么直接上？"

"直接把她约到一个地方，向她表白呗！"安小超坏笑着说。

"啊？这行吗？"老吴有些半信半疑，扒着床边侧身向下看着他说。

"怎么不行？这是最简单最直接的办法！如果她看上你了，就会同意和你交往，如果她不喜欢你就会直接拒绝你，多省事儿呀！省得俩人儿猜来猜去的！"

"哦，那我有机会试试？"老吴仍存疑。

"是呀！王小霞是个内向的人，她从不会主动和别人说话的，你是男的就得主动些，这样你俩才互补呀！"张奇志鼓励地说。

"哦，哦，那找机会吧！"

我呢，对他们的话题不太感兴趣，仍一个人若有所思地想着我的"梦中情人"。这时，吴继龙对我说："林秀，你光听我们渗漏儿了，你看上谁了？"

"我嘛，现在还没有看上眼的呢！"

"不会吧，你眼光这么高？"吴继龙趴在床边，裹着的被子里露出了他半边肩膀。

"也不算是眼光高吧！也许是还没看到对眼儿的！"我打岔道。

"那你想找个什么样儿的？"张奇志也从邻床上铺探着身子问我。

"我喜欢有气质的，女孩儿可以不漂亮，但一定不能没有气质！有些女孩儿看上去很漂亮、很娇艳，但是没内容，禁不住看，时间长了就烦了，还是有气质的女孩儿长久，看着永远不烦。"我表达了对心目中喜欢的女孩儿的看法，其实我的那个"梦中女神"就属于这种类型。

"哦，你这个可够悬的！难分析！"安小超孩子气地说。

"本来就没想让谁分析，我心里自有我自己的主张！你个小孩子怎么能弄得懂呢？"我心想。

第二天一早，辛小峰还未洗漱，便直接到我们的床边儿，和我上铺正在叠被子的老吴说："继龙同学：我可以和你换一下床铺吗？"

"怎么了？"老吴不解地问。

"我想晚上多和林秀聊会儿。"

老吴探身看了看我，用目光征求我的意见。"别看我，我没意见，你没意见就行！可不是我赶你走的，是你们俩自己换的呦！"我回道。

接下来的五六天仍然是队列练习，无非就是齐步走、正步走之类的。我们每天都练得大汗淋漓的，军装湿了又干、干了又湿，踢正步把腿都踢直了，真是在辛苦中挥洒着我们青春的汗水。我们之中最有进展的就是辛小峰，他成功地与辛莉莉交上了男女朋友，后来我听说他们俩的父母均是当地有头有脸儿的官员，家境基本相当，他们在一起是郎才女貌、门当户对，真是天造地设的一对儿！我们这个宿舍娄元宝和王小颖也有些情况了，其他同学则未见什么进展，基本上停留在纸上谈兵的阶段。我呢，也没搜索到我的"梦中情人"，心里不免有些不舒服，每天就专注于训练。在训练过程中，我无意接触到了隔壁宿舍管理系的一个福建男生洪佩卿，他身高在178cm左右，戴着一个金丝眼镜，头发有些硬，很自然地向头前方翘着，显得非常自然而飘逸，他脸方方正正，典型的南方帅哥，但却不像辛小峰那么有些公子哥儿似的养尊处优的帅，而是一副经历了风霜的踏实、稳重的帅气，他左手腕上戴着一块大大的金色机械手表，右手中指上还戴着一个大金戒指，一说话就"小林子呀！你在干吗呢呀？"说话略带长音儿，舌头和牙齿拌着蒜，声音扁扁的，有些女人味儿。简单地接触，感觉他是一个特别实在的人，而且经过聊天得知，从他8岁起，他父母就带着他弟弟到香港做生意，他跟着奶奶带着妹妹生活，从小就自力更生学会了做许多事儿，比如做饭、缝衣之类的。虽然他经历很多，但他的性格并不孤僻，而是十分乐观开朗，而且对人真诚，十分大方，我俩很快就成为除了训练以外，形影不离的好朋友。别看他舌头和牙齿拌蒜普通话说不好，但是他唱歌非常好听，那时张学友的《祝福》刚传到大陆，原本我就喜欢张学友的《吻别》，而《祝福》又道出了真男人、真朋友的真诚相待之情，经佩卿一唱，着实有味道、有感觉，于是我就先和他学曲调儿，曲调儿哼熟了，又一句一句地记歌词儿，没两天我就能完整地唱这首歌儿了。于是，我俩没事儿在一起就共唱这首《祝福》。因为天天在一起厮混，我俩变得十分熟了，他叫我"小林子"，我打趣道："我要是小林子，你岂不是有些娘娘腔儿的东方不败？"他眼睛小，从眼镜里透出来的眼光总有一种色迷迷的感觉，我便给他起了个绰号"色魔"，他也不太介意。

由于基地的菜很少有荤星儿，菜基本上都是水煮的，几天辛苦的训练下来，我们都瘦了一圈儿，还好基地内有一个小卖部，我和佩卿就经常一起到小卖部买些零食打牙祭。后来，这个事儿被刘班长知道了，就时不常地找我俩来聊天，佩卿有时候也送给他些火腿肠儿之类的。毕竟佩卿和我不是一个班，我们两班的训练和休息不在一个时间，有一次训练结束了，刘班长又来找我聊天儿，无意中说起基地伙食的事儿，他愤愤地说："不只是你们的伙食不好，我们战士的伙食也不行，估计是被基地的高营长，就是咱们基地唯一的少校给克扣了。"

我当时也十分气愤，后来我出了一个主意："不行明天下午你提前20分钟解散，咱俩基地外面去弄点什么好吃的，就不知道这附近有什么吃饭的好地儿。"

他说:"这附近10里地都没什么饭馆儿,倒是基地热水房后的围墙外,有一家小卖部,卖烧鸡,不行咱们明天就去买烧鸡吃!"

"那好!我请客!"我说道。

第二天下午4:20,我们就解散了,正好佩卿他们班看我们解散,也跟着提前解散了,我们三个人就偷偷摸摸地到热水房后的围墙边儿,弄了几块砖垫在脚下,翻过了围墙。我花了20块钱(当时是我一周的伙食钱)买了一只烧鸡,我们3个人狼吞虎咽地就把它消灭了,然后擦干净嘴,生怕别人看出来,又爬上墙头儿,一看四处无人,跳进基地院内。一次吃野食儿的行动即告成功完成。

军训进入第8天,是4个班合练队列行进的日子,我们4个班由王连长统一指挥,各班行进由各班班长喊口号带领着共同行进,每个班行进时,其他3个班则在一旁观摩。我们班行进完,马上就轮到少儿系所在的3班了,我正稍息站着,突然在3班第二排左侧第2的位置,我意外地看到了我的"梦中情人",我的眼睛顿时一亮,抑制不住内心的兴奋。但我又强装作很镇定的样子,用右手碰了一下我旁边的辛小峰小声地问道,"第2排右边数第2个女生,也就是马尾辫儿窝在帽子里那个叫什么?"

"哪个?"辛小峰扭头小声儿问我。

"就是马尾辫窝在帽子里、粉色衬衫领子那个。"我补充道。

"哦,我也不认识。回头我让莉莉给你问问。"

晚上8点了,辛小峰才回到宿舍。我早已心急如焚,但我还是故作平静地小声儿说:"小峰,问了没有?"

"问什么?"他仿佛什么都没发生,什么都不知道。

"你没问莉莉?那个——女生。"我四处看了看,看到大家都在各自干各自的事儿,没留意我们说什么。

"噢——我给忘了！明天我给你问吧！"他一脸幡然醒悟的样子。

"不会吧你！这么半天你干吗去了？何着就卿卿我我、风花雪月地忙自己的事儿去了，兄弟的事儿都给忘脑后了？"我真的有些生气了。

他一咧嘴，突然低声嘿嘿地笑了，"叫你和我装？还这么平静？这么若无其事？这回是找到你的那一款'气质女'了吧？我逗你玩呢！她叫胡雨飞。我不光给你问出了名字，还帮你问出了其他的事儿呢，你想不想知道？"

"当然了，还有什么？"我饶有兴致地问道。

"她家是宣武的，是北京市幼儿师范学校保送咱们学院的，不仅人漂亮，还多才多艺，能歌善舞，最擅长民族舞，还弹得一手好钢琴，好像是十级呢！"

"是吗？"她在我心目中的形象顿时变得更加光辉高大起来。

"你真有眼光！这回我知道你心目中的'气质女'是什么样子了！"

"谢谢你了！小峰！"

"你怎么谢我呀？"他问道。

"我替你做两周值日。"

"你少来，咱们又不在一个饭桌儿！"

"那你说怎么着呢？"

"那就欠着，将来我再给你机会补吧！"小峰玩笑着说。

军训第二周是最难熬的，因为这一周就是站军姿一件事儿，我们每天笔杆儿条直地站在太阳底下，一动也不许动，一站就是最少1个小时，稍有所动作，班长就用手中的小木棍儿敲打一下，手动打手、腿动打腿。今年的天气不知道是怎么了，已经9月中旬了，还是酷热酷热的，每天都30多度。我们站军姿先是站在宿舍前的水泥步道上，至少休息的时候还可以到大杨树的树荫儿下凉快凉快，但第二天午休后，王连长把我们4个班全拉到基地的操场上，操场四处空旷，没有一个遮阴儿的地方。在烈日下，我们尽情地享受着"日光浴"，就连我这个意志坚强的人个别时候都有些眩晕，更别提那些孱弱的女生了。开始站军姿的第二天，4班的一名女生就被晒晕了，校医赶紧把她带到基地的医务室进行救治，但我们仍旧一动不动，甚至眼珠儿都一动不能动。我心里十分担心，晒晕的不会是雨飞吧？等中间休息的时候，我假装放松筋骨伸胳膊、伸腿，但目光却投向4班，结果高兴地看到了窝着马尾辫子的军帽儿和粉色的衬衫领子，我的心顿时踏实了，也忘记了刚才的疲劳。经过询问得知，晕倒的不是别人，正是辛莉莉，这下子可把辛小峰给急坏了，他站在我旁边不时地嘴里小声叨念着："莉莉，你可要坚持住呀！你会没事儿的！老天，但愿她没事儿！"

我在旁边听得真切，便安慰他说："不会有什么事儿的，肯定是中暑了，喝点儿绿豆汤就好了！你不要太担心了，专心训练吧，结束了你再去宿舍看她吧，反正现在她在医务室，医生肯定在给她做检查，咱们男生肯定也不让进，所以你现在即使跑过去，也帮不上任何忙，也见不到她。你就把心放肚子里吧！"

他虽然不叨念了，但看得出来，他急得像热锅上的蚂蚁，本已晒干了汗的额头上又冒出了无数的白毛儿汗。下午一解散，小峰撒丫子就往基地医务室跑去，得知辛莉莉已经回宿舍休息了，他又急匆匆地跑到女生宿舍，但管理老师不让他进女生宿舍，他死说活说，甚至都和年轻的女老师发了脾气。这时我和王先晋也赶来了，我俩和老师讲了半天道理，无非就是现在只是下午，又不是女生洗漱、休息的时间，而且现在其他女生还没回来，让小峰进女生宿舍看看他老乡也违反不了什么纪律，也不会影响其他女同学之类的话。管理老师才让小峰和王先晋两个人进去,于是我识趣地回自己的宿舍休息了。

　　晚饭时,还没怎么吃,小峰就从盘子里每样菜拨了一点儿在自己的饭盒儿里,然后拿着辛莉莉的饭盒儿到放绿豆汤的保温桶前接了满满一饭盒儿绿豆汤,小心翼翼地盖好盖子,饭盒盖儿和盒儿身上没有流出一滴绿豆汤。然后他自己连饭都没吃一口就一手托着盛着饭菜的饭盒儿,另一只手托着盛着绿豆汤的饭盒儿,直奔了小卖部。这个小卖部很简易,只有一些方便面、火腿肠儿、饼干、榨菜和汽水什么的,他买了几根火腿肠,1袋儿富士饼干、1袋儿榨菜、1袋儿冰糖和2瓶北冰洋汽水儿,又管小卖部要了两个大点儿的食品袋儿,分别拎着汤、饭和零食急匆匆地走向辛莉莉的宿舍,这时管理老师也去食堂吃饭了,因此,他很顺利地就到了她的宿舍。他从水房打来一盆凉水,把莉莉的毛巾浸湿后拧得半干,折叠好敷在她的头上,莉莉微微睁开双眼,那个样子别提多可怜了!小峰坐在她的床边,双手握起她的左手,放在嘴边,温情地说:"莉莉,你感觉怎么样了?"

　　莉莉面色煞白,有气无力地说道:"我好多了,就是浑身没力气,你别担心!"

　　"哦,都是我不好,没照顾好你!"小峰眼里噙着泪花儿动情地说。

　　"怎么能怪你呢?是天气太热了嘛!大夫说了,我这就是中暑,多喝些绿豆汤、多休息休息就好了!"莉莉看到小峰着急的样子,也动了怜爱之情。

　　"哦,哦,我打了绿豆汤,还买了冰糖,小卖部没有白砂糖,只能用这个顶替了!"说着,他小心翼翼地打开了莉莉的饭盒儿,然后放进了四五粒冰糖,慢慢扶起莉莉,他坐在她身后,她身体依偎在他的怀里,头枕在他的肩膀上,享受着他一勺一勺地喂着她,恐怕只有她自己的父母才这样宠过她。他说:"吃点饭菜吧,要不都凉了!"

"我没胃口,吃不下!你是不是还没吃呢?"她略扬着头动情地望着他问道。

"我不怎么饿。"

"怎么会呢?都站了一整天了!我是因为晕了才提前回来,你至少比我多站了2个小时呀!饭盒里的饭你吃了吧,你把火腿肠、饼干和榨菜给我留下就行了。"

正在这时,李艳和另一个山西女生吃过饭回宿舍了,看到这一幕,禁不住拍手称赞辛小峰是个贴心称职的男朋友。这些情景还是莉莉之后跟和李艳一起回来的山西女生姜翠丽诉说,之后她转述给其他同学的。

小峰把自己的饭盒原封不动地拿回了宿舍,独自找了把椅子坐下吃了起来,看得出来,他早饿得够呛了,不一会儿,他就把饭菜一扫而光。我之前在给自己倒热水时,就用他的杯子给他凉了一杯,这时水已经不烫了,我递给他,他快速地喝下。"别急,慢点儿喝!怎么样?莉莉没事儿了吧?"我关切地问道。

"还好,确实如你所说是中暑了!脸色非常难看,而且有气无力的,医生已经给她吃药了,但她吃不下饭,这不,打的饭全叫我吃了,她只把绿豆汤都喝了,其他什么都没吃。"

"你们俩这样都不行!一个只喝汤不吃饭,你是只顾女朋友吃饱,自己就不顾了!她中暑,这两天肯定吃不了太多,但也得吃些东西,今天不吃,明天肯定就饿了!你们俩可都得注意营养呀!对了,我知道院外有一家小卖部卖烧鸡,好像她家也有水果儿罐头卖。"

第二天午饭时间,辛小峰翻墙出去,买了一只烧鸡、一瓶黄桃罐头和一瓶橘子罐头(只有这两种)送到莉莉的宿舍,据说莉莉只吃了半瓶黄桃罐头，烧鸡小峰吃了半只多，剩下的给莉莉留下了，后来也被她同宿舍的女生给"报销"了。

晚上，熄灯前，小峰又和我说了说莉莉的情况，我再次安慰了他。熄灯后，宿舍里已经没有前几天那样热闹的聊天场景了，大家几乎都睡着了，有的只是呼噜声、鼾声和均匀的呼吸声。只有小峰在上铺翻来覆去地睡不着，他一会儿一个翻身，床铺不停地晃动，感觉上铺要掉下来似的，我也没睡着，一方面是因为床的晃动，另一方面我脑海里也在不停地翻腾着，试想着我的"梦中女神"中暑卧床的可怜样子，我坐在她的床头，她依偎在我的怀里，我一勺一勺儿给她喂绿豆汤的场景，喂着喂着，我嘴角儿露着满足而幸福的微笑，进入了梦乡……

又是一个下午，站军姿中间休息期间，管理系所在的1班，因为几句话不对付，一群北京男生和福建的男生吵了起来，北京男生仗着自己人多，大有要动手之势。而我最看不惯这种本地人欺负外地人的行为，于是站出来支持佩卿他们福建的，由于我站出来，吵架没有变成打群架。我和十几个福建男生坐在一起，聊着、劝解着他们，凡事不要冲动，而且出门在外和为贵，大家都是同学，要多交朋友，我也表达了对那群北京男生欺负外地同学的不齿。于是乎，我很快便和佩卿的福建老乡们打成了一片。

第二周的最后两天，我们开始为25号的队列分列式检阅预演进行彩排了。这回是在基地主席台前的操场跑道上一个班一个班地做队列行进演练，我终于又有机会看到我的"梦中情人"雨飞的飒爽英姿了，我们班最先开始演练，走过主席台后，我们的任务便告完成，便转身观看其他3个班的演练，我只专注地盯着4班第2排左边第2名的雨飞，她身边的其他人仿佛都已不存在了。

没过几天，国庆节到来了。军训基地举办了联欢会，同学们在一起载歌载舞。这段时间汪玉瑾和李坤已经是大家公认的"金童玉女"了，他俩也经常出双入对，联欢会上又献上一首对唱歌曲《祈祷》，李坤那个劲儿越来越像女人了，但说句实在话，他唱得确实是不怎么样，属于自我陶醉型。我也献唱一曲——《摘下满天星》，在福建同学和山西男生还有部分山西女生的起哄下，我走到台上，拿着话筒，深情地唱起：

漫漫长路远，冷冷呦梦清，雪里一片清静
……

我边唱边看着台下，许多同学，其中不乏有许多女生拍着巴掌为我打着节拍，我越唱越动情，声音也时而高亢、时而低回，雨飞也在台下一边打着节拍，一边有节奏地左右摆着头，看到这儿，我心里十分满足。在同学们的欢呼声中，我走下舞台。当然，这台晚会是少不了少儿系的民族舞表演的，雨飞又和同伴们一起身着色彩艳丽的服装在台上载歌载舞，着实迷人，我的心旌随着她曼妙的身姿而飘摇，有一种满满的幸福感，因为只要看着她我的心中就充满了幸福。大屏幕上正在播放国庆45周年烟火盛放的画面，在喜庆而热烈的气氛中，最后一个节目是福建男生的合唱，他们先是用闽南话唱了一首《爱拼才会赢》，这段时间我也和他们在学这首歌儿，就在台下一起伴着他们哼唱，最后一首是《祝福》，由佩卿领唱，他也邀请我上台与他们一起合唱：

伤离别，离别虽然在眼前，
说再见，再见不会太遥远。
若有缘，有缘就能期待明天，
你和我重逢在灿烂的季节。
不要问，不要说，一切尽在不言中，
这一刻，偎着烛光让我们静静地度过。

莫挥手，莫回头，当我唱起这首歌，
愿心中，留着笑容，
陪你度过 每个春夏秋冬
……

一个月的军训就在艰苦和欢乐中结束了，它既是那样充实，又是那样难忘，难忘的不仅仅是我们的汗水，更是我们那段挥洒着激情的青春。

## 五　军训归来

军训归来，已是十月中旬，正好中秋节刚过不久，这个时节是收获的季节，不仅仅是自然界的硕果累累，同学们之间也收获了不少友谊，我们和教官们也依依话别，并留下了联系方式，和老师们也熟悉了起来。

回来这天是10月14日中午，周五，大家有了一种彻底解放的感觉，高兴地乘车回到学校，匆匆地收拾收拾，我们家是北京的同学便各自拎着一包儿脏衣服回家改善伙食去了。而外地同学呢，当天也都洗了洗澡，到食堂买了些"大鱼大肉"的自我改善后各自休息调整了。

辛小峰则约了辛莉莉，下午各自洗洗，换了件干净衣服，到校外花家地的韩式烧肉去改善伙食。1个月的军训，大家都瘦了，一方面是军训活动量超负荷，另一方面则是军训基地的伙食确实是太差了。他俩对坐在一张烧烤台前，点完餐后，二人的双手紧紧地握在一起，彼此深情款款地望着对方，仿佛总有看不完的感觉。军训期间的中暑，莉莉在宿舍休息了足足有3天。这3天，除了军训，小峰几乎每天都是将三餐端到莉莉的宿舍，嘘寒问暖，体贴入微，用湿毛巾给莉莉擦额头、喂水喂饭喂药，可谓是无微不至。莉莉简直就像一个生活不能自理的小女孩儿一样，小峰还不时地开开玩笑逗她开心，两人的感情也伴随着这样的关心不断地升温，现在莉莉仿佛已经离不开小峰了。两个人握着对方的双手彼此端详了好久，半天也没说一句话，直到服务员把餐盘儿挨着个儿地端上来，两人才怯怯地收回了各自的手。

"你现在彻底没事儿了吧？头还晕吗？"小峰问。

"早没事儿啦！你不天天去'护理'我吗？有你这么体贴的男护士，我的病能不好吗？如果不好岂不是对不起你的一番苦心呀？"莉莉调皮地玩笑道。

"你个小调皮，看你现在精神起来了，不是病那几天蔫头儿耷拉脑的了。"说着，他用右手食指轻轻地爱怜地点了一下莉莉的脑门儿。

"我要不是那几天病得蔫头儿耷拉脑的，你能有机会去'护理'我？你能那么自然地占人家便宜抱着人家？"莉莉歪着头倔强而顽皮地反问道。

"嘿，你病得还有理了？这么说我还得感谢你中暑？感谢炎热的夏天？感谢你给我机会占你便宜了？"小峰也玩笑地说。

"哼！可不是嘛！要不我肯定不会给你机会的。"莉莉俏皮地说。

两个人端着盛着雪碧的杯子，互相碰撞着边喝边吃起烤肉来……

周日下午，我从家里提前赶回了学校，因为从我家到学校得先从房山城关坐特2路小公共汽车到燕山的换乘中心，然后坐上开往前门的通勤车到终点站——前门的泰丰楼饭店西侧，然后再换乘市内44路公交车到东直门站，继而换乘401路公交车至丽都饭店站，再走上一段儿路才能到学校，这个路程快的要3个半小时，慢的要5个多小时，所以周一往学校赶未免太辛苦。我们家住郊区的同学基本上都在周日下午或晚上到校。刚回到学校，还没等我进宿舍门儿，对门儿宿舍的里面就叫道："林秀，回来了？到我们屋来一下！"我一看，原来是佩卿、陈建东、李晓生、郝旭、洪宗培他们几个福建男生。

"这么巧？你们就在我们宿舍对门儿呀！"我说道。

"是呀！这多方便呀！想找你就找你呀！"佩卿说道。

"怎么着？你又骚扰我呀？"我玩笑着说。

"那可是你说的呦！小林子。"他笑嘻嘻地说。

"你这个色魔！色性不改！我可没有同志倾向！"

宿舍的同学们哄堂大笑。佩卿有些尴尬，赶忙岔开话题说："来，来，坐，坐，坐这里，喝喝我家乡的茶。"他热情地拉着我并按着我的双肩让我坐在了一张凳子上。

桌子上摆着一个精致的茶海，茶海上一应俱全地放着各种洗茶、泡茶、闻茶的茶具、茶壶和茶杯，旁边一个电热水壶正在加热烧水。不一会儿工夫，水就开了，佩卿熟练地把紫砂壶里的剩茶根儿倒掉，重新打开一个塑料包装，用茶勺从里面搋出一大勺茶叶放进了紫砂壶里。我忙说："用不了这么多茶叶吧？有一点儿就够了。要不晚上该睡不着觉了！"

"这你就不懂了吧？我们喝茶都这样泡。"佩卿说。

"小林子，考考你，这是什么茶？"一边儿的陈建东也学着佩卿的语气问我。

"什么茶？乌——龙？"我犹豫地猜道，要知道我平时是不怎么喝茶的，父母和姥姥、姥爷平时喝的也都是花茶，像这么大叶儿、又"大八杈"①的茶叶说实话我还真是第一次见。

"嘿！你还真行呀！"一边儿的李晓生笑着说。李晓生一副娃娃脸，他是76年的，比我小1岁，但他那个娃娃脸总让人感觉他才十四五岁，而且他平时又十分腼腆，不怎么说话，他主动说话的肯定是和他比较熟的，通过军训的厮混，我和福建同学都已打成一片了。

---

① 大八杈：形容茶叶的形状四处支棱着，不妥帖。

看着他说话的样子，我就想笑，"晓生呀！你看你，说话就像个小姑娘，以后我就管你叫'小姑良'啦！"我学着闽南口音戏谑道。

"真烦人！干吗叫人家'小姑娘'呀？"他略带嗔怪地说。

"哈哈，还是先让我品品你们的乌龙茶吧！"于是我拿起佩卿刚倒在小茶碗儿里的茶就要喝。

"先别喝！"佩卿阻止我道。

"怎么？你倒了不就是给我喝的吗？"我有些诧异，不解地看着他。

"不是不让你喝！第1壶水是我们洗茶的，把茶叶上的灰尘洗掉，我倒在你茶碗儿里的洗茶水是洗茶碗儿的，省得别人用过的杯你再用，多不卫生呀！也对你不礼貌不是？"佩卿解释道。

"是呀，你可是我们的贵客呀！"郝旭在一边附和着。

"原来如此呀！我外行了，我们平时喝茶可没这么多讲究，你们的讲究可还真不少！"

"所以说这才叫茶艺呀，这是中国的茶文化，中国的茶艺就从我们福建起源的，日本人都爱喝我们福建的乌龙茶，它们每年从我们福建进口不少乌龙茶呢！乌龙茶不仅口感清爽，而且有降血脂、降血压、延年益寿的功效呢！"李晓生说道。

"别看'小姑良'平时不言不语的，没想到你知道的还挺多！"

"讨厌！今后不许再叫我'小姑娘'！"李晓生有些不乐意了。

"哦，知道了，以后不叫了还不行吗？'小姑良'。"我有意装糊涂。

第二泡茶已经倒好！我端起来就要喝，又被佩卿阻止，原来他拿着一个黄柱形的小茶盅，给了我一个同样的，然后用右手在小茶盅口儿处往鼻子处扇，原来在品茶之前得先闻闻茶香。我如是闻了闻，果然，茶香清幽馥郁、沁人心脾，让人顿然气爽神清，接着我再端起茶杯来，吹了吹，便将一小碗儿茶水一饮而尽。"好茶！好茶！"我竖起大拇指赞叹道。

站在桌子对面的陈建东、洪宗培和李晓生都笑了起来。"怎么了？有什么好笑的吗？"我不解地问道。

"你那是品茶吗？"洪宗培说。

"怎么呢？"我一脸疑惑。

"你那叫牛饮呀！"陈建东说道。

"怎么叫牛饮了？"我追问道。

"俗话说得好，三口为品，两口为饮，一口为牛饮，你一口就干了，不是牛饮是什么？"陈建东补充道。

"哦，是吗？我倒真是外行了，像牛一样地饮了。"我左手挠着后脑勺儿尴尬地说。"看来以后我得多来你们宿舍品茶，才能长更多有关茶的知识呀！"

"那当然欢迎了！欢迎你天天来！我们保证供应。"佩卿说。

转过天来是周一了，同学们都以崭新的面貌来到各自班的教室，大家都换了便装，服装色彩丰富了起来，而不是军训时单调的"葱心儿绿"和"的确良蓝"了。因为我平时不太注意吃穿，而且也十分朴素，我上身穿了件浅棕色的夹克，下身穿了条藏蓝色的西裤，脚上穿一双棕色皮鞋，夹克和鞋是妈妈给我买的，裤子是她给我作的。吴继龙是灰色夹克，安滔是淡蓝色夹克，梳着油光锃亮的小背头，苏开辟是一件土色的便服，谈不上是夹克，也谈不上是中山装，介于两者之间。王先晋是蓝色的夹克，叶德伦是深棕色的条儿绒短款夹克。汪宜静身着一件白色的小西服，显得格外俊俏，朱丽则是一件浅土色的风衣，腰上还有两条飘带……军训这一个月，每个人脸上都"涂"上了一层铜色。大家现在都熟稔些了，见面纷纷聊了起来，同桌，前后桌，隔壁桌，聊这聊那的，着实热烈。班主任郭岩老师进来了，"大家上午好！今天白天学校没给大家安排什么课，今天上午就两件事儿，第一，我先简要总结一下这次军训的情况……第二，就是选咱们班的班委，下午大家和中文文秘班一起照合影。大家通过这1个月的军训相互都认识了吧？"大家纷纷点头示意。

"那好，那我也不用谁在高中当班干部举手的简单办法了，你们都是大学生，都是成年人了，我就充分发挥一下民主，把权力交给你们，由你们选举产生你们自己的班干部。"说着就把手中提前准备好的表格发给了每一个人。

同学们投完票，老师指定我和汪玉瑾在黑板上计票，汪宜静唱票，"汪玉瑾、林秀、王先晋……"随着汪宜静念出的名字，我和汪玉瑾分别在相关姓名下一笔一笔地画"正"字。投票结果，我的票数最高，居然22票，比第2名汪玉瑾还高出4票，我不怎么觉得意外，我想一定是国庆晚会上的那首《摘下满天星》提升了我的人气，但我以前除了小组长和课代表之外，还真没当过班委。最后，更令我意外的是，在所选出来的7个人的分工上，郭老师建议由我来当班长，学习委员是叶德伦、文艺委员是汪玉瑾，生活委员是吴继龙，"团支书由谁来当合适呢？"郭老师略征求同学们意见道。

"武金聪！武金聪！"下面苏开辟起哄道，也许是因为他没几票他自己感到意外，所以有意起哄，安小超和吴继龙也附和道，就这样，团支书就落在了武金聪头上，但他上台时把头摇得跟拨浪鼓一样，用他的闽北口音舌头拌着蒜说："我不行！我不行！我干不了！"

但是郭老师还是顺应了他们的意见，最后团支部组织委员是王先晋，宣传委员是汪宜静，伴随着大家的掌声，94级中英文秘班的班委就走马上任了，我也就意外地成了我们班的班长。

"下午2点半，在学校的圆台处集合，咱们照合影。对了，我又想起来一件事儿，晚上7点，咱们学校在食堂3楼特别举办了一场歌舞晚会，这次晚会可不是歌舞表演晚会呦！主要是交谊舞舞会，中间谁想唱的可以献歌。这可是你们和师哥师姐们,还有其他系的同学们一次很好的交往机会呦!你们大家可得抓住了,平时咱们学校也有舞会,但一般都是安排在每周四晚上。这次是特意为你们准备的,希望大家踊跃参加。"

## 六　迎新舞会

　　照完合影，吃过晚饭，我们宿舍几个人简单地收拾了一下，只有安小超和张奇志特别正式，专门找出一件颜色鲜艳的衣服，还往头发上喷了发胶，吴继龙也学着他俩用梳子把头发梳得十分整齐。我则没有格外打扮，照旧一身衣服。时间到了，我们几个边聊边走到了食堂，上了3楼。3楼布置得像一个舞厅，更像一个有舞池的酒吧，中间一片空场儿是舞池，四周摆放着一张张桌子和椅子，屋子最里侧则是一个吧台，屋顶上是各种激光灯。还好，我们在一个角落的桌子旁边坐下，这时屋子里已经黑压压的全是人了，陆续不断还有新进来的同学，已经没地方坐了，他们只能找地方站着了，3楼得有二三百人。7点整，吧台旁一位身高170cm左右、马尾长发齐腰的女生拿着麦克风说道："咱们这次的舞会，是经请示学院领导的同意，特意为94级新同学举办的！我是今晚的客串主持，93中文文秘班的赵原，欢迎94级的师弟师妹们加入咱们北政院！咱们举办这次舞会的目的我想是以舞会友，以舞相识，在每一支舞的间歇也欢迎同学们献歌儿，献歌儿之前请到这边的吧台，拿两张纸条儿，一张上面填上歌曲名称交给音响老师，先确认卡拉OK机中是否有你要唱的歌曲，另一张则写上系、班级名称和你的姓名、歌曲名称交给我，我好隆重地介绍你。下面我宣布：迎新舞会正式开始！"片刻之后，音乐声响起了。

　　别看苏开辟平时牛里牛气、经常夸夸其谈，真一动真格儿的他就不行了,老吴推搡着他说:"开辟,你去吧!你去吧!跳一个!"苏开辟扭扭捏捏的,半拉屁股不离椅子,死活也不肯去。

我则坐在椅子上一动不动,借着激光灯打出的灯光,四处搜寻着雨飞的身影,结果令我失望,没有找到她。我百无聊赖地坐在那里有一搭无一搭地和张奇志聊了几句,一会儿张奇志起身去约他们班的女生王小霞的室友杨翠红跳舞了。吴继龙一时兴起,但还是没鼓起勇气约女生跳,则拉着安小超在舞池最边儿上扭起来,身姿生硬,让人忍俊不禁。两支舞曲过后,我仍呆坐在原处,这时主持人介绍:"下面,有请咱们92中文文秘班师兄于强献歌一首——陈百强的《一生何求》。"

掌声落、音乐声起,一个身材魁梧,身高得有180cm,头发乌黑锃亮的男生走上台,他的头发一根根齐刷刷地贴在头两侧,梳子梳过的痕迹在发胶的作用下犹如刻进了他的太阳穴上,一副黑色的宽边眼镜的镜腿也未改变他头发的整齐的纵向结构,他脖子上围着一条灰色的绒围脖,给人一种《上海滩》中许文强到场的"大哥"感觉。

冷暖哪可休,

回头多少个秋。

寻遍了却偏失去,

未盼却在手。

我得到没有,

没法解释得失错漏。

刚刚听到望到便更改,

不知哪里追究。

一生何求,

常判决放弃与拥有。

耗尽我这一生，
触不到已跑开。
一生何求，
迷惘里永远看不透。
没料到我所失的，
竟已是我的所有。
冷暖哪可休。
……

那粤语腔调别提多么纯正了。歌唱结束，一名女生头上梳着柔顺的马尾辫儿，上身穿着一件明黄色套头毛衣，下身一件天蓝色长裙，面部皮肤白皙光滑，标准的瓜子脸，长相清秀、气质脱俗，从我们隔壁的第四张桌子旁站起，手捧着一大束花儿上前，献给"大哥"。"大哥"左手拿花，右手顺手将她揽在怀里，抱了一下，脸象征性地碰了一下她的脸。我的妈呀！怎么能这么亲密呢？这可是大庭广众、众目睽睽呀！我心里十分惊诧。

第三支曲子响起了，我正在想刚才那位黄毛衣的女生，一个个子在162cm左右的女生走到我面前来，大方地问："同学，我可以邀请你跳一支舞吗？"

"我，我不怎么会……"我迟疑着。

还没等我说完，她就直接说道："没关系，我来教你。"说着，右手已经向我伸了过来。我毅然地站了起来，心想，有什么了不起的嘛！何况我姐姐也教过我三步、四步，我也不是一点儿不会。

挽着她的手，我们走进了舞池，但毕竟我没敢往舞池中间走。她真把我当成一点儿都不会的"新手儿"了，从姿势教起："把你的右手搂在我的腰后，你的左手和我的右手相合。"

我照她说的做了，"你稍微再把手往下些"。我心想，再往下不就是臀部了吗？我们便踩着音乐的节奏跳了起来。这只曲子是三步，三步本来就不难，而且我又会。在跳舞时，我才近距离地仔细端详了这个女生，她面目清秀，谈不上漂亮，但比较有气质，眼睛不大，但她的双眸乌黑清澈，头发略带金黄色，柔顺地披在肩后，正好垂在我的右臂处。她身穿一件宽松的彩色毛衣，下身穿一条健美裤，由于我怕踩着她的脚，因此不时下意识地低头看一下，看到她的腿十分苗条。在音乐声里，我俩慢慢地挪移着身体，从她的头发间、毛衣上散发出淡淡的我不知名的香水味道。

还是她主动问的我："你是94级的？"

"是，我是94中英文秘的，你呢？"我反问。

"我是93中英文秘的，我叫孟悦冬，你怎么称呼？"

"哦，师姐呀，我叫林秀，以后多关照呦！"她略点了点头，两眼深情款款地注视着我。我的双眼和她对视的一瞬间，我仿佛触电一样"唰"地害臊地低下了头，两颊有些发热。而她却十分自然地边跳边和我攀谈。我得知原来她家是大兴的，她和我同岁，生日只比我大5个月，属于提前一年上学的，她们班人数比我们班少，总共19个人，男生就2名，其中1名就是圆台边迎新晚会的男主持蔡世祥，另一名则是花花公子方洪生。17名女生，花多草少，而且文秘系93级男生8个人，各系93级男生加起来也就20多个，像样儿的没几个。随着音乐的停止，我又坐回到原来的座位上，要知道那个时代还没有手机，自然我们也就没留什么联系方式了。后来，我感觉也没什么意思，就和其他几位同学打了招呼，便离开了舞场，走到楼梯口儿时，朱丽和汪宜静一起刚要进3楼食堂门儿，于是我和她们打了一声招呼便径自离开了。

十月中旬已不像我们军训时那样热浪滚滚，已经有丝丝凉风吹拂了，舞场里由于人很多，气氛又热烈，我微微出了点儿汗，小风儿一吹，我感觉到了一丝秋的凉意。我赶忙拉上了夹克的拉链儿，沿着水泥路独自漫步，很快便走到了操场边，于是我漫无目的地沿着操场周围的水泥甬道绕圈儿。操场边上种着一棵棵粗大的杨树，墨绿的叶子随着轻风摇曳，我抬头仰望了一下，这时的天空湛蓝湛蓝的、清澈如洗，皎皎的月光洒落下来，透过杨树的叶子在地上留下了斑驳的影子，月光随着树叶在风中的晃动在地面上时明时暗，让人有一种迷离而不知方向的感觉。我正沿着水泥甬道慢慢地散步，突然树影处有两个人影儿，我听到了一对儿男女在那里窃窃私语，虽然听不出来他们说些什么，但听得出他们非常兴奋。我轻声咳嗽一下，他们顿时鸦雀无声，像是做贼似的向操场远处走去，看身影好像是辛小峰和辛莉莉，我暗自窃笑，让我想起了李清照的词《如梦令》中的"争渡、争渡，惊起一滩鸥鹭"。走着走着，树影处又是一对儿恋人在那里相互拥着对方，深情地亲吻着，男生一手搂着女生的腰，一手拥着她的脖子，搂得很紧，女生则背靠着杨树，发出了低低的呢喃声，我又轻轻地咳嗽了一下，但他们好像什么都没有发生，继续深情地享受着他们的热吻。一圈儿转下来，足足有七八对儿恋人，看来大学除了学习之外的另一个功能便是恋爱的好场所。我怅然若失地转了两圈儿，便不想再继续受这种恋爱的刺激了，一个人兀自走到了圆台前，在靠近草坪的台阶处坐下，自己试图想些什么。圆台的另一边儿几位女生聊得兴起，"我觉得咱们班的老七不错，长相帅气、身材魁梧，一身肌肉，有安全感！"一个长得白白的短发女生说道。

"马盈盈，那你就抓紧追呀！男追女，隔层纸呀！"一个披头散发的女生用双手拢了一下自己的长发说道。

"我是给你们介绍，他不是我的菜。我喜欢的是斯文的奶油小生，就像秦汉那样的，我是觉得他和雨飞挺合适的！"马盈盈说道。

"雨飞？"我的汗毛一下竖了起来，耳朵支棱了起来，自己刚才的胡思乱想瞬间被打断，注意力集中到她们谈论的话题上来。我扭头望过去，正是雨飞，她这次梳了一个粗粗的辫子，随意地编了几下。

"呵呵，你们说合适就合适呀？我对他又没什么了解，怎么能轻易地就去追他呀？要追也是他追我才对，人家答应不答应还得另说呢！"雨飞说道。

"哦，雨飞果然是单身呀！"我心中十分惊喜。

"好了，你不追他，那我哪天就告诉老七，说你喜欢被人追，让他主动追你就是了！"马盈盈笑嘻嘻地说。

"我用你去说呀！别没事儿找事儿，好不好？我自己的事儿自己处理。"雨飞略带娇羞地说道。

"燕燕，你看，她还害羞了呢！"马盈盈玩笑地说。

"不理你们了，我回宿舍了！"雨飞起身用手掸了一下屁股上的土，头也不回地向宿舍楼侧门儿走去。

"别走嘛！还没聊完呢，盈盈也是为你好嘛！"那个叫燕燕的女生叫道。

我有些反感马盈盈，随便把我的"梦中女神"介绍给别的男生，也没经我同意，我也愤然起身，追着雨飞的身影儿向宿舍奔去，但我的心里还是蛮欣喜的，毕竟雨飞还是单身。但当我进宿舍楼门儿时，她已经径自上了楼，于是我就自己回到了宿舍。

# 七　学生会报名

周二中午，吃过午饭，校园内圆台两侧，校学生会各个部、社便摆起了一溜儿桌子，开始"招兵买马"了，每个部、社的桌子前面都有一个小黑板，上面写着各部门的名字，体育部、文艺部、外联部、戏剧社，文艺部下面还专门设了一个合唱团……我走到了外联部的桌子前，王新进正在桌子另一头的椅子上坐着，看我过来便起身说："怎么样？有没有意来我们外联部呀？"

我几个部都已看过了，我又简单问了问外联部的主要方向，于是便报了外联部，成为外联部的干事了。我们宿舍的几个除了我之外只有张奇志报了校刊编辑部，因为他喜欢摄影，其他几个人哪个部都没有报，落得个清闲自在。我报完名之后，又四处转了一下，无意中溜过合唱团，看到名单上有胡雨飞的名字，心里"咯噔"一下，后悔自己报错了名，可是自己已经报了外联部了，我又是个信守承诺的人，就这样，一次与雨飞正常认识并熟悉的机会就这样错过了。

## 八　女子篮球友谊赛

第1学期，我们的课程安排得都很少，大家感到非常轻松。文秘系、管理系和青教系94级几个班每周二、周四下午都没课，少儿系因为是两年制，所以94少儿只有周四下午没课。学院便用4个周四下午时间分别安排四个系的94级男生和女生进行篮球友谊赛，男生队无悬念，94少儿获得冠军，因为他们中许多人是体育特长生。这次女生的篮球友谊赛则颇为精彩。先是管理系和文秘系比赛，文秘系女生普遍柔柔弱弱，而管理系则有几名人高马大的女生，长得又十分结实，结果意料之中管理系94级晋级。第二场则是青教系和少儿系比赛，结果少儿系94级也较为轻松地晋级。最后一场则是管理系和少儿系94级的决赛，少儿系出场的是马盈盈、陈燕燕、胡雨飞，其他两个叫不上名字。雨飞前面一场是替补，并没有出场，但这场则正式上场。她身穿一身粉红色的球衣，胳膊外侧和两腿外侧是三道白道儿，她依旧把头发略略地随意编成一个粗粗的辫子，浑身上下的活力由内而外散发着。

本场裁判是校体育老师庄老师，双方队员各自做了简单的准备运动，比赛便开始了。因为决赛没我们系的事儿，自然我们观赛就不用考虑自己系女同学的感受了，我们有给少儿系加油儿的，也有给管理系助威的，啦啦队的呐喊声响彻整个校园。我的目光自然聚焦在雨飞的身上，随着她辗转腾挪的身影移动着，她两只旅游鞋时而向左，时而向右，时而前后挪移，双手把球举起投篮的那一刻,她傲人的胸部又一次令我心潮澎湃、记忆断档。她身高在162、163cm左右,在管理系女生面前,她显得那样渺小,但是她动如脱兔,非常灵活,在高个子的"女汉子"之间不停地穿插着、运球行进、突破、投篮,动作是那样行云流水,那样自然,她不仅具有艺术天赋,而且还这么具有运动天赋,她在我心目中的形象更加完美了。

马盈盈在场上则不断叫喊着指挥着队员们传球并鼓舞着队员们的士气,她的短发使她显得非常干练。陈燕燕则气定神闲,手里拿球时不时地扫视着队友,她身材也非常好,非常丰满,披肩发因为打球的需要也用皮套扎成了辫子,她的皮肤也白而细腻,左侧脸上有两粒小红包儿,一看就是青春的痕迹,但我感觉她好像是发育比我们同龄的女同学更早一些,看年纪像是二十一二岁的样子,比我们都成熟了许多,有的是一种我这个年纪还不懂得欣赏的成熟之美。94管理的高个子女生她们班的同学呐喊时都叫她连欣,身高得有172cm左右,肤色微微有些黑,身材高大,胳膊有些粗壮,但并不是那种五大三粗的样子,是一种健壮的"女汉子"形象。她双臂很长,有些像长臂猿,伸出双臂拦阻的时候显得控制范围很大,她粗壮的双臂拦阻起来格外有力,对对方队员造成了极大的"杀伤力"。94管理的另一名女生庄颖身高160cm左右,脸是典型的瓜子脸,面色洁白如玉,看着十分柔弱,仿佛邻家女孩儿一样,我感觉她不适合篮球这种剧烈的对抗运动,但她十分灵活,虽然身高不具备优势,但运球、传球十分熟练,身手敏捷弥补了她身高的劣势。"庄颖,加油!"场外王海龙喊道。

"雨飞,加油!""燕燕,加油!""盈盈,加油!"场外的加油声此起彼伏,热情程度比场内的比赛都激烈。

我也在场外喊着:"少儿系,加油!少儿系,加油!"一边儿的我们宿舍的几个也分别给两个系呐喊助威。

正当雨飞接过球,准备运球向前突破的时候,头还未完全抬起来,连欣的双臂一伸,右脚向右前方斜跨一步,髋部正好顶了雨飞一下,雨飞由于刚接到球,欲运球前行,头又低着正待抬起,一不留神便被连欣拱倒在地,手中的篮球也飞了出去,被撞了个人仰马翻。还好,她反应及时,头没有磕在地上。"呀!"人群异口同声地惊呼。这时场外少儿系一名男生飞也似的冲了上去,赶忙去扶雨飞,"没事儿吧?没事儿吧?"关切地问道。我在一旁也心里一紧,向她那边挪了几步,但腿始终没走进场内,在不远处张望着,用期待的目光表达着我对她的关切。

"没事儿!没事儿!就是……"她翻起左手看了一下,左手掌心下方靠近手腕的部位擦破了5分钱硬币大小的一块皮,血渗了出来,但还好没有流更多的血。我的心揪了起来,但毕竟她不是我们班的同学,我不好上前表达我的关切和痛心之情。

少儿系的那名男生178cm左右,身体健壮,脸是长方形的,非常帅气,典型的肌肉型男,是属于众多女孩儿喜欢的那种男孩儿。经过上周四的男子篮球赛我已知道了他的名字,他叫周玉刚,也就是在他们班排名老七的那个。他冲连欣近乎是吼了一声:"怎么回事儿?打球呀还是打人呀?"

"她又不是故意的,比赛嘛,冲撞是难免的,你冲她发什么脾气嘛!"中文文秘班的张金鸣在场外给连欣鸣不平。

正待老七要回嘴时,雨飞说道:"她确实不是有意的嘛,你少说几句吧!"

老七便不再言语,用左手把雨飞搀扶到了场外,在球场外米兰绿篱边儿上的马路牙子上坐了下来,从旁边拿了一瓶未开封的矿泉水,拧开瓶盖儿,小心地把水倒在她的挫伤处,为她的伤口清洁。雨飞"啊"的一声叫,双眉拧成了一团,看得出来,非常疼,我的心再次揪了一下。

"很疼吗？"老七问道。

"是的！"雨飞哆嗦着说。

"没事儿，忍着点儿，用水先给你清洁一下伤口，避免脏东西感染。"老七一边说着，一边拿出一包纸巾，给她轻轻地擦蘸了几下，水基本上蘸干了，伤口还在渗着血，但还好，没流出血来。"走，我扶你去医务室处理一下伤口！"说着，在另一名女生的帮助下，他们往水房旁边的医务室缓缓地走去。

比赛继续进行，经过刚才的碰撞，场上的对抗程度大大降低了。但我已无心再观看比赛了，我扭头看着雨飞他们远去，直到他们身影儿消失在青少年研究所楼的拐角儿处，我的目光依然是不离不弃。许久，我才扭回了头，心不在焉地继续观看着比赛，但是心里却是无时无刻地不在想着雨飞到底怎么样了。

（也就是这次比赛，成为老七和雨飞恋爱的开始。）

距离比赛结束还有 10 分钟左右，雨飞在老七和另一名女生的陪同下回到赛场边上，她的左手腕部缠着白纱布，看来是校医给处理完了，她已不像刚才那样双眉紧锁了，看来伤得不太重。她面带笑容地在场外观看着比赛，并不时地把双手放在嘴边喊着："少儿系，加油！"她又恢复了受伤前的那股青春活力。这时候，我揪紧的心才算是放松了下来，心里暗暗地舒了一口气。

# 九 夜聊

女子篮球比赛结束后，吃过晚饭，我去了校阅览室，随便翻了翻报纸，心里想着下午篮球赛的事儿，心情久久不能平静，从入学到现在已经1个多月了，雨飞的一颦一笑和她的身影在我闲暇的时候便会浮现在我的脑海中，甚至有时上课走神儿也会想到她，而我又是一个人苦苦地"单相思"，既有些百爪挠心的感觉，又有些郁闷不能疏解。没到闭馆，我就独自回到了宿舍。

洗漱过后，我看着刚晚上9点多一点儿，就上楼去221宿舍找辛小峰。辛小峰还没回来，王先晋也不在，他们的长治老乡张桦在窗旁右侧的下铺听着音乐，对面上铺的国亚飞坐在床上摆弄着什么，门边儿上下铺的张银光看我在宿舍门处，主动走上前来，双手热情地握着我的右手："欢迎林班长到我们宿舍视察！"他握手的样子就像是红军两万五千里长征会师时的样子。

我也玩笑着侧身歪着头一本正经地说："哦？小鬼——在忙工作嘛，不错！不错！"

他嘿嘿地咧嘴笑着，然后来了个立正，像模像样地敬了个军礼，"请首长放心！保证完成任务！"

我也被他滑稽的样子给逗笑了。张银光是小个子，身高在163cm左右，头大大的，和他的身高有些不匹配，已经开始谢顶，满脸的胡子茬儿有黑有白的，显得十分沧桑，在军训时我已得知他21岁，仅比他们宿舍的老大王先晋小不到1岁，是这个宿舍的老二。

国亚飞在上铺也与我打了声招呼，张桦看我进来了，赶紧把手上的随身听放下，起身从桌子下搬了把凳子请我坐下，"林秀，你来了呀？"他用带着老陈醋味儿的山西话说。

"是的，没事儿到你们宿舍来看看，小峰不在？"我用右手示意了一下他的上铺问道。

"他还没回来，可能是在阅览室看书。你坐这儿先等会儿，找他有事吗？"张桦问。

"他肯定没去阅览室，我刚从那儿回来，他肯定是和辛莉莉轧马路去了！那我等他会儿。"军训时我们已经都熟了，开起玩笑来就没有刚见时的那种顾忌了。

我上前站到张桦床边儿问："你在听什么歌儿呢？刚才进来时我看你还哼着呢！"

"我在听刘德华的新专辑呢！"他回道。

"哦？你也喜欢刘德华的歌？他可是香港四大天王之一呀。给我看一下。"

他把磁带盒儿递给我，我一看磁带盒儿上印着《天意》。"让我也听一下，行吗？"我征求着他的意见。

"来，坐这儿，给你耳机。"他拉我坐在他旁边儿。

"这样，咱俩一起听，他哪首歌儿最好听？"我边问边把另一个耳麦给他，我俩一人一个耳机，既方便我们共同听歌儿，又方便我俩聊天儿，两不耽误。

"《天意》这首就不错！"张桦回道。

谁在乎我的心里有多苦，

谁在意我的明天去何处。

这条路究竟多少崎岖，多少坎坷途，

我的心早已没有回头路。

……

张桦跟着音乐也小声哼唱着。

离宿舍熄灯还有半个小时左右，小峰拿着本儿书回来了，我一看时间不早了，也就不再与他们闲聊了，因为该洗漱了，我不想耽误他们，便简单说了几句话就离开了。躺在床上，我睡不着，宿舍里其他几个人也无睡意，我们便闲聊起来。这时，平时不怎么言语的林达雷叫他上铺的张奇志说："奇志，你们班有一个长发到肩、圆圆脸、白白的，穿一件淡蓝色的上衣的女孩儿叫什么？"

"哪个呀？"

"就是下午篮球赛和戴红色发卡头上梳着许多小辫儿的那女孩儿一起的那个。"

"行呀！够有眼光的呀！她可是我们班的美女之一呀！没看出来，你平时不言不语的，蔫人出豹子呀！"他故意卖关子没说女孩儿名字。

"快告诉我呀！"林达雷从床上跳下来，扒着上铺眼巴巴地看着奇志。

但奇志就是不说，一边的苏开辟也帮助林达雷搭腔儿："奇志，你就告诉他吧，你看他，哈喇子都快流出来了！你就救救他吧，否则他跳楼自杀你可要负责呦！"

"跳也摔不死，咱们住的是1楼。"老吴笑嘻嘻地说。

奇志笑而不答，达雷急得团团转，最后利用他的身高优势，抓住奇志的左胳膊不停地摇晃，"你说不说，不说我就不让你睡觉了！"

奇志躺在床上被达雷摇晃得受不了了，无奈，说："好好好，别晃了，都快被你晃散了架了，她叫林霏霏。"

"林霏霏？和我是当家子呢，谢谢奇志了！"达雷兴奋地说，于是停止了晃动，躺回自己的床上。

"大个子也开始发春了。"安小超笑着说。

"达雷同志也是人（'银'音）嘛！"苏开辟学着周总理的口音说。我们都哄然大笑。

达雷有些不好意思，但嘴上却反驳道："有什么好笑的嘛！只许你们天天说这个女生好，那个女生好的，就不许我有一个心仪的？"大家又是一阵大笑。

"那你就去追吧！奇志回头给达雷创造一下机会呗！"老吴说道。

"好呀！"奇志爽快地答应了。

"你怎么给我创造机会呀？你要是帮我认识林霏霏，我请你，不，请咱们全宿舍人吃饭。"达雷头抬了一下说。

"回头我找机会和林霏霏说一下。"

聊着聊着，话题从达雷身上转移到老吴身上了，谈起了他喜欢的王小霞，老吴总感觉她温温柔柔的不错。我搭腔儿道："刚才我上221宿舍，和张桦聊天，他说他也喜欢王小霞，而且好像已经开始准备发动追求攻势了，昨天刚和别人换了座位，已经和王小霞同桌了。这回你可有竞争对手了，要不抓紧王小霞恐怕就是别人的了。"

"啊？什么情况？我这儿还没开始呢，就有人捷足先登了？"老吴"腾"地从床上坐了起来，床都晃了一下。

"怎么了？地震了？你没事儿吧，老吴？"上铺的苏开辟扒着床探下身来问。

"没事儿，没事儿，就是有些意外。看来我还真是落后了，这可怎么办呀？老苏，你给我出出主意吧！"

上铺的苏开辟得意地说道："你还真是找对人了，我还真有个办法。奇志，明天中午吃饭，你就把王小霞约到食堂一个地方，说有个事儿要和她说一下，你们俩原来和现在都是同班同学，这事儿她应该不会拒绝。"

"好吧，我明天尽量试试！我可不敢保证！"

"太谢谢你了！奇志，真不知道该怎么谢你？"老吴从床里探出头来扭着身子向张奇志的方向欣喜地说道。

结果话锋一转，方向又都集中到我这儿来了。"林秀，前一段儿你一直说还没有对上眼儿的！现在怎么样？应该找到目标儿了吧？"

"嗯——现在还真有那么一个。"原本我不想说，想把这个秘密埋在心里，但最近对她的思念一直在折磨着我，就如同数万只蚂蚁啃咬着我一样，让人挥之不去、心痒难耐，但又无能为力，正好借此机会一吐为快，感觉也许还会好些。

"哪个？哪个？哪个系的？哪一级的？"苏开辟和安小超纷纷"腾"地翻身扒着床探下身来，新奇地望着我问。

"嗯——是94少儿的,她叫胡雨飞。"我不好意思地吞吞吐吐道。

"胡雨飞？是哪个？"老吴急切地追问。

"就是今天下午打篮球受伤上医务室的那个。"我回道。

"哦，是她呀！一个大美女！你小子还真有眼光儿呀！"上铺的安小超恍然大悟地说。

"那么漂亮的女孩儿，她应该有男朋友了吧？"老吴问。

"据我所知，现在还没有！"

"呵呵，行呀你！蔫不出溜儿的你还进行了秘密调查？"苏开辟戏谑道。

"不是了，我也是无意间知道的。昨天晚上我不从舞会出来嘛，没事儿在操场瞎转悠两圈儿，结果这一对儿，那一对儿的，到处都是谈恋爱的，我无聊，便在学校圆台那儿坐了会儿，结果正巧她和她两个同学在圆台另一边儿闲聊，无意中得知她还没男朋友的。"我解释道。

"哦，行呀你小子！不光是艳福不浅，还是007呀！还能刺探信息呢！"苏开辟继续拿我开涮。

"这也算是巧了嘛！"

"那后来呢？"老吴好奇地追问。

"就没什么后来了。哦，对，她那两个同学，就今天也上场了的那个她们班的短头发的，好像叫马盈盈，还有那个长发的、脸上两粒小红包儿的那个，好像叫陈燕燕的那个，她们仨在聊他们班的一个男生，好像叫老七，就是今天搀她去医务室那个。"

"哦，就是前些天和咱们打篮球的那个，是他们班的主力，那可是小牛犊子，人长得壮，也特别猛！"老吴打断我说。

"老吴，你别插话，让老林继续说！后来呢？"苏开辟阻止老吴说。

"后来，马盈盈就说她觉得他们班的老七不错，长相帅气、身材魁梧，一身肌肉，有安全感，陈燕燕就鼓励马盈盈去追，马盈盈说他不是她的菜，她觉得他和雨飞挺合适。"

"后来呢？"安小超急切地追问。

"后来雨飞就说：'你们说合适就合适呀？我对他又没什么了解，怎么会去追他？要追也是他追我才对，我答应不答应还另说呢！'于是我就知道她还是单身呢！"

"再后来呢？"苏开辟穷追不舍地问。

马盈盈就说："你不去追他，那我哪天就告诉老七，说你喜欢被人追，让他主动追你。"

"胡雨飞的反应呢？"老吴也关切地问道。

"那你们问她去呀！"我故意装作不知道。

"我去——不带你这样儿的，说了半截儿又和我们卖起关子来了。"达雷半天不语终于冒出了一句。

"你还没睡呢呀？我以为你早睡着了呢？"我笑着问道。

"你们聊得这么欢，我能睡得着？"

"少说废话了，让老林继续说！"苏开辟不耐烦地说。

"后来，就说'我用你去说呀！别没事儿找事儿好不好？我自己的事儿自己处理。'就径自走回宿舍楼了，我也起身回宿舍，但没追上。"我讲完了。

"哦——还有行动了呢！老林，行呀你！没看出来呀？"苏开辟一副恍然大悟的坏坏的样子说。

"哎，你又拿我开涮了！我这儿正烦着呢！"我侧过身，又用胳膊肘撑着头有些发愁地说。

"她没男朋友你烦什么呀？"老吴不解地问。

"我现在是有危机感了，她不有人惦记上了嘛。"我说道。

"你也是惦记她的人之一呀，这有什么呀？"苏开辟说。

"哎——烦！"我又躺了下来。

"有什么好烦的呀？喜欢你就追好了，即使那个老七追她，你们也是公平竞争嘛！"苏开辟说。

"问题我这个人不是脸皮儿薄嘛，我从未主动和女孩儿搭过讪，更别提主动向喜欢的女孩儿表白了。"我有些不好意思地说。

"鼓起勇气就试一下嘛！为了自己喜欢的女孩儿也值得，哪怕人家拒绝了你，你今后也不会后悔呀！"张奇志说。

"问题是我真担心她会拒绝我呀！现在好歹我没事儿时还能想想她，那感觉还挺好的，如果她拒绝了我，我岂不是彻底没希望了？"我担心地说。

"哎，那怎么办呀？要不我帮你敲她宿舍的门，转达你的思慕之情？"苏开辟用试探的语气问道。

"这个——"我仔细地想了想，"这样能行吗？反正我总觉得挺别扭的。"

"只要你同意，我就去试试呗！反正是我替你表白，我没什么好难为情的，就怕你磨不开面儿。"他说道。

"不行，让我再考虑考虑。"我又感觉到有些不妥。

"有什么不行的？既然老苏都说帮你去说了，你就让他试试，你腼腆，他替你去说不就行了？这样也不用你去面对胡雨飞了，避免了现场的尴尬，既不用你出马，又为你表白了，不挺好的吗？你还犹豫什么呀？"老吴劝我。

"嗯——那就——那就试试吧，就麻烦你了，老苏。"我谢道。

"有什么麻烦不麻烦的？都是一个宿舍的兄弟嘛！明天中午我就找她去说。"

"好。"我充满期待又惴惴不安地睡去了……

## 十 "约会"

  第二天中午，我们宿舍几个人一起去食堂吃饭，我们买完饭菜落座后，张奇志还真把王小霞给带来了，程玲玲也跟着王小霞一起来了，他安排王小霞坐在了吴继龙的对面，程玲玲坐在了苏开辟对面，这时我看到老吴非常紧张，脸都涨得有些红了，手足无措的。张奇志对我们介绍说："这就是我高中的同班同学，你们都知道名字了，王小霞，小名'毛毛'。"他又向毛毛介绍说："这就是我们宿舍的几个哥们儿，林秀你认识了，咱们房山老乡，他是安小超、他是苏开辟、他是林达雷、他是吴继龙，我们都叫他老吴。"

  "你们好！"毛毛弱弱地说了一声。

  "你好！毛毛。"我回道，他们几个也打了招呼。

  "今天我们宿舍很有兴同时认识你们两位美女同学！他们早就对你们俩相见恨晚了。"张奇志玩笑着说。

  "程度有这么严重吗？"程玲玲落落大方地问。

  "当然了，我们有的人都快害相思病了。"苏开辟两眼紧盯着程玲玲说。

  "谁呀？至于吗？"程玲玲问。

  "当然至于了，就是我们这个老实巴交的老吴呀！"苏开辟用左手搂了一下老吴的脖子说。

  "你行了吧！"这时老吴更加局促不安了。

  "那是为谁呀？不会是为我吧？"程玲玲非常自然淡定地问。

"当然不是了！毛毛，你觉得我们老吴怎么样？"我委婉地问道。这时程玲玲明白了，不再搭腔，但她的目光却始终盯着我。我假装没看见，注视着毛毛，等待着她表态。

"这个？——什么怎么样呀？人家才第一次见他，我怎么知道他怎么样呢？"毛毛害羞地低着头说，右手的饭勺儿不停地扒拉着饭盆儿中的土豆片儿。

这时老吴也不知道怎么了，突然跟打了鸡血似的精神一抖擞，坐直了说："毛毛，和你直说吧，我在军训时就看到你了，就觉得挺喜欢你的，不知道你对我的感觉怎么样？"我们宿舍的几个都瞪大了眼睛，不敢相信自己的耳朵，没想到老吴当着众人这么勇敢地直接表白了！

正在众人惊愕之间，毛毛突然起身，拿着饭盆儿看也不看我们夺路而逃。这时我们才缓过神儿来，张奇志叫道："毛毛，你干吗去？"毛毛理都没理他，她的身影消失在了食堂门口。

"哪儿有你这样的？这么直白地和一个女孩表白？而且是在大庭广众当着这么多人，哪个女孩子不难为情才怪呢！"说着，程玲玲也起身拿着饭盆儿追毛毛去了。

"老吴，你真是的，第一次见面就直接表白呀？"张奇志有些责怪地问。

"啊？你们不让我直接上吗？"他眼睛看着安小超说。

"我上次是说让你把她约到一个地方，向她表白！也没让你第一面认识就表白呀！"小超争辩着说。

"那你上次不早说？"老吴责怪道。

小超刚要再继续争辩，我赶紧解围，"算了，这也不能完全怪老吴，毕竟他也没有过恋爱的经验，不过今天来看，老吴比我强多了，至少敢在大庭广众之下向自己喜欢的女孩子表白，这就值得咱们学习。这次见面也未准毛毛不喜欢老吴，也许她只是害羞呢，也说不定。老吴，你也别灰心，继续追呗，反正这次你们也认识了。"

"哦，你就别安慰我了，我看这次我是失败了。"老吴沮丧地说。

"哎，现在还没说不成呢呀！退一万步讲，即使你和毛毛不成又怎么了？天涯何处无芳草呀。"苏开辟说。

吃过饭，我们便回了宿舍。苏开辟出去了一会儿回来，对我说"我上3楼敲胡雨飞她们宿舍的门了，没人儿，看来得下周我再替你去表白了。"他坏坏地说。

"哦，你还真去了呀？真有你的！谢谢了！"我感激地说。

转过周来的周一晚上，10点多一点儿，阅览室闭馆后，我回到宿舍，正准备去洗漱，苏开辟在上铺神神秘秘地说："林秀，今天晚上你刚去阅览室后我就去3楼了，替你向胡雨飞表白去了，说你对她印象非常好！"

"哦？你又去了？她怎么说？"我停住脚步，把脸盆放在桌子上，扭过身子扬着头儿注视着他问。

"她——啊——她——"他故意和我卖关子。

我赶忙扒着他床边上的把手，进一步追问："她怎么说？"

"她嘛，没说什么，就把门儿给关上了。"

"你和她提我名字了？"

"提了。"

"后来就没什么了？"我又追问。

"后来，他们班的老七晚上8点就过来咱们宿舍敲门，说找你，我们说你出去了，没在。"苏开辟又故作一本正经地说道。

"啊？都找上门儿来了？是真的吗？"我将信将疑地盯着苏开辟。

"不信？不信你问老吴呀！"

"老吴，老七真的找上门儿来了？"我又看着老吴。

老吴笑嘻嘻地说:"嗯——真的。"他边说边笑,但目光不敢直视我。

我更加怀疑可信度了,"老七他们几个人来的?"

"就他一个人。"老吴说。

"他还说了什么?"

"他就问林秀在吗?我说你出去了,现在不在。"苏开辟说。

"哦。那看来你说的还真是真的了。"我还是半信半疑。

苏开辟"哈哈哈哈"地大笑,假装嗔怪地说:"看,饶了我拉着老脸去替你向意中人表白,你不感谢我,居然还怀疑我,这以后好人是没法儿做喽!"

"哪儿能呢?要是真的我当然得感谢你了。但即使是真的,最终也没有雨飞的反馈呀!结果还把老七给招来了。这不是引狼入室吗?"我心里平添了不少烦恼。

"那也不能怪我把狼给引来了呀!你要自己上门去表白,估计狼也会来。"苏开辟解释道。

"哦,哦,那倒是!我先洗漱去了。"我端着脸盆直奔水房去了(后来经证实,苏开辟根本就没去替我表白,是编出来这么一段儿,当时我的怀疑还是对的)。

# 十一　国庆四十五周年成就展

十月底，军事博物馆举办了国庆四十五周年成就展，学校组织我们94级新生中的入党积极分子（在军训时我已向党组织递交了《入党申请书》和几份思想汇报）去观看。周四下午，由于学校没有安排统一乘车，我们便各自坐公交车或地铁去。我选择了坐地铁去，先坐401路公交车到东直门，然后乘地铁2号线到复兴门，再换乘地铁1号线前往军事博物馆站。展览是下午2点开始，我们草草吃过午饭便坐车倒地铁。中午时分，地铁上人山人海，根本没有座位，还好，我们都是年轻力壮的学生，站着也无所谓，复兴门站换乘1号线时，我有了一个座位，坐了1站后，有个抱小孩儿的妇女上车，我便把座位让给了他们，我继续手拽着地铁的吊环，百无聊赖地四周环顾。在我右侧距我2米左右的人群中，我看到了雨飞也正自己一个人右手拽着地铁的手环在想着什么。她的脸左侧对着我的视线，脸部的轮廓更加清晰分明。地铁里人挨人、人挤人，她并没有注意到我。我便贪婪地、目不转睛地盯着她看，但又装作若无其事的样子，盯了良久，大概是到了木樨地站的时候，她似乎察觉了有人在观察她似的，突然把头扭向我这个方向，我俩四目相视，我有如触电的感觉，身体一机灵。她本来是面无表情，但不知怎么的，她非常自然地莞尔一笑，那笑容是那么温柔典雅，那么落落大方，那么柔情似水，我本想坚持着继续看着她笑，但头已经不由自主地低了下去，两颊绯红且有强烈的灼热感。等我再向她的方向看时，留给我的又是她起初的左侧脸，看了没一会儿，地铁广播又响了，"军事博物馆站马上就要到了，请到站的乘客准备下车"。她先被人流拥了出去，接着我也被人流拥出了车厢，她在我前方大概5米远处已经上了台阶，我只能看到她粉红色的身影，虽然距离不远，但地铁中人潮如粥，想站稳脚跟都很难，只能随着人流一小步一小步地踱出了车站。

　　到了军博前面的广场前，各班的班主任正在召集着各班的学生，我自然找到了郭岩老师，各班同学面向东在班主任面前纵向站了两列，我们班的队在最北侧，而少儿系则在最南侧，我向那边扫视了半天，看到了雨飞的粉红色秋衣。在郭老师的带领下，我们班首先步入军博那高高的铜色大门。进到门里我们看到的便是国庆四十五周年成就展的前言，然后我们向右侧步入展览的正题，这时我回头向门外望了一下，并没有看到雨飞的身影。自由参观了，我便一章一章地看展览了，一方面是认真观看，并不时地拿出笔、纸来记下一些，另一方面也是想等等雨飞。但看了两章也没看到雨飞跟上来，我不自觉得有些失落。这时我专注于看展览了，我边走边看，边看边记，着实认真、确实，一张张图片和一组组模型，展现了祖国建国四十五周年以来取得了辉煌的成就，我为我们祖国的高速发展感动、自豪和骄傲。

　　正当我走到各省成果展示厅入口的时候，粉红色运动装跃入了我的眼帘，旁边还有穿着黄色粗织毛线毛衣、短发的马盈盈，原来她和雨飞已经在不知不觉间走到我前面去了，我赶忙加紧了脚步，向前赶去。在宁夏厅观看展览时，我赶上了她们，这时我又下意识地放缓了脚步，又和没事人儿似的，装模作样地观看展览，但眼睛的余光始终没有离开粉红色运动装。一度我们双方隔着展品两三米远甚至相对而视。我还假意认真地看着展览，而马盈盈和雨飞一边也不知道是看着展览还是看着我，比手画脚地也不知道在说着些什么，我猜与我有关，但又不确定。看着看着，她们俩笑着离开了这个展台，走向了青海厅，我也慢慢地往青海厅走，但她俩并未在该厅驻足便又去往新疆厅，我不好意思紧追不舍，担心被她们看出来而不好意思，于是我在青海厅徘徊了一会儿，才再次向新疆厅走过去。但当我到新疆厅的时候，"粉红色运动装"和"黄毛衣"却从我的视线中消失了，我左顾右盼，就是不见她们的身影，直到看到展览的结束语，也未再见"粉红色运动装"和"黄毛衣"的踪迹，在回程的地铁上，我也未能再次与她邂逅，莫名的失落感不觉油然而生……

## 十二　失望

　　雨飞在地铁上与我相视时的莞尔一笑深深地刻在了我的脑子里，永远地定格在了那个瞬间，无数个夜晚，那个瞬间都时时地浮现在我的脑海中，让我感到无比喜悦和幸福，似乎只要想起她的笑容一切烦恼就会消失，一切不开心就不值一提，她的笑容简直成了我在学校学习的精神支柱了，甚至我一切的动力都源于她的笑容。

　　对于新生来说，大学的一切都是那么有新鲜感，大学生活的悠闲，是繁忙的高中生活所远远不能企及的，我们一周除了两个半天儿没课外，其他每天上午4节课，下午2节课，下午4点后的时间就全是自己的了，可以想干吗干吗去。同学们经常在4点后打球、看书、听音乐、在校园中遛弯儿，无忧无虑，住在学校里又远离父母的管束，简直是人生中最幸福自在的一段时光了。

　　不知不觉已是11月中旬了，这时天气渐凉了，同学们经过2个多月，已经熟悉了校园的环境，也都各自形成了自己的一个生活规律。我呢，下了课，将书本放回宿舍，就到学校的篮球场，学校有两个篮球场，有人打篮球，如果人数不够10个人，我就参加他们打篮球，但当人数够10人的话，我就组织一帮男女同学去另一个篮球场打排球。苏开辟和吴继龙二人虽然一个胖胖的、一个瘦瘦的都跑不了多快，但他们没事儿就去操场上踢足球，安小超和林达雷则整天宅在宿舍中也不知道在忙些什么，张奇志每天进进出出校门儿，听说在兼职跑个什么业务，反正总是忙忙碌碌的。我们隔壁的123宿舍住的全是94中文文秘班的男生，张金鸣、赵凯、娄元宝、汪宇基本上就是没事儿和苏开辟他们踢足球，李坤天天神神道道的戴着耳机也不知道在干什么。我的好朋友洪佩卿每天的运动基本上是打篮球，没什么人打篮球时他也参加我们的排球队，他一身肌肉，身体素质相当好，打球也打得相当棒。我身高170cm，无论是打篮球还是打排球都靠自己绝佳的弹跳力弥补了自己身高的不足，加之从小是校锻炼队儿的，我的奔跑的速度和爆发力也是非常好的，高中时我100米最好成绩是12秒5。我的另一个好朋友辛小峰由于英语中学时就不行，所以报了我们学院新开设的日语专业，经常看他抱着一本日语书背日语，但他业余的时间更多的则是和辛莉莉在一起耳鬓厮磨，卿卿我我。

　　女生们则常常是以宿舍为单位进行活动了，421和423宿舍是我们文秘系94级宿舍，其他宿舍都是各个系甚至不同年级的女生混住。423宿舍有我们班的汪宜静、朱丽、卢海鹰，还有中文文秘班的郎慧、汪思琦、徐蔓玲、王小颖，她们则经常在宿舍楼侧门外的空地上围起一个圈子踢毽子，有时我出宿舍楼侧门看篮球场上没什么人，也参加她们的踢毽子，偶尔安小超也参加这个活动。421宿舍有我们班的陆英凯、王玉华、杨莎莎，还有中文文秘班的李雪蕊、王琪、林霏霏，前4个人经常跟我们打排球，后2个人不好动，则经常在场外观赛。

　　但多数时候还是我带领一帮人去打排球，后来踢毽子的小圈子开始分化，有人不再参加了，我就把汪宜静和朱丽她们叫在一起打排球。起初，许多人连接球都接不好，甚至不知道怎么托球，经常用手持球，我就组织大家排成一个圈儿，我在中间分别把球传给他们每一个人，然后他们每个人再打还给我，最开始的时候我是一个挨一个地传球给他们，过了些天我就不规则地传球给他们了，如果谁注意力不集中，那恐怕球就要砸在他的身上或脑袋上了。围成圈儿来练的基本上都是没有任何排球基础的女生，我被同学们戏称为"花心儿"，相当于一朵花儿的花蕊，我这个角色被许多男生羡慕嫉妒着，有个别时候我们的体育老师庄老师和佩卿在我打篮球时也替代我这个"花心儿"的角色。2个多月下来，大家都掌握了基本的排球要领，并且基本知道了一些规则，我们就在一个篮球场中间架起一张排球网，打起了正式的比赛。我们每天举办排球比赛的篮球场一度是我们校园里最热闹的一个区域了，我平时打球兼做裁判，有时庄老师没事儿也来做我们的义务裁判，我们的排球赛人数最多时有20多人，后来我便把同学们编成4个组，两组先比，其他两组观战的同学顺便帮忙拣球．比赛是15分制，本场胜的组仍留在场上，输的则下去帮忙拣球，另一个组补上，依此类推。虽然我们都是业余球员，但是我们严格按照国际排球比赛规则比赛，大家的水平从开始的基本拣球，变得能比较精彩地打下一场完整的比赛了。我们排球比赛不仅是我们校园里一度最热闹的，而且也是参加的系、班最多的，一般是我们文秘系的同学，但经常有其他各系的同学参加进来，特别是女同学，不单单是北京的，山西的、福建的、江苏的同学也加入了，人气极高。但是，我们的校园活动除了足球赛有93级男生参加外，排球比赛和篮球比赛则没有师哥师姐们参加。

一般我们下午的打球时间也就一个半小时，因为5点半就要吃饭了，吃过晚饭，还可以打一会儿，之后大家就各忙各的了，我则是形成了去阅览室看书的习惯。阅览室每天晚上7点开门，因为开始不了解，有时7点半去，但阅览室基本上座位前的桌面上都摆满了书，有的有人，有的是用书给别人占座位的。所以我每天差几分钟7点就去阅览室门口等，经常一开门就是前几名进去的，这样，便不担心没地方坐了。一开始，我只是随便看些杂志什么的，但过了半个月，感觉到有些空虚乏味，又耽误自己的大好青春，就给自己订了一个看书计划，要每学期至少看10部中国或外国名著，所以我将每天必上的英语课复习和预习完，就仔细品味从图书馆用借书证借来的名著。我就是在这个时期阅读了几十部国内外名著的。

  11月中旬的一个周二晚上，我照例打完球，简单洗洗，吃过饭，便第一个走进了阅览室，正抱着一本《红与黑》津津有味儿地看时，在我对桌坐下了两个人。在他们挪开椅子坐下的一刹那，我无意中抬头看了一眼，顿时心中吃了一惊，"啊？这不是雨飞和老七吗？他们俩居然一起来阅览室了！"我手足无措，刚才脑海中的于连·索黑尔试图鼓起勇气向女主人公表白的情节一下子就被抛到了九霄云外。我的注意力再也无法集中在这本书上了，虽然我的头还是低着，我的眼睛还是注视着书，但我的精力根本就不在书上了，转而集中自己的"五感"去搜集对面二人的信息了。他俩也没看什么书，一个去报纸架上拿了一份报纸，另一个拿了一本杂志在看。他俩时而窃窃私语几句，时而还低声笑着，时而两个头挨得很近看着一方的报纸或杂志的内容出神，他们那叫一个亲密呀！我的心仿佛被上万根针扎一样，是那样刺痛，而且还不停地滴着血，不觉得地眼睛里漾出了泪水，但在眼镜儿的后面，并未被别人发觉。我低着头，进而趴在长条桌上，抑制着自己的悲痛，轻轻地用手擦抹着自己的眼泪，我已不忍再看他们亲密的举止，我装作趴在桌子上睡觉，但他们不时发出的私语声和笑声无情地撕扯着我已经破碎了的心。他俩在阅览室待了不到1个小时就起身了，听见椅子的响动，我假装睡醒坐直了，继续看着面前的书，余光中我看到他们俩站起来后老七绅士般地把雨飞身后的椅子向后拉了一下，她离开长条桌时他又把椅子挪回了原位，他们就一起私语着把报纸、杂志放回原处，拉着手走出了阅览室。我看着他们的身影，思想好像被掏空了一样，两眼直勾勾地，惘然若失。我已没有心思再继续看书了，过了几分钟，感觉他们俩应该走远了，我收拾收拾桌子上的书，起身离开阅览室，我不想跟着他俩，再被他们的亲密所刺激，因为我的心这个时候已经被撕扯得粉碎了，没有一处再可以被双手撕扯的部分了。

虽然刚才眼中的泪水已经被我揩干，但这时我的眼睛中仍不时地涌出泪水来。两个多月以来，就是她的音容笑貌每天陪伴着我入睡，就是她给了我从未有过的恋爱感觉，虽然是单相思，但这在以前是没有过的，这种感觉是那样美妙、那样麻酥酥的、甜津津的、酸溜溜的、梦幻般的，是一种此生第一次尝到的幸福感、期待感和满足感。但是现在呢，我剩下的只有针扎一样的疼痛，黄连水一样的苦，青柿子般的涩，是美梦回到残酷的现实、是幸福的彻底消亡、是希望的荡然无存。我双眼模糊地离开阅览室，在楼道里默默地走着，辛小峰和辛莉莉手挽着手迎面走了过来，"哎？林秀，怎么这么早就走了？这不是你的风格呀？"小峰问道。

我仿佛什么都没有听到，也没理会他们，茫然走开，背后隐隐听到莉莉说："他今天怎么了？怎么有点儿不对劲儿？你要不要跟着他去看看？"

"他应该没什么事儿吧，他不定想什么呢，他是他们班的班长，也许想他们班的事呢，没听见吧。明天我再去找他吧。"

我失魂落魄地走下楼梯，走出教学楼门儿，来到圆台前，教学楼1至3层的教室基本都亮着灯，日光灯的白光透过玻璃窗投洒在圆台上，蓝蓝的天上随意地飘着几朵白云，月亮像一弯镰刀一样悬挂在天上，发出清冷的寒光，那种光的亮度让人感觉阴暗、刺骨、冰冷。圆台的台阶儿处有三两个同学在聊天儿，我选择了圆台靠近草坪的一侧坐了下来。现在已是深秋了，一阵阵清风吹来，草坪中凤尾丝兰的叶子微微颤动着，宝塔似的柏树的树尖儿处不停地摆动着，但是树下方则感觉没有什么动静，柏树左侧的一棵碗口粗的法国梧桐的叶子多一半已经干枯了，在风中发出"哗啦""哗啦"的响声，这草坪中众多的植物，也只有它在提醒着人们天气已是深秋了。我坐在圆台上，泪还是控制不住地往外涌，我从兜里掏出手绢来擦了又擦，飕飕的小风儿使我顿感秋的寒意，我的身体不时地还有些瑟瑟发抖。看来圆台也不容我在此停留了，我又往操场方向走去，拿出收音机，胡乱播了一个英语频道，沿着操场边的水泥甬道慢悠悠地走着，四周的黑影处依然如故，一对对青年男女在那里私语着、相拥着、亲吻着，我更感觉到自己的形单影只，心中的寒意不断地涌出来。操场看来也不容我停留了，于是我从宿舍楼侧门儿走进了楼道，我意识到我的眼泪虽然擦干了，但泪痕犹在，我不想让舍友们看到，更不想让他们笑话我，我便径直先进了位于楼道左侧第二间的水房，随便地洗了把脸，然后悄悄地进了宿舍，在8层脸盆架的第五层拿出自己脸盆中的毛巾擦了擦。

"你怎么这么早就回来了？"林达雷用他深沉的声音问。

"没事儿，今天下午打球有些累了，在阅览室直犯困，索性就回来了，想早点儿睡。"我头也未抬，没敢看他，生怕他看到我红红的眼睛。

"哦，太阳真是从西边儿出来了，平时阅览室不关门儿你都不回来。"那边儿我上铺的安小超说。

我故作掩饰道："怎么？老吴他们仨还没回来？"

"谁知道上哪儿野去了？没准儿泡妞儿去了。"安小超玩笑着说。

我没再搭理他们，换了拖鞋，到水房随便冲了冲脚，擦干了，回到床上，面朝里对着墙，把被子蒙在头上就睡。但是，我哪里睡得着呀，满脑子都是刚才阅览室里雨飞和老七那恩爱的一幕，我试着不去想他们，想赶紧睡去，但却欲罢而不能。脑子里像过电影儿一样，一会儿是在水房中与雨飞第一次相遇的场景，一会儿是迎新晚会上雨飞婀娜的舞蹈场景，一会儿是军训中雨飞长发挽在军帽中行进的场景，一会儿是打篮球时雨飞辗转腾挪的场景，一会儿是地铁上雨飞莞尔一笑的场景。总之，满脑子里都是她，我怎么也睡不着。一会儿宿舍那几个都陆续回来了，看我已躺下了，老吴轻声地问小超："他怎么这么早就睡了？少见呀！"

"是呀，我也纳闷儿呢，他刚才说他下午打球打累了，让他睡吧。"小超说。

"睡什么睡呀！嘿，老林，醒醒，醒醒！我有一个重大消息告诉你。"苏开辟高声喊道。

反正我也没睡着，我把蒙在头上的被子掀起一个角儿，转过身来，假意被吵醒了，睡眼惺忪地说："哦？怎么，都回来了？什么呀？你嚷什么呢？"

"我有一个重大消息，不知道你想听不想听？"苏开辟开始卖关子。

"什么重大消息呀？你想说就说呗，不想说我就不听了，我困着呢！"于是我又转过身去面冲着墙。

"嘿，今儿真新鲜嘿？重大消息都不想听了，这可是关于你的意中人的。"苏开辟挑逗着我说。

"哦，想说你就说吧，不想说你就憋着吧，早晚你也会说的。"这回我不像以往那样反应强烈，身子动都没动一下。

苏开辟自己也憋不住了，说："不过这是个坏消息，哥儿几个，想听不？"

张奇志好奇地说："想听，你快说吧！真急人！"

"刚才我回来走过圆台时，你猜我看到谁了？"

"你废什么话呀？你刚才不都说了是林秀的意中人了吗？当然是胡雨飞了呗！怎么了？发生什么了？快说呀！"张奇志有些不耐烦

地说。

"你只猜对了一半儿,还有一个人和她在一起呢!"

听到这里,我心里更烦了,我早已知道他要说谁了。

"谁呀?"奇志继续追问。

"是94少儿的老七,他们俩坐在圆台的一头聊得那叫一个欢呀!好像是想把一辈子的话都说完似的。"苏开辟怪里怪气地说。

"哎呀!林秀,看来情况不妙呀!他们俩搞到一块儿去了,你可怎么办呀?"

我没理他,身体纹丝未动。

"后来呢?"奇志继续追问。

"后来,后来我就回来喽!"

"哎,就这呀?不过这对林秀来说确实是一个坏消息。"平时不言不语的林达雷接话说。

"老林,你倒是说句话呀!"老吴关切地说。

"哼"我从鼻腔里挤出一声来,"我说什么呀?这我已经知道了,睡觉吧!我不想再说话了。"众人一看无趣,也就各自收拾收拾上床了。

躺在床上,我始终是睡不着觉,但我没有像别人睡不着觉那样翻来覆去地变换睡姿,我始终保持着一个姿势,脑海里继续一幕幕地过着电影儿,除此之外,最多的就是自责,自责自己为什么那么腼腆,为什么那么没勇气,为什么不和雨飞主动表白。如果我不顾面子,早在她打篮球受伤时冲上去带她去医务室,如果我早在去军博的地铁上大大方方地与她打声招呼,也许隔在我俩中间的那层不认识的纸就捅破了,也许现在一起看书、一起窃窃私语、一起低声欢笑、一起出双入对的就是我和雨飞了。但这一切都只剩下"也许"了,现实是因为我的怯懦、我的腼腆、我的矜持,她已成了别人的女朋友了,而我呢,我想起了一句诗"雪上空留马行处"。我一宿没睡,只是快到天亮时打了几分钟盹儿，这一夜是那么漫长，是我有生以来过的最长的一夜，也是我有生以来第一次为一个人而睡不着觉。

　　第二天上午，我昏昏沉沉地到班上上了半天儿课，一上午我都没说一句话，更提不起精神来，好容易挨到下课，我饭也没吃，回到宿舍倒头便睡。舍友们都非常识趣儿，知道我心情不好，吃完饭回来都没怎么出声儿，只有苏开辟依然不管不顾的大声地与老吴聊着，但老吴也就"嗯""啊"地支应着。

　　下午，我踏着上课铃声进入了教室，第一节课下课的课间，我又趴在桌子上眯了会儿。上完第二节课，我刚说拿东西走，郭老师进来了，说："同学们等一下，说个事儿，明天晚上93中英文秘班在他们班1307教室组织了一次联谊舞会，希望同学们踊跃报名参加，谁有意就到班长林秀那儿报名，明天上午我来拿名单儿，你们没特殊的事儿尽量都去啊！"

　　我回到宿舍，没去照例打球儿，继续倒头便睡，晚饭时，老吴叫我："哎，老林，吃饭去了，别睡了，中午你就没吃，晚上吃点儿吧。"

　　"你们去吧，别管我了，我不饿。"我没动地方说。昏昏地睡到了大概6点多了，老吴他们说笑着回来了。

　　见我还在睡觉，奇志说："怎么样？我猜对了吧，他肯定没去吃。还好我给他打了点儿。老林，起来吧，起来吃点儿吧！"

　　我的身子跟灌了铅似的，使了半天劲儿才起来，脑子嗡嗡的，一宿没睡的滋味儿可真不好受。我揉着睡眼要去桌子上拿我的饭盆儿去食堂。"你干吗去？"老吴问。

　　"我去食堂打饭。"我无精打采地回道。

　　"都几点了？哪儿还有饭呀！"老吴说。

　　我一看手表，可不嘛，都6点半了。"哎，算了，那不吃了，反正我还不饿。"我放下饭盆儿又要倒头就睡。

老吴把我拦住,"别睡了,奇志都帮你打了。"

看着奇志用饭盒盖儿盛着的米饭和饭盒儿里的"一荤一素",我的心里无比激动,原来还有舍友想着我呢。我的眼泪又溢出了眼眶,谢过奇志后低着头吃了起来,但是现在再好的美味在我的嘴里也吃不出味儿来,我的心中和嘴里只有一种味道,那就是苦味儿。他们看到我黯然神伤,也没再问什么……

## 十三　联谊会

忘却一个人容易，但要忘却一个令自己心驰神往、神交已久、已成为占据自己闲暇时光脑海一切空间的"梦中情人"却极其不容易。我试着不去想她，不去想她已有男朋友，但造化就是这样弄人，第二天是周四，下午我们没课，几个同学约我去打排球，我懒懒地推了，强打精神去阅览室，希望用书籍来麻醉自己，让我逐渐忘却她，走到教学楼门口，恰恰看到雨飞和老七拉着手从教学楼中有说有笑地走出来，她扫了一眼我，便和他一起向宿舍楼走去。当时那种寒冷像是在凛冽的寒风中被人从头顶上倒了一盆冰水一样，冰水从头灌到脚，寒冷从肌肤入到内心，心骨俱寒，那种痛就如同被万根钢针刺过的感觉，现场的刺激恐怕没有几个人能够理解。我步履沉重地爬楼梯，阅览室在教学楼的3楼，每层楼的楼梯一来一回转折向上共24级台阶，但这48级台阶我好像是爬了一座雪山一样，好不容易才到3楼。

阅览室里，人头寥寥，基本上没有我们94级的同学，我很容易地就找到了一个面对窗子的空位子，手里拿着一本《安娜·卡列尼娜》心不在焉地翻着，的确，现在用心不在焉这个词形容我的状态最为贴切。我虽然身体在阅览室里，手里翻着书、眼睛看着书，但脑子和心都不在书上，脑子里是一幕幕镜头的回放，心里是苦楚、疼痛、懊恼、后悔、郁闷等味道的混合体。我为我的"梦中情人"成了别人花前月下的情侣而苦楚和疼痛，我为自己没能勇敢地去争取甚至付诸行动去追求而懊恼和后悔，我为我没有行动而眼睁睁看到自己喜欢的人跟别人拉手谈笑着而郁闷。这些无疑是对我在感情上的腼腆、怯懦极大的讽刺。除了一幕幕关于雨飞的镜头回放外，我的脑子里多了一个老七的形象，他坐在我的对面讽刺、挖苦、嘲笑、指责和刺激着我的无所作为。在乱乱的思绪中，我愈加疲惫，在不知不觉中趴在长条桌上睡着了。在睡梦中，我又看到了雨飞，看到了她一个人在跳着维吾尔族舞蹈、在军训中走着正步、在打着篮球，但突然在她跌倒的一瞬间，老七第一时间跑到了她的面前，蹲下扶起了她。还没等我来得及反应，一个人把我给推醒了，他小声地说："林秀，郭老师正到处找你呢！"

我一看，是王先晋，"找我？找我干什么呢？"

"好像是今天晚上和93中英文秘联谊会的报名情况。"他回答。

哦，对呀，昨天她好像让大家报名来着，"是把名报到我这儿吗？"我不解地问道。

"你是班长，不报给你，报给谁呀？"

"哦，我都把这个事儿给忘了。走，赶紧着。"于是我简单地收拾了一下，抱着书就和他一起离开了阅览室。

当晚我们班参加联谊会的同学不到一半，8名男生除了武金聪和黄心敬两个福建同学没去外都去了，女生则多一半没去，我猜测是因为93中英文秘班只有2名男生的缘故吧。93中英文秘班总共19名学生，除了1名女生有事儿外，悉数到场。1307教室不大，和我们班差不多，但是教室布置得十分喜庆，黑板上用彩色粉笔书写着"93和94中英文秘班联谊会"，教室的房顶上拉着各式彩色电光纸剪的拉花儿，教室内的桌椅早已摆成了U字形，一看就是为跳舞腾出了空间，日光灯管儿上还用彩色的皱纹儿纸缠上，灯光穿过不同颜色的皱纹儿纸散射出五光十色的温柔光线，整间教室被衬托得十分浪漫而温馨。王新进是93中英文秘班的班长，也是我们外联部的副部长，我们自然十分熟悉了，蔡世祥是他们班的团支书。王新进代表93中英文秘班致了简单的欢迎词，然后便是两个班的同学一一到讲台前做自我介绍。自我介绍的时候，我看到了迎新舞会时给"大哥"献花的黄毛衣女生，才知道她叫王杏芳，迎新舞会时和我跳舞的孟悦冬也在其中。

　　自我介绍结束后，音乐便响起了，看来又是以舞会友了。头一支舞曲响了快1分钟了，大家都坐在原位，谁也没动，倒是王新进第一个主动上来约了我们班的王先晋跳舞，跟着蔡世祥约了汪宜静，方洪生约了朱丽，孟悦冬则大大方方地邀了我去跳舞。93级一名女生也约了安小超，其他人吴继龙、苏开辟、叶德伦则坐在原地不动，也没有女生主动上前约他们，93级的其他女生则自己组合跳了起来，王杏芳也和自己班的一名女生跳了起来。第一支舞由于属于开篇性质，自然没有太长，主要是缓解大家初次见面的陌生感，除了王新进和孟悦冬以外，我感觉每个人都十分拘谨，这当然也包括我自己。跳舞时我扫了一眼台下，苏开辟和吴继龙俩人在无聊地嗑着瓜子，目光呆滞，也不知道在想什么，苏开辟身体略向下，双腿叉开，一副百无聊赖的样子，我想也是挺难为他俩的，自己不会跳舞，不敢约女生，别的女生不约他们，他俩又磨不开面子。

　　舞曲奏罢，大家略作休息，喝了一口水，第二支舞曲又奏了起来。居然是一首老曲子，记得我小时候我爸爸经常唱这首歌曲——《曲蔓地》。我想着自己是爷们儿，别像对待雨飞一样因被动而错过，自己也应拿出点儿爷们儿的胆气，大大方方地主动邀请一位女生跳舞，正思考是否应该主动邀请王杏芳的当口儿，孟悦冬再次主动上来邀请我跳第二首曲子。伴着柔柔的曲子，我们开始漫步，她温情地低语道："你这个大班长，还记得我不？"

"什么班长不班长的呀！我当然记得了，那天食堂3楼迎新舞会咱们俩还跳过舞呀！"

"哦，原来你还记得我呀！那刚才你进教室的时候我和你主动打招呼你还不理人家？"她略带娇嗔地说。

"哎，一进门儿就一屋子人迎接我们，我们正受宠若惊呢，哪能每个人都注意到呀。你不会因为这个生我的气呢吧？"

"我才没那么小气呢。我就说嘛，这么年轻不至于忘性这么大吧。"

"哪里呀？我还没七老八十的呢，不至于！你叫孟悦冬对吧？看我还记得吧！上次时间太匆忙，也没来得及聊太多。"

她会心地点点头，轻声地"嗯"了一下，那种状态令人感觉格外温柔。

第二首舞曲，大家的拘谨几乎一扫而光，也许是因为这不是第一曲，也许是《曲蔓地》悠悠的曲调，大家自然了许多。我呢，自然地把手轻轻地搂在孟悦冬的腰上舞着。她呢，则很自然地把我搂在她腰上的手臂向她的腰侧拽了一下，让我搂她搂得更紧些。我们面对面身体距离不到5厘米，一度她的胸脯儿隔着她那件彩色毛衣轻轻地碰撞在了我的胸口上，松松软软的，我的心跳顿时加速，"怦怦怦"地快喘不上气儿来了，我的脸颊发烫，"唰"地面红耳赤。还好在五颜六色的灯光映照下不太明显。当然她并不介意，只是一直在微笑地注视着我，弄得我有时倒不敢与她目光对视，像是犯了错误的小孩子似的。

一支支舞曲不停地响起，我们则一直跳个不停。我们班的男生和女生都成了"香饽饽"，每一支曲子93中英文班的同学都主动邀请我们来跳。王先晋不断地变换女舞伴儿，蔡世祥和方洪生则轮流邀着朱丽和汪宜静跳，我呢，则被孟悦冬一个人给"霸占"了。

一支舞曲结束，我去了趟卫生间，回来时，另一支舞已经开始，这时我看到刚才一直闲坐在下面无聊呆坐着的苏开辟正在笨拙地和朱丽跳着舞,不时地还踩着朱丽的脚。我想他也许是看着自己班的"班花儿"被93中英文秘班两名男生轮流霸占而不愤,才鼓起勇气主动上前做"护花使者"吧,但这个"护花使者"胖胖的身姿扭出来的舞步简直不敢让人恭维,朱丽的鞋也许明天就得换了。

由于我回来没有坐在原位,而是顺便和吴继龙说了几句,鼓励他主动上前邀请女生跳舞。下一支舞曲响起时,还没等孟悦冬来邀我跳舞,刚才一直和王杏芳跳舞的瘦高个儿女生便主动邀我来跳这支舞。我不好回绝,便和她跳了起来。跳舞时我知道她叫古新颖,一问身高172cm,比我还高2厘米,加之她本来就瘦,我感觉在和一根竹竿儿跳舞一样。我无意中聊起她的舞伴儿,她说那是王杏芳,她和我们92级师哥于强谈恋爱快1年了。

孟悦冬又邀我跳了两首曲子,这时我们班的男生就只剩下我和王先晋了,女生则只剩下朱丽、汪宜静、汪玉瑾和黎华,其他人也不知道什么时候没影儿了,其余都是93中英文秘班的同学了。我一看表,时间10:30了,于是向王新进提议再跳最后一曲。舞会就这样结束了,大家握手告别,各自回宿舍了。这场舞会我确实非常有收获,既让我认识了一些新同学,又让我感觉到了做男生的优越感,还使我心灵上泛起一丝异样的涟漪,同时让我暂时忘却了"失恋"之苦。但我想,对我最大的收获其实是另外两点:一是我意识到对于自己喜欢的女孩子一定要拿出勇气,主动去面对和追求;二是我意识到要寻找另一个心仪的女孩儿来代替曾经的"梦中情人",才能逐渐淡忘她,使自己尽快地从痛苦中自拔出来。

## 十四　爱与被爱都是幸福的

也许时间是最好的良药，日子一天天地过去了，不知不觉已经到了12月中旬了。我把自己像一扇密封门一样自我封闭起来，让自己有意识地不再去想雨飞。一想起她我就会使劲地摇摇头，同时我把自己的思想全力地集中到上课、看书、班务和业余的课外活动中来。由于第1学期课程相对宽松，教科书不费什么劲儿就看得差不多了，除了日常的运动外，我从图书馆借了4、5本书，并给自己重新制订了一个阅读计划，要每两个月阅读完4—5本名著。可不要小看这4、5本名著，因为我看书都是一个字一个字地精读，而且还拿一个笔记本做笔记，遇到一些不错的句子、典故或是知识点我都逐一记录下来。这样的话，一本500页左右的书至少要1个月才能看完。为了加快阅读进程，我就挤更多的时间来看书，阅览室晚上一开门我就第一个进去，直至看到闭馆，平时回家在车上也在看，周末在家没事儿也看，自己简直成了一个"书虫儿"。除此之外，由于自己是班长，班里的计划呀、总结呀什么的自己也亲自来写，入党积极分子还要写《思想汇报》，我所在的外联部还时不常地利用晚上时间在学校里组织几次讲座。总之，学习、班务工作和学生会的业余活动占用了我多数的时间，忙碌占据了我的思想空间，想雨飞的时间变得越来越少了，自己的情绪和精神也逐渐变得更好了。

又是一个周四的下午，2点多钟，我在宿舍看了会儿书，觉得脑子有些僵，于是便又到篮球场组织同学们打排球换换脑筋，这里正有几个女同学在围着圈儿闲散地打着排球，于是我把她们组织成两组，打起了比赛，但是一边儿才4个人，我们就先热身起来，不到一刻钟，就又来了7、8个，这样两个队的队员就凑齐了。除了场上比赛的，外围观看的自然是当啦啦队和帮忙拣球了。啦啦队中便有王小霞和程玲玲二人，当我在网前凌空跃起来了一个大扣杀的时候，程玲玲大喊："打得好！"边拍手边欢呼雀跃着，十分喜悦，不一会儿，当我又来了一个背飞，她又跟着一个"漂亮！"又伴随着她一阵热烈的掌声……

晚饭时，我们宿舍的几个人照例一起去食堂吃饭。安小超又打了一整份儿红烧肉，我也打了半份儿排骨和半份儿青菜，苏开辟则只打了一份炒芹菜。当我们正准备吃饭的时候，对面的苏开辟伸着脖子向小超饭盆儿里望望，"呦！小超，行呀，又吃红烧肉呀？你不怕变胖呀？给哥们儿来两块儿！"还没等小超反应，他的勺子已伸进了小超的饭盆儿，捱出了3、4块肉，放在自己的饭盆儿里，他狼吞虎咽地几口就吃完了，接着，又看看我的饭盆儿，"你吃的什么？"我非常识趣儿，也是因为我不习惯别人的勺子在我的饭盆儿里捱来捱去，于是就主动给了他一块儿排骨，半份儿排骨本也就3、4块而已。

苏开辟吃得差不多了，抹了抹嘴儿，非常神秘地说："你们听说没？"

"听说什么？"小超好奇地问。老吴和奇志也用目光注视着苏开辟。

"93中英文秘班的方洪生看上94中文文秘班的程玲玲了。"

"不可能，他不喜欢咱们班的朱丽吗？"老吴不解地问。

"这你们又有所不知了吧？"他卖关子说。

"哦？又怎么了？"张奇志也跟着凑热闹。

"朱丽已经有意中人了。"苏开辟说。

"谁呀？谁呀？"小超急切地问。

"你们猜。"苏开辟一下子靠在了身后的柱子上，双手交叉在胸前，他臃肿的身体把他的浅土色粗布上衣的扣子之间都撑得裂出了口子，露出了里面的灰色秋衣。

"这怎么猜呀？你倒是说呀！"他右边的老吴摇着他的右胳膊说。

"别摇了，别摇了，快散架了，我说还不成吗？是92级青教的姜弛。"

"姜弛？是哪个？"老吴疑惑地问。

"就是上周四下午和咱们踢足球的那个个子178cm左右，身体倍儿壮，长得又白、又帅，头发有些金黄的那个东北的，刚入校时主动跟朱丽和汪宜静打招呼的那个。"

"哦，是他呀——那她还确实挺有眼光的，那小伙子还真是要模样儿有模样儿，要身材有身材的，外形确实不错，比你强得多。"老吴用右手食指指着苏开辟笑着说。

"我怎么了？和我比什么呀？"苏开辟有些不高兴。

"哎，话题一涉及你们班朱丽你们就兴奋得不得了，都跑题儿了，刚才你不是说方洪生看上我们班程玲玲了吗？"张奇志问道。

"都是老吴添乱，咱们都跑正题儿了。是呀，方洪生正向程玲玲发动追求攻势呢，那天在阅览室还故意坐在程玲玲身边和人家套瓷①呢！但当时程玲玲只礼貌地和他打了个招呼，就没再理他，而方洪生拿着张报纸在那儿假装地看，我看他坐立不安的样子，心思根本就没在报纸上，眼睛一直斜着往他左边的程玲玲方向瞄。"苏开辟说道。

"后来呢？"

"后来10点半左右程玲玲就和毛毛拿着书离开阅览室了，方洪

---

① 套瓷：北京方言，套近乎、搞好关系的意思。

生也扔下报纸跟了出去，再后来怎么样我就不知道了，我又没跟着他们。"

"哦，这样呀！"张奇志恍然大悟的样子说。

吃完饭，我拿着饭盆儿和暖壶去水房，他们几个先回了宿舍。我打完热水在食堂门口正遇到毛毛，她主动与我打了招呼，虽然我们不是一个班，但毕竟我们是老乡，说起话来相对随便一些，她和我一起往宿舍楼走，走过青少年研究所我们向右一拐的时候，毛毛说："我们宿舍的程玲玲有些喜欢你，她想让我和你说一声。"

"哦，啊？她喜欢我？是她让你和我来说的？"我十分惊讶、不解地问。

"人家毕竟是女孩子，怎么好这么直白呀？她经常在我面前说起你，说你长得白，弹跳力好，组织能力强，和同学们又打成一片，经常组织大家打排球，又有很强的上进心，诸如此类的话，全是说你好的，还不是喜欢你吗？我看呀，她是对你倾慕已久了。"毛毛笑着对我说。

"啊？比我自己还了解我？我都不知道我有很强的上进心，她都知道了？"我更加诧异。但平心而论，我不太喜欢程玲玲的类型，她虽然长得还不错，但我总感觉她的气质不是我要的那种，我想找寻的是那种清丽脱俗，就如同宋代周敦颐《爱莲说》中的"出淤泥而不染，濯清涟而不妖"所形容的莲花一样的，那种气质是由内而外散发出的一种温柔、典雅和贤淑，又不是那种闷闷的、没有趣味的那种，适当地还要有些活泼，甚至可以有些小任性，但不要太任性，就像83版电视连续剧《射雕英雄传》中的黄蓉那样，因为黄蓉这个角色，我从小就喜欢上了香港演员翁美玲，甚至把她当作自己的偶像，家中许多笔记本儿里都贴着翁美玲的贴纸。而程玲玲的气质一般，缺少那种由内而外散发出的温柔、典雅和贤淑，相反在她的脸上有一些世俗的东西。但我想，毕竟人家作为女孩子，她这样通过毛毛向我转达好感等于是主动表白了，她这种勇气甚至比我还要强很多，而且人家向我表达爱慕之情，又不是人家的错误，正如我自己曾经说的那样——爱与被爱都是幸福的，我曾经爱过雨飞，但雨飞并没有爱我，我爱她我也很幸福，同样，虽然我不喜欢程玲玲，但她喜欢我，她肯定也是幸福的，而且我知道她喜欢我，我也应该是幸福的才对。所以虽然我对她不来电，但我不应该去伤害一个喜欢我的女孩儿。

"我也觉得你很有上进心呀！这个大家都看得出来呀。"毛毛歪着头十分认真地对我说。

"哦，哦，我今天才知道原来我在你们心目中人缘儿还不错，也第一次知道自己有上进心。我真谢谢你们了！哈哈哈哈……"我假意为她的夸赞而表示高兴，但实际上是想岔开这个话题。

"我可和你说了哟，程玲玲喜欢你哟！你可得多留意一下她啦！"毛毛带有嘱托的味道说。

"我知道了，您就别为我操心了，好不？大姐。"我故意开玩笑说，实际她比我小1个多月。

说也凑巧，周日我从家回来时，刚穿过学校圆台，在圆台和宿舍之间这段不足百米的水泥甬道上走，正好看到程玲玲迎面向我走来，我假意行色匆匆没看到她，但是她却非常主动地迎上来向我打招呼："林秀，你刚从家回来？"

这时我不好再装作没看见了，于是看似怔住的样子说："哦，哦，是的，我刚从家回来，你没回家？"

"我也刚从大兴回来。"她回道。

"哦。"说完我想继续往宿舍走，但她好像没有要走的意思，继续站在那里。

"怎么这么着急走呀？我还有个事儿想问问你呢。"她的左手伸出来做了个阻拦的姿势。

我便停住了脚步，满脸疑惑的样子问："有什么事儿吗？"我看着她。

她今天穿了一件大红色的马海毛毛衣，非常鲜艳，她的短发今天好像也梳得格外柔顺，嘴唇上还擦了淡红色的口红，脸上的小雀斑今天也不见了踪影，看来她今天是精心地打扮过了。"你们天天都几点出来打排球呀？像我这没有任何基础的，你什么时候能抽出些时间来单独教教我好吗？要不你们打比赛我都上不了场，整天就当你们的啦啦队了。"

"哦，我几乎每天晚饭撂下饭盆儿就来打排球，应该不到6点，因为7点我还要去阅览室，也就这1个小时，周二、周四下午没课，那就看大家的心情了，我再决定组不组织比赛。没基础没关系，我们每天正式比赛前、等人聚齐儿的时候都围成一个圈儿，练托球、传球，我们班的女生也都是这么练出来的，谁一开始就会呀？熟能生巧嘛。正如鲁迅先生说的'世上本无路，走的人多了也便成了路'。有时间你也可以来参加。"我并没有接她"单独教教她"的话茬儿，因为我并不想很直白地拒绝她，更不想伤害一个喜欢我，而她自己又没什么错误的女孩子，但我又不想让她产生误会，因此，选择了这种"有时间你也可以来参加"的方式既表达了我欢迎她来练球、但又不选择和她单独教与学的方式，我想这种说法应该是同学之间最自然的而又最不容易产生误解的一种说法儿了。

接下来的一周，我几乎每天在路上都能"偶遇"程玲玲，但我每次都很自然地和她打招呼，有的时候顺便地主动问"晚上有事儿没？没事儿一起来打排球"之类的话，我始终有意识地和她保持着距离，但我又并不想让她看出来我有意这样做，我在她面前表现出的自然，还是一种装糊涂，装作不知道她喜欢我的样子，但我想，毛毛一定将她和我那天的谈话告诉了她。我呢，还是故意装作不知道的样子。我们本周练习排球程玲玲就周一来过1次，我在圆圈儿的中间传球，并未更多地对她表示出照顾，该是怎么传就是怎么传，接下来的几天，她便没再来练球，而是每天都来继续当啦啦队。经过2周多的这种保持距离，程玲玲也许察觉到我对她是"流水无情恋落花"了，我俩在路上和在阅览室里的"偶遇"也渐渐少了。

又过了1周，马上就是元旦了，郭老师决定让我们和94中文文秘班共同合办元旦联欢会，由两班各出一半儿费用——500元，购买一些拉花、皱纹纸、花生、瓜子、橘子之类的东西。12月31日上午，我们帮着中文文秘班布置好教室，准备回宿舍拿饭盆儿去食堂吃饭，刚走到2楼和1楼楼梯的转折处，正碰到方洪生和程玲玲两个人一个左手手指、一个右手手指勾着向楼上走来。程玲玲看到我后，触电似的收回了自己的手，装作没事人儿的样子继续往上走，但这次她并没有和我打招呼，而是加快了脚步往楼上跑去，方洪生茫然不知所措，在后面喊道："玲玲，你等等我！跑这么快干什么？着什么急呀？"

我的一颗心终于放在了肚子里，看来我的保持距离战略起到了应有的效果，既达到了拒绝的目的，更确切地说是没有让我和程玲玲之间发生什么，也没有让她产生不必要的误会，更没有伤害到她，最重要的是我和她一如既往，还是正常的同学关系，没有让我俩之间因为一段她的"单相思"而彼此感到太过尴尬。

## 十五　新年联欢会

当天下午，我们班和94中文文秘班在中文文秘班教室共同举办了新年联欢会，共同迎接1995年新年的到来。由于两个班的人在一起，虽然中文文秘班的教室里富余几套桌椅，但是两个班的人坐还是不够的，同学们便从隔壁我们班搬了几把椅子来。尽管是两个班，但是大家教室相邻，要不就是同一宿舍，经过一个学期的朝夕相处，早已熟悉了，有的两人挤在一把椅子上坐着，边吃着瓜子、花生，边看着同学们表演的节目。我们新年联欢会的男女主持人分别是中文班的李坤和我们班的汪玉瑾（由于她温顺的性格，她们宿舍的舍友给她起了个"小猫儿"的绰号），节目基本上都是唱歌，自然也少不了李坤和汪玉瑾的对唱，我也被起哄唱了一首《尘缘》，只有一个小品，感觉样式有些乏味，大家就是凑在一起图个热闹而已。

在这个新年联欢会上，有了许多新变化，中文文秘班的班长娄元宝和她们班的王小颖坐在了一起，在联欢会的中间，王小颖还掐了一把娄元宝，娄元宝疼得一下子蹦了起来，引得周围的同学一阵哄堂大笑，众人的目光都集中到他们俩的身上，这个时候我才知道，原来他们俩已开始谈起了恋爱。而中文文秘班的团支书贺新英中间被92级文秘的师哥王卫杰叫出去许久才回来，我听安小超说他们俩谈起了恋爱。而李坤和汪玉瑾主持之余则有一次牵手回到座位上，也被我看在眼里。看来这一个学期，同学们中的许多人都有了新的进展。而我们宿舍这几个则还都是"孤家寡人"，看到他们一对儿一对儿的，心里莫名地有些不是滋味儿。

　　新年联欢会在欢乐喜庆的气氛中结束了，由于这次联欢会是我们两个班共同出资合办的，结束后自然要把剩余的资产分配一下，但是娄元宝非常不地道，只分给我们班一些拉花儿，还有一串小彩灯，其余的他都留给了他们自己班。从这次新年联欢会我便下定决心，明年的联欢会我们班一定要自己举办，不再和中文文秘班合办了。

## 十六　恢复平静

　　时间一晃已是1995年1月中旬了，马上就期末考试了，虽然这学期课程不多，但我的精力也完全铺在考试前的复习上，无暇再顾及儿女情长了。每天，我就是四点一线:宿舍——食堂——教学楼——篮球场，生活单调，但非常有规律，也十分充实，思想也恢复了往日的平静。

　　考试前一周，老师已基本不教什么课了，要不画知识点，要不让大家自己上自习课。我在课上基本上也都是专心地看书、背书，没有一丝杂念，我的学习效率有了长足地提高，加之前两周我便着手复习，基本上每门儿课在课上就准备得差不多了。除了个别课程晚上在阅览室中再巩固巩固外，我空出了许多业余时间，可以继续打球，看看中外名著了。下周就要考试了，这周日下午，我从家回到宿舍，安小超、苏开辟和林达雷都在，小超和达雷都各自躺在床上，苏开辟自己一个人兀自悠闲地抽着烟。学校里明确规定禁止在宿舍和教室里抽烟的，但苏开辟就是改不了这个毛病，而且他有时还招来隔壁宿舍的赵凯和张金鸣他们一起到我们宿舍来抽，我平时不抽烟，而且闻到烟味儿鼻子就不通气儿，自然对他的这种行为也有些反感，但碍于一个宿舍，又是同班同学，我一般不在宿舍待，但总是要回来睡觉的，有时满屋子的烟味儿，我就开开宿舍的窗户和门，通通风、放放烟味儿。我看到他们仨都闲来无事儿，而且桌子上放着一个收录机，正放着一首我不知名字的歌儿，歌曲是极其浓烈的摇滚，这与我所喜欢的悠扬动听的歌曲风格迥异。一问才知道，这是林达雷新买的磁带，崔健的新专辑《红旗下的蛋》，我看了一下磁带的封面，有些抽象。我对达雷说："达雷，没想到你斯文的外表下还有一颗炽热豪放的心呀！喜欢听摇滚呀？"

达雷嘿嘿一笑，点了点头，没说什么，但他的笑总感觉是坏坏的，在厚边眼镜后面的那双小眼睛总露出狡黠的光芒。

"都快考试了，你们都不复习吗？都胸有成竹了吧？"我问道。

"嗨，车到山前必有路，大学生活不就这么回事儿吗？那么认真干什么呀？"苏开辟说。

"是呀，现在是周末，咱还不休息休息？"小超补充道。

"哦，那说明你们脑子够用，我可不行，这背还背不过来呢？何况不看书，考试心里更没底了。"我回道。

"那你今天也向我们学习学习，休息休息！一会儿咱们都到食堂把饭菜打回来，我从家里带了瓶好酒，哥儿几个一块喝两口儿。"苏开辟说。

我虽然平时不喝酒，但考虑我平时就经常早出晚归地去学习、运动，这段时间和大家交流都少了，别总特立独行、不食人间烟火，所以并未表示反对。从食堂把饭菜打回来后，苏开辟从背包里拿出了一瓶五粮液和几个八钱儿玻璃酒杯，给我们大家一人倒了一杯，然后又从包里拿出一包五香花生米来，先招呼我们几个吃了几粒后，然后就端起杯来说："哥儿几个，来，干一个！"

老吴一看酒瓶儿，赞叹地说道："呦！五粮液呀，好酒呀！"一饮而尽。

张奇志喝完后，说："老苏，这么好的酒，是你自己买的？"

"我自己哪买得起呀？是人家送给我家老爷子的，我顺了一瓶，让哥儿几个尝尝。"

我平时就不怎么喝酒，个别的时候陪父母喝一杯葡萄酒，仅此而已，但在苏开辟的劝说下，我不好意思，便也喝了一杯，感觉嘴里有些辣，不像闻着那么香，我咧着嘴"哈"了一下，"这酒劲儿好大呀！闻着香，口感可没有闻着那么好！"

"呵呵，这可是正宗的好酒呢！你这一杯就要5块钱呢！怎么样？没喝过吧？"苏开辟自豪地说。

"哦，我一天的饭钱呀！哎，这么好的酒你还是留着自己喝吧，看来我是无福消受了。"我便不再让他给我倒酒了。但是他们几个推杯换盏的，喝得倒是挺高兴。

吃喝得差不多了，我看已经晚上6∶40左右了，于是我简单收拾收拾就又拿着书本去阅览室了，而他们几个则继续在宿舍享受着他们的闲适生活，听着音乐，聊着闲天儿。我又是第一个进入阅览室的，我便在靠窗第二排的"老地方"坐了下来，把《英语精读》复习完，便专心地看起了我从图书馆借的《安娜·卡列尼娜》(下部)。正当我的注意力随着主人公安娜·卡列尼娜和伏伦斯基起伏跌宕的爱情命运起伏的时候，我的左侧相隔两把椅子对面坐下了一对男女，正是雨飞和老七。他们之间的感情似乎发展得十分迅速，来的时候已经是公然牵着手进来的了，而且雨飞还拿着一个30多厘米高的不锈钢保温瓶，拧开盖子、按下开关，往杯盖儿里倒了一杯热水，自然地递给老七喝，老七摇着右手，小声地说："我还不渴，你先喝吧。"

雨飞坐直身体，故作生气状，"不行！"同时用右手端着杯盖儿递到他的嘴边儿。

迫于无奈，老七把水喝了，确切地说是雨飞喂到他嘴里的，水喝完，雨飞又露出了灿烂的笑脸。我看到后，虽然心里还是很别扭，但已经没有了以前的那种刺痛感了，证明我的心情已基本恢复了平静。略分了一下神，我的注意力又重新回到了《安娜·卡列尼娜》的情节里，继续为安娜·卡列尼娜和伏伦斯基的不伦之恋而扼腕叹息。原来即使是像托尔斯泰这样的巨匠笔下也有这样的不伦之恋，他把安娜细腻的心理活动描写得是那样细致入微，仿佛是安娜在主动向自己的闺密毫无保留地倾情诉说一样。这部著作和我之前看过的《红与黑》，让我第一次认识到原来真爱是可以超越一切，甚至是社会的伦理道德的，但这种超越社会的伦理道德的爱，恐怕在当今的中国社会还是不能被接受的。《安娜·卡列尼娜》之所以能够成为世界名著，也许正是因为它这种超越社会的伦理道德的爱深入挖掘了人性的本源，清晰地把它展现在世人面前，而且托翁用自己的方式让这种情感超越了他所处的时代，甚至是若干年后的意识形态。我对于爱情，有了新的理解，也有了新的判断。我一度想：自己是否可以像男主人公伏伦斯基那样，也可以勇敢地对雨飞展开攻势，开始一段轰轰烈烈的爱情，但这种念头在看到他们恩爱的情景后便很快地打消了。

# 十七　分手

春节过后，第二个学期正式开始了，我们以饱满的情绪迎接新学期的到来。1个月的寒假，除了过年串串亲戚和初中同学、高中同学聚聚会，我基本上都宅在家里，大学的寒假没有了寒假作业，时间都是自己的了。我在家除了看看电视、就是看看书，我看完了蔡元放写的《东周列国志》上、下两部，还有凌蒙初写的《初刻拍案惊奇》《二刻拍案惊奇》。感觉这个寒假过得非常充实。

我是开学前一天下午到达的学校，外地同学基本上都已经提前到校了，我先到对门儿的福建宿舍问候问候，结果没想到，一到他们宿舍，他们纷纷拿给我礼物——佩卿给我拿的是荔枝罐头、陈建东给我带了一袋乌龙茶、李晓生给我带了一袋儿龙眼……我有些不好意思，因为我什么都没给人家带，我执意推脱不要，但是他们追到我的宿舍里来，直说："也不是什么值钱的东西，都是家里的特产，你尝尝吧。"把东西放在了我宿舍的桌子上，我盛情难却，只好悉数收下了。等送走他们，除了茶叶我放在了柜子里之外，我和宿舍的舍友们一起分享了荔枝罐头和龙眼等食品，苏开辟和老吴他们都直说我人缘儿不错！但我想，这都是我主持正义，在军训时和福建同学们站在一起支持他们，不让北京同学欺负他们建立起的友谊吧。

后来我又上楼，到221宿舍，看望了小峰、张桦他们，他们也都回来了，各自聊了聊在家过春节的事儿，我便回宿舍了。

新学期我们的课多了起来，一周也就只有周四下午一个半天休息了。3月初虽然春节早已过了，但还是春寒料峭，同学们依旧还是穿着羽绒服。校园圆台旁的草坪里一片黄黄的草之间却萌发出丝丝新绿，犹如黄地毯中点缀的绿色花纹，那丝新绿格外惹人怜爱，一株玉兰树的枝头、树梢上也有棕绿色的小苞冒出了小头儿，毛茸茸的紧紧地抱在树枝上。它们提醒着我：冬天已经远去，春天已经渐渐地向我们走来了。迎着微微清冷的春风，我们步入了教学楼，教室中的暖气烧得很热，我们都脱下了羽绒服，班主任郭老师简单地说了几句话之后，就向我们介绍一个个子高高的、身材瘦瘦的男老师，"这是咱们文秘系的章涛老师，这个学期就由章老师教授你们大学语文课，下面欢迎章老师授课！"说完，她就离开了教室。

　　章老师一米八几的个头儿，站在讲台上，两眼笑眯眯地眯成了一道缝儿，他年纪大概在50岁左右，头发略有些卷，头顶的长发应该是用吹风机吹过了，非常飘逸，身穿一件长到臀部的青色毛衣，活脱脱一副文艺青年的样子，倒不像是他这个年纪的人。"同学们，这学期就由我来教授你们大学语文课。你们前几天报到时应该都领到新书了，我看到了，都在你们的桌子上摆着呢，这样，这本书我们就不用了。"

　　"啊？不用了？不用了为什么让我们交书费买它呀？这不是浪费吗？"大家心里想着。

　　他接着说："我最近一直在研究《三国演义》，这学期我的课就以《三国演义》为课本儿，到了期末，我就不考试了，你们都要写一篇关于《三国演义》的文章，我对你们文章的判分儿就算你们的考试成绩了，当然还要参考你们的考勤情况。"

　　"嘿，这倒不错呀！不用考试了。"同学们相互小声儿嘀咕着。

　　"你们可不要以为不考试了就会很顺利地通过，我可是很严格的，你们如果想糊弄我随便弄一篇或抄一篇文章，可要小心我不让你们过关呦！你们都看过《三国演义》吗？都有这本儿书吗？"他问道。《三国演义》我高中时倒还真是读过，但都是从学校借的书，而且是高一时就读过了，现在记忆的情节恐怕也都是袁阔成评书中的内容了，书我现在还真没有。下面有的同学说读过，有的同学说没有书。

"那好！给你们一周时间，你们去买《三国演义》这本书，必须人手一本儿。"他要求。

还有这样的呀？不用教材，还另外让学生买小说当课本儿？我心里想，但一想这门课不用考试了，心里倒还多了些安慰。

"那么第一堂课，由于大家还没买书，我们就随便聊聊，先问你们一个问题：你们认为《三国演义》中谁最奸诈？"

多数的同学都说曹操，也有说董卓的，而我回答是刘备，章老师就十分好奇地问我："你为什么认为刘备最奸诈？"

我回答："曹操在青梅煮酒论英雄时就说过世之枭雄就他和刘备两个人。要我看刘备非常奸诈，他假仁假义，总是利用别人，三顾茅庐请诸葛亮出山为他效力；赵云怀揣着阿斗从曹军中七进七出，最后把刘禅给刘备，但刘备还假装摔孩子表示对赵云的惋惜，认为赵云为救他儿子险些丢了性命而不值。这些都是做给别人看的，都是为了收买人心，这还不奸诈吗？"

"嗯，你说的有道理！我也这么认为。看来你对'三国'还挺有研究呀！"他赞叹道。

"哪里呀？老师过奖了。"我右手挠着头，有些不好意思地说。

不知不觉，不知道怎么的，话题转到了清朝，章老师说："清朝时官员要想进宫有着严格的等级要求，得二品以上才能进宫。"

听到这里，我举手提问了："老师，不是二品以上吧，应该是三品以上吧？"

"哦？你为什么这么说？"他笑眯眯地看着我。

"我前一段儿看的电视连续剧《康熙皇帝》，那里面说三品以上官员才可以进宫面圣的，但也有特殊的，比如说一些翰林是六品官儿，他们作为记录员也可以上金銮殿。"

他一怔，"你的有依据？那就以你说的为准！"他的笑容有些凝固，看得出来他有些尴尬。

"啊？这也能行？原来作为老师在课堂上也可以给学生胡乱地讲？"我心里狐疑着，并有些不满。为了表达我的想法，我在笔记本封皮儿背面写了一句："老师原来也不确定呀？这也敢给咱们讲？"递给同桌王先晋看了看，然后我就放在了桌洞儿里。下课后，我便去了卫生间。

上午头两节课都是章老师的大学语文，第二节课上，他居然说："有的同学说我讲不确定的东西，其实搞研究就要多问几个为什么，考据考的就是出处，有许多事儿是没有唯一的答案的，因此，同学们一定要多从各种渠道去搜集知识和信息。"

"啊？他怎么知道我写了这些？"我下意识地低头看了一下桌洞儿，发现笔记本的位置由原来的横着放变为竖着放了，哦，原来他趁我不在偷看我的笔记本儿了。我心里有些吃惊，但脸上没有表现出来，装作不知情，心中对他这种行为十分鄙视。

上午的课结束了，我从教室回宿舍，正好94中文文秘班也下课了，李坤从教室里走出来，在我前面走的正好是汪玉瑾，她看到李坤后，并没有理他，虽然李坤有些女性化，但他们原来可是金童玉女、出入都牵着手的，但现在怎么形同路人了呢？我心中画了一个大大的问号，后来听隔壁宿舍的张金鸣讲，他们俩已经分手了，但是原因就不得而知了。

日子平静地一天天过去了，第1学期，我们94级许多同学都收获了自己的爱情，光我知道的，我们班有3对儿：朱丽和姜弛、袁腾和北航的一名男生、卢海鹰和校外的一位已经上了班的男人；94中文文秘班有4对儿：辛小峰和辛莉莉、张金鸣和连欣、贺新英和王卫杰、程玲玲和方洪生；94少儿的雨飞和老七，等等。第1学期时，他们都还在"地下"，新学期，他们都大方了许多，纷纷在大庭广众之下秀起了恩爱，要不拉着手儿一同去教室、阅览室，要不当众抱一下或者吻一下，总之都十分大胆，校园中到处都弥漫着爱情的味道。令我们这些单身一族羡慕，也令我们有些嫉妒，而更多的同学则在筹划着自己的恋爱未来，找寻着自己那个天边的"她"或"他"。

　　日子已经到3月底了，天气暖和了起来，春风随意地吹拂着，土地上也反起了地气，湿润了起来，绿草更是长出了几厘米。我们都脱去了羽绒服，换上了夹克和毛衣。蓝蓝的天上万里无云，暖阳照耀在校园里，和煦的春风中带着淡淡的青草和花粉的味道，让人吸后，有一种躁动的感觉。这也许是天气变暖和处在青春期的大学生们体内荷尔蒙共同作用的结果。

　　周五下午，我下课回宿舍，在94中文文秘班门口正遇到辛小峰沮丧地走出教室，低着头，谁也不搭理，我主动和他打招呼："哎，小峰，你怎么了？看你这蔫头耷拉脑的，一脑门子官司。"他抬头看了我一眼，没理我。

　　"怎么了你？今天犯病儿了？也不理我。"我追问道。

　　"是，我今天就是犯病了！"他非常不高兴。

　　"犯病就得治，回头我给你治治呗！"我边说，边拍着他的肩膀和他一起往楼下走。

　　都走到楼门口了，他才甩了一句："我和莉莉分手了。"

　　"啊？怎么可能？你们俩朝夕相处，耳鬓厮磨的，怎么可能呢？"我不敢相信自己的耳朵。

"是真的！"他确定地说。

"什么时候的事儿呀？我怎么不知道？"我怀疑地问道。

"就是昨天晚上的事儿。"

"你们谁提出来的？"我又问。

"是她提出来的。"

本来每周五下了课我把课本放回宿舍就要回房山的，但我一看他的情绪不妙，便决定留下来听听他哭诉，并做做他的思想工作。草草地吃了几口饭，在宿舍楼传达室的电话前给家里打了个电话之后，我就来到了221宿舍。小峰躺在上铺，双手放在脑后，两眼目光呆滞，一动不动。我扒着床边儿说："哎，你吗呢？犯愣呢？来，跟我说说，怎么回事儿。"

他躺着没动，也没理我。

"嘿，你还不理我？看来真是病得不轻呀！"我有些责怪地说，但我并没有生气，因为我理解他此时失恋的心情。

沉闷了半晌，他看看宿舍其他地方，这时只剩下张桦一个人在听音乐了，其他人都出去不知道干吗去了。他眼眶有些湿润地说："这回我们俩是彻底分手了。"听得出来他的声音有些微微颤抖，也许是太过激动的缘故。

"好好的，怎么会说分就分呢？总得有个理由吧？"我进一步追问。

"她认为我什么事儿都听她的，认为我没主见，不值得依靠。"

"啊？就这理由？也太勉强了吧！"

说着说着，小峰的双眼已噙满了泪水，他掩饰不住自己的悲伤，身体面向墙那边儿转了过去，头也扭了过去，然后用左手抹着自己的眼睛，尽量不让自己哭出声儿来。

我看着他伤心欲绝但又不能发泄出来的样子，有些替他难受，于是说："这样吧，你先控制一下情绪，你总这种状态可不行，要不我先给你打些饭,你先吃,吃完到我们宿舍聊聊去,我给你分析分析,今天我就不回家了,陪你聊个够,好不好?"

他迟疑了片刻,身体一抖,突然扭过身来,猛地坐起,说:"我不饿,不想吃,走,到你们宿舍去吧,要不我也睡不着。"于是便从上铺下来,穿上鞋,拉着我就往外走。我和张桦打了声招呼,这时张桦正戴着耳机听得入神,一看我招呼,赶忙起身摘了耳机问:"怎么了?"

"今晚小峰就到我们宿舍去了,我和他好好聊聊。"我答道。

"哦,那你好好开导他一下吧,他一天了都不高兴。"

小峰和我回到我们宿舍,我给他倒了杯水,我俩并排坐在我床上,"把你们昨天晚上说的话,原原本本和我说一遍,我先帮你分析分析"。

"昨天晚上,我们两个绕着操场转了两圈儿,莉莉她一句话都没说,我问她为什么不说话,她也不理我,只是几次停下来,面对着我,双眼直直地紧盯着我,几次欲言又止。后来我们走到圆台,她便不再继续走了,坐在圆台的台阶处,我也坐在了她旁边,我又问她怎么不说话,要她说点儿什么,结果她就说想和我分手。我问为什么?她就说她认为我什么事儿都听她的,认为我没主见,不值得被依靠。我说:'我什么都听你的还不好吗?'她说她不喜欢这样,她喜欢的是有主见,能替她拿主意的男人,这样才有安全感。咱们还是分手吧!说完,她起身就要走,我用手拉住她,但她用另一只手把我的手给扯开了,自己小跑着跑进宿舍楼,我想追但是腿已经不听使唤了。后来我去了她们宿舍敲门,结果姜翠丽开的门,说莉莉不想见我,给了我一个闭门羹。"

"就这些?"我问道。

"就这些。"

"那我想,你就是平时太宠着她了。"我说道。

"我喜欢她自然要宠着她了，你喜欢一个人难道你不宠着她吗？"小峰反问道。

"我当然会宠着她，但不能过于宠着，要有一个度，特别是对女人，宠一定要掌握个度，过犹不及了。举个例子吧，一个小孩子，如果父母从小宠着她，什么要求都满足她，那么如果哪一天她要什么父母不给了，那么她肯定认为父母不好了，再有整天被宠的孩子往往许多事儿都不会做。你家的莉莉也挺典型的，她爸爸是你们山西的大官儿，从小就被娇生惯养，就有些小姐脾气，虽然她人品质挺好的，我觉得她也是不错的，但难免有些大小姐脾气，凡事就得满足她，而你呢，恰恰又是事事满足，处处让着她，就会让她感觉到你是她父母了。"

"那还不好吗？这样不更亲切？"小峰不解。

"好什么好呀？父母和女儿是一种什么感情呀？是一种从己出的养育之情，它与爱情是不一样的。爱情是一种平等关系，不存在养育与被养育的关系，如果将来你们两个成为夫妻，她是要托付你一生的，所以是一种相互的依赖关系，特别是妻子对丈夫的依赖关系。而你的状态呢，是一种不平等的关系，你什么都依着她，什么都听她的，有些过度了。说白了，她从小被娇惯，本来就大事儿小事儿父母替做，自己内心来说是没什么大主意的，是希望你给她拿大主意的，而你唯命是从，她怎么依靠你拿大主意呢？"

小峰沉默不语，自己头左右地摆着，若有所思，过了20多分钟，仍没有说话。我知道他在思考着我说的话，并在脑子里过电影似的想他和莉莉在一起的一幕一幕，便没有打扰他。老吴这时回来了，他今天也没回家，看到小峰在，热情地和他打招呼，小峰的思绪被他给打断了，也忙起身和老吴打招呼。我随便和老吴说了几句话，小峰则躺在我的床上继续冥想着，这时老吴已基本知道小峰失恋了，便对沉思中的小峰说:"小峰,天涯何处无芳草呀,何必吊死在一棵树上呀?回头再找一个呗!"

"你说起来倒轻巧!小峰是那种随便的人吗?他和莉莉这段感情还没有断,他怎么会再去另找他人呢?以我对他的了解,他肯定不会。"我说道。

小峰没说话,依旧在沉思中,我想他肯定在想着他和莉莉的一幕一幕呢。

时间不知不觉地到了晚上10点多,小峰突然动了一下,说:"老林,我觉得你说得有些道理!刚才我把我们两个在一起的情景从头到尾想了一遍,包括之前的谈话也想了一遍,你说的似乎有些道理!"

"那你想通了?"我问道。

"想通?那倒还没有,只是认为你说的爱情是一种相互依赖的平等关系有道理,我和她在一起就是太不平等了,所以她才和我提出分手的。"

"看来我说的话还是有些效果的,那怎么着,继续聊?"

"好,你正好再帮我分析分析。"小峰说。

"那你先回宿舍洗漱一下再回来吧,我也洗漱洗漱去。"

洗漱完毕,差不多晚上11点了,小峰再次回到我们宿舍,因为是周末,宿舍是不熄灯的,但由于刚才我们坐着聊了几个小时了,我也有些累了,我们便把灯关了,都躺在床上,小峰躺在我对面苏开辟的床上,我们俩侧身躺着,面对面继续聊。

"你认为我刚才说的话有道理吧?"我问。

"有些道理!那下一步我该怎么办呢?"

"刚才我说了,天涯何处无芳草,再找一个呗。"上铺的老吴不甘寂寞地说。

"你说起来容易,我现在还没过去呢,还不能不想她呢,怎么去找别人呀？而且学校里现在我就觉得莉莉和我最合适。说实话，我离了她我都不想活了。"

"老吴，你别添乱了，讲大道理没用！谁都知道天涯何处无芳草，但遇上一个合适的芳草哪儿那么容易呀？现在小峰就认为莉莉是他那棵合适的芳草，所以哪儿那么容易就再找一棵更适合自己的芳草呢？情人眼里出西施，莉莉现在就是他眼里的西施。"我抬眼看着老吴说。

"还是林秀了解我，你继续分析，我听着呢，我下一步该怎么办？"这时老吴不再言语了，但他仍侧身躺着看着我这边，似乎对我和小峰聊的话题也很关心。

"下一步嘛——"我做深思状。小峰两眼紧盯着我，迫切地想听到我下一句。

"下一步你做冷处理。首先冷处理自己的情绪，让自己先平静下来，我特别理解你现在失恋的心情，因为我曾经也有过你这种感觉。"

"你也有过？什么时候？"小峰疑惑地问。

"去年呀，你只顾着你自己和莉莉甜蜜地谈恋爱，哪里会注意到我呢？不过我那只能算是单相思，并没有真正付诸行动，但那种失恋的感觉我是有的，特别难受，特别痛苦，我也是用了1个多月的时间，费了好半天劲才恢复平静的。"

"哦？什么时候的事儿呀？我还真没注意到。"

"你忘了上次在教学楼里，我从班里往回走，你和莉莉遇到我，我情绪不怎么好，但你当时根本就没在意我。"

"哦——就那次呀，我想起来了。那后来呢？你是怎么恢复平静的？"他恍然大悟地问。

"上学期我失恋的时候正好快期末考试了，我当时就把自己的生活安排得非常有规律：四点一线：宿舍——食堂——教学楼——篮球场，让自己的精力集中在学习和运动上，尽量不去想雨飞，一想起她的时候我就使劲摇头，把她的形象从我的脑子里摇没。而且我给自己定了一个阅读计划，要每两个月阅读完4—5本名著，我上学期已经看完了大概10部了，比如《红与黑》《东周列国志》《安娜·卡列尼娜》《三国演义》等，其实这些名著也非常棒，情节引人入胜，许多都是我曾经没有接触过、没有思考过的事情，人家描写得特别精彩、分析得特别到位，无数个夜晚我的思绪就在阅读这些名著时被书中的情节吸引的，就无暇再想失恋的事儿了。说白了，就是用忙碌占据自己，让自己不再分心想别的事儿，这样我才渐渐地恢复了平静。"

"你说的这个方法我倒可以试试，但我现在脑子里还是乱乱的，还是踏不下心来。"小峰插话说。

"这个需要一个调整的过程，怎么可能说静下来就静下来呢？就如同一辆时速100多公里的车怎么能说刹住就刹住呢？肯定得向前惯性溜一段儿才能停下来。"我做了个比喻。小峰又沉思了起来。"其实老吴说得也有一定道理，确实是天涯何处无芳草，只不过现在莉莉完全占据了你的心，所以你才看不到其他的芳草，你只有慢慢地让自己平静下来，把她彻底忘掉，你才会有心情去观察其他的女孩儿，也许你真正的菜就在你周围呢，也说不定。"我补充道。

"看，我说得还是有些道理吧，你刚才还说我讲大道理。"老吴在上铺说。

"那我现在怎么彻底忘掉她呢？"小峰追问道。

我没理会老吴，继续说："刚才我只说了一个冷处理，先冷处理你自己的情绪，第二个冷处理就是处理你的心态。具体地说就是让你现在对她的依赖变为重新回归你的自我独立，不要像抽大烟似的依赖她,在情绪平静后,努力地去让自己的时间都忙碌起来,由借看书占据自己的时间向专注于学习、痴迷于书籍情节,把看书变为自己的爱好转变。这样才会觉得生活更加充实,更加有成就感,同时也会产生更多的自信,就会减少对莉莉的精神依赖,你的精神世界就会变得强大起来,你的自我存在感就会更强烈。"

"有这么复杂,这么玄乎吗?"老吴置疑着问。

"其实这并不复杂,只要成功转移思想,好书的魅力自会吸引你。第三个冷处理就是处理你和莉莉的关系,远离她,无论你怎么想见她也不去找她,让自己在更有自尊的前提下,同时要让她看到没有她你活得照样会很好,而且活得更好、更充实。使你俩的关系就保持现在的状态,你不去找她,她自然就会觉得失落,女人就是这样,你越主动去找她、哄她、宠她,她越不拿你当回事儿,俗话说得好'上赶子不是买卖',你越要死要活的她越不把你当人看,世界上离了谁活不了呀?你要死要活的根本没用,如果你真的自杀了恐怕最伤心的是你的父母,他们白养育了你那么多年。所以你一定要活得像个老爷们儿,就坚持不找她、不理她,她自然会感觉到失落,就她那个大小姐,从小习惯了被别人哄着、宠着,突然没人再这样了,她一定会感到不适应,说不定她会主动回来找你呢。但你也要注意,如果她回来找你复合,你可不要轻易地答应她!如果你轻易答应了,就会应了那句话'轻而易举得到的不会去珍惜'。我说的你可要切记呦!"

小峰又沉默了1分多钟,他突然精神一振,"哦,你说得还真有那么点儿道理!明天我就照你说的试试,去看书、学习,争取早日忘掉她"。

"这就对了。其实在军训时,莉莉中暑时你天天地送汤送饭的我就觉得不太合适,你太上赶着了,你又不是她的仆人!你会让她产生错觉，觉得你是理所应当的。"我补充道。

"当时我没多想，我就是想照顾她，谁叫我喜欢她的。"

"也是，这也不怪你，毕竟你们当时还没确定关系嘛，要不是你当时无微不至的照顾和嘘寒问暖的殷勤，也许你俩当时还确立不了恋爱关系呢！但我感觉你们的恋爱基础更多的还是缘于感动，这就不是一种平等的关系。"

"啊？感动不是平等的关系？你的意思是说这样的恋爱不是真爱了？"小峰不解地问。

"我也不完全是这个意思。怎么说呢？"我思考了一下。"用更确切的话说吧，我觉得一场真正的恋爱应该缘于对彼此的倾慕，也就是相互先要有好感，在这种基础上相识，两个人再继续交往，然后了解，感受对方的脾气和性格是否适合自己，或者说自己是否能够接受，再有就是有没有共同的爱好，也就是说是否志趣相投，当然也许还要看是否有相似的人生观、价值观，最后才是是否能接受对方的家庭成员吧。但是建立在其他基础上的爱情，也许基础不如建立在相互有好感的基础上的爱情更牢固吧。但我想,也得因人而异,不能一概而论，有许多夫妻没有什么感情，过了一辈子，也不能说人家不幸福，是不？"

"你真行呀你！老林，没想到你对爱情还这么有研究！"老吴在床上做出一副肃然起敬的姿势。

"我也是瞎琢磨，纸上谈兵吧！"我谦虚地说，但心里还是挺有满足感的。

"别说，你说得还真有那么点儿意思，还是那么回事儿，我就是一开始太在意她了，太把她当回事儿了，事事让着她，事事听她的，我的自我存在感都没了，她便不拿我当回事儿了，感觉我没有存在感了。也许就因为这点她才和我提出分手的，原来是恋爱让我迷失了自我呀!"

说着说着,他突然一掀被子,坐了起来,"我今后再也不能这样没有尊严地活着了,我要找回自我,明天开始,我就远离鸦片,远离莉莉,专心看书、学习去,把自我找回来!"他信心满满地说。

"哪儿挨哪儿呀,还远离鸦片?真是好笑!"我忍不住笑了起来,他上铺的老吴也笑了起来。不管怎么说,至少我的话起作用了,小峰已经不再像刚才那样要死要活地情绪低落了,重新找回了他原来那副自信的样子。

我们一直聊到了凌晨4点钟,后来大家实在是太困了,迷迷糊糊地就睡着了。第二天早上快10点了,我睁开了双眼,往对面苏开辟的床上一看,小峰已不见了踪影,苏开辟的被子已经被整齐地叠好了,床单也收拾得十分平整。原来他早已经起床悄然地离开了。

由于昨天彻夜长谈,我才睡了6个小时左右,感觉到自己有些疲倦,但是还好,青春年少的我精力还是十分旺盛的。周六上午起床后,稍微洗漱了一下,这时早没早饭了,还有20分钟才到午饭时间,我还有些不放心,就又去221宿舍看看小峰怎么样了。宿舍里除了小峰以外,其他人都在,一看到我进门儿,老大迎上前来双手握着我的手说:"班长,你是怎么和小峰谈的?他一晚上都没回来。"

"怎么了?出什么事儿了?"我心中打鼓,忐忑不安地问。

"怎么了?可出大事儿了!"老大故弄玄虚地说。我的心里一紧。

"哈哈,逗你玩呢。小峰今天上午8点多钟就回宿舍了,兴高采烈的,一改昨天的那副满面愁容,昨天我们知道他失恋了,我们都没敢招惹他,生怕他和我们爆发。"

"你们怎么知道他失恋的?"我十分纳闷儿。

"别忘了辛莉莉是我们山西老乡,她们宿舍的姜翠丽也是我们老乡,她和莉莉又都在一个班,是她告诉我们的。"

"哦，原来你们有内线呀！那也就是说小峰今天情绪好多了？"我继续问道。

"是的，这可真得感谢你呦！班长，你真不愧是班长，挺会做思想工作呀！"老大上铺的国亚飞说。

"你别给我扣高帽子了，我又不是你们班的班长。对了，你也是少儿的呀，你提前怎么不知道？"我问道。

"他们怎么会跟我说呀，当然是女孩子之间好说这个呀，辛小峰前天晚上回来就一脸不高兴，我们问他怎么了，他又不说，谁会知道呀？"国亚飞补充说。

"哦，好了就好！老大，我给你们山西同学解决了一个大问题，你作为山西的老大，可得请我吃饭呦！"我玩笑着说。

"好！好！我请，我请你吃红烧排骨。"

"这就把我给打发了？"

我们正说着，小峰回来了，他左胳膊夹着五六本书，见我在，说道："你来了，林秀，昨晚谢谢你呦！我现在想通了，开始看书，瞧，我借了好几本儿。"他把他借的书向我展示了一下。

我也没看书名，"别客气，咱们都是好朋友，你想通了就好，今后咱们一起努力学习，争取在校期间多看几本好书！走吧，该吃饭了，咱们一起去吧。"

"好的，走。"说着，小峰把书放在自己的床上，拿着饭盆儿和我一起下楼，我回宿舍也拿了饭盆儿，一起径直向食堂走去。

## 十八　通县之行

4月初，周三下午下了课，我走出了教室，正下楼梯之际，朱丽突然追了上来叫我："班长，你等一下，有个事儿想和你说一下。"

"找我？"我扭过头去用右手食指指着自己的鼻尖儿问，我心里有些讶异，我们班的这朵"班花儿"平时非常高傲，在我们班除了和她们宿舍的汪宜静、卢海鹰、袁腾有说有笑外，甚至连我们班其他女生都带搭不理的，平时去食堂吃饭也只和汪宜静、中文文秘班的徐蔓玲一起，很少看到她和别的女生一起，她也不怎么主动和别人说话。

"是的。"她说。

"什么事儿？"我疑惑地问。

"这周日上午咱们校医务室的赵大夫要组织一次到敬老院敬老助老义务服务活动，希望同学们参加，她和我都是通县的老乡，所以昨天专门把我给叫过去，问我是否有意参加，我答应了，但是她说得找几个男生，有可能到时候要干些力气活儿。"

"那你的意思是——"我看着她，表现出疑惑的样子。

"我和咱们班男生都不太熟，就和你还说过几句话，而且你和卢海鹰又是高中同班同学，她经常和我说起你为人热情，集体主义观念又非常强……"

"得，得，得了您内①！别给我戴高帽子了，有什么话你就直说

---

① 得了您内：内，是语气助词。这句话是北京方言，意思是行了吧您。

吧，是不是想让我和你一起去？"我打断她的话说。

"嗯，是的。"她有些不好意思，低下头去。

"好吧，回头我给家里打个电话说一声，周日上午什么时候走？"我略作思考后问。

"你的意思是？答应了？"她有些意外，没想到我这么痛快就答应她了。

"嗯。"我点了点头。

"周日上午8点，教学楼西侧与校礼堂之间的过道集合，咱们一起坐车走。"朱丽兴奋地说。

"好吧，我周日上午准时到。"

周日上午我吃过早饭后，7：50，就到教学楼西侧与校礼堂之间的过道等候，过了2分钟，朱丽背着一个双肩背包也来了，不一会儿，我们学校的中巴车来了，大家陆续上车。此次活动是我们学校医务室主办的，加司机一共8个人，校医赵大夫和4名年轻老师，就我和朱丽是学生。赵大夫在车上非常热情地和朱丽打招呼："朱丽，你们来了？"

"嗯，这是我们94中英文秘班的班长林秀。"她向赵大夫介绍我。

"不用你介绍了，我们早在军训时就认识了。"赵大夫说。

"是的。赵大夫好！各位老师好！很高兴参加你们组织的这次这么有意义的活动！"我说道。

一路上赵大夫和老师们说说笑笑地非常开心，我和朱丽坐在最后一排，我没敢和她坐在一起，而是隔了一个空位和她并排坐着，她也不怎么说话，只是眼睛看着窗外。听着赵大夫和老师们聊得热火朝天的，而我和朱丽作为学生和老师们一个不太熟，另一个共同话题又不太多，所以我俩则一直沉默着。但是我感觉有些别扭，就没话找话地说："哎，咱们今天去哪个敬老院呀？"

"去通县宋庄敬老院。"她看着我说。

"那咱们去能干些什么呢?"我继续问。

"帮助打扫打扫卫生、和老人们聊聊天儿、帮助老人理理发吧。"

"哦,打扫卫生和陪聊天儿没问题,理发我可不会。"

"没事儿。"

"哎?朱丽,你家是不是就是通县宋庄的?"我继续问道。

"不是,我家是永顺镇的,也就是通县县城。"

"那你家离敬老院远不远?"

"有些距离,坐公交车得6、7站地吧。"

"哦。听说现在通县的经济发展得不错,在全国百强县中排第8名。"

"这个我倒不清楚。"她好像并不怎么关心她家乡的经济情况。

9点半左右,我们到达了宋庄敬老院。敬老院的院长热情地与赵大夫打招呼,敬老院的老人们早已都到院里来了,有的拄着拐杖站着,有的坐在轮椅上,他们基本上都在70岁以上,人人一头白发,脸上皱纹儿堆累,有的骨瘦嶙峋,有的胖胖的,但是精神都非常好,一看我们一群人来了,都高兴地和我们打着招呼。看到他们,我立即想起来我的姥姥、姥爷,他们和他俩岁数差不多,顿时我感到十分亲切,很想为他们做些什么。

我准备找笤帚打扫卫生,但老人们告诉我,刚才刚来了一拨人,已经打扫过了,于是赵大夫就给老人们理发,我和朱丽就到一个房间里用抹布擦拭家具。干完后她和一个老人聊天儿,我呢,也随便跟老人们聊了几句,然后我就给他们讲了几个笑话,给他们逗得哈哈大笑,看着他们大笑的样子,我心里十分欣慰。两个小时左右的时间,我们的助老活动结束了,朱丽说要回一趟家拿些东西,我说等她一起回学校,她答应了,于是我们就在新华东街下车,老师们则回学校了。她和我约好了下午1点在附近西海子公园南门聚齐儿,然后一起坐公交车回学校。

早上出来时，学校给我们准备了面包、火腿肠和榨菜，用一个食品袋装着，我们一人一份儿，我自己无聊，便独自走进西海子公园南门，找了个石凳坐下，啃起面包来。吃完了，我沿着湖边的道路走了走，这时公园中的柳树都已吐出了嫩绿嫩绿的芽儿，在春风的吹拂下随风飘动，公园中一株株桃树和几株樱花树上开着粉色的、白色的花，一团团、一簇簇地绽放着，迎着我在笑。在春风的吹拂下、花粉的芬芳中、柳芽儿的青青味道里，我把夹克脱下，搭在右臂上，沿着石子铺成的甬道漫步，心中无比轻松和愉悦，我醉心于春的美景，高兴于今天老人们的微笑，还为朱丽能单独和我相约到敬老院而兴奋。许多男同学都惦记着朱丽，但都没有和她如此近距离在一起的机会，而我今天就有了这样的机会，而且是她主动和我提出来的，我心里有些美滋滋的。

12：50，我走出了公园，到了大门口，我怕朱丽到了找不到我，可等到13点她还没到，我心里略略有些担心，"怎么回事儿？不会路上出什么问题了吧？"

13：15，我远远地看到朱丽穿着她那件紫色的夹克、蓝色的牛仔裤袅袅婷婷地朝我走了过来，她的牛仔裤贴在她的腿上，更凸显出她身材的苗条。她看到我挥手向我打了声招呼，然后跑了几步，到我跟前说："不好意思，我来晚了。"她手里拎着一个小纸袋儿。

"没事儿！时间有的是。"我抬手看了看手表。"要不咱们公园里转转？你们这儿我还是第一次来，你带我参观参观，如何？"我征求着她的意见。

"嗯——好吧！"于是她和我一起走进了公园，沿着刚才我走过的石子甬道肩并肩散起步来，我还是第一次和一个女孩子并排着离这么近一起走呢。我的心"怦怦"地跳个不停，而且明显感觉心跳加快了，起初，我没说什么，后来，还是我先打破了僵局，自然地问："你几点到家的？吃过饭没？"

"我 11：40 就到家了，到家我妈都把饭做好了，我吃过了，收拾收拾就出来了，但还是来晚了。"她解释道。

"哎，没事儿！你别总往心里去。男人等女人不是应该的吗？何况不白等呀，还能和美女一起在公园里散步，欣赏这么好的风景。说实话，我这还是平生第一次。"

"哦？是吗？"她似乎有些不相信，歪着头两眼直视着我说。

"真的是第一次，我还从来没和女孩子这么近距离地一起散步呢！"我认真地说，但两眼看到她注视的目光时，我便转头看了别处。

不一会儿，我俩走到一处码头，这里正在租船，供游客在湖中游玩儿。我再次征求她的意见，"咱们时间还早，要不划会儿船？"

她并没有拒绝我，轻轻点头向我示意同意。于是，我俩就租了一条双桨的木船，面对面坐在船中央两侧划了起来。我之前只划过几次船，对于双桨和船的配合关系开始不是很熟练，我们的船一会儿左、一会儿右地在水中行进着。她的双手十字交叉，扣在自己的双膝上看着我忙活着，不一会儿，我便找到了规律，小船运行自如了。我一边划着，一边看着她，我们划过一个白色的大理石小桥，她看到我的双眼注视着她，便轻轻地把头扭向右侧，看着湖边的美景，这个时候，我则无暇顾及公园的美景了，专注地看着她脸部的侧影，她的眉毛、睫毛、鼻梁儿、鼻尖、嘴唇、下巴高低错落有致、层次分明，头帘儿在春风的吹拂下不时地轻松地跳动着，这分明就是一幅层次分明的人物素描，她的侧影和她本人一样，是那样楚楚动人。我的心现在不仅仅是"怦、怦"地跳动了，更有一种陶醉的感觉，远方的垂柳和桃花似乎模糊了，湖中仿佛只剩下我和她共乘的这只小船了。

时间不知不觉地过去了，她并没有催促我，看了看手表，这时我也意识到时间的问题了，抬手一看表，呦，都划了2个多小时了，快下午4点了，确实时间不早了，该回学校了，否则恐怕晚饭都赶不上了。于是我付了船费，我俩出了公园，刚一到公交车站，一辆322路车正好进站，我俩便挤了上去。车上人十分多，已经没有了座位，我俩在人群中她在前我在后地站着，她伸手扶着车内竖着的铁杆儿，我举着右手扶着上面的横杆儿在她身后。我使劲地向后拱着，防止后面的人挤到她，但车辆不时地颠簸和刹车，使我偶尔胸口碰到她的后背，一阵阵激动的心潮在我身体里澎湃，我的脸顿时红了起来。而她仍平静地扶着铁杆儿站立在那里……

## 十九　燕山之行

　　由于小峰失恋后虽然专心于看书了,但我感觉他的情绪还有些不稳定,而且生活过于单调,我决定带他去散散心。4月14日是周五,中午,我到他们宿舍,提起周末到我家去玩儿,结果我一说,他们宿舍的几个人积极性都比较高,除了小峰外,王先晋、国亚飞和叶德伦也吵吵着想去,其实我主要是想让小峰散心,当然山西的几名同学和我关系非常好,我也希望他们一起去,由于叶德伦平时独来独往,很少与我往来,虽然他是我们班的学习委员,但他平时只是独善其身,根本不关心其他同学的学习情况,所以我心里并不怎么希望他去,但既然他也主动提出了,我便答应了,张桦周末有事儿就说不去了。

　　我提前给家里打了个电话,告诉妈妈有几位同学要来家里做客。周六下午3点多钟,我带着他们4人到了我家,王先晋作为老大就是不一样,还给我家带来他自己从家里带来的一食品袋儿他家乡产的小米儿。我在我家的小院里放了一张小桌儿和几个板凳,我沏好了茶给他们倒上,我们在院里边喝茶边聊了起来。我家有6间房,北屋4间、东屋2间,西侧是间小棚子,我家的小院也不大,大概有30平方米左右,沿着东屋和北屋抹了一条宽一米半的水泥甬道,其他地方则是土地,在不同的位置我们种了不同的树,在北房的台阶两侧各种了一棵石榴树,在东屋与北屋水泥甬道拐角处的土地上种了一棵海棠树,再往南即院子大门正对着的是一棵妈妈亲自嫁接的"老虎眼"酸枣树，在西边的小棚子东侧种着一棵葡萄藤，在小棚子南侧则是一棵一人合抱粗的香椿树。这时海棠的叶子已经嫩绿嫩绿，浅粉色的花苞已经长了出来，但还没有开，葡萄藤已经上架，也长出了嫩绿的小叶子，两棵石榴树刚刚长出了小小的芽儿，只有老虎眼酸枣树还没到季节，没有焕发生机。他们参观着我家的小院，我呢，则作为讲解员给他们讲解着，大家相聊甚欢，天南海北、海阔天空，聊着聊着，叶德伦话锋一转，主动向我说起了94中文文秘班的马萍萍，他操着不太标准的福建普通话问我："你和马萍萍熟不熟？"

我说："当然熟了，她是我们房山老乡，她家就住在燕山。"

"那她家离你家这儿远不远？"他又追问。

"不太远，差不多4、5公里吧。"

"哦——"他没再说其他什么。

小峰、国亚飞和我都有些纳闷儿，不知道他为什么突然问起了马萍萍，小峰逗叶德伦说："你小子不会是对马萍萍有意思吧？"

叶德伦并没有说什么，只是不好意思地低下了头，脸上有些红。

"看，让我说中了吧！我就说你为什么也吵吵着来房山呢，原来项庄舞剑，意在萍萍呀！你来房山的主要目的不是来林秀家呀？"国亚飞有些奚落地说。

"哈哈，你们才知道呀？他早就对马萍萍有意思了，都快害相思病了！"老大笑着说。

"你小子够有心计的！"小峰用略有些嘲讽的口气说。

叶德伦有些不高兴，回嘴说："只许你喜欢莉莉，就不行我有喜欢的人吗？怎么了？我就是想去她家怎么了？明天我自己去，我又没要你们陪我去。林秀，从这里怎么坐车到燕山呢？"

我一看气氛有些火药味儿了，就打圆场说："叶德伦，你急什么呀！你喜欢马萍萍很正常，你就直说呗，马萍萍家在燕山，燕山的公交车1路终点站才到她家呢，从房山坐车还得倒车，你人生地不熟的，自己估计也找不着。这样吧，正好房山这边也没什么玩儿的，燕山有个燕山公园，正好明天咱们几个到燕山公园先踏踏青，然后再去找你心爱的马萍萍如何？"

叶德伦脸上的红色褪去，恢复了平静，说："那好吧，这主意不错！"于是我给马萍萍打了个电话，告知她明天我们要去她家。

妈妈准备了一大桌子菜，我们几个有说有笑地吃了起来，还开了1瓶白酒喝，我们几个都喝得有些醉意，晚上父母去了姥姥家睡，我们5个人分在两个房间里各自躺下，没聊多会儿，在酒精的作用下我们都酣然入睡了。

第二天早上9点多，我们几个起床，简单收拾了一下，便坐车去了燕山公园。园内的桃花正在盛开着，装点在公园的丝丝新绿之中，我们登上了公园内的山上，在山顶的一块大石头上远眺燕山石化厂区的全景，远处整齐的厂区、化工装置和几处火炬尽收眼底。在这块大石头上，我们分别照了一张单人照片。正当我还想继续深探公园的春意时，叶德伦有些心急了，催促地问："这里离马萍萍家还远吗？坐车得多会儿到呢？"

"你急什么呀？不远了，也就10多分钟的车程了。"我说。

"要不你告诉我在哪儿坐车？坐多少路车？我自己去吧。"叶德伦有些焦急，昨天晚上的酒劲儿还没有过去，他的脸红得像一块大红布。

"行了，行了，要不咱们走吧！"我对其他3个人说。

"哎，扫兴！"小峰有些不满地说。

坐车到了马萍萍家，她家也还有她们宿舍的两名女生在，她们热情地将我们迎入。我们落座后，当马萍萍问起怎么11点才来时，老大赶忙抢着说:"叶德伦恨不得昨天就来你家了。"

"是吗?有这么夸张吗?"马萍萍脸扭过去看着叶德伦。

"哪有?别听老大胡说。"他非常不好意思,但由于昨天的酒劲儿未散去,看不出来他的脸有什么变化,仍然红着。

"哦——是吗——"小峰、亚飞和我3个人拉着长声齐声置疑。这时马萍萍的脸颊上倒是泛起了一轮红晕。

马萍萍的妈妈也给我们做了一桌子菜,并且拿了瓶红酒,我们边吃边喝边聊,每个人又都喝得满脸通红。喝完后,我们又在她家唱起了卡拉OK,直到下午3点,我们才赶忙和她妈妈告辞,一起坐车赶回了学校。原本的到房山的游玩、散心便成了成全叶德伦到马萍萍家探访的家庭聚会了。

## 二十　复合

　　时光飞逝，时间已经到5月初了，校园里草坪上的草已脱去了惹人喜爱的新绿，换上了一身青色的衣裳，玉兰花也早已凋谢，叶子浓密碧绿。我已脱去了毛衣，只一件夹克、一件衬衫了。辛小峰与辛莉莉分手已经1个多月了，这段时间，小峰几乎和我形影不离，除了上各自班的课外，我们一起去食堂，一起去运动，只不过我是去打排球，他是去踢足球，一起去阅览室看书，我看过的书我也向他推荐了几本好看的，比如《红与黑》和《东周列国志》，他也都看过了，生活过得十分充实。个别时候，我们路上遇到过辛莉莉，小峰也都装作没看见，转头就过去了。我呢，有时和莉莉点头示意一下，也不好说些什么，她呢，看到我向她点头示意也觉得十分不好意思，不敢正眼看我，低着头就擦肩而过了。

　　周三晚上，我和小峰照例一起去阅览室看书，小峰有一个习惯，就是到阅览室先拿《北京青年报》看一阵儿，再拿出日语课本看，最后才是看从图书馆借来的书。正当他拿起弗洛伊德著的《精神分析引论》翻看时，姜翠丽急匆匆地走进阅览室找到辛小峰，低声说："你出去一下，外面有人找你。"

　　小峰小声儿地问："谁呀？谁找我？"

　　"是莉莉找你，她就阅览室门口的楼道里等你呢。"

　　小峰一怔，没有动地方。姜翠丽有些急，催促着他说："你倒是快起来呀！你要再不出去，出了事儿我可不管！"

小峰看了看我，我已经听到他们的低语了，于是我对他说："你去看看吧，不过记住我曾经告诫你的话，不要轻易地答应她！"

他点了一下头，匆忙收拾了一下东西，把椅子向长条桌跟前一推就离开了，后来也没回来。姜翠丽并没有跟着他出去，非常淡定地借了本杂志，返回到我身边儿，拉了小峰刚才坐过的椅子坐下。

"你不用跟着他们去？"我看着她问道。

"我就不当电灯泡了吧！让他们自己去聊吧，这样好！自己的问题还得自己解决。"她微笑着小声说。

"哦，那倒是。怎么？莉莉后悔了？"我轻声问道。

"是的，这1个多月小峰从来没找过她，遇到她也不理她，她觉得非常难受，上课也不专心了，经常和我说起以前小峰对她的好，我说，既然这样，你就去主动找小峰说明你的悔意，争取他的原谅吧。这不，她今天鼓了半天勇气才来的。"

"哦，这样呀！"在姜翠丽说话的当口，我仔细地端详了她一番。她一头乌黑浓密油亮的长发，也是用一根皮筋随便系了一下，发丝宛如一道黑色的瀑布柔顺地流淌在她的后背上，额头上有一排整齐而自然的头帘儿，她的脸是南瓜子形状，眉眼端正，一看就十分端庄，而且非常有气质，有一种由内而外的自信和清新脱俗。她上身穿着一件淡蓝色的短款牛仔上衣，下身一条同样颜色的牛仔裤。说实话，姜翠丽的美说不上是漂亮，但是用气质美女形容一点儿也不为过。我们都各自看着自己手中的书和杂志，看书之余，我偶尔用余光扫了几眼她，我看到她仿佛也在向我这边偷觑，但我没有往下想太多。

阅览室闭馆后，我把书本放回宿舍，又去了221宿舍，辛小峰还没有回来，我便又坐在张桦的床上和他聊了起来，我问："最近你和毛毛怎么样？是否有进展了？"

张桦有些不好意思，脸上微微泛红，"还行吧，现在我们很聊得来，还正在聊。"

"那进展到什么阶段了呢？"我好奇地追问。

"应该算刚刚开始吧。"张桦不好意思地小声回答。

"哦——不错呀，开始了就好，是个好消息，你可得抓紧哟！毛毛是我们老乡，我听张奇志说她人不错，也挺温柔的。"

"这我知道了，我就喜欢她这点。"

等了半天，小峰也没回来，于是我便回宿舍睡觉了。

第二天中午吃过饭，辛小峰欣喜地跑到我们宿舍来找我，一进门儿就喊："林秀，林秀，莉莉和我重新合好了！"

我不急不慌地说："看把你给高兴的，都快蹿树上去了。你慢慢说。"

他说："昨天晚上她把我给约出去后，我们在校外一个地方，她向我正式道歉，说当初不应该那样对我，不应该和我提分手，都是她不好，没有珍惜我。我们聊了一晚上，凌晨1点多钟才回来，回来时校门儿都关了，我们俩跳进栅栏门儿的。"

"哦，看，我说的冷处理是对的吧？我对你的劝告呢？你记住了？她回来找你复合，你不要轻易地答应，你是这样做的吗？"

"嗯——我没有，我答应她复合了。"他有些不好意思，但又抑制不住自己的兴奋和喜悦说。

"当时我可是千叮咛、万嘱咐的呀！我当时就说如果你轻易答应了，就会应了那句话'轻而易举得到的不会去珍惜'。当时我还提醒你要切记的。哎，就知道你做不到。"我有些无奈。

"多谢你提醒啦——我们现在重归于好不也挺好的吗？你应该祝贺我才对。"小峰调皮地说。

"好——好！我祝贺你们重归于好，我祝贺你们百年好合——"我怪声怪气地说。

"行了,你就别生气了。"小峰用渴望的眼神看着我,他看出来我有些不悦。

"你们两个重归于好我生什么气呀?我又不是看不得别人好。不过我可再次奉劝你:今后你可不能再像以前那样对她言听计从,拿出点男爷们儿的样子来,别整天就儿女情长的,否则你们将来还会有分手的那一天!"我再次警告他。

"好——好——这回我全都听你的。"他回道。

就这样,小峰和莉莉又恢复了往日的恩爱,他们俩又开始出双入对了,有些改变的是,他们俩有时一起出现在阅览室里了,虽然不是和我一起去的,但经常坐在我的身边,而不仅仅是以前的谈情说爱了,精力也向学习、看书方面转移了。但莉莉平时只是翻翻杂志而已,完全属于陪着小峰的性质,小峰也不是之前那样和我一起等到阅览室闭馆才回宿舍了,而是9点左右就离开了,我想接下来的1个多小时则是他俩谈情说爱的美好时光了。

## 二十一　生日聚会

周五中午，我吃完饭回到宿舍，佩卿来找我，说："明天晚上我们宿舍福建老乡有一个聚会，如果你明晚没事儿，希望你能参加。"

我说："没问题，明天我一定参加，今天下午我先回一趟家，明天再赶回来。"

于是，我当天下午便赶回了家，周六上午，我拿着竹竿绑好的铁丝钩子上了房顶摘香椿，我家的香椿树已经长得7、8米高了，我站在西侧棚子的房顶上，用3米多长的竹竿钩子也够不着顶。这时的香椿已经长出了2厘米多长，绛红色透着光泽，看了令人垂涎欲滴。我花了近2个小时的时间，摘了两大盆，然后从中挑出较为鲜嫩的，用塑料绳捆成了碗口粗的3把儿，装在食品袋里。吃过午饭我就往学校赶，一路上非常顺利，不到下午4点，我就回到了宿舍，老吴没回家，他是隔一周回一次，张奇志也没回家，他最近在倒腾着做着他的兼职，好像是在给某个公司做销售。我拿出一把香椿递给他们，今天晚上你们就吃面条儿吧，香椿拌面，我又拿了一把儿给221宿舍送去，最后拿了一把最多的香椿和自己买的两袋儿五香花生米拿到我们对面的福建宿舍。

一进门儿，他们宿舍的人全在，他们桌子被搬到中间，中间放着了一个电火锅儿，已经盛满了清水，周围摆满了洗完了的各样蔬菜和羊肉卷儿，还有一些酱牛肉、鸡爪子之类的熟食。一见我进来，他们好几个人热情地迎过来，簇拥着我让我坐在凳子上，李晓生说：

"就等你了,我们都没开火呢!"

我看了看手表说:"现在才4点多点儿,这么早就要开始吃是怎么着?好丰盛呀!我给你们带来些香椿,我家自己种的,上午我刚摘的,新鲜着呢,正好多一个下酒菜。"我把香椿递给晓生,晓生拿了个盆儿去水房洗去了。

陈建东说:"今天咱们吃饭倒不着急,但我们等你来了一起先吃生日蛋糕呢,吃完蛋糕,再把水做开,也就差不多快5点了,咱们平时也是5点半吃饭对不?今天咱们还得喝点儿呢!"

"哦?今天谁过生日?"我问道。

"佩卿呀!他没告诉你?"陈建东非常疑惑。

"他没告诉我今天他过生日呀!就说你们今天福建老乡聚会,希望我能参加。你怎么不早说呀?早说我给你买个礼物呀!"我看着佩卿,有些责怪地说。

"哎,小林子,有什么好说的呀,大家就是借我生日这个题儿好好聚聚,生日就那么回事儿,我从小我父母就去香港了,就没怎么给我过过生日,你们大家能来我就非常高兴了,这么多人多热闹呀!"他说着,从床边上把一个半米见方、20多厘米高的纸盒儿端到了桌子上,把上面的红色丝带解开,把盒盖儿掀开,露出了一个16寸的奶油蛋糕,上面写着生日快乐字样。大家七手八脚地插上蜡烛,一个拉上窗帘儿,一个关上门、关上灯,屋里顿时暗了下来。

陈建东点上蜡烛,然后让佩卿许了一个愿,他闭上眼睛口中嘀咕着什么,一睁眼,"扑"地把蜡烛吹灭了,这时有人打开了灯,拉开了窗帘儿,佩卿拿着刀把蛋糕切成了十几块儿,一人分了一块儿。

"你许的什么愿?"我问他。

他说:"许什么愿可不能告诉你们,否则就不灵了。"

"一定是许赶紧找个好姑娘吧!"我玩笑着说。"可别是咱们的'小姑良'！"我看着李晓生说。

"你讨厌！又叫我'小姑娘'！"李晓生装作不高兴地说，其实他已习惯了我这么叫他了。

开始吃蛋糕，趁着佩卿不注意，我手指蹭了块儿奶油抹在了他脸上，他反应过来，也蹭了一块奶油追着我抹，结果，大家乱作一团，每个人身上、衣服上都蹭了一些奶油，但是大家都十分开心。吃完、闹完已经5点了，我们把电火锅儿烧起来，准备涮菜、涮肉，这时到我们宿舍找我的小峰听到我的声音推门进来，"你们这里干吗呢？这么热闹？"

"今天佩卿过生日，大家聚聚。来小峰，一起，我们还没动筷子呢！"我看着佩卿，用目光征求他是否同意。

"来，欢迎一起！"佩卿立即热情地说。

"不了，莉莉和姜翠丽还等着我一起去食堂呢！我就是听说你给我们拿香椿，下来谢谢你，顺便和你随便聊聊。"小峰说。

"叫他们一起来吧！包括你们宿舍的。"佩卿热情地招呼着。

"这不合适。"小峰不好意思地说。

"没什么不合适的，加几双筷子而已，我们这里有一次性筷子。"陈建东说。

"林秀，你们宿舍谁在？也一起叫过来吧。"佩卿说。

"既然他们都说了，你把她俩叫来一起吧，拿着饭盆儿吧。"我补充道。

"这——"小峰仍迟疑。

"你还这什么呀？快点叫她们去吧，这么丰盛的菜我都流口水了。快去！"我催促他，并且回宿舍把老吴和奇志一起叫了过来。

"那好吧。"过了不到10分钟，小峰带着莉莉和姜翠丽进来了，莉莉和姜翠丽在他身后，有些羞涩。

"来来，这边儿坐，弟妹，翠丽，你坐这里。"我招呼着她们俩，莉莉一听我叫她弟妹更不好意思了。

大家围在桌子前，佩卿给每个人的一次性纸杯里都倒了半杯"红星御"白酒，大家边吃边喝了起来。说是坐，但宿舍里小 20 人，大家都站着，你一筷子、我一筷子，你敬我一杯、我敬你一杯，气氛十分热烈，每个人都喝得大红脸，聚会持续到 9 点多，一箱"红星御"都喝完了。大家仍不尽兴，于是我们又转移阵地，到了我们宿舍，我们又从外边商店买了一箱啤酒，我把我们宿舍的香椿洗干净，用盐拌了拌，就着剩下的花生米和鸡爪子等再次喝了起来。这次没喝白酒的莉莉和翠丽也人手一瓶啤酒，和我们喝了起来，她们俩的脸也红润了起来，但和我们不同的是，男生们的脸都红得发暗，而她们俩的脸则娇羞如花，多了几分妩媚。对于莉莉，我自然不肯多想，对于翠丽那种别样的气质，我借着酒劲儿仔细地欣赏了许久，佩卿和老吴都喝多了，他们俩不停地和翠丽碰着瓶儿喝，她有些紧张，则躲在我的左侧，挤在我和墙之间，她的右肩不时地挨着我的左胳膊，我的心中也泛起丝丝涟漪。我拿出了相机，把大家举瓶同饮的情景拍了下来，佩卿也帮着拍了几张。这一晚大家几乎都喝得酩酊大醉，闹到很晚才各自回了宿舍睡去。第二天，我看到桌子上横七竖八的啤酒瓶儿、闻着满屋的酒味儿，才知道昨天晚上一箱 24 瓶啤酒我们都给喝光了，这还是在喝了一箱"红星御"白酒的基础上。虽然头有些疼，但是大家还都挺高兴的。

## 二十二　医院检查

周一上午下了第二节课，班主任郭老师把我叫到办公室。"林秀，朱丽、汪宜静听说她们宿舍的郎慧是甲肝澳抗阳性，她们都非常害怕，要求学校带郎慧去检查，看看她是不是甲肝病毒携带者，在不在传染期。不行明天上午你带郎慧和朱丽她们去一趟地坛医院检查一下吧。"

我疑惑地看着郭老师，她明白了我的意思——因为郎慧是94中文文秘班的，我则是94中英文秘班的班长，要带她去检查也应该是94中文文秘班的班长娄元宝。她赶紧补充道："423宿舍多数都是你们班的，朱丽、汪宜静、袁腾、卢海鹰，只有郎慧和徐蔓玲是中文文秘班的，而且这次强烈要求郎慧检查的就是朱丽和汪宜静，所以我才请你带她们去的。"

我一想，算了，还是从大局着想吧，毕竟我是94中英文秘班的班长，朱丽和汪宜静她们几个都是我们班的同学，甲肝这东西怕也没用，如果郎慧要真是甲肝病毒携带者、真在传染期，朱丽她们宿舍跑不了，我们全班也跑不了，为了大家的安全，我就冒风险陪她们去一趟又如何？于是，我爽快地说："郭老师，您就放心吧！明天我带郎慧去，那为什么朱丽也去呀？"

"她们不不放心吗？想亲眼看看结果。"

"哦。"

第二天一早，我就带着郎慧和朱丽去了地坛医院，一路上我还是有意识地与郎慧保持着一定的距离，但是我还是和她说了几句话，为了不让她多心，毕竟大家都是同学，朱丽则一直跟在我旁边走，有意识地躲着郎慧，一路上也没有任何笑模样儿。我平生还是第一次到传染病医院，心里也有些不自在，因此，无论是掀门帘还是摸扶手儿，都用右手的小手指外侧去碰医院的东西，身体的其他部位则不去碰。

我给郎慧挂了号，然后我和朱丽陪着她去查血，由于我们来得早，医院里还没什么病人，40分钟，所有检查就做完了，但是结果当天出不来，得过两天才能出来。于是我们出了地坛医院，郎慧说自己要回趟家，我也没拦着，她自己走了，而朱丽则一直跟着我，面沉似水，也不说一句话。回来的路上，我安慰她说："你们不要担心了，如果检查结果证实郎慧真是病毒携带者，那她就不能再上学了，我会要求学校和老师对宿舍和教室消毒。你们宿舍的所有人也得来抽血检查，包括她们班的和咱们班的同学，要传染谁也跑不了，所以怕没有什么用，该来的总会来的，该不来的也肯定不会来，所以你大可不必担心！等结果出来就知道了。不过我看她的状态应该没什么事儿。"

"让你也跟着我们来医院，不好意思！"朱丽有些歉意。

"哎，你就别有歉意了，其实我已经知道中文文秘班娄元宝是因为害怕不跟你们来医院了，郭老师才让我陪你们来的，不管怎么说，你我是同班同学，你们宿舍汪宜静她们3个也是，我又是班长，所以从这个角度来说，我陪你来也没什么问题，毕竟关乎咱们全班同学的健康嘛。你就别多想了！"她脸上露出了一丝笑模样儿。

过了两天，郎慧的检查结果出来了，她不是甲肝病毒携带者。423宿舍女生、郭老师和我悬着的心都踏实了下来。后来听卢海鹰对我说："我们423宿舍的女生都对你佩服极了，感觉你特别有担当，特别有责任感,真感觉你是个出色的班长,是一个真男人!"

　　说实话,听着她的夸赞,我心里美滋滋的,但我更关心朱丽对我怎么看,但是她没有说,我也没好意思再追问。

## 二十三　春游

　　5月中旬，早已是春暖花开了。我们班的同学们纷纷商量着去哪儿春游，后来我说房山十渡景色不错，号称"北方小桂林"，值得一去，一些同学就吵吵着让班里组织一次。于是我就开始筹划春游的事儿，首先是春游报名，别看大家嚷嚷得挺欢，但真一到报名时，才报了8个人，后来我一想，报几个人算几个人吧，毕竟是我们班自己组织的第1次活动，要想全班都去也不现实。于是我和几个班委商量后就决定拿出一些班费支持此次春游，本周六统一到北京南站乘北京—太原的火车去十渡，我提前买了8张火车票，但到周五晚上了，有2个同学又说不去了，后来94少儿国亚飞和劳瑞华听说后，通过老乡辛小峰来找我表示想和我们一起去，不知是否可以，我表示同意，但他俩得每人交20元钱。这样参加此次春游的同学仍是8人，有王先晋、王玉华、朱丽、汪宜静、武金聪、国亚飞、劳瑞华和我。

　　周六下午，我们一行坐车到了北京南站，北京南站是北京最小的一个车站，候车室等建筑都是灰砖房，看上去十分简陋。我们下午5点半进站，半个小时后，火车准时启动，向十渡方向进发。由于是始发站，我们都有坐，大家心情都十分高兴，一路上有说有笑的，国亚飞和小峰是一个宿舍的，我们早就认识了，只有劳瑞华我们才是第一次见，但在火车上一介绍、大家一聊也就逐渐熟络了起来。

　　过了将近2个小时，火车进了十渡站，我们下了车，这个站非常小，除了我们8个人之外，没有其他人下车。刚一出站台，一个四十五六岁的瘦高个儿男人就热情地迎了上来，"你们住店吗？我们家自己开的，非常干净，条件不错的"。

我们两眼一抹儿黑，虽然我初中来过十渡，但当天来当天走，没有住，遇到送上门儿来的，我便将计就计，问道："您那儿什么条件呀？多少钱一宿呀？"

"我们家是通铺，每间屋能住7、8个，1间1晚30元，租两间50元。"他说道。

"哦，你们觉得怎么样？要不咱们先跟这位大叔去他家看看？不行再换别的家，反正十渡有的是旅店。"我故意装作很熟悉十渡情况的样子问大家。大家都没反对，于是我们就跟着这个大叔到了他家。

他家坐落在一片民宅之中，是一个独立的小院儿，院子正北面是里外间的3间房，从东侧的门口进入，是外屋1间，西墙上有一个门与里屋相通，穿越此门进入里屋，是2间面积大小的1间房，西墙处是从南到北相连的大通铺火炕。院子的东西两侧各是两间厢房，西侧的厢房是房主家人居住，东侧的厢房则有一个大大的床。我们在房间里看了看，虽然有些简陋，但卫生条件还可以，于是我们几个嘀咕了一下，我就和那位大叔说："大叔，你家的条件一般，你看这样行不行？我们住你北房的西屋和东厢房，两间房40块钱行不行？如果行，我们今晚就在您这儿住了，如果不行，我们就找别的家去了。"

大叔略作思考，说："行，就这么着，一看你们就是学生，也没什么钱。那你们在不在我家吃饭呢？"

"吃饭怎么吃法？多少钱呀？"我问道。

"两凉四热，一荤五素，20块钱，怎么样？"

"好，就这么着，我们主要是来玩的，吃的好坏不重要。"大家纷纷说。

　　主人家还不错，给我们做了6个菜，摆了一桌子，菜量还不小，米饭也管够，最后还给我们免费上了一大盆鸡蛋西红柿汤。我们都吃得很饱，不知不觉，天儿就黑了，虽然天气已经暖和了起来，但在十渡这个地方有山有水，还是有一丝寒意，我们坐着板凳在院子里聊了一阵儿，就感觉到有些冷了。于是，我们大家都进了女生选择的大通铺房间，由于没有电视信号，我们在昏暗的白炽灯泡的灯光下，又继续天南海北地闲聊，主要是王先晋、劳瑞华、王玉华和我在聊，不时地朱丽和汪宜静也偶尔开个玩笑，武金聪由于口音问题怕大家笑话也不怎么说话，国亚飞则话很少，不时地默默地望着汪宜静。汪宜静今天穿了一件棕色的短款西服，外翻的领子上是一道儿白色的边儿，腿上穿一条淡灰色的裤子，脚上一双看着就很舒适的松紧皮鞋，她戴着一个白色的塑料宽边儿眼镜，镜片儿边缘处反着白光，感觉到她的度数很深，浓黑的短发与白色的衬衫领子相距1厘米，一个宽宽的发卡戴在头上，显得格外文静，真是形象如其人，宜静脱俗。我似乎感觉到了国亚飞看汪宜静目光的异样，就故意和汪宜静开了个玩笑，汪宜静被我逗得哈哈大笑，但却还保持着淑女的样子，有一次她被我逗得伸出小拳头轻轻地捶了我左胳膊一下，国亚飞的表情感觉有些尴尬。汪宜静也在国亚飞偶尔的插话时看上他几眼。

　　劳瑞华在路途上已经和我们熟了，她也打开了话匣子，用略带山西味儿的口音不停地和我们聊着，王玉华也说着，王先晋一边说着，一边看着朱丽，我呢，在不说话时也偶尔看看朱丽，但朱丽似乎不怎么想看我似的，静静地做着她的听众，偶尔插上两句话，也偶尔和王先晋他们开个玩笑，就是不看我这边儿。

　　晚上9点多了，时间不早了，我们离开了女生们住的屋子，到了东屋，简单洗漱后，便上了床，女生们则在她们十分新奇的大通铺上躺下了，虽然两个屋子门都关着，但女生屋里不时地传来一阵阵的欢笑声，也不知道她们热烈地聊着什么。我们这边简单地谈了谈朱丽和汪宜静，不知不觉便在疲倦中睡去了。

　　第二天一早，我们起床后，分别在院子里的水龙头前洗漱，虽然已是5月中旬，但自来水十分凉，山中的寒气不时地令我打起寒战。我们付完钱，向大叔一家道别，便沿着马路一路走了起来。十渡是沿着拒马河有十个山弯儿，每转过一道山弯儿便称为一渡，我们是从十渡出发的，高兴地向一渡方向行进，大家边走边说笑着，甚是自由。道边儿就是拒马河，河水清澈见底，河中的水草随着水流不停地摆动着，一条条小鱼在水中自由地游弋，水中的世界自然是它们生活的天堂，它们是这条河真正的主人。河的另一端就是俊美雄奇的青山，高低突兀，各不相同，这里的山不像北方多数的山那样是缺少变化的丘陵，而是每一座都是独立的样子，仙女峰、奶头山、老虎山，各式各样，惟妙惟肖，俊、奇、险、美都不足以概括它们，不怪人们把这里称为"北方小桂林"。直到若干年后我去过桂林后，才真正知道十渡作为"北方小桂林"确实名不虚传。我们在这青山绿水的美景中陶醉了，不时地停下脚步拿起手中的"傻瓜"相机拍照留念；还不时地跑下公路，狂奔着跑到河边儿，拿起河滩上的石头投向水中，听着石头落水的"叮咚"声；我们有的人拿起薄薄的石片儿在河上打着水漂儿，一个、两个、三个……看着石片儿打着一串串水漂儿落入河底；有的蹲在河边儿的小水坑儿旁专注地看着水坑儿里的小鱼游来游去。呼吸着山中清新的空气，闻着空气中树叶的味道，喝着清冽河水，我们各自享受着自己眼中的美景，那种自由与闲适，就宛如河中的小鱼一样。我们一点都不着急，走到哪儿玩到哪儿，这块大石头好看，就在这里坐一坐、玩一玩，那里的景色美，就在那里拍拍照，不知不觉就走到了四渡。我们决定爬上眼前的这座山，由于山上没路到处都是草，有些滑，还有许多荆棘阻挡着，我们不时地扒着荆棘，彼此拉着手往山上爬，有的地方猛然高出一块，我用手抓住上面的荆棘爬上去后，便转身伸手去拽他们一个个上来，但每当我把手伸向朱丽时，她都拒绝了，要么自己拽着荆棘爬上来，要么拽着王先晋的手爬上来。爬到半山腰，这时天气炎热了起来，我们把外套都脱了，只剩下里面的衬衫或者短袖衬衫，我一看表，都下午1点钟了，我们还没吃东西呢，但仿佛大家都忘记了吃饭这件事儿，还沉浸在美景和欢乐之中。于是我们在绿草和野花丛中、席地而坐，铺了几张报纸，从我手拎的口袋里拿出一些面包、方便面、火腿肠和榨菜来，放在报纸上，大家一坐下，才感觉到有些累了，看到食物才感觉到饥肠辘辘了，女生们也顾不上文雅了，拿起食物大口大口地嚼了起来。吃饭时没有人说什么，吃饱后，我们原地休息，大家又开始有说有笑的了，国亚飞似乎也开朗了起来，不时地和汪宜静聊上几句。我看朱丽，但她始终不正眼看我，好像有意回避我似的，而她却不时地和王先晋说上几句话，我本来高兴的心中突然蒙上了一丝阴影，心情顿时糟透了，我心里不时地在问自己，我做错了什么？令她今天对我和在西海子公园对我判若两人，我百思不得其解。

  大家都休息好了，我们起身下山，继续前行，行至二渡，逐渐路边的房屋多了起来，路边的山景也变得平淡无奇了，于是我们便转身往回返。来到火车站的时候已经7点了，等了一会儿，火车便来了，我们上了火车，火车上已是人挨人、人挤人了，甚至连个站着落脚的地方都没有了，我们虽然在同一节车厢里，但是被人流挤得分散了。一天的奔波全靠步行，这时候我觉得已经累得不行了，但由于火车上根本连蹲的地方都没有，我只得身体靠在一个椅背边上用一只手扶着椅背，两腿勉强地支撑着，好不容易挨到了北京南站，下了车我的腿都直了，在站台上我边等其他人边试着蹲下，但试了几次腿都打不了弯儿。

  人齐了，我们坐上了公交车，由于公交车是始发站，加之已是晚上10点了，车上的人非常少，我们都有座位，国亚飞和汪宜静坐在了一起，王先晋则和朱丽坐在了一起，我兀自坐在一个两人并排的座椅上的一个，远远望着朱丽，心情无比沮丧。王玉华过来坐在了我的对面，她看出了我的情绪不高，主动过来和我聊天儿，我没有说几句话，两眼只是直勾勾地望着车窗外，路上车很少，公交车开得飞快，路灯昏黄的光线透进车窗时明时暗，我的心情也与这昏暗的光线一样糟透了，鼻子一酸，眼泪不觉溢满了眼眶。王玉华也许是看到了我眼眶里闪烁的泪光，关心地问："林秀，你怎么了？"

  "没怎么。"我强忍着难受说。

  "那你的眼睛？"她没往下说。

  我双手揩了一下眼泪，"没什么"。

  "有什么伤心事儿吗？能和我说说吗？"

  "没有，我真的没事儿。"我深吸了一口气，又望了望车窗外。

  "有事说出来好，不要憋在心里。"她劝我说。

  "我只是觉得心里憋得慌，没什么事儿。你找他们聊去吧，让我自己待会儿。"我故作坚强，拒绝了她的好意。

  她两眼渴望地看着我，下巴绷紧，"你真的没事儿？真不想说吗？"

  "嗯，我没事儿。"我强颜欢笑地说。

  "哦，那就好！"她便坐到她刚才的座位背后的座位上去了，和劳瑞华并排坐着。

  后来我听到她俩说起了我，劳瑞华直说："你们的班长真好，一路给咱们拿着食物，又照顾这个，又照顾那个的，真羡慕你们，有这么个好班长!"

  而王玉华则说:"不知道他怎么了,有点伤心。"

  "他也许是受刺激了,让他自己待会儿就好了。"劳瑞华说。

  我两眼仍旧望着窗外……

## 二十四　情书

　　周一的时候，许多没去的同学都到我这儿来问十渡怎么样？好玩吗？我和他们说："好不好你问他们，别问我。"

　　王先晋兴奋地说："景色别提多美了！青山绿水、空气清新，谁不去谁后悔。"

　　那些同学不停地后悔道："要知道这么好就和你们一起去了。"

　　我没理睬他们，等他们逐渐离开后，我主动与王先晋前面的朱丽搭讪："回头照片我洗好了，就给你们。"

　　"哦。"她只哦了一声，没有继续和我聊下去的意思。

　　"你们累不累？"我故意面对着朱丽和汪宜静她们俩问。

　　"关你什么事儿？"朱丽没好气地说。

　　"哎？你今天怎么了？怎么说话这么冲呀？"我不解地问。

　　"我说话一直都这样，你今天才知道呀？"她没好气地说。

　　"要说累呀，还是班长你最累，跑前跑后的，又给大家拎着吃的，还给大家照相。"汪宜静打着圆场儿。

　　"我哪儿得罪你了？"我冲着朱丽说。

　　她回答："你哪儿都没得罪我。"我更加莫名其妙了。

　　接下来的一周，朱丽都是这样对我带搭不理的，一说话就是冷冰冰的，我也不知道到底发生了什么。

　　我非常非常郁闷，心情也像连日的阴雨天儿一样，灰暗冰冷。周五下午下了课，我便回家了。晚上躺在床上，我辗转反侧睡不着，脑子里一直在想着和朱丽在一起的情景，心中不时地有甜甜的、酸酸的感觉，甜的感觉是和朱丽一起去敬老院、一起游览西海子公园共赏春的美景，一起在湖中泛舟，一起乘公交车的心情澎湃；酸的是十渡游玩时她拒我于千里之外，在班里和她聊天时她对我的冷漠和带搭不理，满脑子都是她。晚上11点多了，外屋的爸妈都已睡着了，我还瞪着双眼看着房顶、想着她，实在是睡不着了。于是我便从床上爬起来，打开台灯，找出了一沓信纸，拿笔写了起来：

朱丽：

你好！我是反复进行了思想斗争后，然后鼓足勇气给你写这封信的，之前我从没有给任何一个女孩子写过信，你是我人生中第1个我给写信的女孩儿，希望你把我这封信从头到尾地看完，然后慎重思考，再给我一个答复。

其实，从一开学，第一面见你，我就对你的印象非常好，感觉你整体非常干净，你有漂亮的外表、清澈的双眼、小巧的鼻子、乌黑的头发和灵巧的双手，令人看后久久不能忘却。但其实你最吸引我的则是你优雅脱俗的气质，我一直认为，对于一个女人和女孩儿来说，漂亮不是最重要的，气质则是第一位的，如果一个人只是漂亮，那这种漂亮过一些年就会因时光的飞逝而不再，早晚有一天会令人厌倦，但是气质是一个人由内而外透露出的一种优雅感觉，这种由内而外的东西是会令人百看不厌的。而你具有的这种优雅脱俗的气质恰恰是我所喜欢的那种。俗话说得好：第一印象很重要。从第1学期开学在食堂第一次见到你的那一刻，你的气质就深深地吸引了我。但当时我之所以没有给你写这封信，我想是因为我当时对你的了解还仅仅是外观印象上的吧，再有也许是因为我的腼腆，别看我平时挺能聊的，但对于我喜欢的女孩儿我总有些腼腆，说实话，当时还有一个更为重要的原因，上个学期我喜欢上了另一个女孩儿。

但是你千万不要介意，当时我们没有发生任何事儿就结束了，因为我当时的那种喜欢只能叫"单相思"，我并没有追求她，我们也并未在一起，去年她就已经有了男朋友。说真的，我是一个对于感情非常专一的人，在喜欢一个女孩儿的时候，就不会去想甚至去仔细看另一个女孩儿。所以，当时虽然我对你第一印象有好感，但并未想对你说"喜欢"。也请你不要为我的这种专一而厌烦！

一开始咱们刚认识的时候，我听说好多男生都喜欢你，甚至惦记上你了，包括咱们班的某些男同学，所以当时我也没太好意思掺和。你很文静，平时也不太爱说话，只和汪宜静聊聊，虽然咱们在班里坐得很近，但也就是偶尔说上几句而已，我感觉你有一种冷冷的美，说实话，原来我感觉你有些冷冰冰的。

但是，我对你的印象有所变化，应该是从去宋庄敬老院时开始，我现在还记得你主动来找我的那一幕，而且清晰地记得你跟我说的每一句话：那天是周三下午下了课，我走出了教室，刚要下楼梯，你突然追上了来叫我："班长，你等一下，有个事儿想和你说一下。"

我问你："找我？"我扭过头去用手指指着我自己的鼻尖儿问，说实话当时我心里有些惊讶，根本不相信是你在主动和我说话。

你说："是的。"

我问你："什么事儿？"

你说，这周日上午咱们校医务室的赵大夫要组织一次到敬老院敬老助老义务服务活动，希望同学们参加，她和你都是通县的老乡，所以昨天专门把你给叫过去，问你有意参加否，你答应了，但是她说得找几个男生，有可能到时候要干些力气活儿。

我问你："那你的意思是？"

你说，你和咱们班男生都不太熟，就和我还说几句话，而且我和卢海鹰又是高中同班同学，她经常和你说起我为人热情，集体主义观念又非常强……

我说:"别给我戴高帽子了,有什么话你就直说吧,是不是想让我和你一起去?"

你说"是的。"

我说:"好吧,回头我给家里打个电话说一声,周日上午什么时候走?"

你当时还不相信你的耳朵,还问我的意思是不是答应了?

我点头表示同意。

你特别兴奋,说:"周日上午8点,教学楼西侧与校礼堂之间的过道集合。"

我说我周日上午准时到。

看,我记得很清楚吧,可以说是只字未落。

后来,咱们一起在西海子公园散步,欣赏着公园的美景,那是我平生第一次和女孩子那么近距离地在一起,和你一起走的时候,我的心怦怦地跳个不停。在咱们一起划船时,我一直双眼注视着你,我们划过一个白色的大理石小桥,你的眉毛、睫毛、鼻梁儿、鼻子、嘴唇、下巴高低错落有致、层次分明,头帘儿在春风的吹拂下不时地轻松地跳动着,是那样楚楚动人。当时我有一种陶醉的感觉。后来咱们坐公交车回学校的时候,我站在你身后保护着你,不让别人挤到你,但因为车的颠簸和刹车,我的胸口偶尔碰到你的后背,我心潮澎湃,我更有一种因保护你而来的幸福感。

后来我陪你到地坛医院给郎慧看病,你觉得不好意思,其实我已经知道中文文秘班班长娄元宝是因为害怕不和你们去医院的,我当时决定陪你去我说是因为你们宿舍3个人是咱们班的,我又是班长,所以我陪你去也没什么问题,毕竟关乎咱们班同学的健康,但实际上我都是冲你才愿意陪你们去地坛医院的。因为我不想看到你每天担心的样子，希望看着你每天笑的样子。后来卢海鹰对我说你们423宿舍的女生都很佩服我，感觉我特别有担当，特别有责任感，说我是个出色的班长，是一个真男人，我想这也应该包括你吧。说实话，当时我听后心里美滋滋的。

随着和你几次近距离的接触，我感觉你首先是一个善良的女孩儿，对那些老人你很有耐心和爱心，再有感觉你非常可爱，特别是你笑的时候，还有感觉你非常温柔。这几次近距离的接触让我对你有了比较深入的了解，也让我逐步对你产生了喜欢的感觉，现在每一次看到你笑的样子，我心里都有一种说不出来的喜悦，看到你不高兴的样子，我心里也不高兴，可以说，我高兴着你的高兴，幸福着你的幸福。而且每天都想看到你，一天看不见你，就感觉缺点儿什么似的。

……

但不知道最近这些天你怎么了，对我总是带搭不理的，而且我和你说话时，你总是冷冷的，也不知道我哪里做错了什么，还是哪里惹着你了，看着你对我的态度这么大的转变我的心里十分痛苦……也许这就是爱的力量吧，我今天终于鼓起勇气写了我人生中的第1封情书，希望你看完我这封信后，慎重思考，再给我一个明确的答复。

我洋洋洒洒、密密麻麻地写了25篇儿信纸，终于把自己想说的话写完了。不知不觉窗外的天色已经露出了鱼肚白，这时我的兴奋情绪已经被疲乏和困倦代替，我把信放在抽屉里，便倒头大睡起来。中午12点妈妈叫我吃饭时我才勉强地起床，随便胡噜了几口饭，继续倒头便睡，妈妈问我怎么这么困，我就扯了个谎说自己看了一夜书。

周一上午下了第二节课，趁着别人不注意，把这封沉甸甸的信递给了朱丽，并小声叮嘱她回去自己看，不要和别人说。

## 二十五　希望破灭

我充满期待地坚持过了一天多，周二下午下课后，我对朱丽说："你稍等一下，我有事儿找你。"等其他同学都离开后，我问她："我给你的信你看了没？"

她点了点头，"嗯"了一声。

"那封信可是我写了一整晚上呢，你是从头到尾都看了吗？"我用期待的目光盯着她进一步追问。

"是的，我全看完了。"

"那你什么态度呢？"我迫切地想得到她的答案。

"什么什么态度呀？"她装糊涂。

"你喜欢不喜欢我？愿意不愿意和我交往呢？"我一针见血，直奔主题。

她没有说什么，只是在那里微笑。

"你倒是给我个痛快话儿呀！干脆些，好吗？"我有些迫不及待。

她摇了摇头，我明白她的意思了，我的心一下子变得拔凉拔凉的，满腔的期待就突然像一个大大的肥皂泡被针扎了一样破灭了，满心的希望变成了彻底的失望。我垂头丧气地和她说："我懂你的意思了，那回头你把我给你的信还给我吧。"

她没说什么，离开了教室，我兀自在教室里独坐了许久，之后失魂落魄地离开了教室。

不管怎么样，这次我终于是鼓起勇气向自己喜欢的女孩大胆地表白了，虽然结果并非是我想要的，但至少这次我没有了遗憾，心中也多了些坦然。我努力不再去想她，又继续用看书法转移我的注意力。过了一周时间，我的心渐渐变得有些平静了。

　　周四下午，我打球直打到天黑下来，等我拿着书到阅览室时，已经坐满了人，没有了空座儿，我便下到2楼我们班的教室，里面开着灯，门儿虚掩着，我便推门儿进去了。里面已经有7、8个人了，第一排靠窗的两个座位上，叶德伦和马萍萍并排坐在那里，我们这列最后的两个座位上，居然坐的是朱丽和94管理的王海龙。王海龙坐在我座位后边的座位上正嬉皮笑脸地和朱丽小声儿火热地聊着，朱丽也脸露笑容，她看到我进来了，顿时笑容就在脸上消失了，王海龙也停止了说笑，一本正经起来，拿着本书假装看了起来。我坐在了中间第二排的位子上，心不在焉地看着书，耳朵却听着后面的声音。不一会儿，王海龙又开始小声和朱丽嘀咕了起来，我回头狠狠地看了他一眼，他没事儿似的，仍继续笑着、聊着，朱丽看到了我的目光，扯了他衣服一下，他才停了下来。不一会儿，他俩收拾了一下，拿着书一前一后走出了教室，我的心里既有愤怒，又有苦恼，情感五味杂陈，像是碰倒了厨房的众多调味料。

　　我突然想起王海龙有女朋友，就是他们同班的庄颖，我又想起上次苏开辟说朱丽的意中人是92青教的姜弛，我在想现在王海龙怎么又和朱丽搞在一起了，难道他和庄颖分手了？朱丽没有和姜弛在一起？我的心里画了一个大大的"？"。胡思乱想着上完了晚自习，我拿着书本回宿舍楼，我去对面宿舍找佩卿，他在躺在床上听着"随身听"，见我进来，起身坐了起，把耳机摘下来。

　　我问他："佩卿，你们班王海龙是不是在和庄颖谈恋爱呀？"

　　"是呀，你今天怎么问起这个了？有事儿？"他感觉非常好奇。

　　"没什么事儿，就是随便问问呗。他们最近没出什么问题？"我进一步问道。

"没有呀，好好儿的呀！他们天天上课还坐在同一桌儿呢，下课时还有说有笑，打情骂俏的，没有什么问题呀！你今天怎么了？怎么关心起这个了？难道你喜欢上庄颖了？"他坏笑着问。

"你省了吧！我对她又不感冒儿①。这小子现在又和我们班女生谈上了，看来是要脚踩两只船呀！"我有些气愤了。

"这你也管？你是班长，但这个你可管不了，别瞎管闲事儿了，还是自己抓紧找一个美女吧。"他嘻嘻地笑着。

"行了吧，你还是先管好你自己吧。"我说着就离开了。我拿着收音机围着操场的水泥甬道边听英语广播边散步，可越是不想看见什么什么就出现在眼前，甬道旁的电线杆儿旁站着两个人正在小声儿嘀咕说笑着，我听出了王海龙那极有特点的"咯咯"笑声。我定睛一看，正是王海龙和朱丽二人，朱丽靠在电线杆的四方底座儿上，王海龙站在她对面，两人相距也就20厘米左右。虽然他们听到了我的英语广播声，但他俩仍旁若无人地聊着，也没往我这边儿看，我十分气愤地走过，等我再绕第二圈儿时，电线杆旁已经没有了他们的身影。

接下来的一周，每天晚上我都在我们班的教室上晚自习了，就是想看看到底王海龙和朱丽两人进展如何，但这一周再也没看到他俩的身影。

---

① 不感冒儿：意思是不感兴趣。

## 二十六　黄河大合唱

5月底,我们突然接到一个任务,为纪念世界反法西斯战争和中国人民抗日战争胜利50周年,北京作为"七七事变"的爆发地,北京市委宣传部、市委教育工委、市高教局等单位要共同组织一次首都大学生万人《黄河大合唱》演唱会。我们学校也接到了任务,市里给我们学校80个人的指标,也就是要从各班选出唱得好些的学生,学院领导决定让校音乐老师张冬老师在93、94级学生中挑选,我们班有11个人被选上,其中男生4名:我、吴继龙、苏开辟、王先晋,女生7名:朱丽、汪宜静、汪玉瑾、林娟、刘丽娜、黎华、赵云涛。

由于时间非常紧,只有半个月多一点儿,我们除了音乐课练习外,周末都不休息,周末集中演练,剩下的两个周四下午就是以班为单位自行演练,学校给我们一人发了一件白T恤,胸前四个红色的大字"黄河儿女"。

6月1日这天是周四,下午,我们11个人都到了教室,我和王先晋两人在讲台前一左一右,先唱起了《河边对口曲》:"张老三我问你,你的家乡在哪里?""我的家在山西,过河还有三百里……"坐在台下的女生们被我俩逗得前仰后合,我们对唱的影像也被相机记录了下来。在排练中,朱丽始终和汪宜静在一起,不单独和我说话,也不看我一眼,我也没好意思和她单独说些什么,只是偶尔看看她,她似乎什么都没有发生过。

6月3日,又是一次集中演练,我们80名学生排好队,在张冬老师的指挥下，分声部进行了演唱。排好队的时候，我看到了我左边相隔不远处的雨飞，她依然是那样朝气蓬勃，但她已经名花有主儿，我们男生部中也有老七的身影，排队前他们就是在一起的，我的心已经没有了之前的心动，剩下的只有酸酸的感觉了。而雨飞前面一排，朱丽站在那里，她对我冷淡的态度，让我感觉不寒而栗，看到雨飞出双入对，看到朱丽的冰冷，一种无尽的痛苦再次莫名而生，我感觉自己一个人仿佛置身于冰天雪地之中，叫天天不灵，叫地地不应，独自感伤。也许这就是唐代诗人陈子昂《登幽州台歌》中的"念天地之悠悠，独怆然而涕下！"表达的那种寂寥的感觉吧。

6月14日下午，首都大学生万人《黄河大合唱》演唱会将正式在首都体育馆举行，北京市共有56所高校的1万名大学生参加演出，中央歌剧院乐团、中国歌剧舞剧院乐团、总政交响乐团和北京交响乐团等作为伴奏乐团，著名指挥家严良堃担任演唱的指挥。当天上午，我们提前到达了首都体育馆，我们中的多数人还是第一次进入"首体"。在引导员的引导下，我们找到了指定的区域，按照座位大家找好各自的位置后，张冬老师组织我们进行了最后一次演练，由于前些天我的关注点一直在朱丽身上，没有注意其他人，这次我居高临下，看到了在我左前方第5排居然是93中英文秘班的王杏芳，上身是我们统一发的印有"黄河儿女"字样的白T恤，下身则是她那件天蓝色的裙子，一头乌黑的长发用三条暗红色的头绳扎住，辫子斜着飘在左肩上，发梢到胸口处，头帘儿整齐地垂在两道峨眉处，她的两道峨眉一看就是精心修过，她整个人显然十分俊俏、可爱。

国家副主席胡锦涛同志在演唱会开始前致辞，致辞结束后，麦克风中传来了浑厚的男中音的朗诵声：

朋友！

你到过黄河吗？

你渡过黄河吗?

你还记得河上的船夫

拼着性命和惊涛骇浪搏战的情景吗?

如果你已经忘掉的话,

那么你听吧!

紧接着伴奏的音乐高声响起,庄严肃穆的音乐顿时让我们严肃起来,我们整齐地站在座位前,身体也开始紧张起来,毕竟半个多月的演练就为了今天这一次演唱会呀,我们伴随着音乐高声唱了起来:

咳哟!划哟……

乌云啊,遮满天!

波涛啊,高如山!

冷风啊,扑上脸!

浪花啊,打进船!

咳哟!划哟……

伙伴啊,睁开眼!

舵手啊,把住腕!

当心啊,别偷懒!

拼命啊,莫胆寒!

咳!划哟!

咳!划哟!

咳!划哟!

咳!划哟!

不怕那千丈波浪高如山!

不怕那千丈波浪高如山!

行船好比上火线,团结一心冲上前!

咳!划哟!

咳！划哟！

咳！划哟！

咳！划哟！

咳哟！划哟……

划哟！冲上前！

划哟！冲上前！

划哟！冲上前！

划哟！冲上前！

咳哟！咳哟！

哈哈哈哈……

人们看见了河岸，

人们登上了河岸，

心啊安一安，

气啊喘一喘。

回头来，再和那黄河怒涛决一死战！

决一死战！

决一死战！

决一死战！

咳！划哟……

几曲高亢的歌曲过后，第四乐章则是我最喜欢的一首舒缓歌曲《黄水谣》，麦克风中又传来了高昂的朗诵声：

是的，人们是黄河的儿女！人们艰苦奋斗，一天天接近胜利。

但是，敌人一天不消灭，人们便一天不能安身；

不信，你听听河东民众痛苦的呻吟。

我们跟着又唱了起来：

黄水奔流向东方，河流万里长。

水又急，浪又高，奔腾叫啸如虎狼。

开河渠，筑堤防，河东千里成平壤。

麦苗儿肥啊，豆花儿香，男女老少喜洋洋。

自从鬼子来，百姓遭了殃！奸淫烧杀，一片凄凉——

扶老携幼，四处逃亡，丢掉了爹娘，回不了家乡！

黄水奔流日夜忙，妻离子散，天各一方！

妻离子散，天各一方——

最后，歌唱进入到了第八乐章《怒吼吧，黄河》，这也是黄河大合唱的最后一曲，这一曲把演出带向了高潮。我们整体感觉，这次的演唱会大家唱得并不是很齐，毕竟今天上午才进行了半天的合练。但不管怎么说，演出终于是结束了，一天的歌唱我们感觉十分疲倦，坐着车便匆匆地回了学校。

车快到学校，这时已经下午6点半了，汪玉瑾提议大家明天都不要回家，早上休息休息，明天下午4点半在教室集合，穿着"黄河儿女"的T恤，照个合影留念，她的建议得到了大家的一致认可。6月15日下午4点半，大家陆续来到了教室，苏开辟和王先晋说着笑话，女生们都被逗得笑个不停，最近这些天，我因真的"失恋"，心情变得很糟，今天看着他们欢笑的样子，我的心情一如昨天，痛苦而冰冷。汪宜静非常有心，用粉笔在黑板上书写了1995年6月15日下午4点34分几个字，我们就把讲台搬走，在黑板前我们4个男生坐在第一排，7名女生站在后面，用三脚架自拍了下来，镜头里别的人都是十分开心的样子，只有我黯然神伤，独享着自己的孤独和难过，而这种孤独和难过我没有人可以诉说，因此便更加无法消解……

## 二十七　变故

失恋造成的心灵创伤只有靠自我调整才能自愈，要么是另外找一个恋爱对象来替代前一段感情，要么就是转移自己的注意力，尽量忘却自己曾经深情地爱着的那个人。我呢，因为自己是一个十分专一的人，因此，不可能在刚结束一段爱情的同时便开始另一段新的感情，我也试图找一个女孩去替代朱丽，但始终没能做到。93中英文秘班的孟悦冬几次在上下课的路上与我偶遇，都非常主动而热情地和我打招呼，但我仿佛就对她少了那么一点儿来电的感觉，始终与她保持着一定的距离，见了面也就笑着点点头而已。有两次我在阅览室看书，她都坐在了我的对面，我一次假装专心看书没看见她，一次和她点头示意了一下。或许她明白了我的意思，之后就再没有了偶遇。我还是用自己的老方法，让自己转移注意力，但是此次这一招儿的效果慢了许多，因为我和朱丽在一个班，天天抬头不见低头见，她又和我前面的汪宜静同桌，我天天看着的就是她俩的后背，想把她彻底从我的脑子里删除我实在是做不到。上课的时候还经常地会不自觉地看看她的后背和头发，几次上课都走神儿了。这次真的不像上次忘却雨飞那样容易。因为我和雨飞本来就没开始，没接触，也不在一个班，只是我一厢情愿的"单相思"，而这次则不一样，是朝夕相处，又有过一定的交流，而且还一起逛过公园、划过船的心爱女孩儿，我的心潮久久不能平静。

日子一天一天慢慢地度过，我几次向朱丽索要我给她写的情书，但她都没有还给我，我试图用各种方法忘记她，但收效甚微。时间漫长地过去了两周，周日下午，我从家赶回学校，拿着饭盆儿去食堂吃饭，走到宿舍楼侧门门口，正撞见王海龙和庄颖从二楼楼梯上走下来，王海龙一手拿着一个饭盆儿，庄颖则拎着一个暖壶，他俩有说有笑的，甚是亲密。看到这里我内心中突然燃起一股怒火，心里骂道："王海龙你这个王八蛋，居然脚踩两只船，这边和庄颖有说有笑秀恩爱，另一边还和朱丽谈情说爱，你居然还游刃有余？玩弄她们俩于股掌之中，真可恶！"我咬牙切齿地尾随着他俩出来，沿着操场边上的水泥甬道向食堂走，快走到青少年研究所的拐弯处，朱丽和汪宜静正迎面走来，看到这一幕，我心里"咯噔"一下，真不知道接下来要发生什么。朱丽突然停下了脚步，双眼凝视着王海龙和庄颖二人，王海龙一怔，看了她一眼，我看到朱丽眼睛里的怒火都快喷出来了，而王海龙则下意识地一低头，然后向他右边的庄颖催促说："咱们快点走吧，晚了一会儿食堂就什么都没有了。"

庄颖似乎什么都不知道，也没有注意到王海龙看朱丽时惊呆的样子，紧紧地跟着王海龙匆匆地向食堂赶去，两个人的身影消失在青少年研究所的拐角处。我看见朱丽脸色顿时变得十分难看，铁青着，在那里呆若木鸡，一边儿的汪宜静已经知道发生了什么，用左手拽了一下她的袖子说："走吧，朱丽，咱们赶紧回去吧。"

这时的朱丽似乎还没缓过神儿来，有些失魂落魄，但从她的表情中我看到了愤怒、仇恨和后悔。"班长，你刚去打饭呀？"汪宜静看到了我，主动和我打招呼。

"哦，你们都吃完了？一会儿我吃完了咱们还在老地方打排球啊。"我假装没有看到刚才的那一幕，随便和她们说了句话就匆匆赶往食堂了。我在食堂吃饭的时候，心里油然而生出了许多复杂的想法——一种是担心，担心朱丽会禁不住这么残酷的邂逅；一种是庆幸，庆幸她这么快就发现王海龙是个花心大萝卜，这回她可以死心了；一种是幸灾乐祸的快感，我这样专一的男孩儿你不喜欢，偏去喜欢这样的花心男；还有一种是希望，我和她是否还会有继续的可能？这几种想法交织着不断地在我的脑海里游走。

周一上午上课，朱丽居然没来上课，这种情况是从来没有过的。在课间我指着朱丽的座位小声地问汪宜静："她怎么没来？"

汪宜静欲言又止："嗯——嗯——她身体有些不舒服，请半天儿假。"

"哦？怎么了？她病了？"我有意装糊涂。

"嗯，是吧。"

"什么病？没大事儿吧？"我关切地问。

"哎，班长，回头你自己问她吧，就别总问我了。"汪宜静似乎非常明白我在装糊涂。

"哦，哦。"我没再问什么。

下了第四节课，我最后走出了教室。刚出门儿，门旁卢海鹰等在那儿，见我出来，她和我一起走，低声问我："你知道吗？朱丽昨天知道自己被王海龙骗了，在宿舍哭了一宿，谁劝她都没用，眼睛都哭肿了，这不今天上午连课都没来上。"

"哦，她不病了吗？"我假装不知道。

"老同学，你还跟我这儿装呢？汪宜静都告诉我了，昨天下午你看见朱丽与王海龙和他女朋友撞见那一幕了。"卢海鹰有些不满，故作不高兴。

"呵呵，不好意思，我确实看见了，我越不想看见什么偏就让我遇见什么，哎，我不是不想戳人伤疤么！"我有些不好意思，向老同学解释道。

"她怎么对你的呀？你别以为我们不知道，其实我们宿舍的人都知道你喜欢朱丽了。"她笑着说。

"哦？你们怎么知道的？"我心里"咯噔"了一下，担心自己的情书内容朱丽念给她们宿舍的女生了。她们宿舍既有我们班的，又有中文文秘班的，她们要是知道了我得多尴尬呀！今后还不成为同学们茶余饭后的谈资呀！我今后可怎么做人呀！我心中又急又恼又烦。

"这我们大家还看不出来呀？你以为我们都傻呀？看你和她说话那个耐心劲儿、那个亲密劲儿吧，再有你们到十渡春游时你对朱丽献殷勤人家回来都告诉我们了。"

"啊？谁告诉你们的？朱丽？"我十分纳闷儿。

"那倒不是。"

"是汪宜静？"我进一步追问。

"小静可不是这样的人。"

"不是她俩那是谁呀？"我更莫名其妙了。

"你好好想想，你们一起去春游的还有谁呀？"卢海鹰神秘地说。

"王玉华？"我用疑问的眼光看着她。

她摇了摇头："你别瞎猜了，是劳瑞华。"

"哦，她怎么看出来的？"我的心略微平静了一些。

"喜欢就喜欢呗！喜欢一个人也没什么丢人的。"

"那朱丽在你们宿舍说起我什么没有？"

"她倒没说太多对你的感觉，她说了你陪她送郎慧到地坛医院的事儿，说你一点儿都不害怕，挺有担当的，真是个好班长。"

"就这些？没有别的？"我关心地追问。

"是呀！还有什么别的？你们之间还有什么别的事儿？"卢海鹰用狡黠的眼神儿注视着我。

"哎，你多想了，没有啦！我只是随便问问她对我的感觉嘛，想知道她都跟你们聊了关于我的什么。"原来，朱丽并没有和她们提起情书的内容，这回我的心彻底地放在肚子里了。

## 二十八　新目标

下午，朱丽来听力教室上课了，但看得出来她的眼睛红红的，虽然已经不肿了，但明眼人一看就知道她哭过。她看也没看我一眼，便坐在了自己的座位上，我本来想说些安慰的话，但是鼓了半天勇气，也不知道从何说起，几次欲言又止，最后决定还是什么都不说吧。下午是赵静老师的"英语听力"课，赵静老师是今年刚从北京第二外国语学院毕业的新老师，比我们大不了几岁，她又是那种文文弱弱的女老师，再加上刚参加工作本身就有些怯弱，因此同学们都不怕她，上她的课自由很多。像苏开辟就经常在课上说话，赵老师也不怎么管，她的课基本上处于放羊状态。课已经开始10多分钟了，朱丽始终趴在桌子上一言不发，我从斜后方伸着脖子看了她一眼，她戴着耳机好像是睡着了，赵老师则是不断重复地播放着英语会话的磁带。

接下来的一周时间，朱丽上课都是这样没精打采的样子，我也不好说些什么，还是我那句话——失恋造成的心灵创伤只有靠自我调整才能自愈，别人是帮不了她什么的。虽说我心中有些幸灾乐祸，但是我心里还是喜欢她的，看到她这样难受，我心中不免还是生出些许怜惜之情，但我实在是不知道和她说什么来安慰她。晚上，我照常去阅览室看书，但每天都借去厕所的时候到我们班教室去看一眼，但都没有见到朱丽的身影。后来我听卢海鹰说，朱丽每天晚上吃完饭就出去了，也不知道去哪儿了，每天都熄灯后才回来，但是好像都是痛哭过。我心中更是平添了许多不安，真担心她会出什么事儿。但是什么事情都没有发生，她每天还是照常来上课，就是情绪十分低落。又过了一周，她的状态似乎好了一些，个别时候汪宜静、王先晋和她说话时她偶尔露出了些笑模样儿，看来时间让她淡淡地忘却了，自我调节开始有了效果，生活开始向正常回归了。

7月初的一个周四晚上，我从阅览室出来去厕所的时候，想起来我的钢笔落在了桌洞里，便去我们班教室找。一进门儿，就看到了王海龙又和汪玉瑾并排着坐在汪宜静和朱丽的座位上，他又在嬉皮笑脸地和汪玉瑾聊着，汪玉瑾被他逗得眼睛眯成了一道缝儿。王海龙看到我进来，这回十分不好意思，也许是因为前些天我看到了他和朱丽也这样嬉皮笑脸的样子，他和汪玉瑾嘀咕了一句什么，就匆匆离开了教室。我在自己的桌洞里找到了钢笔，我略坐片刻，感觉有必要提醒一下汪玉瑾，然后便用手指轻轻地敲了一下汪玉瑾肩膀，小声说："玉瑾，你和王海龙两人——谈朋友？"她扭过身来看着我，有些不好意思地低下了头，未置可否。

"你可得留些心呦！不要轻易相信他！他到咱们学校没多久就和他们班的庄颖谈恋爱了，庄颖经常到我们1楼的男生宿舍找他。前几天他又和咱们班朱丽勾搭，结果他和庄颖在去食堂的路上被朱丽撞了个正着，你可别被他骗了呦！我虽然是班长，但我无权干涉你的恋爱自由，我只是为你好，善意地提醒你一下，千万别上当呦！"

汪玉瑾的脸色顿时变得十分难看，一下子变成了铁青色，但她还是勉强地说："谢谢你的提醒！"然后扭回了身子。我拿着钢笔重新回到了阅览室。

接下来的几天，汪玉瑾都不是十分高兴，情绪也不高，但我可以确信的是，她为情所伤得并不严重，因为王海龙是放弃了朱丽后才开始勾引汪玉瑾的，所以他俩只是刚开始便结束了，汪玉瑾没有被王海龙骗入感情的旋涡。

## 二十九　释怀

　　马上就期末考试了，我把自己的注意力全部集中到考前复习上来，每天白天教室看书，晚上阅览室看书，阅览室闭馆后就是拿着收音机在操场上遛弯儿听英语广播，自己也无暇再关注其他的事儿了，非常顺利地期末考试就结束了。考完最后一门儿，郭老师走进教室宣布："咱们的考试到今天上午就结束了，明天周五开始大家可以放假3天，下周一咱们94级全体同学和老师要到密云县太师屯镇太师屯村社会实践，时间为1周，如无特殊情况都不允许请假，大家今天起就做好准备，准备好被褥和洗漱用品，周一上午9点半咱们统一从学院乘车出发。大家有什么问题没有？"看大家没有问题，她就让大家下课了。

　　考完试了，我的思想一下放松了下来，突然感觉有些空虚了，自己想紧张起来却怎么都紧张不起来，从图书馆借的几本书怎么也看不下去。周五我坐着公交车回家，在车上拿着陀思妥耶夫斯基写的《罪与罚》，表面上是在看，但实际上书中的内容一点儿没看进去，脑子里还在想着自己大一这一年来的感情经历——雨飞和朱丽，一幕幕地又在脑海里过电影儿。我的鼻子里不时地有酸酸的感觉，我试着深吸了三口气，并使劲地摇头，让自己不再想她们，但却怎么也不能把精力集中到书上来，我便向车窗外看去，这时路边上杨树的叶子都已经墨绿墨绿的了，在烈日的灼晒下显得有些蔫儿，偶尔一阵微风掠过，叶子懒洋洋地晃动几下就停止了，树上的蝉"知了知了"地叫个不停。虽然是一番十分炎热的景象，但想起我这一年来的感情挫折，特别是想起我用心写的万言情书和朱丽对我的冷淡态度，我不觉黯然神伤，心骨俱寒。

  7月17日是周一，中午，我们94级学生和老师150多人共乘几辆大巴车抵达目的地——密云县太师屯镇太师屯小学，这一周我们就将住在这里。由于小学校里没有床铺，我们学院也不知道是从哪里运来了一卡车床板，我们男生就负责从车上搬床板到车下，然后再把床板搬至小学1—3楼的教室中。我选择了在车上往下搬床板的工作，这也是最累的工作，因为车上只有两个人一张张地往下搬，而且车下的其他人则是两个人一组一起搬，有若干组，而且是过一段时间才折返回来，折返的路上是空手儿的。一车床板我们用了1个多小时才卸完，我虽然穿的是我那件深蓝格子的短袖衬衫，但干完活，已经全身湿透了，短袖衬衫都可以拧出汗水来。我到水龙头前洗了洗脸，然后简单擦洗了一下身体，便和大家一起吃起了小学校用保温桶送来的饭菜。吃完饭菜不到1个小时，我脑门儿上冒起了虚汗，肚子里咕噜噜地叫个不停，我赶紧跑向卫生间。我拉肚子了，接下来半个小时连去了4趟，这时我已经浑身没有一点儿力气，不像刚才那样生龙活虎地搬床板了。中文文秘班的贺新英赶忙拿出了1瓶学院医务室提前准备的"诺氟沙星"给我。药非常见效，没多久我的肚子便不疼了，虚汗也不再继续地冒了，我在床上躺着休息了一个下午。晚饭的时候，贺新英用我的饭盆儿帮我打来了两个馒头和一荤一素两样菜，还为我打了一碗鸡蛋紫菜汤，放在了我"宿舍"桌铺边上的桌子上，并十分关心地问："班长，你现在觉得好些了吗？"

  "什么班长呀，叫我林秀就好了，何况我又不是你们班的班长，你们班的班长是娄元宝呀。我现在好多了，真感谢你给我提供的'特效药'!"我笑着对她说。

"哎,就别提我们班的班长娄元宝了,刚才你们男生搬运床板时,我们就找不着这个家伙了,等大家把床板搬到教室里的时候,他才出现,给自己收拾床铺。太鸡贼①了!哪儿有一点班长的样儿呀。"贺新英小声儿地说。

"哦。你也还没吃吧?光照顾我了,你也赶紧吃去吧,我已经没事儿了,你就不用'喂'我了。"我开着玩笑说,但我不好评价别人。

"嘿,你要真病得'不能自理'我还就真留在这里喂你喔。"贺新英也认真地打趣道。

"我可不敢劳烦您大驾,否则咱们大师兄王卫杰还不来找我算账呀?"

"少来了你!要知道这样我就不管你了,我走了。"她故作生气状地离开了。

"哎,别生气呦!"我眼望着她大声地说。我知道她听到了我的话,但她没再回话儿。说句实话,除了我家人之外,这是第一次有一个女人把饭菜打到我面前,我的心里感觉十分温暖,但我没有其他的想法,一个是因为贺新英名花有主儿,一个是我对她没有来电的感觉,现在的感受只是感激。

在这里我们说是社会实践,但学校并没给我们安排什么硬性任务,就是让我们在一周之内走访一下太师屯村的村民,写一个类似报告的东西就行了。本想给小学的同学们辅导辅导功课,但因放暑假,早已找不到人了。我们的日子前两天过得也算是悠闲,天天无所事事,无非就是大家在一起聊聊天,四处走走而已。到这里的第二天清早,洗漱完毕,距吃饭还有1个多小时,我拿着相机叫上辛小峰和张银光到小学校外200多米的一个小山包上去遛弯儿,山上长满了松树,

① 鸡贼:方言,北京话。意思是心眼儿多、能算计、狡猾、耍小聪明。

都是两人多高,但是树干至树枝分叉处则不是很高。这时已是盛夏时节,但由于是大清早儿,山上不时掠过阵阵小风儿,吹起了阵阵松涛,并伴随着"嗖嗖"的声响,不禁让我想起了苏轼的词《江城子·乙卯正月二十日夜记梦》中的一句"料得年年肠断处,明月夜,短松冈",我想也许苏东坡悼念心爱的亡妻时也是这样一种松涛阵阵的样子吧,只不过我们是在清晨,而他却是在月冷如华的夜晚,那种清冷凄凉的感觉应该是一样的。但这种感觉只是我一个人的,一边儿的小峰和张银光则顽皮地玩耍着,两人分别在一棵松树的两根枝杈两边,小峰双手把着一侧树杈,右脚抬起作踢张银光状,同时嘴里喊着:"林秀,快看!"我瞬间从清冷凄凉的感觉中被惊醒,这时张银光用他的左手拽住了小峰右腿裤管儿,我则拿起相机抓拍下了这个瞬间……

  这里的温度虽然比市区低上三四度,但天气还是十分闷热。午睡后,下午3点多钟,我在附近的树林处四处转转,沿着两侧都是杨树的小溪我溯流直上,走了大概20多分钟,一汪绿水平静如镜地呈现在我的眼前,这就是密云水库了,水库水面非常宽广,四周的青山则是盛着这汪水的水盆,天湛蓝湛蓝的,几朵白云像巨大的棉花糖在天上慢慢地飘着,水面上一些沙鸥展翅飞翔着,这种场景让人感觉到一阵清凉。我在水库边的石滩上找了几个石片儿,走到水边儿,向水里扔去,石片儿在水面上跳跃起来,静静的水面上泛起了朵朵涟漪,水波逐渐向四周慢慢散去,水纹越来越小,直至最后消失,有的石片儿在湖面上打出了八九个水漂儿。看着这石片儿惊起的朵朵涟漪和水波的生而复失,让我联想到我的两段感情经历,我就有如这静静的湖面,雨飞和朱丽不就是这石片儿吗,在我的心中惊起了朵朵涟漪和水波,然后又慢慢散去,水纹越来越小,直至最后消失。我似乎明白了什么——平静的湖面被人投掷石片儿惊起了涟漪和水波,最后时间让涟漪和水波慢慢散去,直至消失,恢复平静;我的心境因失恋的创伤变得不平静,经过时间的流逝,创伤逐渐消失,自我修复。但我想这湖面和我的心境所不同的就是石片儿在水面惊起的朵朵涟漪和水波会慢慢散去,直至最后消失,好像什么都没有发生一样地恢复平静,而我的心境却不能做到什么都没有发生一样地恢复平静,她们在我的内心深处都烙印下了一段回忆,而这段回忆是永远难以忘记的,是美好而又痛苦的。

从水库回来,我释怀了许多,不再胡思乱想,人也似乎正常了许多,在水房里我遇到了朱丽,还主动笑着和她打了声招呼,她对我也勉强地笑了一下就离开了。吃过晚饭,我们都拿着椅子到楼外的院子里乘凉,我刚要坐定,旁边儿的王玉华和杨莎莎叫我,我便把椅子搬到她们那群女生边上,她们7、8个人正在一起闲聊,主要是她们421宿舍的几个人,除了陆英凯她们仨是我们班的,还有中文文秘班的李雪蕊、张燕红、王小颖,另外两人是其他宿舍的汪思琦和程玲玲。和她们打完招呼,大家就闲聊了起来,聊着聊着,不知怎么就聊起对爱情的看法来了,王玉华问我:"林秀,你理想中的另一半是什么样儿的?"

我思考一会儿,认真地说道:"我心目中的另一半儿嘛,要符合我的14条儿,一是要有气质,一个人可以不漂亮,但不可以没气质,气质是一个人由内而外的东西,是永远看不腻的;二是要孝敬父母,一个连自己的父母都不孝敬的人怎么会去真心地爱别人呢;三是要温柔体贴,是贤妻良母的那种;四是要善解人意,不用太多言语就知道对方在想些什么;五是要有共同的语言,可以良好地交流;六是要有共同的志趣和爱好;七是要有自己的见解,不要人云亦云;八是可以有些小任性;九是……"

"没想到你要求这么高呢?"还没等我说完,一边儿的杨莎莎便睁大眼睛，歪着头，用她那小学女生般的稚嫩声音和腔调十分认真地说。

"哎，说高也不算高吧，如果双方都对上眼儿，我想这些也不难做到吧。"

"哈哈哈哈"，她们一阵哄笑。"这还不算高呀？将来我倒要看看满足你这14条儿的女孩儿是什么样子？"王玉华认真地说。

"那得等我将来找到了再说。"我嘻嘻地笑着说。

"不过你说的这些有些不具体，你举个满足你这些条件的例子，而且是我们大家都认识的，让我评判一下吧。"程玲玲突然说。

我已经知道程玲玲和方洪生分手了，我仍和她保持着一定的距离，思忖片刻说："嗯，这个嘛，那就说个既符合我这些条件，你们大家又都知道的，香港电视明星——翁美玲，她就是我的偶像，只不过她早已香消玉殒了。"

"哎，不在的就不说了，说现在还有谁吧？"陆英凯急切地问。

"嗯——最近你们看了一部新电影吗？就是前些天北京电视台演的《大话西游》2'大圣娶亲'中的紫霞仙子的扮演者——朱茵，她这种类型也符合我的审美标准。"

"那你眼光也太高了！也许这辈子都找不着了。"王玉华笑着说。

"我只是拿她们做比喻，说明符合我14条的女人的样子，但我并没说就得找这样的明星呀，我找人家，人家也看不上我不是？"我笑着说。一边儿的程玲玲也不说什么了，也许是自我衡量，她与翁美玲和朱茵相比相差太多了。

聊着聊着，天色已渐晚，我和女生们说了声："时间不早了，明天再聊吧"，便进了楼里，叫上小峰、张桦他们221宿舍的几个和佩卿沿下午我探的路走到了密云水库边儿，这时天上一轮明月悬在天上，清澈的月光洒在水面和石滩上，我们依稀可以看到相距10米远的事物，水库边儿已经聚集了许多人，有的人拿着手电筒四处照着，有的人用石片儿打着水漂儿，有的人呐喊着，有的人坐在石滩上聊着天儿，走近一看，都是我们94级的男男女女。小峰他们几个也来了兴趣，纷纷跑到水边儿，打起水漂儿、洗起手来。由于我下午已经来过了，我就找了一块比较平的大石头坐了下来，双手托着下巴，静静地赏着天上的明月入神。今天已经是阴历的21号了，月亮已经不再圆如镜了，像一个被挤了的元宵一样，但格外明亮，月亮上的环形山我依稀可以辨认得出。同学们的喊叫声，反而衬托出四处的寂静，一阵阵小风儿从湖面上掠过，我感到丝丝清凉，在清冷的月华中已经没有了上午的那种凄凉清冷的感觉，下午的水漂儿启示了我，人要拿得起放得下，现在看来，我的心是彻底放下了。我心里突然生出了一阵喜悦，我一跃而起，跑到水边儿上，凉鞋踩在水里，大声地向水面呐喊"哦——吼——吼——"几个月来积聚在内心的烦闷一下子被我喊了出来，我的心彻底释怀了……

## 三十　山东社会实践

周六，同学们乘大巴车回到学院，一下车，郭老师就找到我，说："再隔1周，也就是7月31日那周开始，校团委组织一次到山东的社会实践，主要是入党积极分子，多数是93级的，就给94级几个名额，我推荐了你，你有意去吗？"

我回答："谢谢郭老师关心！我没问题。"

"那好，那你回头找一下校团委书记李德珠老师。"

"哪天找她呢？她不放假吗？"我问道。

"下周一上午找她吧，她们下周都不休，得联系山东那边儿。"

"好，那我就下周一去找她。谢谢您！"于是，这周末我也没回家，我想，回家也就是待着没什么事儿干，我决定下周也不回家，就在学校休息了。

周一上午，我找到了李德珠老师，李老师让我提前准备准备，还给了我一个名单，名单上除了李德珠、聂勇、赵翔和谷雷等几位老师和我以外，还有11位学生：我们班的叶德伦、94级中文秘班的张银光，93级中英文秘班的王新进、王杏芳，93中文文秘班的吴月华、楚京华，93管理的仲志强、王贺康、蓝永立、曹晓京。这些人我都认识，特别引起我注意的是王杏芳也在这份名单之中。

暑假的校园，多了几分清静，多数同学都已放假回家，92级的师哥、师姐们也都已毕业离校。名单中的男生基本上都选择了住在学校不回家，名单中的女生像王新进家是新疆的回不去，也选择了住校，当然还有一些同学也因为各种原因没回家。学校为了方便管理，也是为了节约假期值班的人力，于是便专门在3楼92级同学毕业后腾出的宿舍中拿出楼道半边的6间宿舍301—306，让住校的同学居住，其他楼层的门学校都上了锁，我粗略一算，没回家的同学有30多人。当然还有两个例外，就是93级中英文秘班的女生方红舞和93级管理系的男生李飞二人也未回家，住在学校，他俩合住在楼道另一侧的方红舞的宿舍317，这对于我们这些70年代出生的学生来说，简直是不敢想象的，我顿时对方红舞的感觉一落千丈，感觉她有些太过随便了。

准备去山东社会实践的王贺康、蓝永立、曹晓京和我4个人住一个宿舍，93中英文秘班的蔡世祥由于暑期打工没回家，也被安排和我们住一个宿舍。暑假没有了任何课业负担，我天天白天除了吃饭时去食堂，吃完饭在学校圆台坐坐外，基本上都是宅在宿舍里，要不听听音乐，要不就是看看书，其他人则各自出去也不知道他们忙些什么。我晚上吃完饭后也在校园中转一转，暑假阅览室也关闭了，幸好我假期前借了5本小说，否则我估计要被闲死了。晚上遛完弯儿就只能回宿舍，而这时哥儿几个都"倦鸟归林"了，大家坐在一起没别的，就是聊天儿，天南海北、古今中外，无所不谈。无意中聊起了这次一起要去山东社会实践的女生，蓝永立觉得楚京华不错，很有女人味儿，王贺康则认为王新进不错，非常精明、干练，曹晓京只是在一边儿边听边笑，并没有说对谁有好感。蔡世祥谈起了王杏芳，我才知道，原来92级师哥于强已经在毕业前也就是上个月底和她提出正式分手了，听到这个消息后，我心中不禁掠过一丝喜悦。

7月31日上午，我们大家都收拾了行囊，由于是夏天，就省事了，只带一个床单、一条毛巾被和一顶蚊帐的包袱和简单的洗漱用品，我带了一个背包、几件换洗的衣服，还带了我家那台傻瓜相机和新买的"爱华"牌儿"随身听"收录机，我爱听的刘德华《天意》专辑和高胜美《蝶儿蝶儿满天飞》专辑。我们这次社会实践加上司机共16人，一路上都是由司机吴师父开着学校的黄河牌大轿车载着我们，车上有40多个座位，大家把行李扔在最后两排，座位十分富余，大家随便坐。4名老师自然坐在了头一排，我们11名学生则从第三排开始坐起，第三排左边两人是王新进和王杏芳，右边两人是楚京华和吴月华，第四排左边两人是王贺康和仲志强，右边两人是蓝永立和我，曹晓京坐在我的后面，叶德伦和张银光则独自远远地分坐在靠后面的座位上。

　　一路上我们有说有笑，车上一直洋溢着欢声笑语，大家聊得都十分开心，很快就熟悉了起来。王新进先开始一改她健谈的风格，路上说话不多，后来她身后的王贺康找话题和她聊了起来，她的热情被激发，话停不下来。王杏芳路上说话并不多，我看着她一路上好像并不怎么高兴，偶尔听大家说笑话时才露出一丝微笑，其他时间都比较沉默，她身后的仲志强一直想找机会和她搭话，但她并不怎么想和他聊些什么话题，都是短短的几句话就结束了，继续听她的音乐，无奈仲志强只能和蓝永立、我与曹晓京这边聊上几句。楚京华则非常健谈，一边儿和身旁的吴月华聊上几句，一边儿回头和我、蓝永立聊，一边儿又和仲志强聊，总之我们的话题她都关心。吴月华则偶尔地和她说上几句，有感兴趣的话题她也回头和我们聊上几句。蓝永立一打开话匣子也收不住了，不停地给楚京华和吴月华讲故事，我则偶尔给他们讲几个笑话，但是我自己却不笑。我们几个相处十分融洽，半天儿时间就已经熟得不得了了，只有叶德伦在听着"随身听"，张银光则远远地一个人拿着本儿书看着，他俩也不与他人交谈。

我们的车早上8点从学院出发，一路沿着G104国道河北沧州—山东德州—曲阜开来，从曲阜又经G1511国道开至临沂地区的沂南县，最后到达岸堤镇的岸堤中学时已经是下午5点多了。岸堤镇已接到上级的通知，派镇团委刘书记接洽，安排我们住在了岸堤中学的学生宿舍，这里的条件比起密云的太师屯小学可差远了，都是平房，而且水泥地面儿已经坑坑洼洼。一路的颠簸大家并未觉得累，但是到了目的地自然得先去方便方便了，这所学校还是旱厕，我去厕所大号没2分钟，腿上和屁股上就被蚊子叮了4、5个乒乓球大小的大包，给了我一个"下马威"，后来我和其他同学戏称山东蚊子见着北京的人开荤了，我回来抹了些风油精，也没有起到什么效果。大包奇痒难耐，我挠了半天，还是无济于事。幸好我这次出来带了蚊帐，于是我们便首先在宿舍的木床上把蚊帐布好，简单收拾了一下床铺，洗漱了一下，我们便到院中集合。老师们简单地说了说，我们就在学校里开饭了，由于学校已经放假，镇里安排村支书的老婆每天给我们做饭、送饭，老师则把饭钱给她。饭很简单，煎饼、大葱、黄酱，还有一盘儿酸辣土豆丝和一盘咸菜，虽然我们中午在路途中吃了一些饭，但由于也基本上都是醋熘土豆丝等素菜，而且才8个菜，我们11个人根本不够吃，加之一路的颠簸大家早已饥肠辘辘了。我们依然是老师一桌，学生一桌，煎饼是金黄色，已经折好了，是一个圆被折成四分之一的扇形，我拿起一张便用大葱蘸了些黄酱卷起来就往嘴里塞，煎饼非常硬，我咬一口便要嚼上若干次才能嚼碎再咽下。我咬了7、8口，牙床子便累得嚼不动了，只好端起粥来喝，吃些咸菜，缓解一下牙的劳累。即使是这样，我也吃了三张煎饼。不管怎么样，大家终于是吃饱了，晚上大家随便聊了聊，困意便上来了，很早就进入了梦乡。

第二天一大早，我们简单地吃了些村支书老婆送来的馒头和粥，大家就自由活动了，昨天老师们已和岸堤镇团委刘书记商量了，鉴于大家都很劳累，今天就自由活动1天，也当是调整调整。沂南县是过去的革命老区，经济发展得并不是很好，也不怎么富裕，但是这里山清水秀，四处都是绿色，我拿了一个食品袋儿，内装我的傻瓜相机和一瓶矿泉水独自沿着岸堤中学门前的土路行走，没走多远，就有一条柏油路。昨天来的时候我们就是走的这条路，我记得我们经过一个小桥，那里有一条河，于是就沿着路往河边儿走。岸堤镇是山区，四面环山，但都是海拔不高的丘陵，山上满是植被，柏油路两边种着许多大叶儿的植物，后来我问了路人才知道，这是烟叶儿，我心想这里种的是经济作物，看来也不像想象中的革命老区那样穷嘛。没走多远，眼前便有一条宽10米左右的小河，河水不到半米深，流速并不急，但是河中有许多石头，河水流过，持续发出"哗啦啦"的流水声。河边都是沙滩，沙滩都是细砂子，有的地方长着1米多高的芦苇，有石头的地方则没有芦苇，河水十分清澈，我蹲在河边洗了把脸，感觉清凉怡人，顿时精神了许多。河水中水草很少，不时看见几条小鱼在游弋，更显河水的清澈。我坐在河边儿的一块石头上良久，看着远处的绿色，清澈的河水、小鱼，心情格外好，精神无比放松，我被这种未经修饰过的自然美所陶醉，更为自己放下思想的包袱而欣喜。

　　在河滩的不远处，我看到几名妇女蹲在那里拿着几个瓶子不知道干什么，我便走上前去，看到她们正在从一个泉眼处用瓶子灌着水，我问道："大姐，请问这是泉水吗？"

　　一个30多岁的女人回答："是的，我们这条河本来就没有污染，这里的泉水应该是河水透过砂石过滤的泉水，我们每天都到这里打水喝。"

　　"哦，这样呀，谢谢您！"

一会儿等他们走了，我把矿泉水瓶中的水喝完，然后用瓶子灌了半瓶儿泉水，用口一喝，清冽甘甜，确实比我刚才喝的矿泉水口感好上数倍，我把半瓶儿矿泉水喝完后，又灌了满满一瓶儿，高兴地回到了岸堤中学。王杏芳也刚从外面转回来，看到我，非常主动地和我打招呼："林秀，你去哪儿了？"

我右手半举着矿泉水瓶儿说："我去打泉水了。"

"从哪儿打的？好喝吗？"

"你尝尝就知道了，清冽甘甜，比市场上卖的矿泉水好得多呢！"我边说边拧着瓶盖儿。

她接过我手中的矿泉水瓶子，仰头喝了一口，"嗯——还真好喝！"然后右手拿着瓶子，左手指着瓶子，目光注视着我说："这，我都喝了哦？"

看到她俏皮的表情，我笑着说："这可是我用过的瓶子呦！我可没病，我不介意，但这可是变相接吻呦！"

我看到一丝红晕爬上了她的双颊，"我又没嫌弃你，和你个小男生变相接吻又怎么了？我还占便宜了呢！"她有些不好意思，但还是大方地开着玩笑说。她一口气儿就把水全部喝完了，"嗯，真好喝！这泉水在哪儿？你带我去灌吧！"

"哦——哦，距这里不远，我这就带你去。"我有些不敢相信自己的耳朵，嘴有些结巴，没想到幸福来得这么突然，大美女主动邀请我与她同行。

她进屋拿了两个暖壶，我和她说我来拿，但她只给了我一个，我俩便一人拎着一个暖壶一起出了岸堤中学，直奔河边的泉眼走来。今天她乌黑的长发用三条暗红色的头绳扎住，辫子斜着飘在左肩上，发梢儿到胸口处，头帘儿整齐地垂在两道蛾眉处，头上戴着一顶白色线织的贝雷帽，上身穿了一件儿棕色、白色方格相间的长袖衬衫，下身穿一件青色的连体背带短裤，连体背带短裤的肚子位置一边是一颗黄色的星星，一边是一个黄色的太阳，在大腿根处一边一个兜儿，十分俊俏、可爱。

在路上走着，她问我："你家是哪儿的？"

"房山的，你呢？"我反问她。

"大兴的。"

"大兴哪里？"

"黄村的，你呢？"

"房山城关。"

"你是你们班的班长？"她又问。

"哎，什么班长不班长的，都是大家给面子嘛。"

"那说明你人缘儿好呀！"她用欣赏的目光看着我。

"没有啦！"我有些不好意思。

"你平时有什么爱好呢？"她看出了我有些不自然，忙岔开话题。

"我嘛，要说爱好可多了，除了足球之外的各种球，各种棋、各种牌、唱歌、游泳、摄影等等。"

"那你为什么不喜欢足球呢？"

我正欲回答，一辆130货车迎面驶来，而且速度很快，这里的路非常窄，是两车道，但130货车在马路中间行驶，我赶紧向右一侧身，然后用我的右手拽着她的左手猛然往路旁一闪，130货车一阵风一样呼啸着驶过，我回头看了一眼它，"这车是怎么开的呀？开这么快！"我下意识地松开了右手，但她并没有松手，还依然牵着我的右手没放。我心里"怦怦"地乱跳了起来，脸上也有些发热了，但是我装作没事人儿，继续重新握住她牵着我右手的左手沿着柏油路右侧向泉水方向走。

"哦，刚才说到哪儿了？"我非常自然地扭头看着她问。

"你为什么不喜欢足球呢？"

"哦，足球运动太剧烈，又费鞋，又容易受伤，还出一身臭汗，所以我不太喜欢，而且咱们中国队水平又不怎么样，所以我也不太爱看足球，要看也就看看世界杯吧。"

"哦，那你爱好里最喜欢的是什么呢？"她问道。

我略做思考，说："我应该最喜欢摄影吧，但是现在自己还只有一个傻瓜相机，我现在先练练取景儿吧，今后有了经验，再买个机械相机。"

"那好呀，那这次社会实践，你就拿我练练手儿吧。"

"哈哈，谈不上练手了，你免费给我当模特了。"

我俩一路有说有笑地牵着手走到了桥头，迎面过来几位戴着头巾的妇女，我赶紧把牵着她的手松开，不好意思地从她们身边走过。到了泉水边，我们用矿泉水瓶一瓶一瓶地灌满了两个暖壶，另外还把这个矿泉水瓶儿灌满了拧上盖子，在河边略作休息。她四周张望，然后跑到河边，转身向我，把头向左一歪，右手食指和中间并拢、其他手指攥紧，充满了幸福的微笑说："哎呀，这里真是太美了！这里给我来一张怎么样？"我手按快门儿定格了画面。接着她又右脚独立，左腿抬起，右手扶在头右侧，右臂微弯曲，我再次定格了这个画面。看着她变幻着不同姿势，活泼可爱的样子，我刚刚平静下来的心再次荡漾起激动的涟漪。

回去的路上，她仍旧不肯让我独自拎着两个暖壶，执意让她右手拎着一个，我们沿原路返回，这时我俩都默默地走着，谁也没有说话，一会儿迎面又行驶过一辆中巴车，她左手拽着我的右手向右微微使劲拉了我一下，我下意识地向右边躲避了一下，我俩的手就没有再松开。

我主动找了个话题，"也不知道今天晚上吃什么，不会又是煎饼裹大葱和酸辣土豆丝吧？"

"应该不会了吧，学校的这次社会实践团市委是拨了钱的，包括咱们的餐费和交通费的。"她解释说。

"那一个人一天多少钱呢？"我问道。

"这我就不清楚了。"

聊着聊着，我们不知不觉已经走到了通往岸堤中学的土路的拐弯处，这条土路100米左右就是学校的大门儿了，我俩十分默契地把牵着的手松开，进了校门。

果不出我所料，又是煎饼裹大葱和酸辣土豆丝，还有玉米粥和咸菜，我们学生们在一桌吃饭时，大家就玩笑着说，看来这煎饼裹大葱和酸辣土豆丝是咱们的"必修课"了。另一桌的李德珠老师听见了，向这边大声地说："同学们，咱们是到革命老区来社会实践来了，吃当地的饭菜就是咱们社会实践的一项内容，大家克服一下，不要有什么想法儿。"我们没说什么，继续边聊边吃。

中午，天气非常炎热，大家也没什么事儿，消了消食儿后，便躲在各自的蚊帐里睡觉了，宿舍条件简陋，也没有电扇，更不要说空调了，男生们便只穿着一条小裤衩儿，光着膀子扇着扇子就睡了。我做了一个梦，梦中就一个镜头——王杏芳戴着她那白色的贝雷帽，穿着她棕、白色方格相间的长袖衬衫和青色的连体背带短裤在河边笑着奔跑，并喊道："哈哈哈哈，林秀，你来追我呀！"这个镜头一直不停地循环播放。天气越炎热，身子就越容易疲乏，我们这一觉就睡到了下午4点多，要不是蓝永立招呼，我的美梦还在循环地播放呢。起来后，身上仍很疲乏，我都有点懒得起床了，我挣扎着坐了起来，定了定神儿，懒洋洋地从床底下拿来脸盆儿、香皂和毛巾到院外的水龙头洗漱。一出门儿，王杏芳就跑过来，兴奋地说："林秀，来，给我拍照去！"说着她拉着我的手就想走。

我一下子精神抖擞起来,"你等我一下,我洗把脸就来"。说着,我三步并作两步来到水池前随便抹了几把脸,就回屋把脸盆放下,拿梳子对着镜子随便梳了梳头,抄起相机就跑了出来。她仍在原地等着我,"去哪儿拍？"我问她。

　　"你跟我走,这边儿。"于是我尾随着她朝学校平房的最南边走来,走过最后一排平房,眼前豁然开朗,很大的一片空地,空地上长满了各种颜色的太阳花和皱菊,十分漂亮,花丛南面的尽头则是学校的围墙。

　　"没想到这学校还有这么多漂亮的花呢!"我十分意外地说。

　　"是呀,我也是中午吃完饭后没事儿瞎转到这里,才看到这片花的,感觉非常漂亮,才叫你给我拍几张的。"于是我又按下快门儿,把她定格在了花丛边上,真是众花丛中一位妙龄美女,鲜花美女相映成趣、相得益彰……

　　到岸堤中学的第三天,本来是安排由岸堤镇刘书记带我们参观孟良崮战役纪念碑的,但由于他临时有事儿没有来,参观便安排在下一天,但也不能总在这里无所事事呀,经几位老师商量决定,今天我们就去一趟位于临沂市区的王羲之故居,还是司机吴师父开车去。在王羲之故居我和王杏芳已经形影不离,我成了她"御用"的摄影师,她走到哪里我便给她拍到哪里,当然偶尔她也会给我拍上几张,洗砚池和各个石碑前都留下了她的身影,碍于老师和同学们都在,我俩没好意思照合影。归途的车上,大家的座位发生了些许变化,仲志强和王新进换了座位,他坐在了王杏芳的旁边,而王新进则坐在了王贺康的旁边,蓝永立仍和我坐在一起,但为了和楚京华聊天方便,不让楚京华完全扭过身子和他聊,便和我换了个位置,这样我就坐在了过道右侧的两个座位的左边的这个。蓝永立和我开玩笑说:"林秀,你小子不错呀,鞍前马后地给王杏芳拍照,回头你也给我拍拍呗。"

　　我感觉十分尴尬，争辩着说："想让我给你拍就来找我呗，哪儿那么多话呀？"我说着，同时看着我左前方的王杏芳，她并没有什么反应，也没有回头看我。

　　这时，坐在她旁边的仲志强装作不知道似的，找着话题和王杏芳在热火朝天地聊着，杏芳没怎么说话，只见仲志强比手画脚地聊个不停，但偶尔杏芳也被他逗得哈哈大笑。我表面在和蓝永立支应着，但眼却斜觑着她，我的精神全部集中在她那边儿，但由于车上声音嘈杂，仲志强的声音又小，我实在是听不清他们在聊些什么。蓝永立还想和我开玩笑，我便装作没注意，戴上"随身听"耳机听起了高胜美的《蝶儿蝶儿满天飞》专辑，他一看我无意继续和他聊，识趣地去和楚京华聊天了，而我虽然听着歌曲，但心思却全然不在歌曲中，看着仲志强和杏芳热火朝天地聊着，我有点儿酸溜溜的感觉。

　　第四天，岸堤镇团委刘书记早上8点多就来到岸堤中学，今天他带我们去孟良崮战役纪念碑。岸堤中学距孟良崮战役纪念碑大约2个多小时车程，虽然岸堤镇不是很富裕，但通往孟良崮战役纪念碑的道路多数属于县级公路，还基本上都是崭新的柏油路，只有个别的村间道路，但也都是水泥铺成的。这回在车上杏芳主动把我拉到车左侧的第六排，就我俩坐在一起，她靠窗、我靠通道，当时我十分尴尬，生怕老师和同学们嘲笑我，想坐回第三排，但她坐下就直接看着窗外，不再看我，无奈我坐在了她旁边，但前面的蓝永立回过头来坏笑着看着我，还和我比画着什么。仲志强则坐在了右侧第五排的曹晓京旁边，不时地回头盯着我，他的表情十分严肃，脸色非常难看，眼光中有些凶狠的感觉。

　　"你怎么了？怎么不敢坐在我旁边呢？"杏芳主动开口了。

　　"没，没呀！我有什么不敢坐在你旁边儿的呀？"我嗫嚅着说。

"那你刚才为什么想坐回你的原位呀？"她有些质问的语气。

"没有了，这不同学们都坐在一起热闹嘛！"我辩解着。

"你不觉得闹哄哄的吗？"

"哦，倒也是。"

"好了，你踏实地坐下吧。你昨天听的什么歌？"没想到她昨天一直没回头听着仲志强侃大山，却知道我在听歌，我心中不由得暗喜。

"高胜美的《蝶儿蝶儿满天飞》专辑。"我高兴地说。

"她哪首歌最好听呢？"

"就是第一首《蝶儿蝶儿满天飞》，可好听了。"

"那让我听听。"她伸手作接物状。

我把"随身听"从随身带的食品袋里拿出来，"给。"我要把"随身听"给她。

她摇了摇手，然后只拿了一个耳机，然后示意着，"咱们一人一个，一起听。"

于是我把磁带快倒到 A 面第一首歌，她就右耳听戴着标有字母"R"的耳机，我则戴着标有字母"L"的耳机共同听了起来：

蝴蝶恋花美，花却随春去春回。

与君双双飞，你却只能留一夜。

人情似流水，流到我心却是泪。

爱一回，痛一回，离别能教肠寸结。

蝴蝶为花醉，花却随风魂散飞。

我心慢慢给，你却将爱当宿醉。

良人唤不回，回到我梦都成灰。

盼一些，恨一些，却始终不懂后悔。

蝶儿蝶儿满天飞，哦，花儿不谢，情不会飘雪。

蝴蝶恋花美，花却随春去春回。

与君双双飞，你却只能留一夜。

人情似流水，流到我心却是泪。

爱一回，痛一回，离别能教肠寸结。

蝶儿蝶儿满天飞，哦，盼和你再梦断一回。

蝴蝶为花醉，花却随风魂散飞。

我心慢慢给，你却将爱当宿醉。

良人唤不回，回到我梦都成灰。

盼一些，恨一些，却始终不懂后悔。

蝶儿蝶儿满天飞，哦，花儿不谢，情不会飘雪。

蝶儿蝶儿满天飞，哦，盼和你再梦断一回。

她认真地听着，边听还边伴随着旋律点着头，不时地深情款款地注视着我，我虽然也听着音乐，但目光始终也凝视着她，看着她的注视我总是莞尔一笑。

"这首歌旋律挺好听，就是有些悲伤。"她评价道。

"是呀，我也这么觉得，我只是觉得它旋律悠扬，再有高胜美的音色好，就买了，也是我们班一个同学推荐的。"

到了孟良崮战役纪念碑山下，山有500多米高，大家一起开始爬山，走到大概300多米时，大家就累出了一身汗。杏芳一直和我一起走，她累得也有些走不动了，我俩原地休息了几分钟，然后我便用右手搀扶着她的左臂，坚持着缓缓地爬上了山顶。孟良崮战役纪念碑是两个白色水磨石砖砌成的战刀形状，两个战刀中间则是用暗红色水磨石砖砌成的竖立着的长方形的碑身，暗红色水磨石碑身分别朝向三个方向，分别用烫金的字记录着碑铭和碑文等。我和杏芳坐在纪念碑前的大石头上，请蓝永立为我俩拍照，今天我特意脱了学校这次社会实践统一发的白色纯棉T恤，换上了一件针织的T恤，前面是蓝底儿，粉红色花纹儿穿插其间，后背、袖子和下襟儿则是白色，下身一条浅棕色短裤。她仍戴着昨天的那顶白色贝雷帽，下身仍穿着那条青色的连体背带短裤，唯一不同的是上身换了学校统一发的白色纯棉T恤。我俩背对着背，但并未靠在一起，我们双手分别抱着各自的双膝，在明亮的阳光下，我俩照了此行唯一的一张合影。

参观后，大家陆续上车，我和杏芳是最后上车的，老师和同学们都看着我俩笑，我像是做了亏心事儿，脸上火辣辣的，而杏芳却若无其事地走过他们，仍要坐到来时的第六排，我实在难忍大家这种异样的目光和笑容，拉了她一下，示意她坐回第三排和第四排老座位。但她仍坐在了第六排，这时我听到了身后的轰然一笑，我感觉十分尴尬，于是止步于第四排，无奈地坐在了蓝永立的身边，而她一直坐在第六排，直至回到岸堤中学也没有动地方。

回来的路上，还发生了一个小插曲儿，车行不到半个小时，我们被一个手持铁锹的40岁左右的农民拦下，老师们和司机下了车，上前和他说话，结果半天老师们也没上车，我们便都下了车。原来，这个农民说这个水泥路是他昨天刚用水泥抹的，被我们的大轿车给轧了一道深深的车轮印儿，他不依不饶地要我们赔，这不是典型的碰瓷儿吗？刘书记上前好说歹说也不行，我们几个男生气得想上前揍他，但李老师为了息事宁人，最后给了他50块钱了事。

到岸堤中学的第四天一早，吃过早饭，我叫杏芳一起去打泉水，但是她没有理我，后来她叫着仲志强一起去打泉水，我则跟在他们身后10多米处，仲志强十分兴奋，一手拎着一个暖壶，和杏芳有说有笑地往河边儿走，杏芳还是偶尔和他说上一句半句。我知道她在和我赌气，她也知道我在他们身后，但是我想，昨天面对全车人看着我俩异样的目光和嘲笑如果我不躲着她和她坐一起，最后我怕她面子上过不去，毕竟她是女生，脸皮儿薄，禁不住嘲笑她会受到伤害。

实际上我是想保护她，但她并不理解我的苦心。

第五天，是我们在岸堤镇的最后一天，我们到岸堤镇的市集上摆上了几张桌子，开始了一些法律、英语等方面知识的咨询。还真有许多学生前来咨询，我们耐心给他们讲解，其中几个孩子就是岸堤中学的初中生，还让我们给他们留下了联系方式。咨询到下午3点多，但杏芳始终和仲志强在一起，没有再理我，我的心情一落千丈。

7月29日，我们结束了在岸堤镇的社会实践活动，与刘书记告别言谢后返程。返程的路途中，杏芳都是和仲志强在一起，在车上、吃饭时她也不理我，我们变成了形同陌路的两个人，我百无聊赖地在车上听着刘德华的《天意》，越来越有感触，

谁在乎　我的心里有多苦

谁在意　我的明天去何处

这条路　究竟多少崎岖　多少坎坷途

我和你　早已没有回头路

我的爱　藏不住　任凭世界无情的摆布

我不怕痛　不怕输　只怕是再多努力也无助

如果说一切都是天意　一切都是命运　终究已注定

是否能再多爱一天　能再多看一眼　伤会少一点

如果说　一切都是天意　一切都是命运　谁也逃不离

无情无爱　此生又何必


谁在乎　我的心里有多苦

谁在意　我的明天去何处

这条路　究竟多少崎岖　多少坎坷途

我和你　早已没有回头

我的爱　藏不住　任凭世界无情的摆布

我不怕痛不怕输　只怕是再多努力也无助

　　如果说一切都是天意　一切都是命运　终究已注定

　　是否能再多爱一天　能再多看一眼　伤会少一点

　　如果说一切都是天意　一切都是命运　谁也逃不离

　　无情无爱　此生又何必

　　如果说一切都是天意　一切都是命运　终究已注定

　　是否能再多爱一天　能再多看一眼　伤会少一点

　　如果说一切都是天意　一切都是命运　谁也逃不离

　　无情无爱　此生又何必

　　无情无爱　此生我认命

正如歌中所唱的"谁在乎，我的心里有多苦。谁在意，我的明天去何处。这条路，究竟多少崎岖，多少坎坷途。我和你早已没有回头路。我的爱，藏不住，任凭世界无情的摆布。我不怕痛，不怕输，只怕是再多努力也无助。如果说一切都是天意，一切都是命运，终究已注定。是否能再多爱一天，能再多看一眼，伤会少一点。如果说一切都是天意，一切都是命运，谁也逃不离。无情无爱　此生又何必……"我心中刚刚点燃的爱情火花就这样被她的冰冷无情地扑灭了，本已释怀的心再次蒙上了一层厚厚的烦恼的阴影。

## 三十一　旅程

　　归途是那样漫长，因为我们循着归程的道路，开始了我们的沿途之旅，路上我也懒得和人说话，独自坐在了后面几排，听着刘德华的《天意》专辑，独享着歌声中的孤独和落寞。我们取道枣庄去微山湖，中午在枣庄吃饭，我们仍是老师一桌，学生一桌，仲志强紧挨着杏芳，他非常殷勤地给杏芳放背包、盛饭、夹菜，我看了心里酸酸的。这时的王贺康已和王新进打得火热，也积极地给她盛着饭，蓝永立一直追求着楚京华，但楚京华对他并不感冒，他想和她坐一起，但她却一下子挨着我坐在了一起，曹晓京便坐在了他们俩中间，蓝永立张罗着给楚京华盛饭，但却被她拒绝了。我虽然心情十分不好，但我也不想被同学们看出来，就故作欢笑地和大家聊天，楚京华就笑着向大家说："林秀真有意思，他一路上给我们讲了好几个笑话，给咱们逗得前仰后合，他却自己不笑，定力真强！"

　　我故作好奇状，"哪儿有呀？"

　　上菜了，我们一看，又是"必修课"酸辣土豆丝，这是每天我们除了早饭之外都必有的菜，其他几个菜仍是非常素，而老师那桌则有荤有素的。我便自己掏出20元钱点了一盘辣子鸡给我们桌请大家吃，同学们恨不得都流出了口水，我招呼大家随便吃，同学们开始有些不好意思，后来在我诚挚的劝说下纷纷用筷子夹起来，仲志强给王杏芳夹了一块儿，但杏芳拒绝道："太油了，我不想吃。"她把这块鸡肉夹还给了他，我想她一定是不好意思吃了。

吃着吃着，另一桌儿的赵翔和谷雷老师和饭店老板不知什么原因吵了起来，最后还是在李德珠和聂勇两位老师的劝说下才平息，他俩被李老师他们推到了饭店外。这时我们也吃得差不多了，便也尾随出来，结果谷雷老师突然向我们发作起来："这饭店这么黑，你们还点菜支持他们？"

　　一路上我本来就非常烦恼，我也突然怒火中烧，我也没客气："我们自己花钱点个菜怎么了？"我两眼恶狠狠地盯着他，恨不得要把他撕碎的样子，但我还是控制住了自己，没说"你们老师天天吃好的，就天天给我们学生吃酸辣土豆丝，这像话吗？"这句话。

　　赵翔老师一看情况不妙，赶紧跑过来，搂着我把我扶到一边儿打圆场儿，"哎，林秀，你别生气，谷老师不是在和你们生气，是刚才店家本来说米饭免费随便吃，但最后结账时却每碗要1块钱，这他和我才和老板理论起来。不是针对你的，你消消气，消消气！"

　　我的语气和缓了一些，但也没好气儿地说："那和我们撒什么气呀？"我的心中仍十分不舒服，但我想这个不舒服绝不是因为谷老师的责备，而是杏芳的疏远。

　　下午，到了微山县，我们租了两条木船，大家分乘，在微山湖中游弋。今天的天湛蓝湛蓝的，天上没有一丝云，微山湖中已经长满了荷叶，荷叶中不时钻出一朵朵粉红色的荷花，恰如宋代诗人杨万里《晓出净慈寺送林子方》诗中描写的那样——接天莲叶无穷碧，映日荷花别样红。连片的荷叶中间，有一条水道，我们的木船在马达的作用下，船尾在湖面上分开了一条长长的白色水花。虽然这两天的我心情坏到了极点，但是看到蓝蓝的天、一望无垠的湖面、连天的荷叶和明丽的荷花，心中也不免开朗了一些，我戴上了上船前买的斗笠，让曹晓京帮我在荷花丛中拍下了一张照片，露出了灿烂的笑容。杏芳自然没有和我同乘一条船，她所乘坐的船也赶了上来，和我们的船平行行驶，仲志强用手向我们撩水，杏芳也跟着他撩水，我们这边，蓝永立、曹晓京、吴月华也向对面撩水，这时我的情绪也被点燃，头上戴着一个斗笠，手中抄起一个斗笠，揽起湖水泼向对方，大家身上全都湿透了，老师们也没能逃避，湖面上四处洋溢着我们的欢笑声。

从微山岛回到宾馆，吃过晚饭，我们在李老师的房间开了一个简单的社会实践总结会，会后大家还在这间房间各自闲聊。李老师给大家看起了手相，给我看时，她说："林秀，你这人的手相不错，寿命很长，将来工作会比较稳定，但有些坎坷，将来你会有钱，是歪财，可能是工资以外的投资带来的钱。"

其实我并不关心这些，我更关心的是自己的感情，于是我就问："其他的呢？"

李老师故意装糊涂，"还有什么其他的？你还想让我看什么？"

我有些不好意思，"您给我看看别的呗！"

李老师似乎看出了什么，就笑着对我说："你最近一段时间会有桃花运，但运气并不长久，将来你的感情生活会不很顺利，应该会经历好几段恋爱才会走向婚姻。"

在旁边围观的吴月华插话说："李老师说得真准！"

一时间同学们个个都成了半仙儿，都分别给我看了手相和面相，还动用了扑克牌。最终给我得出的结论都比较一致——将来的感情生活会不很顺利，应该会经历好几段恋爱才会走向婚姻。我不免有些惆怅。

接下来的一天，我们去了曲阜的孔庙和孔林，老师说好了聚齐时间，在游览孔庙时，杏芳和仲志强就脱离了我的视线，我只得和张银光一起结伴而行，拍下了一张张落寞孤寂的照片。

我们旅程的最后一站是泰山，为了看日出，凌晨2点多，我们就起床了，由于还要好久才下来，老师让我们把身上值钱的包都带上，其他行李留在车中。我只带了相机便和大家一起从山脚下坐泰山的中巴车向中天门进发。道路非常崎岖，一会儿一个弯儿，借着车灯微弱的光芒，我看到司机师父的方向盘一会向左打满、一会向右打满，将近2个小时，我们终于抵达了中天门。接下来我们便是自己爬山了，杏芳依旧是和仲志强一起，我则和蓝永立、吴月华一起往上爬。吴月华身高168cm左右，身体壮实，她背着一个硕大的帆布背包儿，但她前一天晚上肚子有些着凉，爬过慢十八盘，两腿发软，头冒虚汗，我们便在台阶上坐下来休息，蓝永立殷勤地从随身携带的热水壶中倒出一杯热水给她喝，我拿出了去密云时剩下的"诺氟沙星"给她喝下。过了一会儿，我问她："怎么样？能坚持吗？"

她回答："嗯，现在好多了。"

"那好，我俩搀你，你把背包给我吧。"我说道。

于是，我背着她那硕大的帆布背包，和蓝永立一左一右把她搀上了快十八盘，我回头一看，虽然雾气十分重，但也能看出2、3米，台阶非常陡，近乎90度直角，我现在想起来都有些后怕，我背着这么大的一个包，又搀着一个120多斤病了的大活人，如果稍不注意身体向后一仰，就有可能摔下山去，那肯定是粉身碎骨了。

人一得病真是死沉死沉的，我把帆布背包放了下来，身上已经湿透了，累得气喘吁吁，蓝永立再次给吴月华倒了一杯热水，关心地问："月华，你没事儿吧？"不知什么时候他对她的称呼已经忽略了姓氏。

"我没什么事儿，可累坏了你们了吧？"吴月华略带歉意地说。

我正靠着一块大石头擦汗，透过湿漉漉的浓雾，我影影绰绰看到对面有两个身影坐在一块大石头上，定睛一看，是黄色的上衣，这不是杏芳吗？没错，正是他们。一阵风掠过，雾气渐淡，我看到了黄上衣正在给对面的那个人擦着额头的汗，我的心简直要碎了。

　　泰山的天气和我的心情一样糟，我们也没能如愿地看到日出，天虽然亮了起来，但是四周还是飘着雨星的浓雾，雨星打湿了我的衣裳，我颓丧地拖着疲惫的身躯，犹如行尸走肉一样下了山……

## 三十二　彻底了断

从泰山回京，我一路上沉默寡言，独自反复听着《天意》专辑中的《缠绵》，并心中默默地唱着：

双手轻轻捧着你的脸，吹干你的泪眼。
梦还有空间我还在你身边，不曾走远。
把爱倒进你的心里面，陪你醉一千年。
醒来后感觉一如从前，我和你和命运之间。
注定了不能改变，我的情感热且危险，
多看你一眼就会点燃我心中无法扑灭的火焰。
爱得越深越浓越缠绵，会不会让天红了眼。
爱得越深越浓越缠绵，不问有没有明天。
爱得越深越浓越缠绵，再多给我一点时间。
爱得越深越浓越缠绵，能不能再见你这最后一面。

但我知道我的爱即使再浓，她也不会再多给我一点时间，再缠绵，和她也不会有明天，也许这将是我们感情路上的最后一面了。看着车上仲志强和杏芳有说有笑、王新进和王贺康甜甜蜜蜜、蓝永立对吴月华体贴备至，我怅然若失，泪眼迷离了。

回京之后，我们便接着放暑假了。回到家里，我的心情难以平复，便将此行的3卷胶卷洗成照片，看到杏芳在河边抬腿摆POSE、头戴白色贝雷帽身穿那件青色的连体背带短裤站在太阳花丛边、和我背靠背坐在孟良崮战役纪念碑旁的大石头上的照片，我的思绪又回到了岸堤镇，那是一段多么值得回忆的日子呀，只可惜美好的时光并不长便结束了，我更加惆怅。我把有她的这几张照片又各单独洗了一张，准备自己留一套作纪念，另一套假期结束后给她。刚放假的一个多星期,我都独自在家反复听着《新白娘子传奇》中的歌曲，特别是那首《天也不懂情》：

云淡风轻一轮江月明
漂泊我此生恁多情
几分惆怅 惆怅有几分
独让我自怜水中影
甜蜜往事浮现在心底啊
多少回忆锥痛我的心啊
我是不是牵挂都为你
怪我爱得浓时却不懂情
好梦易醒 易醒是好梦
留不住转眼成烟云
我问天呀 天呀不应我
是不是天也不懂情
我问天呀 天呀不应我
是不是天也不懂情。
不——懂——情……

我想这最能代表我现在的心情了……

夏天是这样漫长，又是这样难熬，我每天就是宅在家里，翻看从图书馆借来的《太平广记》等几本书，虽然只穿着一条短裤，也都是汗流浃背。我不停地吹着电扇，但似乎无济于事，院里树上的蝉叫个不停，令我心烦意乱。书中的光怪陆离的传说故事我也看不进去，看着看着思想就溜号了，不自觉地又想起了杏芳，看着她的照片，我心中的郁闷难以消解。我一想起她就使劲地摇摇头，试着让自己忘记她，但过了一会儿思绪中又出现了她的身影。

过了半个多月，日子已到了8月底，我的心绪才平静了一些。一天，我睡过午觉，用自来水洗了洗脸，感觉身上精神百倍，于是乎又拿出书来，坐在窗前阅读，恰巧看到《柳毅传》这一章，我的精神居然被曲折的故事情节吸引进书中，入神地看了起来：柳毅长安科考落榜取道泾阳与好友话别，路途上遇见一位姑娘正在孤零零地放着羊，这位姑娘容貌非常美丽，但衣装粗简，满脸憔悴，神情格外凄苦。柳毅觉得蹊跷，经过询问得知这位姑娘是洞庭湖龙王的爱女，她遵从父母之命远嫁给泾河龙王做儿媳。但她丈夫终日寻欢作乐，对妻子薄情寡义、虐待，公公婆婆也袒护儿子，对龙女百般刁难，并役使她在荒郊放牧。洞庭万里迢迢，龙女欲诉无门，欲哭无泪，她请求柳毅帮她送书信到洞庭家中。柳毅同情龙女的不幸遭遇，慨然允诺前往洞庭龙宫送信，他按照龙女的指点，到洞庭湖畔找到一棵大橘树并叩树三下，从碧波间冒出虾兵蟹将引他引入龙宫，将书信给了洞庭龙王，并述说了龙女的惨况。龙王得知女儿受难，非常伤痛。其弟弟钱塘君是刚直勇猛、疾恶如仇的人，一听侄女在夫家受欺辱，立刻凌空而去，诛杀了泾河龙王，救出了龙女。龙女深深地爱上了见义勇为的柳毅，钱塘君也希望玉成美事。但柳毅是个正直的书生，他当初送信救龙女完全是激于义愤，来到龙宫，面对数不尽的奇珍异宝也不为所动，没有任何贪财恋色的个人企图。当钱塘君在酒宴后逼婚时，他虽也有爱慕龙女之心，但克制了私情，晓以人间正义，毅然拒绝。柳毅告别后，温顺善良的龙女面对拒绝没有气馁，她不再依从父母又一次为她安排的婚配，执着地追求自己的幸福。在柳毅妻子亡故后，龙女化作民妇来到鳏居的柳毅身边，与他结为夫妇，直至他们的孩子出世才道出真情。柳毅被龙女的一片深情所感动，从此而心心相印，过着恩爱美满的生活。

　　看完这个故事，我又有了新的感悟，原来爱情不仅仅是被对方外表吸引和只求两个人在一起这么简单，两个人还要相互吸引，特别是被对方的良好品格、品质所吸引，这样的爱情才会更加真挚、更加牢固，甚至走向婚姻；而且爱情也不仅仅是你有情、我有意这么简单，还要有所坚持和执着，就像柳毅那样不贪财恋色，他虽有爱慕龙女之心，但克制了私情，龙女却始终执着地追求着自己的幸福，坚持等柳毅妻子亡故后嫁给了他。我想我和杏芳有的只是外表的吸引，没有更深一步的了解，更谈不上被对方的品格、品质所吸引，因此也就缺少了坚持和执着，也就不会相互包容，所以才会是刚刚开始就轻易结束的结果。我决定从今天开始不再对她胡思乱想，该对她来一个思想上的彻底了断了，想到这里我的心情放松了许多。

　　晚上10点多，我一个人穿着短裤、赤着上身、趿着拖鞋步出院门，尽管是三伏天，但一阵阵略有些清凉的小风就像丝一般，股股地从树丛中涌出，用她那温柔的手臂抚摸着我厚实的胸膛，它抚去了我白日里滞留在体内的褥热，抚去了我一个月以来充满脑迹的惆怅。四周的昆虫乐曲家们奏出的动人的乐曲，更使我感到周围的静寂。这时我深深吸一口略带芳草清香的新鲜空气，不经意间瞟见一颗"小星星"[①]在我的身旁飘来荡去，我的思想也随之飘离出脑海，随之穿梭于林间、草迹、河畔，随之飞翔在天空，飞向宇宙——方才电视剧动人的情节此时也不知去到何处，只有一番宁静源源地流入，占据了这不大的，却承担了一天思考的空间。我屏住呼吸，凝住我的全身心去体会夜的宁静、风的轻柔。数天来连续的阴雨带来的湿热已不知去向，几百米外的小山上电视塔顶上的红灯仿佛摘取

---

[①] "小星星"即萤火虫尾部的荧光。

了萤火虫尾部的"小灯笼",散射出灿灿清光,也源源地流入我的双眸。静夜、柔风、虫乐、荧光、灯光,包围了我的躯体、我的心、我的大脑。我已不知所想、不知所处,完全融入了这静谧的天堂……

## 三十三　开学

　　暑假结束了，我的心情已渐渐平复。我本想开学后，杏芳会主动来找我要她的相片，但她并没有来找我，我呢，也不想再被她刺激，便托王新进把去山东的照片转给了她。我和她就这样结束了。后来我想，也许我俩这真不算是真正的恋爱，也许她当时和我在一起是一种失恋后的寄托吧，是借以疗伤的对象吧。后来我得知，她和仲志强也没有继续下去，看来他和我充当了同样的角色。蓝永立和吴月华也没有什么结果，吴月华回来后便和她的男朋友杨震继续相处了。

　　我们已升至大二了，回到校园看着一切，都是那么熟悉，已不像去年那样一切都觉得新鲜了，校园的景色和去年一样没有什么太大的变化，就如唐代诗人刘希夷《代悲白头翁》诗中所说的"年年岁岁花相似，岁岁年年人不同"。辛莉莉的父亲派车把辛莉莉和辛小峰送到了学校，这可是一般人享受不了的待遇，因为现在全北京有私家车的也不过百余人，看来他们感情发展得十分迅速。我去221宿舍找小峰一起吃晚饭，莉莉已经拿着饭盆儿等在了门外。她头发依然是短发，但已快长到了肩膀，还是那样乌黑亮泽和整齐，她上衣穿着一件天蓝色的T恤，领子外翻，还绣着花纹儿，下身一条明黄色的长裙直至脚踝，看上去就十分端庄典雅。"莉莉，你在等小峰吃饭呢？"我主动问她。她略微地点点了头，冲我笑了笑。

　　"那你怎么不进去？"

"他马上就出来。"她有些害羞地说。

我想，也对，毕竟这是男生宿舍，又是夏天，自然有些不方便。"我给你叫他去。"于是，我敲了一下门便推门而入。小峰正在光着膀子往身上套一件儿蓝白条儿的足球球衣。

"你还干吗呢？还不麻利儿的？人家莉莉在外面等着你呢。"我催促小峰道。

"没事儿，让她先等会儿。我先换衣服、换鞋，一会儿我和苏开辟他们约好了饭后踢球去呢。"他有些不太在意。看来他们的关系已经很稳固了，他现在都有些牛了，不像去年那样凡是涉及莉莉的事就谨小慎微了。

"那我就不当你们的电灯泡了。张桦，咱们一起去吃饭吧。"

"好，走。"张桦拿起桌子上带把手的搪瓷饭盆儿就和我出来。

"你稍等一下，小峰换完衣服就出来，我们先去食堂了。"我对门口的莉莉说。

她点了点头，说："谢谢你！林秀。"

出了宿舍楼，我对张桦说："小峰现在牛得不得了呀！敢让莉莉在外面等他了，看来他们进展得不错呀。"

张桦说："是的，暑假期间，他给我打过一个电话，和我说起，他都去莉莉家了，也见着她父母了。"

"是吗？那怎么样了？莉莉父母见着他印象如何？"我惊喜地问，没想到小峰如此有胆量，他们的关系发展得如此神速。

"他说莉莉的父母很喜欢他，而且后来莉莉给他打电话说她父母说小峰是个不错的男孩儿，挺靠谱儿的。"

"哦，是吗？那还真不错呀！没看出来，小峰还真有勇气，还挺有人缘儿，挺讨老人家喜欢的。"

"是吧。"

"哎？对了，你和毛毛发展得如何了？"我想起了张桦和毛毛的事儿。

"还是老样子，没什么进展，暑假我给她打了几个电话，她倒都和我聊了，无非就问我在家干些什么，别的没说什么。"

"哎，你得好好学学小峰了，拿出些勇气，得采取些进一步的措施了。"

"说起来容易，做起来难，我总感觉毛毛她对我总是不冷不热的，也不知道她心里是怎么想的。"

"回头我帮你问问吧。"

"嗯，这主意不错！"张桦眼前一亮。

"不过你得采取点主动措施，比如说主动拉拉她的手呀，亲一下什么的。"

"嗯，回头我试试看。"

晚自习回来，我拿着收音机照例围着操场转圈儿听英语广播，在操场的甬道边角落的路灯杆儿下，两个影子紧紧地抱在一起，正在深情地吻着，左边的明黄色长裙在昏暗的灯光下格外显眼，右边的影子身高175cm左右，他左手搂着"黄裙子"的腰，右手搂着她的头，微微低着头吻着她，不用说了右边的是我非常熟悉的小峰，左边的一定是莉莉了，莉莉双手搂住他的后背和腰，踮着脚抬头亲吻着小峰，身子不停地抖动着。我没好意思打扰他们热情的激吻，把收音机关小了些，匆匆从他们身边走过了。

我没有继续再转圈儿，而是在圆台坐着听了会儿收音机，便直奔了221宿舍，差不多10点半，小峰拿着书回来了。我笑着对他说："你和莉莉进展神速呀！都去她家了也不和我说一声？"

"是张桦告诉你的吧？"他看着张桦问我，张桦没说什么。

"呵呵，还用张桦告诉我？你们俩在操场边上我都看见了。"我神秘地笑笑，为防止尴尬我没有继续往下说。

"看到了又怎么样呀？"小峰若无其事地问。

"哎，恭喜你呗！有情人终成眷属了。"

"哈哈，这个还不正常么？不早晚的事儿么？"小峰有些洋洋得意，一改失恋时的颓废。

"嗯，总归是好事儿，你就好好和莉莉相处，珍惜这段来之不易的感情吧。"我奉劝他。

"这还用说吗？林秀你就别唠叨了！"小峰有些听不进去。

"得，得，算我多余，只当我没说。走了，我回去了。"我有些无趣。

"着什么急呀？"张桦起身道。

"哎，我别不招人待见了，我还是走吧。"我有些不悦地回到了自己的宿舍，心想，人真是一时一变呀，得意时和失意时完全是两个样子，心中不免多了一丝感慨。

第二天中午下了课，我走出了教学楼，看到前面7、8米远的地方，马萍萍拿着书本在前面急匆匆地走，后面2、3米处叶德伦正追赶着她，叫道："萍萍，等等我。"

但马萍萍似乎什么都没听见一样，脚步未停，却紧走了几步，没有理他。叶德伦一看马萍萍没有停下来等他的意思，便脚步停了下来，恢复了正常速度。

"你俩怎么了？闹意见了？"我走到叶德伦身边，关心地问。

"没什么。"他十分沮丧，没有和我多说。

午饭后，我看见了毛毛，于是就问她："毛毛，你感觉张桦怎么样？"

她非常不好意思地说："什么怎么样？就那样儿呗！"

"就哪样呀？"我追问道。

"普通同学呀。"

"你对他就没有什么和普通同学不同的感觉？"

"嗯——你问这个干什么？"她好奇地问我。

"人家张桦对你印象不错，他是个实在人，为人又不善于表达，对你又真实，你多关注一下他呦！"我含蓄地说。

"哦，知道了，他对我确实不错，挺关心的。"

"那就好！你们努力吧。"

放下饭盆儿，我便去了221宿舍，原原本本地将刚才我和毛毛的谈话内容转述给了张桦，张桦听了非常高兴，精神为之一振，然后十分感激地对我说："太谢谢你了！林秀，我知道毛毛不反感我，这回我就可以大胆地去追求她了。"

"嗯，但愿你能成功吧，努力呦！对了，叶德伦和马萍萍两个人怎么了？好像出了什么问题了。"

"是的，好像是马萍萍和他提分手了。"张桦说。

"他们俩天天出双入对不挺好的么，怎么说分就分了呢？"

"谁知道他们怎么回事儿呀。这我还是今天上午听我们班王小颖说的呢，具体什么原因她也没说。"张桦补充道。

一边儿的王先晋搭腔儿道："班长，你对我们宿舍的都这么关心，也得关心关心我这个老大呀。"

"你也需要我关心？你看上谁了？"我笑着问。

"我嘛，咱们班的朱丽呀，我觉得她挺好的，人漂亮又温柔。"

我的脸色突然一变，但我努力地掩饰着，没有让他们看出来，"这个嘛，你得自己努力了，我就无能为力了。"我心想我自己都没追到她，还能帮你什么呢。

"班长，你这可不对了，你帮他们不帮我呀？"老大略带不满地说。

"情况不一样嘛！小峰和莉莉是老乡，咱们又是军训见证过他们的经历的，毛毛是我们房山老乡，有这层关系我们自然说话方便些。

而且莉莉、毛毛和咱们都不是一个班呀，你我和朱丽是一个班，我又是班长，我怎么好和她说这个呀！兔子不吃窝边草嘛。"

"你少来了你，你不也喜欢朱丽么，别以为我不知道，小峰都告诉我了。"

我瞪了小峰一眼，他不好意思地说："你别瞪我，这个不能怪我，那天晚上我们闲聊天时我也是无意识地说的。"

"已是过去了，大家都各安天命吧。"我说着便回了宿舍。

## 三十四　安乐死讲座

9月中旬，95级新生开始入学了，和往年一样，没几天就开始军训去了，新生的到来为校园又平添了不少活力。今年学院并没有搞迎新晚会，仲志强当上了校学生会主席，但学生会也未举办迎新舞会。

新生军训归来时，照例学生会各个部又开始招录新干事了，我已成为外联部的副部长，自然招人时少不了我，我和部长王新进和一名干事一起招录，王贺康也来帮忙。许多文秘系的师弟、师妹们选择了外联部，少儿系的女生则多数报了文艺部和合唱团。

我们学院各个部和社团的活动除了体育部一年组织两场球赛、合唱团组织平时的合唱演练之外，基本上都是找一间大教室放放录像。我们外联部去年只组织了一次讲座，但效果并不理想，只来了10多人。今年王新进已升任外联部部长，给我这个新上任的副部长一个任务，就是搞一次活动，也算是对我这个副部长的检验。我在和同学吕春雨聊天时偶尔聊起了这件事，她说："咱们学院斜对面中国社会科学院研究生院我有一个姐姐，叫温华，她是研究安乐死的博士生，不知你们对这个话题是否感兴趣？"

我说："好呀！我想这是一个新领域，同学们肯定会感兴趣。那安排个时间咱们一起拜访一下她，看看她的意思吧。"

"那好，那咱们就初步安排在明天晚上吧。"

第二天晚上，我们到了温华的宿舍，和她聊起了讲座的事儿，因为她是在搞研究，也想就安乐死的普及问题做些工作，所以，我们双方很快地就达成了一致意见。

周一，我征得王新进的同意后，便在教学楼和宿舍楼的布告栏上张贴了《关于举办安乐死讲座》的海报，准备在周四晚上7点—9点，在1304教室举办，我见人便宣传，招呼他们去听。王新进起初还担心不会有多少人对此讲座感兴趣，但到了周四6点半，同学们陆续来到了1304教室，这个教室有40多个座位，到了7点时教室内的过道儿和门边上都站满了人，足足得有小100人。温华给我们讲了安乐死的历史和法律方面的常识，这时我们才知道，安乐死并没有被世界所认同，世界上只有美国的俄勒冈州承认安乐死合法化，荷兰正在研究安乐死的合法化问题。

在提问环节，许多同学都提出了自己身边亲戚得了绝症时的痛苦，希望在中国也将安乐死合法化，这样就可以使得了绝症的亲人去得没有痛苦，去得更加安详、更有尊严。我在外联部举办的第一场讲座，就得到了同学们的积极响应和热烈欢迎，也令王新进刮目相看，我想这既有安乐死这个话题的新颖之处，更多的是同学们的捧场。

## 三十五　为情所困

经过一个暑假的调整，我的生活恢复如初，心中除了三段美好回忆外，已别无他念，全身心投入到学习和学校的社会活动上了。

国庆节假期最后一天下午5点半，我从家赶回来，在宿舍楼前撞见小峰和莉莉拉着手出宿舍楼，他俩一副甜甜蜜蜜的样子，见了我，小峰说道："林秀，你回来了？看来你心情不错呀！"

"哪有你俩心情好呀。"我揶揄道。

"我俩出去溜达溜达，你去我们宿舍看看吧，张桦今天情绪特别糟，好像是失恋了。"

"哦。"我没回宿舍就直奔221宿舍。

一进门儿，就见张桦一个人独自在床上躺着，头上盖着一本书，耳朵上戴着耳机，我叫了他一声，他没答应，于是我用右手轻轻地撞了一下他的左胳膊，他抖了一下，把书从头上拿开，坐了起来，我看到了他悲伤的脸上还残留着泪痕。

"哦，林秀，你来了？"他无精打采地招呼着我。

"嗯，是的，你怎么了？情绪这么低落？"我看着他，张桦是国字形方脸，两眉的眉心有一颗肉肉的小疙瘩，戴着一副塑料的黑色大框眼镜，头发因为粗的缘故，根根向上挺立着，他是典型的老实巴交的好孩子，与世无争。

"嗯——"他没说出口。

"说说吧，说出来会好受些，是不是因为毛毛？"

"嗯,我现在想喝酒。"平时从来不喝酒的他突然蹦出了这么一句,我理解他现在苦闷的心理。于是我就去校外的小商店买了4瓶啤酒、两包花生米和一些鸡爪子之类的熟食回来,我俩一人一瓶儿对着瓶儿吹了起来,他一下子就喝去了半瓶,我忙阻止他。

"别这么喝呀!这样喝容易醉。"

"你别管我,让我喝吧。"于是他又仰头要喝,又被我阻止了。

"你还没告诉我你为什么这么难受呢?是不是被我猜中了?"

他眼泪"唰"地一下子流了下来,把酒瓶摔在桌上,哭着说:"是的,毛毛今天中午约我出去,和我说'咱们俩不合适'。"他呜呜地哭了起来,很快就泪流满面了。

我拍着他的肩膀劝他说:"哎,不合适就不合适吧,你这么好的男孩儿还愁找不到好姑娘吗?说实话,其实一开始我就觉得她并不适合你。"

他抬起头来疑惑地看着我"怎么?连你也认为我俩不合适?"

"不是你俩不合适,是她不适合你。"

"你为什么这么认为呢?"他止住了哭声。

我递给他一张卫生纸,"你先擦擦眼泪吧。我为什么这么说呢?你们俩本身都是内向型性格,这就不太合适,而且我觉得毛毛人不错,挺温柔的,但是她内心是狂热的,她更喜欢那种外向型、有点儿老爷们儿样子的男生。我并不是说你不够老爷们儿,你属于那种书生类型的男生,和她想找的类型截然相反。"

"是吗?你怎么知道她喜欢这种类型的呢?"张桦不解。

"我们是老乡,有一次聊天时她和我说的,我为什么没提前和你说呢?是怕打击你积极性,再有,人是会变的,也许你们俩中的谁会变呢,这也是未知的,其实我感觉恋爱中的你就有些变化,有点儿爱说话了。"

"嗯,她要觉得我不合适,她早说呀,如果一开始就说,我也不至于付出这么多，投入这么多感情。"他又擦了擦眼泪说。

"你们不相处怎么知道不合适呢？何况恋爱是两个人的事儿，只对对方有好感是没用的，两个人必须在一起，才能了解对方的脾气、性格、爱好，甚至人生观、价值观合适不合适。至少开始的时候毛毛并没有拒绝你，就说明她一开始并不认为你和她不合适呀，只是因为相处完了才觉得不合适的。"我给他分析着。

"那我怎么不合适她了？"

"这个得问你呀！你们在一起都干些什么了？"

"嗯，在一起就是聊学习，聊生活呗！"张桦说道。

"你不觉得枯燥乏味吗？天天就聊这些？你没带她出去玩玩？你没和她接吻？"

"哦，这个倒没有，因为我觉得我们还没发展到那一步呀。"

"那就对了嘛，她本身就喜欢主动型的老爷们儿，你们相处都3个多月了吧，你还没有带她出去玩，也没有进一步的攻势，我要是女孩子也得想是不是你不爱我呢。"

"哦，因为我摸不透她的态度嘛，也不知道她对我是如何想的，想不想和我进一步发展，所以我才没采取进一步的攻势呀。"

"看，让我说着了吧，本身你们俩就都是内向型的性格，都不善于，也不主动表达，彼此在一起就是相互猜测，没有一方先主动有表示，另一方怎么会知道一方对其的感觉呢？这一点你就缺乏小峰的经验，看准了就出手，在军训时，莉莉病了，小峰就勇敢地冲上去，不怕别人闲言闲语，每天到女生宿舍给她送饭，敷毛巾，这样他们俩的感情才迅速升温而后快速有进展的。谈恋爱时男人就要有点儿不要脸的精神才行，不过我也就是和你说说罢了，其实我也缺乏这种精神，就比如我曾经对胡雨飞只是单相思一样，还没有来得及行动，就被老七捷足先登了；还有朱丽，我好容易鼓足勇气去追求她，但她对我并没有感觉,我都失败了。好歹你和毛毛还有一个开始呢,而且也有了3个月的过程,至少从这一点上来说,你比我强呢。"我耐心地给他做着工作。

他说:"林秀,你还真会做思想工作。我比你强不到哪儿去,我虽然和毛毛相处了3个月,但我每天都对她很关心,问寒问暖的,在暑假里我也给她打了好多次电话,但她从没有主动给我打过一次,我投入的感情远比她多得多,所以我现在才特别难受。"

"哎,别这么说了,你好歹和毛毛还牵手了呢,我连雨飞和朱丽的手都没牵过。我一直有一个观点:爱与被爱都是幸福的,你既然爱过了,就享受了幸福的过程了,那句俗话不说的好吗,不求天长地久,但求曾经拥有,拥有过就知足吧。"

我的思想工作起了些效果,张桦止住了眼泪,但是啤酒他不停地喝,我喝完1瓶时,他已将3瓶啤酒都喝光了,他倒在了床上睡了起来。

回到宿舍时,已经是将近晚上11点了,今天宿舍里就吴继龙、林达雷和我3个人,其他3个人都没回来,老吴已洗漱完在床上躺着了,我洗漱完也躺在床上。老吴问我:"你怎么这么晚才回来呀?"

"我5点半就回来了,听小峰说张桦因失恋情绪非常低落,我就直奔221宿舍了,和他聊了一晚上,这不,刚聊完,他自己喝了3瓶啤酒上床睡了,我才回来。"

"哦,他和毛毛分手了?"老吴问。

"这下你可有机会了。"我笑着说。

"哎,我现在已经对毛毛没什么兴趣了,倒是94少儿山西的姜翠丽我觉得不错,人长得漂亮,性格也特别开朗。"

是呀,姜翠丽确实非常有气质,而且性格开朗活泼,平时虽然有些羞涩,但和人相处还是蛮大方的,特别是几次我与她的接触,她的言谈举止都非常大方得体。我心想。其实我对她的印象也非常好，但听老吴一诉思念之情，我没有再往下想，就言不由衷地说了句："觉得好你就追呀！"

老吴把这话当真了，腾地用左胳膊拄起头来，瞳孔都放大了，兴奋地问："你觉得可行？"

"我觉得可行不可行有什么用呀，你自己觉得可行就可行。"我顺口说了一句。

"那你得帮帮我，你和小峰熟，莉莉是小峰的女朋友，她们又一个宿舍，肯定能帮我说上话。"

"哦，可能吧。"我说完便后悔说了这句话。

"好呀，那你就和小峰说说吧。"老吴精神百倍了。

"哦，回头我试试吧。"

那边儿的林达雷也开腔儿了，"你别只帮老吴，也得帮帮我呀，帮我物色一个合适的。"

"你不让奇志给你介绍林霏霏吗？怎么还吃着碗里的想着锅里的呀？"

"哎，奇志确实帮我和林霏霏约了一次，但没说几句话，她就自己跑开了，我们没开始就吹了。有合适的好姑娘帮我留意介绍一个呦。"他憨憨地说。

"再说吧，95级的你就没自己看上一个？"

"嘿嘿，我还在找呢。"他傻傻地一笑。

第二天中午吃饭时，我就和小峰说了老吴想约姜翠丽的事儿，小峰好奇地说："没想到老吴这老实巴交的人也对我们翠丽有想法儿？"

"什么你们翠丽呀？你们的是莉莉。老实人就不许喜欢上一个女孩儿了？这是谁规定的？"我玩笑着说。

"好，好，回头我让莉莉和她说说，看看能不能把她约到你们宿舍聊聊吧。"

"好吧，那就拜托你了。"其实我内心有些矛盾，我自己明明知道老吴和翠丽这两个人并不合适，但没办法。

果然，周四晚上，小峰和莉莉带着翠丽来到了我们宿舍，我们宿舍的几个人就林达雷和张奇志不在，结果翠丽和老吴就一个坐在达雷的床上，一个坐在凳子上聊天，我们这边则与小峰和莉莉聊闲片儿。结果老吴结结巴巴地半天也没说几句整话，整个人六神无主、局促不安，翠丽倒非常淡定地坐在那里。翠丽朝我这边和我说："林秀，我看你们宿舍还就你的床铺弄得整齐些。"

我一看，没办法，只得过来搭腔儿，"哎，我的也很乱，肯定没有你们女生宿舍整洁了，我们都老爷们儿嘛，干活粗。"

"你还粗呀？我一看你就是个细心人，莉莉回宿舍总提起你。"

我转头看着莉莉问："是吗？你总提我呀？"

莉莉笑着说："不是吗？林秀，小峰总和我提你怎么热心，怎么好，我回宿舍和翠丽我们闲聊天儿就几次说起了你，没想到翠丽就记在心里了。"

我又转过身来看着翠丽，她的脸上泛起了一丝不易被人察觉的红晕，但被我敏锐的眼睛捕捉到了，她坐在床上有些局促。我赶忙打圆场儿，说："我哪儿有你们说得那么好呀，我就一个一般人儿。"

老吴知道自己这时已经说不出话来，一看翠丽和我聊起来，就起身拉我坐在床上，这时我和翠丽一起坐在了床上，虽然有些距离，但也有些不自在，但我还故作镇定地和她聊着天儿。

这次老吴和翠丽的会面就在老吴的支支吾吾和我与翠丽欢快的聊天气氛中结束了，就好像是小峰为我和翠丽安排的一次见面似的。翠丽他们走后，苏开辟和安小超都笑话老吴嘴笨，老吴也只能用手挠着后脑勺儿嘿嘿地笑而已。

## 三十六　矛盾

我们宿舍除了苏开辟和林达雷抽烟外，其他人都不抽烟，苏开辟经常在宿舍里抽烟，弄得满屋子烟味儿，床单和被子上都是烟味儿，他抽烟时我一般都不在宿舍停留，但有时该睡觉了，不得不回宿舍，遇到他抽烟我就把窗子打开，放放烟味儿。

11月初，晚上我从阅览室出来在操场上听完英语广播，回到宿舍，苏开辟又在抽烟，我便开窗通风，结果他说冷就把窗子关了，我便说："如果你怕冷，就少抽点儿，你的烟太呛，我鼻子闻见烟味儿就不通气儿，别提多难受了。"

他哦了一声，没说别的。我用脸盆从水房打了些冷水准备洗脚，拿起暖壶，空空如也，我晚饭后打得满满一壶热水，而且我的暖壶是大号的顶别人的两个，我打水时也同时拿着其他舍友的暖壶打了一壶热水，结果宿舍所有暖壶中都没有热水，我知道，又是苏开辟这家伙招呼着隔壁宿舍的几个人在我们宿舍抽烟、喝茶给用光了。我没说别的，只得把壶底儿的一点儿带有水垢的水根儿倒进盆里勉强地洗完了脚。接下来的几天，都是这个样子，我们打的热水都被平时基本上不怎么打水的苏开辟给用光了。一天，我实在忍不住，就和苏开辟说："老苏，回头你给我们留点儿热水行不？回来洗脚都没热水。"

他若无其事地说："不就点儿破热水么，没有就别用了呗。"

我顿时火冒三丈，"是，破热水确实没什么，但现在天这么凉，用凉水洗很不舒服。"

"得，得，得，得，不就这么点破事儿吗？至于吗你？"

"是，你是不至于，你不怎么打水，我们打完热水你就都给用了，我们回来没的用，还我们'至于'吗？"

老吴一看话头不对，赶紧过来打圆场儿，"哎，都一个宿舍的，都少说几句吧"。

"我不想多说，有他这么说话的么？"我非常不高兴。

"我就这么说，怎么地？"苏开辟也不依不饶地说。

"你就这么地我也不想管，以后我暖壶的水请你少用。"

"不用就不用。"说实话，平时苏开辟一副宿舍老大的样子，社会上那些不良习气都带到我们宿舍里，我就看不惯，明明是大学生，装什么社会人呀，但碍于情面，我都不说什么，但他根本不顾其他人的感受，在宿舍里抽烟、大声喧哗，自己不打开水，还把别人的劳动当作应当应分的，我对他就有些反感。从此，我俩见面不怎么说话了。

又是一个周四的下午，宿舍里没什么人，我有些累，便在宿舍的床上双手抱着头靠在被子上小睡，苏开辟的录音机里放着老狼的《同桌的你》——

明天你是否会想起，昨天你写的日记……

我并不怎么喜欢这种类型的歌，但我并没有提什么反对意见，我刚刚半梦半醒之间，苏开辟出宿舍，"咣"的一声把门关上了，我一下子被吵醒了，我没说什么，继续睡。过了10多分钟，他从外面回来，吱的一声开了门，然后用暖壶往他的搪瓷缸子里倒满了热水，然后再次"咣"的一声把门关上离去了，我再次被惊醒。好容易再次睡着，过了大概半个小时，他又重复了刚才的动作，我知道他是故意的，但我依然没说什么，这时我已经有些精神了，但我仍想继续睡会儿,毕竟还没睡多会儿呢,他离开了20多分钟也没回来,我便把他的录音机关了,把门锁了起来。过了10多分钟,他拧门把手没拧开,便敲起门来,敲门声越来越大,我起身准备给他开门,这时他在门外骂了起来:"你丫把门关上干吗?快给老子开门!"

我听了有些生气,心想你和谁说老子呀。这时他又继续骂道:"有种儿你把门开开,老子和你没完!"

我火也腾地一下起来了,"你使劲儿敲吧,你越使劲儿我越不给你开,谁叫你自己不带钥匙的?"

他接着破口大骂:"有种你丫把门开开,老子和你没完!"

"我开开看你能怎么着?"我把门打开,他上来就伸手朝我脖子抓来,我一闪身躲过了,他继续用胳膊横扫向我的胸部,我迅速地用左手一搪,右手下意识地锁住他的脖子,往下压着,他动弹不得。

"你给我放开?"他用威胁的语气说。

"我给你把门开开了,怎么着呀?"

"有种你给我放开?"他大叫道。

"你说放就放呀?你想让我怎么着就怎么着呀!"我愤愤地说。这时隔壁宿舍张金鸣等人出来,把我们两个人拉开,张金鸣劝说我先到别的宿舍待会儿,我和他说:"他也忒欺负人了,我想睡个觉,他几次三番故意地摔门吵醒我,我把门锁上,他还大骂,以为我怕他怎么的。"

我到了221宿舍,王先晋、小峰、张桦和叶德伦在,我便向他们复述了刚才的过程。小峰愤愤地说道:"这个苏开辟就不是什么好东西,天天弄得自己跟黑社会老大似的,管这个管那个的,看谁都不顺眼,都得让别人听他的,我早就看他不顺眼了,该揍,你刚才真该好好揍他一顿!"

王先晋和张桦没说什么,叶德伦却在上铺鸣起了不平:"班长,你也不对嘛，你干吗给他锁门呢？"

　　我气愤地看着他："你真是站着说话不腰疼！如果你困得不行在宿舍里刚睡着，小峰他们三番四次地摔门故意吵醒你你怎么办？"他哑口无言。

　　过了一周，相安无事。但苏开辟仍然在宿舍中抽烟，而且越抽越凶了，而且偶尔我暖壶中的热水还是被他倒光。为了避免产生更大的矛盾，我有了换宿舍的念头。

## 三十七　学生图书室

张银光在94中文文秘班中什么干部都不是，自己总想做出点儿什么来，于是就联络着张桦和叶德伦办一个刊物，他自己起名《文心雕龙》，也就是两张A4纸大小的报纸，一面是《文心雕龙》刊名和一些图案，另一面则刊登一些同学自己写的散文和诗歌。刚开始没有人给他们投稿，张银光他们就自己写一些，还张罗着自己班和我们班的同学写一些文章给他们，他自己花钱到校外的文印社印了第一期，没敢多印，印了50份儿。然后拿着第一期《文心雕龙》找到我们系的系主任张林瑞老师看，张老师自然是赞赏有加了，他便请张老师给题写"文心雕龙"4个字，张老师也欣然应允。于是张银光高兴地拿着他的《文心雕龙》到处发放，没多久就发光了，自己自然是高兴万分了。他也给我发了一张，我看了看，有一篇小文章确实文笔不错，其他的则一般，但我还是给了他不少赞扬。

由于95级学校扩招了近100名学生，每天我到阅览室看书，去晚了就根本找不到座位了，有的同学就向校团委和学生会提议，在宿舍楼弄个学生图书室。此建议一出便被采纳,校学生会文化部牵头，把学校宿舍楼2层楼梯处的电视室简单摆了一些书架，由学校赞助一部分书、同学们捐助一部分书，办起了学生图书室。这个学生图书室还小有规模，共有书籍2000余册，和校图书馆不同的是，学生图书室中的书籍大部分都是言情小说和武侠小说，当然也有一些散文、名著，成了校图书馆的有益补充。

学生图书室由文化部主办，自然由文化部的学生轮流值班了，每天 12∶00—13∶30，18∶00—21∶00 营业，每天两个人值班，学生借书期限和校图书馆一样，一次可以借 1 个月，最多延期 1 个月，为了将来能有更多的书，文化部决定同学借 1 本书 1 个月象征性交 1 毛钱，即使这样，也得到了同学们的积极响应，不到 1 周时间书就被同学们借去了一半儿。

由于我经常去 221 宿舍，下楼时便从学生图书室门前经过，文化部部长是 93 中英文秘班的方红舞，自然也和我认识，有时我就在图书室逗留一阵儿，和她聊聊天，她手下几个学生干事如李亚男、申淼淼都是 95 少儿的，慢慢地也和我熟了起来，李亚男属于比较健谈的，她额头很宽，是典型的国字脸，肤色不是很白，头发随便在脑后梳了个辫子，两只眼睛炯炯有神，她的性格更像是一个男孩子；申淼淼则南瓜子脸，皮肤很白，一头长发用一根皮套捆着飘在腰际，笑起来很甜，说话像个邻家妹妹，温温柔柔的。有时我和她们聊天把他们逗得前仰后合的，我恐怕是她们最没架子的一个师哥了，很快就和她们打成一片了。

## 三十八　认妹妹

周日，在221宿舍，通过小峰和老大我认识了他们的山西老乡伊薇焕，她是瘦长脸儿，辫子到肩，一直是乐呵呵的，说起话来很快、很冲，很像个男孩子，是95少儿专业的新生。大家在一起聊得还挺投机，从此，我们就认识了。

周四晚上，由于下午没课我已经在阅览室看了半天儿书，晚上我看了会儿，感觉有些累，不到9点我就离开了阅览室。出了教学楼楼门，天色已深，天上的月亮被乌云遮挡着，见不到一丝月光，教学楼和宿舍楼的日光灯灯光却洒在校园的圆台上，显得像月色一样皎洁。

我刚走上圆台欲回宿舍拿收音机听广播，忽然听到，"师哥，你干吗去？"

我定睛一看，圆台上席地而坐有两个人，叫我的是伊薇焕，另一个小个子女生则不认识。

"哦，我准备回宿舍拿收音机听广播去。"

"你着急吗？"她问我。

"倒是不怎么着急，平时我都阅览室闭馆才听呢，今天看书看得有些累了，提前1个多时出来了。"

"既然不急就坐这儿聊聊呗！"她征求着我的意见。

"好吧。"我也席地而坐，我们3个人坐成了三角形。

"她是我们班的，叫吴小妹，我们都叫她小妹，她是浙江妹子。"

伊薇焕指着另一个女孩儿介绍着。

"哦，浙江什么地方的？"我问道。

"浙江温州的。"她回答。

"那边盛产皮鞋对吧？"

"是的，轻工业产品吧。"

说着，我仔细地看了看她，她个子不高，一米五左右，头发是短发，瘦瘦的，长相也一般，说起话来倒蛮天真可爱的，挺认真的，她和伊薇焕一样也爱笑。

"师哥，你家是哪儿的？"小妹问道。

"我家就是北京的，房山的。"

"房山在哪儿？"

"房山就在北京的西南方向，是远郊区，周口店猿人遗址就在房山，还有十渡、石花洞等景点儿也不错，有时间你们可以去玩儿玩儿。"

"哦，是吗？那一定很好玩。"小妹笑着说道。

"还行吧，比不上你们浙江，小桥流水人家的惬意。"

"其实都一样，在哪儿待久了都不觉得了，都觉得别人家的地方好。"伊薇焕说。

"是呀，这也许就是钱钟书《围城》中说的吧，城里的人想出去，城外的人想进来，人生处处不围城呀！"我补充道。

"没想到你还挺有学问的，师哥。"小妹赞扬道。

我有些不好意思，"其实《围城》这部书我还没看过，只是看的陈道明主演的电视剧《围城》，我有点卖弄了，请见谅呦！"

"哦，没事儿了，反正你比我们看的书多。"

聊着聊着，我们不知道怎么回事儿，就讲起了鬼故事，伊薇焕就煞有介事样地给我讲了起来，她指着校园围墙外的高楼问："师哥，你知道对面的针灸骨伤学院有一个停尸房吗？"

我一下子就知道她要讲什么故事了,但我假意不知道,"是吗?我还真不知道针灸骨伤学院有这么个停尸房,怎么了?"我故作专注地听着她往下讲。

她非常认真地往下讲:"这个停尸房能放200具尸体,据说他们学院有1个男教授,带领两名实习学生负责每天检查尸体,他们每天检查的内容就是尸体的存放情况,打开抽屉检查尸体的脸部和牙齿有无变化。刚开始一周都没什么变化,但是有一天,他们检查尸体的牙齿时,发现有4、5具尸体的牙齿变黑了,教授和两名学生都很疑惑,回去后百思不得其解,第二天,他们3个人照例又去检查,发现情况变糟了,10多具尸体的牙齿变黑了,他们还是百思不得其解,难道是传染了?他们带着疑问离开了停尸房。第三天,虽然他们3个人有些害怕,但是还是照例去了停尸房检查尸体,结果情况非常糟糕,50多具尸体的牙齿都变黑了,其中一个学生哆里哆嗦地问教授:'教授,这尸体是怎么了?怎么牙齿黑得这么快?难道是受什么传染了吗?'正在这个时候,教授咧开嘴说……"

还没等她往下说,我突然张开嘴大声说:"你看我牙黑牙白?"我一下子给伊薇焕和小妹吓得躺在了圆台的水泥地面儿上。我哈哈哈地笑了起来,其实她这个鬼故事早在1年前我就听过,而且我从小胆儿大,第1次别人给我讲时我就没被吓着,这回讲故事的本来想吓我,却被我给吓着了。

伊薇焕坐了起来,略带嗔怒地说:"师哥,没你这样的,你听过了,还装作没听过,刚才看你那个认真劲儿,我心里还想呢,这回可以好好吓你一下了,没想到却被你给戏弄了,你真讨厌!"她嗔怪着用拳头打着我的肩膀说道。

我还没有停止笑,"你这叫捉鸡不成反蚀把米,谁叫你居心不良,想吓唬我的?1年前我就听过这个鬼故事了,当时他们都没吓着我,何况你呢？人家比你讲得生动多了。"

"讨厌！讨厌！"伊薇焕和小妹都责怪我。

"哈哈哈哈，这个可不能怪我！"我调皮地说。

为了调节紧张的气氛，我给她们讲了两个笑话，她俩被我逗得都哈哈地笑个不停，伊薇焕的笑格外特别，"咯咯咯"的。最后，伊薇焕说："师哥，没想到，你讲起笑话来有声有色的，还挺逗的。"

"别总师哥师哥的，听着怪怪的，不知道的好像你俩是八戒、沙僧，我是孙悟空呢。"我玩笑着说。

"你讨厌——不带你这样的，我俩是女生，你这么形容我俩呀？"她略带嗔怪，但看得出来，她们不是真生气，她俩脸上还笑着呢。

"不闹了，不闹了。"我逐渐收住了我的笑声。

"那我俩以后就直接管你叫哥得了。"伊薇焕认真地说。

"是呀！是呀！这样多亲切呀！"小妹也附和着说。

"好吧，那我就收你们这两个妹妹吧。但我怎么区别你俩呀？难不成就大妹妹、二妹妹？不行，多傻呀，这样吧，既然小妹名字就叫小妹，那我就还叫你小妹，伊薇焕笑得有些傻，我就叫你傻妹得了？"我笑着说。

"那我就叫你傻哥了！"伊薇焕也笑着说。

"这样好，傻哥——傻妹——哈哈哈哈——"小妹手舞足蹈地笑着说。

从此，我就多了两个妹妹。

## 三十九　电影赏析

　　学生会文化部除了开办学生图书室之外，每隔半个月就组织一次电影赏析活动，放一部国内外著名影片，而且每次的电影赏析活动都安排在一楼阶梯教室，用学校最好的设备——投影仪播放，这是最有电影效果的，又不收费，因此很受同学们欢迎。

　　我在学校，除了看书、打球之外，最喜欢的课外娱乐活动就是电影赏析了，因此，几乎每场电影我都不落。1995年9到12月，我看了7场电影，其实令我难忘的是其中的3部，第一部就是姜文执导的《阳光灿烂的日子》。看之前就听说这部影片有许多暴露的镜头被删减了，看着70年代那些十几岁的孩子在大人忙着"闹革命"、学校停课期间无事可做，自找乐子——起哄、打架、闹事、拍婆子，我们仿佛重新回到了我们出生的70年代，看到冯小刚扮演的老师撒尿被夏雨饰演的马小军用望远镜偷窥和马小军为在宁静饰演的米兰面前展现他是大人而爬烟囱、从上面掉下来，从下面爬出来的场景惹得同学们一阵阵爆笑。看到马小军处于青春期，看到米兰穿着泳衣勾勒出胸部傲人的双峰和裸露的大腿的镜头，我的心旌也随之飘摇，脸上火热火热的。影片中的马小军不就是我们这些大学生的缩小版吗？他青春期对于美女的幻想也正是我们这些年龄正处韶华的大学生对于美女的幻想。

　　第二部影片是斯皮尔伯格导演的《辛德勒的名单》，这部影片是黑白的，描写的就是二战时期，纳粹集中营犹太人的生活，辛德勒从一个为了赚取高额利润去行贿和不在乎别人死活的投机军火商，看到纳粹残酷的杀人游戏从而良心发现，演变成一个为了多救一个人，变卖了自己所有财产的大德之人，曲折的剧情和惊人的画面令人震撼。

　　第三部影片则是老片子，奥黛丽·赫本和亨利·方达主演的列夫·托尔斯泰的名著《战争与和平》，奥黛丽·赫本饰演的娜塔莎天真烂漫，活泼可爱，邂逅好友皮埃尔的朋友安德烈，两人之间渐生情愫，订下婚约。但安德烈返回部队后，涉世未深的娜塔莎被纨绔子弟阿纳托里蒙骗，与之私奔。俄法战争中娜塔莎成长为稳重能干的妇人，皮埃尔变得坚韧刚强。战争中受了重伤的安德烈在弥留之际与娜塔莎达成谅解，而战争过后，面对满目疮痍的家园故国，娜塔莎和青梅竹马的皮埃尔携起手来，决心重建家园，展开全新的生活。影片浩大的战争场面，栩栩如生的人物塑造，尤其是奥黛丽·赫本和亨利·方达两大巨星的精湛演技，展现了一幅十九世纪初俄国社会的巨幅画卷。也让我对战争、爱情甚至对人生有了新的认识，我之前的所谓爱情简直是微不足道。

## 四十　光棍节之游

11月10日午饭后，武金聪和黄心敬二人来到我们宿舍，和安小超聊天，武金聪问安小超："明天这个节你怎么过？"

"明天是周六，什么节呀？"安小超疑惑地问。我也有点丈二的和尚摸不着头脑。

"明天是11月11日呀，你好好想想？"武金聪用他生硬的普通话说。

"到底是什么节呀？你就说吧。"

"光棍儿节呀。"黄心敬说。

"哦，对呀，4个1，不是4根棍儿嘛！"安小超笑了起来。"这个节你们也过？"

"对呀，咱们都是光棍，当然要过了。"武金聪舌头僵硬地说。

"那咱们才3根棍儿呀！"小超说。

武金聪和黄心敬用近乎乞求的眼神看着我，"林秀，你呢？"

"哦，我确实也是光棍儿，就不知道你们明天想怎么过？"

"那你是同意和我们一起过了？"武金聪高兴地问。

我点了点头。

"那咱们明天去颐和园如何？"他征求我的意见。

"颐和园我确实好几年都没去了，我看行，小超，你看呢？"

"就这么定了。"

11月11日上午，我们4个男光棍儿到了颐和园，从东宫门进入，沿长廊一路观赏廊内的人物故事画，经排云殿到佛香阁，又到石舫，乘大龙舟至南湖岛，过十七孔桥，再至铜牛。在铜牛北侧，我们照了许多照片，包括十七孔桥和佛香阁。园内的游人并不多，我们游兴未减，于是便租了一条木船，4个大男人在昆明湖上用浆划起船来，今天的天气非常晴朗，碧空万里，阳光明媚，远处玉泉山上的宝塔清晰得仿佛就在眼前，岸上微风拂面，但小船却在湖面上随风摇晃得厉害，我们的头发都被湖面上的风吹得非常零乱。4个男光棍儿在光棍儿节这一天无聊地划着船，漫无目的地在湖中游荡，此情此景让我本已平静的心中平添了一丝忧伤和惆怅⋯⋯

## 四十一　误会

　　为了不与苏开辟再发生矛盾，也是反感他的做派，我申请宿管老师给我换了宿舍，换到了319宿舍，和93管理的曹晓京、孙岩、于德魁等人一个宿舍。铺完床铺，晚上洗漱完毕收拾相册时，我看到了佩卿生日时喝酒的照片，其中有一张是姜翠丽在我的左边和大家一起碰酒瓶儿的照片，我不觉得看得出神。想起了那天，她为了躲避喝醉了的佩卿和吴继龙，而藏在我的左侧，像一只受了伤的小猫寻求庇护一样，还令我想起她的右肩不时地挨着我的左胳膊的时候我心中泛起了丝丝涟漪。我仔细地端详着这张照片和另一张她单手叉腰的照片，早已平静多日的心，又泛起了阵阵波澜，此时我又想起了辛莉莉和辛小峰分手后姜翠丽陪她到阅览室找小峰后，姜翠丽和我并排而坐看书相互偷瞄的情景，不觉得心中悸动起来。我抱着被子，翻来覆去睡不着。一方面是刚换宿舍不适应，但最重要的恐怕就是姜翠丽优雅自信的气质吧，是呀，以前就觉得姜翠丽的气质不凡，但并未多想，今天看着她这两张照片，显得格外脱俗，再想起阅览室并排而坐的一幕，令我想入非非，心旌飘摇。其他人都睡了，我便拿出手电筒，随便找了张信纸，写了几句话：读你千遍也不厌倦，读你的感觉像三月，浪漫的季节，醉人的诗篇，读你千遍也不厌倦，唔——读你的感觉像春天，喜悦的经典，美丽的诗篇，唔——你的眉目之间，锁着我的爱怜，你的唇齿之间，留住我的誓言，你的一切移动左右我的视线，你是我的诗篇，读你千遍也不厌倦（这正是我喜欢的一首歌《读你》的歌词）。就如同这首歌儿一样，我看到你之后就是这种感觉，你的脱俗气质令我久久难忘，也不知道你对我是什么样感觉？写完我就将这张纸随手夹在了床头的《英语语法》书中。想着想着我在兴奋和疲倦中睡着了。

过了一周，周二中午，下了英语语法课，我正要起身回宿舍，同桌李艳说，"班长，你能不能把你的书给我用用，刚才老师讲的重点我没画下来，我看你好像都画下来了。"

我把我的《英语语法》书递给她："你上课没注意听讲吧？想什么呢？想葛玲呢？"我玩笑着说。

到了周四，李艳把书还给了我，我也没在意。过了半个多月，一天晚上我整理床上的书时，从《英语语法》书中掉出一张白纸，哦，这是我那天晚上睡不着觉写了几句话的纸，我刚要把它重新夹在书里，看到有一块白纸，背后仿佛有字，我便好奇地翻过来看，上面果然写着两行字：

我对你的感觉还可以，但是你为什么从来没说起过你的这种感觉呢？你要真的有感觉，你就应该当面说出来。

我想了半天，也没想明白是怎么回事儿，怎么平白无故我的这张纸条上多了这么几句话，我刚要站直身体，结果头碰在了通往上铺的梯子上，"哎哟！疼死我了！"我用手摸着头，猛然间想起来了，我这本书半个多月前曾经借过李艳，"坏了，一定是让她误会了！"我有些懊恼，我怎么能让这个大姐级的女生产生误会呢？都怪我，太粗心了，这么重要的字条怎么能随便放在一本儿书里呢！我的心情非常不爽。

第二天上午上课，我就觉得李艳看着我的眼神有些怪怪的，我知道个中缘由，但又不好和她解释什么，毕竟我对翠丽的好感是我的隐私，而且我也并不知道她对我是否有感觉，那张纸条只不过是我一时兴起睡不着的心情描写，我并不想让别人知道，所以我真不知道怎么向李艳说起。上午的4节课我就在惴惴不安中挨过去了，第4节课铃声一响，我就灰溜溜地逃回了宿舍。

中午吃饭时我就在想，怎么和李艳解释这件事儿才不至于让她误会呢，后来我想了个主意，觉得还不错。下午放学后，同学们纷纷往教室外走，我小声地叫住了李艳，说："李艳，不好意思，那天我学唱《读你》这首歌，为了记住歌词儿，我就记在了纸上，夹在了《英语语法》书中，那天我收拾书时发现记歌词这张纸背后写了两行字，不知——是不是你写的？"我像犯了错误的小孩子一样偷偷瞄着她。

她也非常吃惊，"嗯——嗯——我没别的意思，就是看你写得好玩儿，就随便给你写了这两行字。"看得出来，她也有些不好意思了。

"那就好！咱们别产生什么误会。"我说道。

"不会的，会有什么误会呀？"

"嗯，这样就好。走啦，我先回宿舍了。再见！"

走出教室后，我的心如释重负……

于德魁是我们宿舍的一个宝贝，大家都管他叫"德魁儿"，他身高一米八二，戴着一副瓶子底儿一样厚的眼镜，他看上去像30多岁的，比我们成熟很多，但他的性格非常温和，所以宿舍中的哥儿几个经常拿他开玩笑、欺负他，但我所说的欺负并不是真正的欺负。德魁儿家住平谷，一般农民家庭，家境不是很富裕，平时生活非常拮据，在食堂吃饭都经常是打两个半份儿素菜，很少见他的饭盆里有荤腥儿。倒是我们宿舍哥儿几个经常很照顾他，一起吃饭时，故意把自己饭盆儿中的肉呀、排骨呀、鱼呀的给他盛几块儿，一开始他还不好意思，但大家一般都说"这肉（鱼）太肥、太腻了，给你处理了吧"之类的话，其实是为了照顾德魁儿的面子。其实"德魁儿"

表面憨厚老实，有些像书呆子，但他并不傻，他心里清楚大家是在照顾他，所以他经常乐于给大家跑跑腿儿，比如说帮助到小卖部买袋方便面、雪糕之类的东西，但我们买的时候，都多给他一份儿钱，让他也买一份儿作为犒劳。一开始我还不适应，认为宿舍几位师哥怎么这么欺负人家德魁儿，后来经我观察，了解了内情，我也"支使"起德魁儿来，"德魁儿，帮我买两根雪糕，你我各一根"。

"好嘞！您呐，您想吃什么口味儿的？"德魁儿弯着腰笑容可掬地征求着我的意见。

"这种小事儿就不要问我了，你看着办吧！"

所以我们宿舍里经常传来，"德魁儿，你帮我干这个事儿""德魁儿，你帮我买点那个"之类的话，但大家在一起谁也不见外，谁也没有看不起对方的意思，大家对德魁儿的这种"支使"其实也是相互劳动回报和感情交流的一种特定的方式。大家相处非常和谐，相聊甚欢，宿舍里每天都是因德魁儿而起的欢乐话题和欢乐气氛，也许这种特定的方式也就在学校里、在我们宿舍里才会有吧。

## 四十二　邂逅

我和姜翠丽并未产生交集，更没有进一步的接触。一天晚饭后，我端着饭盆儿从食堂出来往宿舍走，正遇到伊薇焕和一个女生一起也出来往回走，见了我，伊薇焕叫道："傻哥，你吃完了？"

因为当着别人，我有些不好意思，说："你这个傻妹子，别瞎叫！"

"你不就是我的傻哥吗？"

我心里有些别扭，她身边的女孩儿用左手捂着嘴微微地笑了笑。这时我才仔细端详她，她头发微微有些黑中带黄，脑后用皮套挽着，长发略过肩，她是桃子形的脸，两个脸颊红扑扑的，像两个红苹果，笑起来十分可爱，身上穿着一条肉红色连衣纱裙，裙摆到膝盖处，脚上穿着一双白色的布制船鞋。

我看了看伊薇焕，用眼睛示意她是谁？伊薇焕明白了我的意思，"这是我们班的同学叫郑香君，我们都管她叫郑郑，郑郑可是我们班的大美女。"

郑香君有些羞涩，说："哪儿有呀？我哪儿算是美女呀？"

"你好！我是94中英文秘班的林秀。"我把饭盆儿换至左手，伸出右手做出握手的姿势。

"你好！"她也伸出右手，我们轻轻地握了一下手，虽然只是轻轻的一下，我感觉到了她手的柔软，而且暖暖的。这个女孩儿给我的第一印象就非常好，虽然她不算是漂亮的那种，但绝对是十分可爱、惹人爱怜的那种女孩儿。

我们一起往宿舍楼方向走,我问郑香君:"你家是哪儿的?你是哪个学校毕业的?"

"我家是丰台的,我是丰台幼师毕业的。你呢?"

"我家是房山的,房山中学毕业的。你和薇焕是一个宿舍吗?"

还没等郑香君回答,伊薇焕便抢着回答道:"不是,她和小妹、申淼淼、李亚男她们一个宿舍。"

"哦,那你们宿舍可都是美女呦!"我笑着说。

"我算什么美女呀,她们才是。"郑香君谦虚地说,她的声音轻柔而甜美,让人听了十分舒服,有一种喜欢和她聊天的感觉。

"那我以后可以叫你郑郑吗?"我眼睛征求着她的意见。

"当然可以了,大家都这么叫我呢。"她非常爽快地答应了。说着说着我们便进了宿舍楼门儿,在3楼的楼梯口我们道别后分开了,她们继续向楼上走去。

郑郑活泼可爱的形象和轻柔甜美的嗓音给我留下了深深的印象。

# 四十三　一封来自远方的来信

一天，吃过晚饭，我闲来没事儿，到221宿舍看一看，叶德伦问我："林秀，山东岸堤镇那边的一名初中生给我来信了，你之前收到没收到那边儿的来信呢？"

"岸堤镇那边儿的来信？我从来没收到呀。谁来的信？什么内容呢？"我疑惑地问。

"你少来了，你就没接到那边儿的来信？"叶德伦用十分怀疑的目光看着我。

"没收到就是没收到，这我还能编不成？"我有些不悦。

"哦，就是咱们社会实践，在岸堤镇最后一天咱们在集市上不做法律咨询吗，有几个岸堤镇中学的初中生和咱们聊过，不要了咱们几个的地址和姓名吗，你有印象吗？"

"这我当然有印象了，但我确实没接到过谁的来信呀，怎么了？你别卖关子了行不？"我有些不耐烦了。

"这个孩子叫刘禹成，他给我写信是问你收到没收到他给你寄的钱？是请你给他买个录音机学外语用的。"

"啊？他给我寄的钱？寄了多少？是直接用信封寄过来的吗？"我十分疑惑,因为我确实没有接到过谁的来信,更没接到过谁寄的钱。

"这个信中他没说，只是说让我帮助他问问你收没收到他给你寄的钱。"叶德伦补充道。

"哎，明天我到系里问问吧，是不是信没转给我呢。"

第二天上午下了第二节课，我找到系里和校传达室，均没有给我的来信，后来我又去了大山子邮局查询，也没有给我的汇款单。回来后，我又去221宿舍找叶德伦，和他说了我的查询情况，我说："这孩子一定是把钱放在信封里寄了，不定被谁给截留了呢，这也说不定。"

"那可怎么办呢？"叶德伦问。

"哎，没办法了，不能让老区的孩子平白无故对咱们北京的大学生失望呀。"我想了想，说："哎，这样吧，我自己出钱给他买一个寄过去吧。"

"这不合适吧，这样你不吃亏了吗？要不你给他回封信就说没收到不就行了？"叶德伦建议道。

"哎，算了，老区人不容易，估计他不定攒了多久才攒了这100多块钱的呢，虽然是因为他不懂在信中不能寄现金，但他毕竟只是个十几岁的孩子嘛，不能因为他的不懂让他平白无故蒙受这样的损失。你甭管了，我用我以前的压岁钱给他买一个寄过去吧。"

第二天，我就花了130多块钱买了一个双卡的收录机，然后在宿舍弄了一个箱子，填好填充物，到邮局弄了个包裹寄往了山东，我还附了一封信，说明我并未收到他的钱，并告知他以后千万不要再把钱放在信封里寄了。

又过了10多天，我收到了山东的回信，小男孩儿已收到了我寄给他的收录机，非常高兴，对我也表示了谢意。我心中的一块石头也落了地，没有让老区的孩子失望。

## 四十四　友好宿舍

时光飞逝，不知不觉便到了年底，12月28日晚上，我想了一晚上，筹划今年我们班新年联欢会的事情，弄出了一个方案。第二天中午下了第四节课，我兴致勃勃地走上讲台，向同学们宣布："同学们，马上元旦就要到了，今年我准备咱们班自己举办一个联欢会，就不和中文文秘班一起弄了，不知道大家同意不同意，如果同意，就请举起您尊贵的手。"结果出人意料，只有黎华一个人举了一下手，一看其他同学都没举手，她也放下了手。我当时的感觉，就如同一盆冰水泼在了头上，心里哇凉哇凉的，我一晚上周密的计划就在同学们无声的态度中被否决了，我的情绪一下子跌至了谷底。

"那好吧，既然大家都不举手，那咱们今年就不举办新年联欢会了，下课吧。"我蔫头耷拉脑地走回座位，拿着书本，垂头丧气地往教室外走。

黎华、刘丽娜二人追到楼道里把我叫住，"班长，你就办新年联欢会吧，为了我们这些外地的同学，你也应该办呀！"

"那你们刚才为什么不举手？我可征求过同学们的意见了，你们都看到了，大家都没举手，就你举了一下手还放下了，我是尊重大家的意见呀。"我冲着黎华说。

"那是大家不愿意举手，并不是真不愿意呀！"黎华两眼盯着我说。

"我就怕同学们举手不自在，所以我还特意说'如果同意，就请举起您尊贵的手'，但是又怎么样呢？既然大家不举手就是不同意了，算了吧，不搞我还省事儿了呢！"我加快了脚步，非常不高兴地走了。

下午，下了第一节课，好几个同学围在了我周围，纷纷说："班长，办新年联欢会吧！"他们目光渴望地看着我。

这时，我仍有些气愤，说："那我上午征求你们意见，你们为什么都不举手呢？"

"我们不不好意思吗？"他们七一嘴八一嘴地说。

"这有什么不好意思的？你们知道吗？我昨天晚上为了举办联欢会的事儿，想了一晚上，都差点儿失眠，今天上午我满心欢喜地想大家肯定会支持我办联欢会，结果你们一个举手的都没有，我当时那叫一盆凉水呀，从头凉到脚。这时你们又来找我要求办，怎么个意思呀？"我环顾地看了他们一眼，他们7、8个人面面相觑。

"班长，就为了我们这些不能回家的外地同学，你就办吧。"这语气已经近乎哀求了。

我一看，他们确实是真心希望办联欢会，于是我就坡下驴，说："那好吧，一会儿我再问问大家的意见吧，如果有一半人同意咱们就办。"

第二节课后，我又再次征求大家的意见，"刚才有许多同学找我要求办新年联欢会，我再次征求大家意见，咱们是办还是不办，如果同意办的不举手，不同意办的举手。"结果没有一个人举手，我接着说："那我理解，也就是大家都同意办了？那好，全体班委留下，其他同学可以走了。"

于是，我进行了分工，让平时很会精打细算的王先晋去买一些圆珠笔之类的小奖品，让吴继龙带着叶德伦去买一些花生、瓜子、水果之类的食品，让汪宜静和汪玉瑾带领几位女生布置教室，让黎华去租几盘录像带，我征求了全体班委的意见，这些费用全部从班费中报销，因为我们班被评为了学院的优秀班集体、市级的优秀班集体和市级优秀团支部，奖励了1500元，因此我们的班费已经不用同学们自己交了，而且相当殷实。买东西的同学先自行垫付，回来拿发票到负责财务的王静处报销，全体班委一致赞同。

汪玉瑾提出了个问题："班长，租录像带干什么呀？"

"我想着，咱们的联欢会，先由同学们来表演节目，如果大家都没节目了，咱们也不能冷场呀，正好租几个片子大家看看，岂不更好？"

"好是好，但光有录像带，电视机和录像机哪儿弄去？"

"这个就交给我了呀，我有我的任务，我一个要搞定电视机和录像机，再一个也得请请咱们班主任、系里和校团委的老师呀，你们就擎好儿①吧！"

散了会，我就直奔校团委，因为我知道校团委有彩电和录像机，到了校团委，正好遇上聂勇老师在，我就说明了来意，请他支持一下我们的活动，并邀他参加我们的联欢会。聂老师很爽快地答应了我们借彩电和录像机的请求，但由于他有事儿就不参加我们的联欢会了。我去请班主任郭岩老师和系里的老师，他们都以家中有事儿为由，婉言谢绝了，我一想，倒也好，没老师参加大家就更放松了，可以放开了联欢了。

12月30日下午，我刚一进教室，"哇……"我不自觉地惊了一声，教室布置得特别有节日气氛，我们的小教室里挂起了各色的拉花儿，窗帘已经拉上，各色的小霓虹灯一闪一闪地显得格外有情调，黑板上也用彩色粉笔书写上了"新年联欢会"几个大字。汪宜静、汪玉瑾和几个女生有的用剪子和红纸剪窗花儿，有的则把剪好的窗花儿贴在窗子和墙上，红红的窗花儿更是平添了不少热烈的节日气氛。

"好呀！你们干得不错呀！辛苦了！"我用一种赞赏的表情对同学们说。

---

① 擎好儿：北京方言，意思是等着好消息吧。

"班长，你来了，看，怎么样？"汪玉瑾走上前来，兴奋地问。

"不——怎么样，不是怎么样的问题，是相当棒！"我卖了一个关子，然后又突然笑着竖起大拇指说。汪玉瑾她们干得更是起劲儿了。

"不过——"

"不过什么？"汪宜静问。

"咱们下午的课不上了呀？"

"哈哈，这也不影响上课不是？无非是在节日气氛中上课嘛！"

上课铃声响起，英语老师张敏虹走进教室，然后歪着头看了半天，说："我没走错吧？"

我在座位上接茬儿说："您没走错，一会儿课后我们准备召开我们班的迎新年联欢会，不知道您有时间一起参加不？"

"哎呀，我真想参加你们的联欢会，但下午我得去幼儿园接孩子去，他爸今天晚上单位加班儿，你们就好好玩吧。"

"真遗憾！"

张老师也特别支持我们，第二节课没上就走了，让我们大家踏踏实实地举办联欢会。同学们齐动手，把桌椅摆成了四方形，在桌子上放上了花生、瓜子、橘子等干鲜果品，大家坐定后，联欢会就正式开始了，我一点人数，只有赵云涛一个人回家了，其余的同学都参加了，这是我们班有史以来办集体活动人到的最齐的一次。

我们的联欢会弄得不是特别正式，没有主持，用大家起哄式地请哪位表演，哪位就上前表演，有的同学唱歌，有的同学跳舞，我自然也少不了被起哄表演节目，我觉得平时总唱歌没意思，就把平常对同学们习惯姿势的观察编成了一个节目，让大家猜这到底是谁，逗得大家哈哈大笑。节目表演结束后，同学们就迫不及待地要求看录像了，电视放在了讲台上，同学们都目不转睛地看着，其中一部影片是《惊情四百年》，这是一部描写吸血鬼的影片，画面十分震撼，当男主人公在一座城堡中被许多女吸血鬼包围、拥抱时，其中有几个女吸血鬼赤身裸体的镜头，我看到脸涨得通红，但我不动声色，用余光扫了一下其他同学，无论是男同学还是女同学，都在屏住呼吸、两眼直直地注视着电视屏幕，但我想他们的感觉肯定和我一样，体内产生着少男少女对于女人胴体的化学反应。黎华租了4部影片，除去中途苏开辟走了外，其他同学都没有离开，大家连晚饭都没吃，一口气把4部影片全看完了，已经将近晚上11点，同学们纷纷离开。

421的几位女生王玉华和陆英凯则以友好宿舍为名邀请我、吴继龙和安小超到她们宿舍去玩扑克牌，我还一次女生宿舍都没去过呢，自然觉得不是很合适，我说道："这不合适吧？这么晚了，我们男生到你们女生宿舍多不方便呀？"

"班长，你太封建了吧，这算什么呀？何况今天是周末，许多同学早都回家了。"

"我可从来没去过女生宿舍呦！"我又说。

"马上就新年了，你就破一次例不行吗？何况421和你们125宿舍早就是友好宿舍了，但就从来没举办过什么活动。"

"我已经不在125宿舍住了。"

"那我们不管！"陆英凯说。

"老吴，你说呢？咱们是去还是不去？"我征求着吴继龙的意见。

"我听你的，你去我就去。"

"小超，你说呢？"

"我就不去了，你俩自己定吧！"

"林秀，你怎么这么磨叽呢？有这么难决定吗？"王玉华说。

"是呀！是呀！给个痛快话嘛。"杨莎莎也附和着说。

"好！去就去，谁怕谁呀！"我下定了决心。

我们回到宿舍楼时，楼门已经上锁了，我们叫起了宿管老师，纷纷上楼，到了4楼，我和吴继龙跟做贼似的尾随在陆英凯她们仨后面，蹑手蹑脚地，大气儿也不敢出，快到421宿舍，正遇上423宿舍的朱丽端着脸盆，穿着拖鞋、上身的外套敞着、里面露出贴身的秋衣出来到水房洗漱，看到我和吴继龙，她赶紧用手把外套一拢，小跑儿着跑向了水房，我和老吴都有些尴尬，灰溜溜地跟着钻进了421宿舍。中文文秘班的王琪也在，她见我和老吴进来，感觉很意外，陆英凯上前与她说明了情况，她则十分欢迎我们的到来。

421宿舍的桌子是在靠窗的两个上下铺中间摆放的，我和老吴分别坐在两边的下铺中间，王玉华、杨莎莎、陆英凯和王琪一边两个分坐在我俩旁边。落座后，我自然四处看了看，421宿舍非常干净，各床铺摆放都很整齐，但在两墙之间的晾衣绳上，我无意看到了一个转圈儿夹子上夹着几件女同学的内衣，我赶紧收回了目光，但细心的王玉华及时发觉了，赶紧把转圈儿夹子连同内衣扔在了靠门的上铺上。我们玩起了"三先"，一个人一拨儿，玩了两局后，陆英凯说："班长，光这么玩儿没什么意思，咱们对输的来点惩罚吧？"

"好呀，来点什么惩罚呢？"我问道。

"谁输了谁喝酒。"陆英凯说。

"喝酒？都这点儿了哪买酒去呀？"我下意识地看了一眼手表。

"这个好办。"她弯下身去，撩起床单，从床底下拉出了一箱啤酒。

"啊？天哪！你们太厉害了，床底下居然存有这么多啤酒？"我非常惊讶，老吴也露出了惊讶的表情。

"这不算什么，平时我们没事儿就喝一点儿！"陆英凯说。

"你们真够行的！我们宿舍都没准备过一箱啤酒！"我赞叹道。我说，"那咱们就一人倒一杯吧，谁输了就喝半杯。"

陆英凯说："我们宿舍没准备纸杯，咱们就一人拿一瓶儿吧，输了的自己喝一大口，每把最后的两人喝，怎么样？"

"好，就这么着。"

第一局我和王玉华就输了，我们便各自喝了一口，第二局陆英凯和老吴输了，他们俩各自喝了一大口，玩了 10 多把牌，我们都把第 1 瓶啤酒喝光了，各自发了第 2 瓶儿，又玩了十几把，我输了几次，但我已不像之前那样大口地喝了，我便鼓起嘴来喝，但是入口的却是小口酒，而陆英凯输的时候却依旧大口大口地喝，我心里不禁赞叹"巾帼不让须眉呀！"我们边玩、边聊、边喝，一直玩到凌晨 2 点多，我瓶中的啤酒还有半瓶儿，陆英凯早已喝完了第 3 瓶儿，虽然大家仍没有困意，但我还是建议大家早些休息了。

# 四十五　退学

1996年元旦过后，还有1个月就该期末考试了，刚吃过晚饭，我正准备去打排球，张奇志来到了我的宿舍，我很意外，因为平时他总是忙忙碌碌的，在一个宿舍的时候都基本上晚上睡觉时才能见到他，平时都不知道他在忙些什么，后来我听林达雷说奇志在外面兼职跑业务，推销许多产品。

我便问："哎呀，奇志，你这是太阳从西边出来了呀！平时都见不到你，今天怎么主动来找我了？"

他笑着说："我是来向你辞行的，我准备退学了！"

"退学？为什么？"我惊愕地望着他。

"是的。"

"上得好好的，为什么要退学呀？"我不解地问。

"我觉得上学没什么意思，我平时在课余就经常给一些公司跑跑业务，现在基本上已经上路了，觉得我更适合做业务员，这样还能赚钱。"

"啊？你不会吧？那你也等把毕业证拿到了你再去跑业务呀！你现在都上了1年半了，还有1年半就该毕业了，你现在退学不就前功尽弃了吗？"

"哎，早晚也是进入社会去赚钱，索性早赚比晚赚好些呀。"

我非常重视地把他拉到床上坐了下来，我也不打算去打球了。"你可得想清楚了呦！毕竟这可不是小事儿。"

"我早想清楚了。"奇志说。

"那你和你父母说了吗?"

"这个嘛,我还没有。"

"我觉得你应该先征求一下他们的意见。"

"我要征求他们的意见,估计就不能退学了,我还是先生米做成熟饭吧,做出些成绩来再告诉他们。"

"你不会吧?你都没告诉他们?"我更加吃惊了。

"是的。"

"你可得好好想想呦!我建议你先不要急于递退学申请,仔细琢磨一下利弊再决定,毕竟现在越来越认学历,将来如果你不干这行了,再干别的,要没有学历,恐怕将来找工作会遇到很多困难。"

"这个我想过了,反正跑业务也不需要什么学历,我现在干得还是挺顺手的,而且赚钱也挺容易的,有没有学历不都是为了将来走入社会赚钱养家吗?我现在没学历不也干得好好的?我们现在这个公司老板还是挺欣赏我的,每个月除了保底工资外,都奖励我几百块钱呢,他还说我是个跑业务的好苗子,将来我做得好还要提拔我呢。"

"哦,你也不能光看钱对不?毕竟工作不都是为了钱嘛。我只是建议而已,毕竟大主意还得你自己拿,但我还是建议你想好了再做决定。"

"我的退学申请已经被学院批准了,我今天找你来是专程和你告别的,我觉得咱们不仅是老乡,你为人还特别正直、热心,所以我才专程和你道别。"

"哎,哪里呀,你也挺热心的嘛!虽然咱们认识才1年多,但是还是挺有缘分的。今后你发达了,可别忘了兄弟我。"

我俩又聊了一会儿闲天儿,从奇志口里我得知,最近苏开辟在追求中文文秘班的程玲玲,但是始终没有追到手。我俩一致认为就苏开辟那副模样还真配不上人家程玲玲。

## 四十六　夜间闲话

也不知道从哪天开始的，我每天晚上上完自习，或从阅览室，或从教室出来，到学校圆台坐着待会儿，身边都会聚来一群小师弟、小师妹，我们一起天南海北地闲聊，逐渐地夜间闲话成了我每天的"必修课"，取代了我听英语广播。我们夜间闲话的主要成员有我、伊薇焕、小妹，其他的人则不停地变换，多数都是我们文秘系95级的师弟师妹，少数是少儿系95级和我们94级的同学。文秘系的师弟师妹自然是和我熟，少儿系的师弟师妹有的是通过伊薇焕认识的，有的是通过学校社团活动结识的。通过夜间闲话，我对许多师弟师妹有了深入的了解，比如95中文秘班的陆京，非常健谈，各种话题都能发表出一篇长篇大论，没有他不熟悉的话题，但明显他思想有些幼稚；冯丽娟总是喜欢笑眯眯地听其他人讲；95中英文秘的卢谊，虽然是女孩子，但也十分爱说，说起来话来"嗒嗒嗒嗒"，像是开机关枪；陈瑶虽然性格像男孩子，但总愿意做听众听别人说，个别时候插上一两句话；李静平时性格温和，但有时说出一句话，噎得人说不出话来，她也是唯一一个和我没大没小的师妹……从他们身上，我看到了青春的朝气，也看到了新入校的大学生身上的稚气，更看到了他们思想深刻的一面，我对许多95级的同学都有了较为深入的了解，与他们中的许多人也成了知心朋友。

离期末考试还有半个月，已是深冬，但我们的夜间闲话仍没有结束。这天，我和伊薇焕、李静坐在圆台上闲聊着最近学生会文化部放的两部电影《霹雳火》和《红字》，正聊得兴起，一个50岁左右的妇女不知什么时候到的我们身边儿，也坐在我们旁边静静地听我们聊着。聊到《红字》中黛米·摩尔饰演的女主角被绑在十字架上的时候，她突然也说话了，"主无时无刻不在我们身边，她既然触犯了教条就应该受到教规的惩罚"。

我疑惑地看着她，心想，这人从哪儿冒出来的？但是还是很客气地问："您是哪里来的？"

"我就住在咱们学校里呀。"她答道。

住在学校里？难道她是我们学校教师的家属？我心里疑惑着。

"你们了解基督教吗？"

"不太了解，但知道一些。"我敷衍着答道。

"其实主无时无刻不在我们身边，保佑着我们……"

没等她说完，我就把她打断了，"您不知道宗教信仰自由吗？但传教应该到宗教场所，您怎么到校园里传教来了？"我记得中学课本中有关我国的宗教政策。

"哎，我这不是传教，这不和你们聊聊基督教的教义嘛！现在韩国都有许多人加入基督教了，我们国家也有许多人加入了……"

她还要继续往下说，我又把她打断，"我们对这个没什么兴趣，你找别人儿聊去吧"。

她不死心，想继续说下去，一看我们确实对她的话题是坚定地不感兴趣，于是便无趣地离开了。

看到她远去，伊薇焕笑着说："这人真有意思，向我们传教来了，她也不看看人。"

"我觉得她有点儿不正常，看她那神神道道的样子吧。"李静说。

"其实我觉得基督教并没有什么不好，也是教人向善，全世界几亿人都信基督教，而且存在近2000年了，必然有它的魅力，但我觉得这个人确实有些不太正常，也许是还没真正领悟基督教的教义吧。不管她了，还继续聊咱们的吧。"

　　聊着聊着，不知道怎么的聊到了我对心目中的未来另一半儿有什么要求了，伊薇焕和李静都非常感兴趣，催促着我说："傻哥，你快说呀！"

　　"我嘛，我对未来的另一半有14条标准，第一就是要有气质；二是要孝敬父母，一个连自己的父母都不孝敬的人怎么会真心地去爱别人呢；三是要温柔体贴，是贤妻良母的那种；四是要善解人意，不用言语就知道对方在想些什么；五是要有共同的语言，可以良好交流；六是要有共同的志趣和爱好；七是要有自己的见解，不要人云亦云；八是可以有些小任性……"

　　"哇，没想到傻哥你的要求这么高呀！能同时都满足这14条的女孩估计世上并不多。"还没等我说完，李静打断我说。

　　"我也没说都要同时满足呀，但至少前几条得都满足，其他的嘛，当然得看缘分了，不过满足的标准越多越好啦。"

　　"那你觉得在咱们学校里有这样的女孩儿吗？"伊薇焕问。

　　"这个嘛——"我有些不好意思，难以启齿。

　　"你就说嘛！"伊薇焕说。

　　"是呀，是呀，别这么磨叽好么？"李静催促着说。

　　"嗯——"我有些迟疑。

　　"快说吧，别卖关子了。"李静有些不耐烦。

　　"我要是说了，你们可得替我保密呦！"

　　"没问题。"

　　"我——我觉得郑郑不错，气质挺好，而且挺可爱的，其他的条件就不知道她满足不满足了，不过从外观和性格来看，还是不错的。"我支支吾吾地说，一丝红晕飞上了我的双颊。

"哈，原来你喜欢郑郑这种类型呀！没想到呀，傻哥，你还挺有眼光的呀！"伊薇焕说。

正说着，小妹手里拿着本书从教学楼里出来，走到我们这里，"傻哥，你们都在呢？"

"小妹，你可别跟伊薇焕她们学，别瞎叫！"

"你们在聊什么呢？"她边说也边席地而坐。

"我们在聊傻哥心目中对未来另一半儿的要求呢。"伊薇焕说。

"是吗？是吗？快说说，他喜欢什么样的？咱们未来的嫂子是个什么样儿？"小妹迫不及待地问。

"咱傻哥有14条标准呢，而且标准还不低哩。"

"是吗？没看出来呀。"小妹用异样的眼光看着我。

"傻哥喜欢上你们宿舍的了。"李静说。

"别说了，刚才你们怎么答应我的？"我赶紧打断了李静。

"哦，对！"李静用右手捂住了嘴。

"哦，你喜欢我们宿舍的申淼淼？"小妹盯着我的眼睛问。我没有回答。

伊薇焕说："申淼淼有主儿了，95管理的那个脸上有坑儿的男孩儿。"我没说什么，只是笑笑。

"不是？那一定是李亚男了？她身材好，长得也漂亮，眼睛大大的。"我仍然没说什么，只是看着她笑。

"是她不？傻哥喜欢的是李亚男？"她看我不理她就去问伊薇焕，伊薇焕刚要说出真相，就被我给打断了。

"你就别瞎猜了。"

"呵呵，那一定是李亚男，这回我可知道你喜欢谁了，回头我就和李亚男说去。"小妹十分自信地说。

"你可千万别多事儿！别给我添乱！"我阻止她道。

"哈哈，我这是给你添乱吗？我这是在帮你呢！"她笑着说。我无奈地摇了摇头。

"别光说我了，你们对未来另一半儿有什么要求呢？"我问她们仨。

"我还小呢，我对未来另一半儿没什么要求，只要是男的、对我好就行，我准备毕业就结婚！"小妹非常爽快地说了她的想法。

"没看出来，你这小小年纪，还有一颗如此恨嫁的心呀！"我欣赏地说。"你俩呢？"

"你先说吧。"伊薇焕对着李静说。

"我嘛，一定要找个帅的，成熟点儿，懂的要比我多，好在将来的生活中指点我，让我少犯错误。"

"那你是想找个老师类型的男人吧？"我问她。

"那你觉得咱们身边儿有这样的男孩儿吗？"伊薇焕问。

"有呀！就比如师兄这样的。"她毫无隐瞒，也没有任何羞涩，非常直接地冒出了这句话。

我倒是猝不及防，感到手足无措，但我竭力掩饰着自己的尴尬，说："我哪儿有那么好呀？我一不帅，二不成熟，还指点别人呢，自己还没指点好呢。"

"我不这么认为，平时和你聊天，感觉你知道的特别多，而且好些观点我以前都没听说过，感觉和你在一起学到了不少。"

"是呀，是呀，傻哥知道的就是比我们班同学多很多。"

"你就别捧臭脚了行不？"我更加不好意思了，虽然听着心里很受用，但我还是想找个地缝儿钻进去。

"你对未来另一半儿是什么要求？"我转移着话题，问伊薇焕。

"我嘛，还没太想好，等我想好了再告诉你们吧。"

"嘿，你骗我们说了，自己却不说？不行，一定不能饶过你。"说着，李静和小妹她俩一边儿一个胳肢着伊薇焕,伊薇焕被两人弄得四处躲闪。

她在圆台上边跑边闪,嘴里却没停歇:"你们就饶了我吧!我真没骗你们,等我想好了再告诉你们!"在笑声中,我们的闲话结束了。

## 四十七　错觉

第二天中午，我从221宿舍出来，顺便到学生图书室照了一个面儿①，正好是李亚男和申淼淼在值班，申淼淼见我进来，连忙热情地招呼我："师哥，你来了？今天你想借书？"

"不借，我就是顺便看一眼，我前两天刚从校图书馆借了两本小说，还没看完呢。"

一边儿的李亚男不像平时那样热情了，在一旁静静地站着，也没说话，要是在平时，她早打开话匣子和我聊上一阵儿了。我感觉她今天有些异样，但我转念一想，一定是小妹昨天晚上回去多嘴，认为我喜欢她，让她产生错觉了吧，哎，不管了，反正清者自清，我又没喜欢她，更无须解释，否则反而画蛇添足了，我若无其事地和她俩说了声"我先走了，你们忙吧"便离开了。

下午，我去教室的路上遇上了郑香君，她甜甜地笑了笑，十分开朗地对我说："师兄，你去上课？"

"是的，你也去上课吗？"见到她我心里十分开心。

"是呀！"

"你们下午上什么课呢？"

"形体课。"她答道。

"你们少儿系真不错！还有形体课，我们就没有。"

"那你来我们少儿系呀！"她微笑着看着我说。

---
① 照了一个面儿：北京方言，意思是露上一面。

"哈哈，你们也不要我呀！"我玩笑着说。

"那不屈您尊了吗？"

"哪里呀。"说笑着我们各自去了各自的教室。

当天晚上，有些小风儿，我感觉略有些凉，但还好穿着羽绒服，在圆台上我垫了本儿计算机书坐下，伊薇焕一会儿也来了，估计是今天天气有些凉的缘故，其他同学没有来圆台闲话。

我对伊薇焕说："我今天感觉李亚男有些不对劲儿，今天我从221宿舍出来，顺便去学生图书室照了一面儿，结果她今天都没理我，我想一定是小妹自作聪明，以为我喜欢李亚男，昨晚告诉她了，她也许是产生错觉了。"

"是么？小妹嘴快，还真有这种可能性，那怎么办呀？"

"哎，我能怎么办呀？难道我去她们宿舍解释去——李亚男，我喜欢的不是你，是郑香君？我不成大傻子了么？"

"谁让你自己去问了呀？"伊薇焕笑着说。

"哎，别的我不担心，我就担心郑郑也会误会，如果这样，可就得不偿失了。"我有些担心。

"你就别担心了，要不我找郑郑说说去？"

"别，别，你可别像小妹那样，自作聪明呦！我自己的事儿还是我自己来处理吧。"我虽然嘴上这么说，但心里倒有一种强烈的渴望，真希望伊薇焕去和郑郑说。

"哦，那我听你的，傻哥，我就不多事儿了。"听了她这句话，我心里倒有些懊恼了。

## 四十八　辞职

寒假，我时不常地就会想起郑郑穿着肉红色连衣纱裙可爱的样子，有时候看着看着书，也因想起她而走神儿，即使是这样，但是我的心里还是美美的，毕竟心中有一个可爱的形象存在着、惦记着。

新学期开学，我自己想了想，感觉自己应该辞去班长的职务了，因为我们班已获得了学院的先进班集体、优秀团支部和市级的先进班集体、优秀团支部了，实际上，我们班的团支书武金聪并没有履行过支书的职责，更没干过班团的事务，多数工作都是由我在张罗着，就连上报院、市优秀团支部的材料都是我起草的，我们班已经取得了很多荣誉。说实话，我对班级的工作十分上心，而且十分努力，这些成绩的取得当然有我的一分力，但我们班的同学每次组织活动都不是十分积极，多数同学都是以自我为中心，考虑自己的利益居多，对班级的工作根本不怎么关心。我干得也觉得没有什么意思了，而且我也想多忙忙自己的事情。于是，一开学，我就去找班主任郭岩老师，提了我的想法。她极力挽留我继续干，但我的态度也非常坚决。没办法，她问我："那你觉得谁接替你合适呢？"

我说："我觉得陆英凯比较合适，有大局意识，而且对班里的事务也很热心。"

郭老师说："嗯，那我就听你的了，就让她当班长吧。"

当天，我去系里找铁正派老师，这时他已经是我们的专职辅导员了，我也和他说明了我要辞去班长的事儿，因为系里几个老师都在，他也没和我说太多。中午吃饭时,在食堂我碰到了他,他主动和我说:"林秀,有个事儿想和你商量一下,我现在是咱们系的团总支书记,咱们系还得有一个团总支副书记职位,需要由学生担任,我有意推荐你当咱们系的团总支副书记,你可有意?"

"哦,先谢谢您!不过我得先考虑一下,毕竟我刚辞去班长职务,想轻松一下。"我说道。

"那好吧,你先仔细考虑一下吧,回头给我个准话儿就行。"

## 四十九　如释重负

　　和郭老师辞去班长的职务，获得她的认可后，我如释重负，终于可以轻松地干点儿自己喜欢的事儿了，这回就有更多的时间来看书了，我的心情无比喜悦。

　　下午下了第二节课，同学们陆续走出教室，我把陆英凯叫住，教室里就我们两个人，我对她说："有个事儿我想和你说一下，但提前没征求你意见，现在告诉你，你看你有什么想法儿没有？"

　　"班长，你今天怎么了？这么神神秘秘的呀？"她肤色略黑的脸上露出一丝疑惑的表情。

　　"是这样的，我已经和郭老师辞去班长职务了。"

　　"啊？怎么回事儿？"还没等我说完，她就发了此问。

　　"你先别着急！先听我说完。我当班长都当了1年半了，3个学期了，我干得也没什么意思了，我想多忙忙自己的事情，我也别总占着坑儿，给别人一些社会工作的机会。"

　　"那你和我说这个干吗呢？"她不解地问。

　　"郭老师征求我意见，问我谁接替我做班长合适？我提议由你来担任。你有大局意识，而且对班里的事务也很热心。"

　　"啊？让我来当班长？你没有搞错吧？"她脸上露出了惊愕的表情。

　　"对，我建议就由你来担任，而且郭老师也非常同意我的观点。也许这一两天她就会来班里公布了，你心理上要有个准备呦！"

　　"不行，不行！这可不行！我就觉得你合适，我不合适！不行，不行！"她极力推脱着。

"你就不要推辞了！那你说说，如果你不来当，还有谁更合适？咱们班还有谁比你更热心于班里的事务？"

"总之，我不合适！还是你继续干吧。"她继续推辞着。

"你就别推辞了，我是铁了心不想干了，才提出辞职的，我觉得你比较合适，才和郭老师推荐的你，你就别再这样推三阻四的了。"

她看我有些不高兴，说道："哎，我不觉得你更合适嘛！而且我也没干过班长呀，也不知道怎么干。"

"这个没关系，我不干了，也不等于说我不帮你呀。你肯定没问题，如果有问题你再来问我不就行了，我肯定是知无不言，言无不尽！"

"哦，那……那我就勉为其难了？"她迟疑地看着我。

"你就放开手干吧！没问题！"我鼓励着她。

果然不出所料，第二天上午上第一节课之前，郭老师就来到班里，宣布了我辞去班长职务、由陆英凯接任班长的决定。郭老师对我1年半以来的班长工作进行了充分的肯定，也对新班长陆英凯提出了殷切的希望。与此同时，郭老师也宣布由叶德伦接替武金聪当团支书、由林娟接替叶德伦当学习委员。

许多同学感到非常意外，纷纷窃窃私语，不知发生了什么。下了第一节课后，许多人围到我的课桌旁问我："怎么了？班长？你怎么不当了？出什么事儿了？"

"对呀，对呀，你干得好好的，怎么了？林秀？"

"没怎么了，我就是想忙点自己的事儿，给自己留一些时间。你们别多想，真没什么别的事儿。以后别再叫我班长了，叫我林秀，以后陆英凯就是咱们班的班长了，你们可得多支持她的工作呦！"

同学们一看我没说出什么其他原因，便纷纷狐疑着散去。

过了一周不当班长的日子，感觉自己无事一身轻，有更多的时间运动和看书了，我的心情格外好，这一周过得格外充实——吃完饭就组织同学们打排球，到了7点又准时到阅览室去看书，10点闭馆又准时到圆台夜间闲话，生活无比轻松。

转过来的周一，午饭时，在食堂遇到了铁正派老师，他问我："咱们系团总支副书记的事儿你考虑得怎么样了？"

他一问，我突然想起了这事儿，"哦，我正要找您呢，我考虑过了，我现在没什么事儿，我想可以，谢谢您一直想着我！"

没过几天，我便被文秘系正式任命为系团总支副书记了。

我们大二下半学期，93级文秘的师哥师姐们面临毕业找工作，于是他们在校学生会的职务便要一一腾出来，由师弟、师妹们来继任。让人大跌眼镜的是，我们学院的学生会主席被仲志强提议由95少儿的李亚男接任。无独有偶，我所在的外联部，王新进决定由95级中文秘的付文琪接任她做部长。这我一点儿都不意外，因为我们94级的同学包括我本人总体上都不喜欢溜须拍马，而95级的这两个小师妹自然是嘴甜，又整天围着仲志强和王新进屁股后面转，自然是深得他二人的喜欢了，所以让她们两个接任，我觉得倒也不新鲜。正好，我乐得清闲，也辞去了外联部副部长的职务，只留了文秘系团总支副书记的职务，可以更专心于自己的学习和生活了。

## 五十　投机

日子过得飞快，转眼新学期1个多月过去了，一切生活都进入常态，大学的时光是那样闲适安静，又是那样充实和丰富多彩。

在大一军训的时候，我就递交了入党申请书，而且每个学期都写了好几篇《思想汇报》，递交给系党支部。93中英文秘班的王新进、蔡世祥和93中文文秘班的赵原成为我们系仅有的3名学生党员，94级的党员还没有发展。

大二第1学期的时候，马萍萍把叶德伦甩了，叶德伦当时无比苦恼，但他很快就把失恋的痛苦忘却了，专心于学习当中，每天晚上第一个到教室，最后一个离开教室。我想他是变失恋的悲痛为学习的力量了，他的学习成绩快速提高，第1学期期末考试基本上每科都在90分以上。但大二第2学期，晚上我们班教室却不见了他的身影，我有时到221宿舍去找张桦、小峰他们聊闲天儿，也见不到他的身影。我十分好奇，问了张桦、小峰他们，但谁也不知道他干吗去了，他晚上居然消失了。

4月初，又是春暖花开的时节了，校园中处处都是春的气息，圆台两侧的草地里钻出了嫩黄、嫩绿的新芽儿，空气中也是丝丝暖意了。我们的夜间闲话渐渐恢复正常，闲话的人员增加了不少，除了我、伊薇焕和小妹外，多数都是95文秘的师弟、师妹了。一天晚上，我们聊天儿时，偶然聊起了我们文秘系教授《基础写作》的老师马费迪，他同时也是我们系的党支部书记，据说还是中国作家协会的会员。卢谊没好气儿地说："这个马费迪，整个一个大色狼，原本我还挺尊重他，毕竟他是教我们班《基础写作》课的老师，结果上周，他把我们宿舍的周鹏叫到他的宿舍去，居然恶心地说喜欢周鹏，还要拉周鹏的手，结果周鹏见势不妙从他的宿舍逃回了我们宿舍，她一身冷汗，回来向我们学舌。马费迪真太不是东西了，还为人师表呢？简直是禽兽不如！"

"啊？这是真事儿？"我非常惊讶，在座的其他同学也都听得目瞪口呆。

"可不吗？我还能骗你们不成？"卢谊有些义愤填膺。

正说着，周鹏从教学楼里走出来，往圆台这边走来。

"说曹操曹操就到了，周鹏，你来和师哥他们说说你那天的'惊魂遭遇'吧！"

"你们都在呢？什么'惊魂遭遇'？"周鹏不解地问。周鹏身高近一米七，显得人高马大的，戴着一副小的金丝眼镜，皮肤颜色有些咖啡色，像是刚从海边儿晒过太阳回来，不过她的皮肤天然就是这个颜色，长相一般，绝对是放进人堆儿里不易被发现的那种，但她的一头长发会让人留下深刻的印象，一根皮套在头发根部系了一下，头发发梢儿一直垂到臀部以下，足足得有1米多长。

"就是那天你到马费迪宿舍的遭遇呗！"卢谊补充道。

"哎，那天的事儿呀，就别提了，可把我给吓坏了，真没想到马老师是这样的人！"

"怎么了？怎么了？"小妹好奇地追问。

"哎，那天下课后，在教室马费迪把我叫住，说晚上7点左右让我到他宿舍去一趟，说他打字特别慢，知道我打字打得不错，他写了几首诗，想让我帮他打印出来。我晚上7点准时到他的宿舍，刚要敲门，就看到你们班叶德伦拿着一摞白纸从他宿舍里出来，和我走了个碰面。"她朝着我说。

"叶德伦去他那儿干吗去了？"我疑惑地问。

"我当时也不知道什么情况。我进了马费迪的宿舍，他把门关上后，就十分热情地请我坐在凳子上，给我倒了杯水，并有些责备地说：'这个叶德伦呀，真是不让我省心！上次让他帮我打的材料，就3000多字，居然有100多个错别字，这不，我让他回去重新打去了。他这人太粗心，不如你们女孩子细心。''现在咱们学校的四通打字机都是拼音，拼音选择不注意，难免会有错别字。'我给叶德伦打圆场说。'那也不能100多个错别字呀！错误率3%呢！'他拿了把凳子紧挨着我坐下，接着他说：'哎，不提他了。你看看我新写的这几首诗。'我接过他的诗稿，看到第一首《煤·重生》——千锤万锤出深山，恰似黑晶非等闲……我正在看的时候，他突然左手放在我的右手手腕儿上，问：'周鹏，你有男朋友了吗？'我当时心里一紧，浑身上下的汗毛都竖了起来，我疑惑地问：'怎么了？马老师。''没事儿，我就是随便问问。''我，我还没有呢！''哦，这就好，你觉得我怎么样？''您，您挺好的呀！'我当时并不明白他问我这个问题的真实意图。他眼睛一亮，欣喜地说：'是吗？你真觉得我挺好的？'我不解地点了点头。他接着说：'我也是单身，那你做我女朋友吧。'说着，他的右手也放在了我的右手手臂上，然后左手就要搭在我肩膀上。我当时真是惊着了，一下子蹦了起来，马，马老师，我有事儿先走了。于是我慌手忙脚地夺门而出，他没有追出来，我想毕竟他是在教师宿舍，还不敢太放肆吧。回到宿舍后，我都惊魂未定呢。我就和卢谊她们说了，真是吓死我了。"

"啊？果真如此呀！这个老流氓！"小妹骂道。

"是呀，还为人师表呢！简直就是色狼一个！"李静也愤愤地骂道。

"马费迪还是单身？不会吧，他至少也得三十五六了吧？"我提出了这个问题。

"可不是吗？他好像都35岁了！"卢谊说。

"35岁还单身？他不会是有病吧？"伊薇焕说。

"反正这么大了还单身，我就觉得不正常，那见了女人还不跟狼见了羊一样？眼睛冒绿光呀！我想周鹏你就是自己撞到狼窝里了。哈哈。"我玩笑着说。

"师哥，有你这样的吗？人家周鹏受了欺负，你还有心开玩笑？"李静有些不满意。

"不是啦！我看你们都紧张兮兮的，所以调节一下气氛嘛。这回你们可惨了，遇上这么个如饥似渴的色狼老师，你们以后可要小心了！千万不要再单独去他宿舍了！周鹏这就是教训。"

"是呀！是呀！真倒霉！让我们遇上这么个老师，我是我们班班长，今后还少不了见他呢，这可怎么办呀？"卢谊说。

"你就假装什么都不知道吧，尽量少和他单独在一起，如果真有一天单独在一起，他有什么不良举动，你就和他说：'如果你再这样，我就告到院长那儿去！'我想这样，他就不敢放肆了。"我教她。

"师哥，你还别说，你这倒是个好主意！看来我们得防火防盗，防马费迪了！"圆台上笑声一片。从这次谈话，我也得知，原来多晚不见的叶德伦是给马费迪打字干私活儿去了。

张银光主办的刊物《文心雕龙》有了些起色，由于他的《文心雕龙》刊名是文秘系主任张林瑞老师题的字，而张老师又是我们学院的纪委书记，所以文秘系和校学生会文化部每月各给张银光提供500元的办刊经费，经费问题解决了，张银光的情绪高涨。他又亲自到各个班和各个宿舍，找同学们约稿，而且适当地还给采用稿件的同学一些稿费。由于《文心雕龙》有同学们自己的文章，它的阅读量便不断上升，特别是95级大一新生还纷纷向《文心雕龙》投稿，《文心雕龙》每月的印量居然达到了 300 份。张银光每期《文心雕龙》选完稿后，都拿着排版草稿去找张老师征求意见，由于张老师是系主任，平时除了书法课，没有其他课程，都是做日常管理工作，所以他便有时间给张银光的《文心雕龙》审一下稿。因此，张银光迅速从一个名不见经传的"小人物"变为学院具有一定知名度的"风云人物"了。

## 五十一　支部建设

自从我辞去了班长和校学生会外联部副部长以后，我一身轻松，平时学习的时间更加充裕了。我现在只是文秘系的团总支副书记了，因此，也有更多精力投入到系的团组织建设工作上来了。与系团总支书记铁正派老师和系秘书李新春老师接触便多了起来，相互之间也熟悉了起来。铁老师为人正直，对待学生非常关心，因为他兼任95文秘两个班班主任的缘故，许多95级学生经常到系里或到他家中找他问事儿，他都十分耐心地给同学们答疑解惑，深得同学们爱戴。李老师性格温和、待人友善，因为她是系秘书，因此接触更多的是各班的学生干部，也深得各班干部的喜欢。他们在工作中给了我不少的指点和帮助，由于遇到了两位好老师，我的心情十分舒畅，我在系团支部的工作也干得非常起劲儿。

总结我们班的团支部工作，我得出了几点经验教训：首先是一个班的团支部必须要有一个强有力的支部班子，要由有责任心的团员来当团支书和支部委员；其次要把同学中优秀的还不是共青团员的同学，特别是积极分子吸收到团支部中来，参与团支部组织的各项活动，在活动中让他们自我感知，受到团组织的影响；第三就是要把团员青年组织起来，开展一些他们喜闻乐见而又有教育意义的活动。于是，我制订了一个《文秘系团总支工作计划》，从系团支部干部选择条件、支部队伍建设、团员发展和团总支年度活动等几个方面做了周密的安排。这份工作计划报给了铁老师，铁老师从头到尾认真地看完后，给予了充分的肯定，他提了两点修改建议，我调整后，他把这份《文秘系团总支工作计划》上报给了系党支部，也得到了张林瑞老师的认可。该计划得以顺利通过和实施，仅1995年第2学期，文秘系就发展了15名新团员，文秘系的各个团支部更加有凝聚力和号召力，配合抗日战争胜利50周年，我们系团支部还举办了一系列的宣传活动。我系团员青年的团员身份意识得到了充分加强，我系的团组织建设也走在了学院的前列。

## 五十二　毕业就业

93中英文秘班的王新进得了急性盲肠炎住进了医院，由于她家是新疆的，家人不能及时来京，于是铁正派老师就代替她的家人签了手术的字，而且铁老师协调校财务，先行为王新进垫付了手术的相关费用，因为我们这些学生到医院看病，是先付费，然后拿着相关的医药费单据到学院财务室按照医药费的不同性质再报销的。由于王新进手中除了家长给的生活费，身上并没有多少钱，可她手术的各项费用加起来要2万多元，这对于一个学生来说，无疑是一个天文数字。在铁老师的亲自协调下，学院领导同意先行由学院垫付王新进手术的相关费用，然后由铁老师从医院把相关的手术费、医药费的单据拿回学院来，根据用药等情况，按比例报销入账，其余自费的部分，再由王新进的家长支付后入账。

手术做得非常成功，王新进的盲肠已经穿孔，幸好送院及时，医生将她的盲肠割掉。手术后，王贺康一直守候在王新进病床旁边，端吃的、端喝的，手术两天后，王新进的爸爸才从新疆赶到北京，眼含泪水对铁正派老师、对学院、对王贺康表示感谢。

过了半个月，王新进身体恢复如初，便和王贺康一起迅速投入到毕业前的找工作之中，由于王新进的英语不错，顺利地被美国独资贝尔公司录用为秘书，王贺康也顺利地被一家国企录用为会计。

93中英文秘班的孟悦冬进了一家银行，蔡世祥去了二轻下属的一家三级研究所，方洪生去了大兴区区委办公室，我们宿舍的曹晓京被首都旅游集团录用、孙岩被中国邮电大学录用,蓝永立去了一家私企,93管理的仲志强去了市政工程处,楚京华进了市公安局……

  在校园中偶遇蔡世祥,当我问及他为什么去二轻下属的三级研究所而不去一级企业或政府机关时,他回答我:"要当小池子里的大鱼,而不当大池子里的小鱼。"我感觉挺有道理,但是我并不认同他的观点。后来我总结了93级师姐、师兄们毕业找工作,大概有一个规律:93中英文秘班的多数人进了外资或者中外合资企业,93中文文秘班的多数人进了政府机关和国企,93管理系的多数人进了市属国企和事业单位,93青教的多数人进了市属企事业单位的团口儿,94少儿是两年制,自然多数人进了小学、中学当了教师。

## 五十三　离别

曾经让我魂萦梦绕的两个女孩儿也即将毕业,王杏芳进了一家中外合资企业,胡雨飞则去了宣武区的一所小学当了老师。这也算是彻底的了断和分别吧,不过我的心早已经平静了,已经没有了当初的涟漪,我的心中升起了一丝希望,那就是郑香君,她那红扑扑的双颊、肉红色的连衣纱裙和窈窕轻盈的身姿令我久久不能忘怀。

5月初的一个周四,由于下午没课,我在阅览室中看了一下午书,晚上,有些倦怠,便提前1个多小时从阅览室出来,这时空气中已经遍布树叶新芽的浓郁味道,春意已经渐浓了。由于夜间闲话的时间还没到,我便漫无目的地在校园中闲逛,突然闪出一个念头:平时我都是围着操场逛,今天我也围着教学楼转转吧。于是我穿过了教学楼与学校礼堂之间的路,这段路没有路灯,漆黑一片,左拐后,一排路灯照得眼前的路豁然开朗。在不远处的第四个路灯下,一男一女正在说着什么,走近了我才发现,原来是朱丽和姜弛二人,朱丽好像在抹着眼泪,我赶忙加紧了脚步,从他们身边走过,走过另一个拐弯处,我停下了脚步,偷偷扭过头来朝他俩的方向瞄去。姜弛站在那里还在说着什么,而朱丽还在抹着眼泪,突然,朱丽死死地抱住姜弛的腰,姜弛使劲用他的双手把她的双手从腰间撑开,并吼了一声:"你放开吧,咱们结束了!"然后他的身影就消失在我来时漆黑的道路里。

只见朱丽呆若木鸡,一个人兀自戳在那里。我本想过去安慰她一下，但转念一想，还是算了吧，我和她只是普通的同学关系，本已经看到了不该看到的分手，如果我再上前和她说话，她会有一种隐私被人窥见的感觉，势必会引起她的反感，还不如假装什么都没有发生，这样同学今后见面也不至于尴尬。就让她独自承受失恋带来的痛苦吧，毕竟，人是要靠自己经历伤痛才能成熟起来的。就比如我，经历了几次的情感折磨，才变得更加坚强，也只有让时间成为疗伤的良药，才能让自己心绪慢慢平复，抑或开始一段新恋情，才能慢慢地将自己过往的痴恋替代。瞄了最后一眼她呆若木鸡的身影，我独自离开了，这回，我已经没有了上次她撞见王海龙与庄颖一起出双入对的一幕的那种幸灾乐祸的快意感觉了……

第二天，我听卢海鹰说，朱丽昨天晚上12点多才失魂落魄地回宿舍。从佩卿处得知，姜弛毕业去了东城区工商局工作。

真是毕业即分别，93级师哥师姐们陆续找到工作，但那些学生情侣们却纷纷在毕业的时刻劳燕分飞，我知道的，除了吴月华和杨震一对儿之外，其他的都分手了，就连1995年暑假期间住在一起的方红舞一对儿情侣，也各奔东西了。应该说，毕业对于学生情侣来说，无疑是对他们人生的一次重大考验，校园中的恋爱，是没有金钱、物质、权力、地位和门地等味道的，少男少女们远离了父母的管束，可以任性地享受爱情的死去活来，尽情地挥霍着他们的青春。但一旦爱情遭遇到社会现实的时候，就如同他们现在这样，当他们真正地迈进社会第一步的时候，他们的爱情绝大多数都没有禁受住考验，走向了结局。当初山盟海誓的梦想，一遇到工作的现实，就变成了破裂的肥皂泡儿，毕业季即分手时。只能说他们的爱情是天真的，是不够成熟的，但这些天真的、不够成熟的爱情经历又使他们走向了成熟。

## 五十四　告别

6月初，93级的师兄师姐和94少儿的同学们已经完成了毕业前的实习，绝大多数已经找到了工作，只有极少数的十几个人工作还没有着落。

6月9日这天，是周五，中午，学院在食堂3楼，为毕业生们举办了一场盛大的毕业午餐，据说，学院免费摆了二十多桌饭菜，还准备了啤酒。我们94级和95级学生照旧在食堂1层和2层吃午饭，在去食堂时，遇到了许多认识的师哥师姐，他们纷纷和我打招呼，我也热情地与他们寒暄，询问他们所找工作的情况，他们中的一些人与我也道了分别的衷肠，弄得我心里也酸酸的，一些关系不错的师哥师姐纷纷地给我留下了他们单位或家里的电话（那个时候，还没有手机，大哥大都是少数有钱人的奢侈品），我和他们握手道别。我在食堂2层吃饭的时候，就听到楼上一阵阵的唱歌儿声，还不时地听到麦克的讲话声，可以想象得到，他们一定是在表达各自分别的惆怅呢。

我吃过午饭后，自己独自回到了宿舍，这时的宿舍里冷冷清清的只剩下我一个人，一种落寞感油然而生，是呀，我们宿舍的这些93级师哥们马上就都将离我而去了，我将一个人住这间宿舍了。1点半左右，宿舍门"哐"的一声被踢开了，我从床上坐起来，蓝永立和曹晓京一左一右，架着孙岩踉踉跄跄进来，一股酒气扑面袭来，孙岩脸红得发紫，小眼镜也歪在鼻子上快掉下来了，蓝永立和曹晓京也满脸通红、微醺。我赶忙起身帮忙,接过孙岩,他本来在对面上铺,但他这个样子,自己肯定是上不了上铺了,于是我就把他安置在我的下铺上,我把他的眼镜摘下来,他一头就倒在了床上,嘴里还不时地吵吵着:"我没多,来,再来一瓶儿!你们丫的啤酒还不管够呀!"

蓝永立也有些喝多了,倒在了对面他自己的下铺上。曹晓京还算清醒,"没想到孙岩看起来不胖,这一喝多了死沉死沉的,我俩费了九牛二虎之力才把他架回来,刚才你要不接着,我估计得把他摔在地上了,实在是没劲儿了!"他气喘吁吁地说。

"他喝了多少呀?"我问道。

"6、7瓶啤酒吧,还好桌上的啤酒没了,要不他还要喝呢。"

我赶忙用孙岩的搪瓷缸子给他倒了些开水,兑了些"凉白开",拿到他身旁,试探着叫着:"孙岩,孙岩,醒醒,醒醒,喝点儿水!"

他睡眼惺忪,竭力抬着眼皮,口齿模糊地说:"谁,谁呀?哦,是林秀呀,我们——我们哥儿几个马上就毕业走人了,你丫以后自己一个宿舍了,不要——不要,想——想——我们呦!"他平时很斯文的一个人,今天喝多了酒,也开始爆粗口了。但我丝毫不介意,倒是鼻子一酸,眼泪禁不住涌了出来,毕竟和他们同吃同住1个多学期,而且我们几个相处得十分融洽,也特别聊得来,马上面临分别,心头的悲伤之情难以言表。

"喝点儿水吧。"我一手把他的头扶起来,另一只手给他嘴里倒水,他喝了几口,但水流了一身。"怎么让他喝这么多酒呀?"

"谁让他喝的呀,都是他自己要的,我们桌上的酒喝完了,他还四处去找酒喝呢。"曹晓京说道。

"也是,别说你们一起相处3年,就是你们和我相处这1个多学期,我都有些舍不得你们呢,何况他了。"说着,我的眼泪溢满了眼眶,我的声音也有些哽咽了。

"哎，天下没有不散的宴席，早晚都有分别的时候，不过有了这一段共同学习、生活的美好岁月，我就知足了。今后不管走到哪里，不管干什么，咱们彼此都不要忘了对方呦！"曹晓京也有些哽咽了。

"那是一定的！今天我也不回房山了，下午下课我陪你们再聊聊。回头你们可得把电话给我留下，将来想起你们来，联系起来也方便。"

安顿好他们几个，也差不多2点了，我赶忙与曹晓京说了声"我先上课去了"就赶往了教室。

下了最后一节课，我回到了宿舍，一进屋，就一股恶臭，就是那种酒精混合着各种饭菜、油的味道，熏得我够呛，孙岩已经坐在了桌子旁，左手扶着桌子，右手肘部挂着桌子，右手撑着额头，双眼闭着。我床上的床单已被揭下来，挂在了宿舍中间的晾衣绳上了，床上的褥子也被掀了起来，上面有一个湿印儿。

还没等我说话，曹晓京在一边说："林秀，你可别介意，他都吐你床上了，这不床单我已经给你洗了，褥子你得等干干了，实在不行，等我们走了，你把我的褥子放你床上，如果嫌这个味道不好，就扔了吧。"

"没事儿，这是小事儿，孙岩他没什么事儿了吧？酒劲儿过去了么？"我侧着头看孙岩。

孙岩微微抬起头来，口中仍模模糊糊地说："不好意思啊！林秀，吐——吐了你一床。"

"没事儿，没事儿，你好些了吗？"

"就是头有些天旋地转的。"孙岩答道。

"晚上怎么着？我请你们哥儿几个外边儿吃点儿？"我征求他们的意见。

"就他现在这样子，算了吧。以后咱们有的是机会。"曹晓京一边搭腔儿道。

这时蓝永立也从床上坐了起来，把窗子打开。"晚上我都不想吃饭了，不行就在食堂喝点儿粥吧。"

"哦，那我晚上给你们打些粥回来吧，你们先休息休息。"说着，我拣起床边上盛着呕吐物的脸盆，拿到厕所倒了，然后在水房反复冲洗了若干遍，上面的味道仍旧没有散去，我又回到宿舍拿了洗衣粉和洗涤灵倒在了盆子里，接满了水泡了起来。

晚上9点多钟，孙岩缓了过来，我们聊了一晚上，无非就是一起经历的生活片断、感想和回忆。第二天天蒙蒙亮的时候，我们都进入了梦乡。

## 五十五　发展党员

　　除了少数没找到工作的93级学生外，其他师兄、师姐很快地便收拾完行李，离开了学校，我和孙岩、曹晓京和蓝永立他们互留了联系方式和他们的单位地址，握手言别，虽然离别是那样不舍，但天下没有不散的宴席，相聚总是短暂的。

　　日子飞快，一周很快就过去了。听说系党支部下周召开支部会议，要发展新党员了，我的心中充满了期待。系党支部会议在6月22日（周四）下午召开，却没有通知我参会，我听说这次参会的学生中只有贺新英和叶德伦两个人，这令我十分意外，也令我们班和94中文文秘班的同学十分意外。有一些同学来找我问："为什么这次发展新党员没有你？你之前是班长，而且在你任职期间，咱们班获得了市、院两级的优秀班集体和优秀团支部，现在你又是咱们系的团总支副书记，有一个入党的也应该是你，而不应该是他们俩呀。"

　　我虽然也十分纳闷，但我还是回答："谁知道是怎么回事儿呢。"实际上，我当然知道是怎么回事儿了，这时我才意识到叶德伦的心机，他给马费迪干私活的目的，现在来看昭然若揭，但在当时我还云里雾里呢。没想到他朴实的外表下，还藏了这么深的心机？他的心机与他的年纪太不相符了，真令人有些害怕。

　　果真，当天下午系党支部开会发展的新党员就是贺新英和叶德伦两个人，这令我十分失望。我们班许多同学不仅感觉到意外，更是感到愤愤不平，叶德伦当了我们班1年半学习委员，自己的学习还可以，但是没怎么抓全班的学习工作，基本上是两耳不闻班务事，一心只读圣贤书，许多同学都认为他有些独善其身，甚至有些自私，没有为班级做出什么贡献，自然大家对他能入党也就都表示了愤愤不平。

  过了两天，我私下里也找了铁正派老师谈心，才得知发展叶德伦为党员是支部书记马费迪力荐的，文秘系党支部就马费迪、张林瑞和铁正派3名党员，虽然张林瑞老师是系主任，又同时兼任学院纪检书记，但他毕竟与系里学生接触少，对于系里学生并不是十分了解，因此，他便不好反对支部书记马费迪的意见。而铁老师虽然并不太认可叶德伦，但他一是考虑到他和马费迪之间的同事关系，提反对意见有可能伤了同事间的和气，二是他自身也是新党员，不好在支部会上发表太多的反对意见，因此，马费迪的推荐就顺利地获得了支部的通过。马费迪调戏周鹏的好色行为本身在我的心目中已经严重失分，这次党员发展他的行为在我心目中的形象更加坏了。

## 五十六　进展

眼看着就到了6月底，期末考试临近了，但校园里没有一点儿紧张的气氛，同学们该打球的打球，该踢球的踢球，该聊天的聊天，孙浩《中华民谣》的歌声通过校广播电台的大喇叭飘荡在校园的各个角落：

朝花夕拾杯中酒，寂寞的人在风雨之后。
醉人的笑容你有没有，大雁飞过菊花插满头。
朝花夕拾杯中酒，寂寞的我在风雨之后。
醉人的笑容你有没有，大雁飞过菊花插满头。
时光的背影如此悠悠，往日的岁月又上心头。
朝来夕去的人海中，远方的人向你挥挥手。
南北的路你要走一走，千万条路你千万莫回头。
苍茫的风雨你何处游，让长江之水天际流。

山外青山楼外楼，青山与小楼已不再有。
紧闭的窗前你别等候，大雁飞过菊花香满楼。
听一听 看一看 想一想，时光呀流水你匆匆过。
哭一哭 笑一笑 不用说，人生能有几回合。

朝花夕拾杯中酒，寂寞的我在风雨之后。
醉人的笑容你有没有，大雁飞过菊花插满头。

时光的背影如此悠悠，往日的岁月又上心头。
朝来夕去的人海中，远方的人向你挥挥手。
南北的路你要走一走，千万条路你千万莫回头。
苍茫的风雨你何处游，让长江之水天际流。
让长江之水天际流。

童白：
烽火连天万户侯，莲花宝座伸出兰花手。
妙语解开心中事，几家拜我 几家愁。
烽火连天万户侯，莲花宝座伸出兰花手。
妙语解开心中事，几家拜我 几家愁。

正值夏季，天气十分炎热，同学们早都换上了轻薄的夏装。我从教室回来，刚要进宿舍楼的侧门，栗涛两手挽着佩卿的左臂一起出来。佩卿经常锻炼，长得一身结实的肌肉，很有男子汉气息，又经常出现在篮球场上，因此深得女同学们的喜欢，栗涛和他一个班，当然是近水楼台了。栗涛家是石景山区的，是属于那种长相一般，但是性格非常温柔、阳光、平和的女孩儿，是她主动追求的佩卿，由于她的性格好，佩卿很快就同意和她相处了，二人从大二第1学期末开始交往，关系发展神速，栗涛已经对佩卿产生了一种依赖，每天都和佩卿腻在一起，形影不离。

"小林子，你刚回来？"佩卿用他那不标准的普通话问我。

"别胡叫好不好？你以为你是岳灵姗[①]小师妹呀？小心我还叫你'色魔'。"我对他叫我这个称呼表达了我的不满。

---

① 岳灵姗：是金庸笔下《笑傲江湖》中的人物，是华山派掌门岳不群的女儿，经常叫小师弟林平之为小林子。

"好了，以后我不叫了，好兄弟，你也别叫我那个外号了。"佩卿赶紧讨饶。

"你俩干吗去？天天腻在一起不烦么？"我虽然对着佩卿说，但实际上是说给栗涛听的，自从他们俩正式确立男女朋友关系，我几乎都和佩卿没有什么交流了，他完全被她霸占了。

栗涛知道我和佩卿是"铁哥们儿"，她一点儿都不生气，玩笑着说："当然不烦了！你看着嫉妒不是？要是嫉妒你也赶紧找一个女朋友天天腻在一起呀！"

她噎得我哑口无言，没办法，我只好头也不扭地向宿舍楼里走，但我边走边说："那好吧，你们就腻去吧，早晚有一天烦死。"

刚走到1楼楼梯和2楼楼梯的拐角儿处，迎面撞见一男一女正抱在一起旁若无人地热吻呢，我仔细一看，女的是95少儿的申淼淼，男的我叫不上名字，但我知道他是95管理的学生。他个子不高，长得清瘦，满脸麻子坑儿，和申淼淼一点儿都不配，但也不知道他用什么手段把申淼淼骗到手的。给人那种感觉就是一只鲜花插在了牛粪上。从此，我对申淼淼的审美观也置疑了，后来我转念一想，这恐怕就是物以类聚，人以群分吧，也许她和他就是同一类人，只不过平时和我相处的时候没有表现出来吧。但毕竟谁都有自己恋爱和选择的权利，反正她和我也没关系，何必咸吃萝卜淡操心呢，就任由他们去吧。

到了3楼，我马上就要走到自己宿舍的门口，但在不远处的315宿舍门前，借着楼道微弱的灯光，我看到了"一头乌黑浓密油亮的长发"正在敲315宿舍的门，我走到自己的宿舍319门前定睛一看，原来是94少儿的姜翠丽。我心想，她们不都毕业离校了么？正看时，315的门打开了，原来是94少儿的韦立群，我已经知道，他们俩是这学期初成了男女朋友的。只听见姜翠丽说："立群，我就不进去了，今天下午我就回山西了，你今后自己多保重吧！"

只听到韦立群回道："那好吧，你自己也多保重吧！你东西多吗？用不用我送你一程？"

"不用了，你也自己收拾收拾你的东西吧。我下午的火车，反正被褥我都不带走了，东西也不多。"

"那好吧。再见！"

说着，姜翠丽就转身背对着我向宿舍楼中间的楼梯走去，看着她的身影慢慢地消失，我本想和姜翠丽道个别，但一想还是算了吧，毕竟他们是情侣分手，这个时候一定心里很难过，我就别多此一举了。

进了宿舍，屋中空空荡荡，除了我一张床有被褥床单外，其他的床上都已仅剩下床板，有点家徒四壁的感觉，一种莫名的凄凉感油然而生。他们都走了，真是天下没有不散的宴席，学校里曾经恩恩爱爱的恋人们在毕业时基本上都选择了分离，难道恋爱就是大学生活的一部分吗？大学生活结束，恋爱就该结束吗？那在大学谈恋爱是为什么呢？难道就是两个孤单的人凑在一起做个伴儿，去共同度过大学寂寞的时光？

我摇了摇头，不再去想这个，简单地收拾了收拾，就去了1楼佩卿他们的福建宿舍。一进门儿，正看到陈建东和她的福建女朋友许琴坐在靠窗的左侧下铺上低语，洪宗培和95管理的师妹林楠二人坐在靠窗的右侧下铺上说着些什么。我立即有了一种"电灯泡"的感觉，还好李晓生在门旁的上铺上看书，我才不至于太尴尬，随便和他聊了两句，为了不打扰他们谈情的谈情，看书的看书，我独自离开了他们宿舍，向篮球场走去。这时校园广播里又传来了谢东的《笑脸》

常常地想

现在的你

就在我身边露出笑脸
可是可是我 却搞不清
你离我是近还是远
但我仍然 仍然相信
你和我前生一定有缘
于是我就让 你看看我
一往情深的双眼
书上说有情人千里能共婵娟
可是我现在只想把你手儿牵
听说过许多山盟海誓的表演
突然想看看你曾经纯真的笑脸
……
常常地想
现在的你
就在我身边露出笑脸

# 五十七　全国青联、学联会议

7月，本学期的各项考试都结束了，93级的师兄师姐基本上都离校了，我们也正准备着放暑假，这时我接到系和校团委的通知，我们只能休1周左右的假，7月18日，各个系、各个班的干部和入党积极分子，要参加全国学联第二十二次代表大会和全国青联八届一次会议；各系少数优秀干部要参加学校组织的相关单位的社会实践活动。

7月18日，全国学联第二十二次代表大会和全国青联八届一次会议开幕式在北京人民大会堂举行。我们学院30名师生参加，全市各高校的师生代表也参加了。

这是我第二次进入人民大会堂，我们被引导安排坐在了一层中间倒数第10排左右的位置，看着前后左右，都是和我们年纪相仿的学生面孔，他们都是各高校的学生。我四周张望，大会堂里灯火通明，主席台上是一排桌子和座椅，背景中间是学联和青联的标志，两边是十几面红旗，大会堂的顶部中间是一颗大的红色五角星，红色五角星外一圈儿是金色的灯，四周拱卫的是无数盏白色的灯，犹如繁星点点。大会堂是上下三层设计，这让我想起来中学时期的一篇介绍人民大会堂的课文，这便是敬爱的周总理亲自主持建造的大会堂呀，这种气派、诸多合理的布局至今也不落后，置身其中使人心中平增一种自豪感。

台下的座位刚刚坐满，解放军军乐队奏起了《团结友谊进行曲》，江泽民、李鹏等党和国家领导人依次入场落座。场下学生们中间响起了热烈的掌声和欢呼声，而且掌声持久不断，许多学校的学生还站了起来鼓掌、欢呼。

胡锦涛同志代表党中央、国务院向大会祝词，指出实现中华民族全面振兴，是广大青年的历史使命，希望大家树立远大理想、脚踏实地奋斗、努力发愤成才。任共青团中央第一书记的李克强同志做了《为中华民族的跨世纪发展造就规模宏大的青年人才大军》的致辞。指出造就跨世纪青年人才大军，要用爱国主义构筑青年一代的精神支柱；要动员广大青年在学习和实践中发愤成才；要推动一大批优秀青年人才加快成长。中国科协等7个群众团体祝词。全国学联主席杨岳在全国学联二十二大第一次全体会议做《高举建设有中国特色社会主义的伟大旗帜、在跨世纪的历史进程中奋发成才》的工作报告。报告回顾了1990年以来我国学生运动的发展，要求学联组织和学生会组织最广泛地团结和引导广大同学勤奋学习，投身实践，勇敢地肩负起跨世纪的历史重任，努力成为推进科教兴国的生力军。大会选举了全国学联主席和副主席。全国青联主席刘鹏在会上做了题为《在跨世纪的历史进程中，团结一切爱国爱社会主义的中华青年，为祖国的繁荣统一而奋斗》的工作报告，会议修改通过了新的全国青联章程。

我人生中第一次体验了什么叫团结的大会、胜利的大会。

## 五十八　我的法国朋友罗宾

转过周来，按照校团委的安排，我被安排在了《北京青年报》报社人事处实习1个月。7月24日一大早，我自己乘坐公交车到《北京青年报》社报到，因为门口有武警站岗，不让自己直接进，我在报社的传达室打了电话，说明来意，一名二十八九岁的小伙子出来把我接了进去。

他带我上到3楼，引导着我到了人事处处长的办公室，处长是个50岁左右的女人，头发略有一丝白，在脑后挽了一个髻儿，脸有些胖，但两颊十分有棱角，表情严肃，一看就不是好接触的那种人。但她见了我，还是嘴角略微上翘了一下，表示出了一丝笑意，但旋即就消失了。她问我："小林呀，你平时都会些什么呀？"

我不太明白她问话的意思，便问："您是指哪方面呢？"

"什么技能？比如打字什么的，会不会？"

"哦，这我会。"

"1分钟能打多少字呢？"

"能打五六十字。"

"哦？那还不错嘛！"她脸上闪现出一丝惊讶，但又如同她刚才的笑容一样，转瞬即逝了。

"我用的是五笔，我是学中英文秘书的，英语也凑合吧。"我有些不知深浅，继续说着。

"英语我们这里倒用不上，既然你打字好，你就跟着陆捷和李竹他们一起干吧，就由陆捷给你安排具体工作吧。"

"谢谢您！王处长。我有许多不懂的，您以后还得多指教呀！"

"哼，谈不上。"她从鼻子里不情愿地蹦出这么几个字，接着她便像一尊大佛一样坐在那里，连看也不再看我一眼。我便跟着陆捷到了隔壁第3间——他和另一个女同事的办公室。

他倒是很热情，进了办公室后，向我介绍了他的那个女同事："这是张丽，咱们报社的大美女。"

"你少来，又拿我打镲①是不？"女同事略带嗔怪但却笑着说，看得出来，她并不是真的生气。

"本来就是嘛，你就别谦虚了。这个，是北京政治学院的林秀，小林，是到咱们报社实习的，实习时间1个月，刚才咱们头儿说了，让我给他安排具体工作，我看你那儿挺忙的，就安排你那里帮你干点儿什么吧。"他指着我说。

"那太好了，求之不得。"张丽非常高兴。这个时候，陆捷非常热情地给我倒了杯水，我谢过他。

"这么着，你先熟悉熟悉咱们报社的环境吧，也先别着急干些什么。走，我带你四处看看。"于是，她带着我在这层楼看了看，这层楼里有十几间办公室，然后开水房、卫生间，她一一向我介绍。我也一一牢记在了心里。

转了一圈儿，回到了刚才那间办公室，于是我便想拿起暖壶去打开水，但是壶里的水是满的。张丽说："开水是我上午新打的，就不用打了。"但我仍旧想干些什么。

张丽非常热情，说："你呀，先别急！这么着，给你几张咱们社的报纸先看看，这儿还有两本儿杂志，你先看着。"她示意我在她旁边的办公桌前坐下。

---

① 打镲：北京方言，声调为第三声"上声"，意思是开玩笑、开涮。

"那我能帮你干些什么活儿呢？"我有些局促不安地问。

"不用急，等有活儿自然给你安排了，这两天正好没有什么事儿，就先待着，熟悉环境吧。"

"哦，那好吧。"

这时，我才仔细端详张丽和陆捷。张丽长得确实漂亮，她30岁左右，皮肤白皙，头发是随便用一根头绳挽了一下，自然地垂在肩头，看得出来，她的头发是经过拉直才这样服帖、柔顺，她的脸是心形的，看起来有些娇媚，但又有一种成熟之美，她身高一米六左右，身材匀称，穿着一件简洁的紫色的连衣裙，领口处打着一条黄色的蝴蝶结，脚上穿一双淡黄色的船形皮鞋，皮鞋前部还有一朵淡蓝色的小花，花芯处有一圈儿碎钻。总体给人的感觉是大方得体、十分优雅。

陆捷身高在一米六七左右，长方脸，皮肤黄里透白，头发短短的，上身穿一件天蓝色T恤，下身一条淡蓝色牛仔裤，脚上穿一双白色耐克牌旅游鞋，胳膊上一条条肌肉棱角分明，一看他就十分精明，而且是经常锻炼的人。

一天时间很快就过去了，到了下班时间，我自己坐车回到学校，一看时间，已经6点半了，这时食堂已没饭了，于是我在宿舍楼1楼的小卖部买了1袋方便面、1根火腿肠和1袋榨菜，回宿舍吃了。

饭后，我拿了本书，到校内圆台上坐着看。这时的校园中静寂多了，因为绝大多数学生都已经放暑假回家了，留下来的没多少人了。我正在安静地看着书时，一个"老外"从我身边走过，看到我后，停了下来，主动和我打招呼："同学——你——好！"他的汉语有些生硬。

"你好！"我站了起来招呼他。

"你是这个学校的学生吗？"他问道。

这时我才仔细看他的模样，他大概三十几岁，头发有些黄，而且非常稀，脸是瘦长的，眼睛上戴着一副小眼镜，上身大背心儿，下身大裤衩，比我穿得还休闲，胳膊上、腿上长满了浓黑的汗毛。

"我是呀？你是哪里的？"

他好像有些没听懂，于是我便用英语问他："Where are you from?What do you do?"

"Oh，I come from France.I learn Chinese in this institute."

我早已听说我们学院办了个暑期中文班，有几个国家的外国留学生在此学习中文。据说有美国的、法国的、德国的和韩国的，今天便见到了法国留学生。我非常友好地问："Welcome to Beijing. Nice to meet you. I'm Linxiu，and you?"

"Me too. I'm Robbin."紧接着，他坐了下来，也示意我坐下来，用生硬的汉语慢慢地说："今天——咱们就认识了，咱们——就是朋友了，对吗？"

"Sure，of course."我操着十分流利的英式英语说。

"那——我——我可以向你提一个——小小的——请求吗？"

"Please."我点头表示同意。

"今后——你——你可以和我说中文吗？"

"当然可以了，怎么了？"我有些不解。

"我来中国，来你们学院，就是——来学中文的，如果——如果你和我说英文，那么——我的中文——中文水平就提高不了。"

"哦，原来如此呀。那好，我以后就和你说中文。你的中文说得不错嘛，你学了多长时间了？"

"我——我在我们国家——学了——学了1年多。"

"哦，继续努力吧，中文可不太好学，得不断学习。"

"是呀，中文有许多……许多……"他停住了，看得出来是不会这个中文，但他很快反应过来，给我补充了一句英语，"phrases，idioms，我总记不住。"

"哦，成语呀，这个中国人也得不断学，何况你们外国人呢？"

"什么？什么？ phrase，idiom 怎么说？"

"成——语。"我放慢了语速说。

"哦，成——语，我记下了。"说着他拿了随身携带的小本子记了下来……

日子过得飞快，我和罗宾认识10多天了，我每天从报社回来都会在圆台或者我们宿舍和他聊天，罗宾和其他外国留学生不同，他十分好学，整天地问我这个问我那个，随身还带着1本《牛津英汉词典》和1个笔记本，遇到不会的就问我，汉语说不出来的就用英语说，英语我听不懂的，他就会用字典找到给我看，我再告诉他正确的中文读音。而其他的外国留学生，特别是美国留学生不愿意和学校内的中国学生交流，德国留学生也是如此，韩国留学生男的居多，我整天看着他们要不和韩国女留学生谈恋爱，要不就是和我们学院中打工没回家的漂亮女学生谈恋爱、打球。罗宾的好学，也使得他的中文水平进步神速，已经不像开始那样生硬、晦涩了，渐渐有些自然、流利了。

8月中旬的一天，我正在报社实习，办公室里进来一名头发花白的老头儿，我估计他得近60岁了，他来找陆捷，是自己工资提级的事儿，他说了他的情况。

陆捷大声地说："你说你应该评高级职称，但你的档案里根本就没有你那段工作经历呀！你挺大岁数的跟我这儿没完没了地唠叨这些有什么用？你自己也看了档案了，没有嘛，要不你找出你那段工作经历？如果找不到,以后少跟我这儿废话！"他的语气近乎呵斥了。

那老头儿还想辩解一下，但他一看陆捷有些声嘶力竭了，没敢言语，只好忍气吞声地出去了。

不一会儿，王处长走进办公室，我远远地看到那个老头儿在楼道里没进来。"陆捷，你怎么回事儿？怎么跟人家老柳说的？他的职称是怎么回事儿？都跑到我办公室来了。你干得了干不了呀？"王处长的语气中透着责怪，而且她是当着我和张丽的面，明摆着没给陆捷面子。

陆捷极为不满地说："我刚才都跟老柳头儿说了，他档案中没记载他说的那段工作经历，因此不符合评高级职称的条件，我让他自己找那段经历的证据去呀。我怎么了？说得不对吗？"显然对于王处长的责怪，他很是不服。

"你什么态度呀？啊？你不会好好说，跟人家耐心解释解释，你跟我都这态度，别说和人家老柳了。有话不能好好说么？咱们干人事儿的，不仅要说明白政策，还要做好解释和思想疏导工作，是不是呀？"

"哼！"陆捷从鼻子缝儿里挤出这么一声儿。

显然，王处长是听见了，"怎么着呀？我说话还不管事儿是不是？你小子还不服气呀？"

"反正我没做错什么！"他恶狠狠地瞪了一眼办公室外的老柳，老柳喏喏着，在楼道里没敢吭声儿。

"难道是我做错了？"王处长极为不满，眉毛都快竖起来了，满脸不悦之色。

这回陆捷没敢接话茬儿。王处长走出办公室，边走边和老柳说："老柳，你先回去吧，虽然小陆态度不太好，但他说的还有些道理。要不，您先回去再找找您那段工作经历的档案或者其他什么证据材料？"

老柳一看王处长出马也没能解决，只好认了，自己垂头灰溜溜地离开了。

我斜着眼扫了一眼陆捷，这时他还十分委屈地自言自语着，"我明摆着说的没错嘛，凭什么责怪我？"看得出来，他还是不服气。我没吭声儿，张丽也假装没听见。

　　下午，对面办公室的李竹把我叫到她办公室，和我随便聊了聊，无意中说起来她想做个人物专访，我立即产生了个念头，看看能不能专访一下罗宾，但我不知道罗宾愿意不愿意，所以没好和李竹提罗宾。下班时，我收拾完东西走出办公室，看到陆捷从王处长的办公室里出来，气色比上午平和了许多，后来，我从别人口中得知，他是为上午和王处长顶嘴向王处长道歉去了。这也是给我上了一堂在职场和领导相处的生动一课。

　　回到学校，我和罗宾说起了李竹人物专访的事儿，问他是否有意，罗宾非常爽快地就答应了。第二天一早儿，我俩一起到公交车站去乘公交车，在车站时，他看到路边有一个易拉罐在地上，于是，他上前捡了起来。我问他："你捡它干什么？"

　　"我——我要把它扔到垃圾箱去。"他用生涩的中文说。

　　"这里哪儿有垃圾箱呀？就扔那儿吧。"

　　"这不行。"于是，我们坐着公交车，他一路都拿着这个易拉罐，直到到了潘家园站下了车，他才把它扔进了车站的垃圾箱。

　　我带罗宾到了报社门口，我出示了《临时出入证》，但武警仍然不让进。没办法，我让罗宾先在门外等，我进去找到李竹，和她说明专访罗宾的事儿，李竹也十分惊讶，因为报社是保密单位，不能随便出入的，外国人更是如此。但她犹豫了半天，还是决定让他进来，于是，他到了传达室办理了相关手续，把罗宾带到办公室，进行了几个小时的专访。

　　访问结束后，我俩一起从报社出来，正见一个50多岁的男子骑着个三轮车，车上都是破沙发、破三角铁等废品，正在吃力地往坡上骑，看得出来，他已经用了最大的力气，但是三轮车仿佛没有什么前进的意思，似乎在原地黏住了一样。罗宾赶快跑了两步，赶上前去，连续推着三轮车跑了20多步，"三轮车"爬上了坡儿的最高点，骑车的男子扭过身来，操着河南话笑着说："谢谢你啊！"罗宾略微点了点头，冲他笑了笑。

归途，我们打车回的学校，我还请罗宾吃了一顿饭，但饭后他到我宿舍，说什么都要把钱给我，我和他说，既然是我请你，当然不能要你的钱。但他执意说："你是安排采访我，让你出车费和请吃饭，我会不高兴的。"

我对他说："这就是中西的文化差异，中国请吃饭是不需要对方付账的，而你们西方人却要AA制，你既然是在中国，就要入乡随俗。"

但他还是执意给了我40元饭票，无奈，钱我没有要，饭票我便实在是盛情难却了，他要给我学中文的"学费"，被我断然拒绝了。当晚，在我的宿舍，我又和他深入聊了一些诸如法国大革命、对社会主义的看法等话题，虽然我们之间有分歧，但我看得出来，由于罗宾在国内就学了1年半的中文，在我们学院我们又相处了近20天，我们聊了许多中国历史、文化和中国人的处世哲学等东西，还推荐他看了几本孔孟之道的书籍，他对中国、对社会主义的看法与其他西方人有许多不同，多了更多的理解。

虽然我教了罗宾许多汉语方面的东西，但更重要的是，我从罗宾身上也学到很多东西，他的阳光、公德心和乐于助人给我留下了深刻的印象。从与他的交往中，我也深切地感受到：不同国家虽然历史、文化有差异，甚至制度、信仰都有所不同，但是不同国家的人民如果都能像我和罗宾这样真诚地交往，那么这种差异和分歧在一定程度上就会减少很多，人与人之间会增加更多的理解。看来沟通至关重要！

## 五十九　我的姥爷

8月23日，我实习结束了，回到家中。妈妈告诉我，姥爷得了贲门癌住进了丰台区大红门的和平医院。我妈是厂子的副厂长，厂子里工作忙，于是我妈出钱，让我姨在医院陪护，因为手术前要先化疗，因此姥爷要在医院住上一段时间，姨在姥爷身边儿陪护已经两周，想回家换换衣服、调整调整，我姐姐又刚工作不久，因此，妈妈想让我陪姥爷一段时间。我欣然地答应了给姥爷在医院陪床的任务。

妈妈把我带到医院，我看到了姥爷，姥爷身高一米七五左右，他身材本来就清瘦，又得了贲门癌，也就是胃嘴儿的部位长了肿瘤儿，吃东西就更加费劲了，因此，他比之前瘦了两圈儿，我看到他的样子非常心疼。在我的印象里，姥爷是个十分勤快的人，他原是房山区物资局的会计，退休后，单位又返聘他干了5年，后来单位因改制为企业、效益又不太好，就不再继续返聘他了，但他又闲不住，于是去了我们房山城关当地一家大酒楼当会计。姥爷干会计干了30多年，用他自己的话说，干会计是个技术活儿，又是个良心活儿，因此，他认真对待每一笔账目，如实记录进出，也从不替人做假账，这样做才能对得起国家，对得起自己的良心。他为人俭朴、公私分明。姥姥是家庭妇女，多年来一直靠姥爷一个人的收入生活，姥爷在酒楼当会计，本来可以每天早饭在酒楼吃，但他为了给单位省钱，他从不在酒楼吃饭，而是每天早上在家吃些方便面什么的凑合凑合，中午除了个别忙的时候在酒楼简单吃些，多数时候也都是回家吃。要我说，我姥爷的贲门癌就是吃方便面吃的。我每次到姥姥姥爷家，只要姥爷下班了，他一定是在拿着笤帚和簸箕在屋子里、院子里扫这儿扫那儿地忙活着，只有偶尔见他看看报纸、看看书，小时候就是姥爷经常给我指报纸认字，我没上小学时就已经认识2000多个字了。

　　本来我姨是想让我周末两天替换她陪姥爷的，但我自告奋勇，让姨在家休息一周，下周日再来换我。和平医院不是很大，但是病房还不少，姥爷住的病房不大，一个房间有两张床，还有一个卫生间，但就是病房内的设施较为陈旧，地面是水磨石的，环境总体上不是十分干净，据说是姐姐从报纸上看到广告，说这家医院治疗癌症不错，才联系住进来的。

　　在医院里，也无事儿可干，我没事儿就和姥爷聊聊天儿，姥爷喜欢聊些国内、国际大事，我就和他聊这些，也谈谈我对国内外一些大事儿的看法。别看我才21岁，但我和姥爷之间似乎是"忘年交"，姥爷总是喜欢和我聊天，有时候他总目不转睛地看着我、专注地听我山南海北地"神侃"，他对我的话题总是十分感兴趣。在聊天中我也得知，姨在陪护他的两周里，天天发牢骚，天天赌气，每天吃饭也瞎凑合，她买的饭菜姥爷也不怎么想吃。我知道，姨家的生活并不富裕，她原来在村造纸厂工作，但厂子不景气，处于倒闭的边缘，职工们都早已经回家，每月才勉强给每人发200多元生活费。姨夫是小学教师，收入也少得可怜，因此，她舍不得花钱，生活也过得不是十分舒心。我离家之前，妈妈塞给我200块钱，加之我上学时节省，学校每月发的补贴还剩了100多块钱，我手中有近400块钱供我支配。我知道姥爷的胃得的是贲门癌，硬的东西肯定是吃不进去，我们每天除了上午吃点医院的小米粥外，我午饭和晚饭都带姥爷去附近的小饭馆儿吃。医院周边有几家饭馆,我和姥爷都去"视察"了一番,最后选了一家菜种类多,而且又干净的饭馆儿,姥爷总是让我点菜,我就充分考虑他胃的实际情况,每次必点一份"锅塌豆腐"、一份疙瘩汤,然后再点两个小菜,姥爷虽然胃不舒服,但每次都能吃上几块儿"锅塌豆腐"和一小碗儿疙瘩汤,总之能吃个饱。姥爷和我在一起,每天都十分开心,除了日常的检查之外,他就是和我聊天,聊天聊累了,我就自己看书,他自己看报纸。

这家医院由于卫生不是特别好,病房内每天都有蚊子,病房内又没有蚊帐,我每天晚上睡觉的时候都能打死几只,还好并没有被蚊子咬上。但我本身就有些小洁癖,这又是在医院,我十分担心:如果蚊子咬了别的病人,再来咬我,岂不是要给我传染上疾病?我的心情开始沉重起来。于是,有些不愿意继续在这里待的想法儿了。

日子过得很快,很快1周时间就到了。周日,妈妈和姨她们来到医院,姥爷的气色比上周好了许多,脸上也泛起了红光儿。妈妈看到十分高兴,表扬我道:"小秀,你行呀,给你姥爷伺候的不错嘛!"

姥爷也表扬道:"他干得确实挺好,每天都带我'下馆子'。"

"那你陪你姥爷再待一个礼拜吧?"妈妈说道。

我并没有接话茬儿,因为医院的蚊子早令我归心似箭了。

姨接过妈妈的话茬儿来,"这人家林秀就不错了,本来说是周末两天的,这都陪1周了,我今天既然都来了,就由我来继续陪爸吧。"

"那好吧,再过1周我也该开学了,我也回家收拾收拾吧,这个暑假我还没休息呢。姨,你就辛苦了!"我也接过姨的话。

但当我即将离开病房的时候,我看到了姥爷脸上的表情有一丝淡淡的哀伤,而更多的是对我的依依不舍,直到今天,我想到这一幕心里都是酸酸的,眼泪都会溢满眼眶……

# 六十　综合评估

　　转眼间，我们大三了，新学年开始后我们面临的第一个任务就是对各班学生前一年的学习工作情况进行综合评估，也就是以班为单位，每个班成立一个由班委和学生代表几个人组成的学生考核委员会，根据上一学年每个同学的学习、工作情况，给每个同学打分，并按照人员比例评出一等、二等、三等奖学金，报学院考核委员会批准通过后，便可以领取相应的奖学金。学院专门制订了一个《北京政治学院学生年度综合评估考核办法》发给了各系各班，而且还附了一本儿《北京政治学院学生年度综合评估评分手册》。

　　大二第1学期，综合评估工作是在我主持下，我们全体评委和1名学生代表共同评出来的，根据大一的各科学习成绩、运动会和相关社会活动所获奖励情况、参与社会工作的情况等，我们评委会给每名同学打出了一个分数，我制作了一张表格，按照分数由高到低排列，贴在教室黑板左侧的墙上公示，并向全班同学宣布，如果有分数遗漏的及时向班评委会提出，以便核实后及时调整。还好，我们的工作非常细致，基本上完全考虑了同学们所有的闪光点，做到了公平、公正，而且严格按照学院的考核办法评分，除了有个别人提出个别调整的意见外，基本没有出现什么问题。我们班吕春雨、刘丽娜和黎华3位外地同学属于计划外招生，本来不在综合评估范围，但我考虑到她们3个人和我们同在一班，为照顾她们的感受，我们给她们3个人也评了分，一同排名上墙公示。刘丽娜不知个中缘由，还来找我提关于她分数的意见，令我十分为难，不过我还是委婉地通过和她关系很好的汪玉瑾转达了我的良苦用心，她便不再来找了，吕春雨和黎华也知道了我的良苦用心，私下里对我还表示了感谢。不过确实，在同一个班，我们都是同样的好同学，没有必要给同学再分三六九等，这就是我的初衷。

按照比例，我们班奖学金名额是一等奖学金1名，二等奖学金2名，三等奖学金3名。被我们班同学誉为"神童"（起初是苏开辟起的绰号，后来被大家传叫开来）的黄心敬同学由于学习成绩突出，又为班级做了不少工作，被评为一等奖学金，我的老乡林娟和陆英凯被评为二等奖学金，本来我的分数应该评为二等奖学金，但我还是暗自给自己减了2分，自己获得了三等奖学金，二等奖学金让给了陆英凯，这只有我、汪宜静和汪玉瑾3个人知道。

大三第1个学期，开学的第1个星期，我们班又开始对同学们大二的情况进行综合评估了。陆英凯作为班长，因为以前不是班委，没有参加过去年我们班的综合评估，她主动找我来咨询怎样评分，我把去年综合评估的情况原原本本地向她介绍了一遍。她对我说："没想到这综合评估其中的门道儿这么多呢？这可是个既费力不讨好而又得罪人的活儿呀！"

"也没你想得那么复杂了，我想只要公平、公正、透明，就能够评好吧。"我补充道。

"我这个班长可是你推荐的，你可得帮帮我呦。"

"你想让我怎么帮呀？我一定尽力！"

"那你今年也参加咱们班的综合评估。"她眼睛紧紧盯着我说。

"那不太合适吧！毕竟我现在在咱们班什么都不是了。我参加评估恐怕其他同学会有意见的。"实际上，我心中确实不想再参与这项工作了，因为去年我就为这项工作费了不少心思，最终才达到总体上还过得去、同学们基本满意的效果。即便是这样，我们宿舍的安小超由于不热心参加学院的社会活动分数垫底儿，埋怨了我许久，但没办法虽然我们关系好，我不能徇私情，否则在同学们中间就没有威信了。

"谁会有意见呀？就这么定了，我聘你为咱们班综合评估委员会的顾问了。"她虽然是笑着对我说，但我看出来了她的坚定。

"聘我当顾问？那你的聘书在哪里？"我故意开了个玩笑，遮掩着我的不情愿。

"你要是真要，我真给你买一个填上名字。"陆英凯目不转睛地盯着我说。

"行了吧，您省省吧！我这叫作茧自缚，谁叫你当班长是我推荐的来着？哎，我就帮人帮到底，送佛送到西吧。"没办法，我答应了她的请求。

今年我们班的综合评估会我列席了，会上评估委员会在许多人的评分上出现了意见分歧，一遇到这种情况，陆英凯便看着我，或者直接问我："林秀，你怎么看？"

我本想躲清闲，但无奈她总把烫手的山芋扔给我，我不得不接招儿，我就谈了我对学校《综合评估考核办法》和《评分手册》的认识，还有去年综合评估的一些做法。其实我心里明白，陆英凯并不是在征求我的意见，我想她是基于两个方面考虑让我列席综合评估会的，一方面她考虑她当班长才半年，威信还不够，班委们和她有分歧，她还摆不平，想借助于我的威信统一大家的意见；另一方面她考虑综合评估是得罪人的活儿，她不想直接得罪同学们，想借助我的嘴，达到让同学们少些意见的目的。

最终，今年的综合评估还是很顺利地通过了。"神童"黄心敬依然以第 1 名的成绩被评为一等奖学金，我这次以第 2 名的成绩被名正言顺地评为二等奖学金，但不得不承认，我们班这个 1977 年出生的福建小男孩儿的确是聪明非凡、智商奇高，我的智力水平确实和他相差很多，其实我去年确实很努力地学习了，但课业成绩还是和他没法比。陆英凯也丝毫没谦让，给自己评为了二等奖学金，今年叶德伦连三等奖学金都没评上。

## 六十一　寻觅

　　今年，我们已经是学院里的大师兄和大师姐了，校园随着新生的到来，又开始沸腾了起来。一年一度的学生会各部的招人活动不仅成为各部增加新鲜血液的盛会，也成为一些师兄们"选秀"的盛会。221宿舍的张银光虽然学生会哪个部的都不是，但他也在圆台边上摆了张桌子、3把椅子，弄了块展板，做起了《文心雕龙》编辑部的招聘。他还特邀他们宿舍的王先晋和张桦来帮忙，王先晋非常热心地参加了他的招聘。我这时也已是无事一身轻了，因为系团总支不需要招什么人，我便也凑了个热闹，转了一圈儿。在《文心雕龙》展台前，还真有几个漂亮的小师妹在咨询，张银光今天也把胡子刮得干干净净，他将本已提前卸顶的头上残存的稀稀拉拉的头发也精心地梳了梳，喷点儿发胶，换了件西服，还扎了条红领带，正在不遗余力地推销着他的《文心雕龙》。一旁的王先晋则一言不发，坐在旁边的椅子上，透过他那宽边儿眼镜的黑框目不转睛地紧紧盯着那几个漂亮小师妹，看得出来，他是"项庄舞剑，意在沛公"。

　　我呢，也无心看他们招聘，我则是想多看看郑香君，我走到歌唱团的展位，看到郑香君和其他几位95少儿的同学正聊着什么，这时他们的展台正好没有新生光顾，我便走上前去和她打招呼："郑郑，你们也在招新人呢？"

　　"是呀，你来了？"她热情地站起来和我说。

　　"看看我报名行不？符合不符合你们的条件？"我故作认真地问。

"当然符合了，你要真报名，我就真录取你！"她脸上露出了虽然狡黠却很可爱的笑容。

"那我报名了，你让我干什么呀？不会让我当壮劳力吧？"我继续开着玩笑。

"那怎么可能呢？那不屈您才了么？怎么着也得弄个首席男中音呀！"她憋不住，扑哧一下笑了起来。我也忍不住哈哈大笑起来。

我们系的章涛老师升为系副主任了，同时他也兼任96中文文秘班和中英文秘班两个班的班主任。自从他当了系副主任后，还一直保持着他那满脸堆笑的样子，因为他的笑总让人感觉不太自然，许多同学背后都叫他"笑面虎"，但他的脸上比以往多了一丝威严。我们夜间闲话中的许多人都是95文秘两个班的，听他们讲，章涛对95中文文秘班的郝晴是格外关照，还让郝晴当他所讲授的大学语文课的课代表，经常在课上表扬郝晴，郝晴还经常被章涛请到他家里去。但据说章涛的老婆是个"母老虎"，章涛非常惧怕她，他老婆对他把女同学叫到家中十分不满，并多次对他进行了警告。后来还听他们说，章涛对郝晴特别有好感，有时在课堂上对郝晴表扬甚至有些超出了老师对学生的评价，有些露骨的喜欢了，郝晴仿佛对章涛也有了不少的好感。听了这些之后，我简直不敢想象，章涛都近50岁的人了，而且还是有老婆的人，居然会与20岁的女学生搞"师生恋"，我的"三观"彻底被毁掉了，简直不敢相信自己的耳朵。

这个学期,有一件出乎我意料的事儿居然发生了。大二第1学期，马萍萍把叶德伦给甩了，但不知怎么回事儿，有几个同学都向我说起最近马萍萍一直在追求叶德伦，而且几次她在身后紧跟着叶德伦走都被同学们看到了，据说叶德伦这回还摆起谱儿来了，一直没有同意马萍萍的复合请求，但经过1个多月他们还是复合了。更莫名其妙的是，马萍萍和叶德伦关系大变:以前叶德伦对马萍萍俯首帖耳、言听计从，连大声喘气都不敢，但他现在居然敢在公共场合呵斥马萍萍几句了。有一次我在教室上晚自习还亲眼看见马萍萍和叶德伦并排着坐在一起，马萍萍拿纸巾给叶德伦脑门儿擦汗，却被叶德伦用他那绕着舌头的普通话大声说了一句："你干吗呀？不用！烦人！"但马萍萍却未表示出任何不满。我看了之后一是非常奇怪，二是对叶德伦这副德行感到非常气愤。

11月中旬的一个晚上，我们在夜间闲话时，伊薇焕说了两个关于张银光的桃色趣闻。一则是他对参加他《文心雕龙》编辑部的96中文秘的女生吴晓文下手，一度抓住吴晓文的手不放，说他喜欢人家，把吴晓文都给吓哭了，趁他不注意才逃走，从此吴晓文再也不参加《文心雕龙》编辑部的任何活动了，其他几名参加的96级女生知道这个消息后，也退出了《文心雕龙》编辑部。另一则关于张银光的趣闻是：我们学院的青年思想教育系每一届的班里都有十几名由全市各区县的委办局和乡镇团干部的在职培养生，他们都是在各基层单位工作过一段时间的在职学生，一般都在25岁至35岁之间。94级青教班中有一个女生叫关晓英，是大兴区一个基层单位的团干部，28岁，单身，而张银光比她小5岁，居然喜欢上了关晓英，并且还给关晓英写了几首表达自己爱慕之情的情诗，关晓英把这件事告诉了和她同宿舍的室友——我们94级中文文秘班的方洁，这个消息自然就传到了我们大家的耳朵里来了。这确实是两则趣闻，看来张银光同学是饥不择食了，他就像一条饿狼一样四处寻找着他的目标，他的桃色趣闻把我们夜间闲话的同学们给逗得前仰后合，校园里都弥漫着我们欢乐的笑声……

## 六十二　入党

由于我所在的319宿舍除了我之外，都毕业离去，所以大三一开始，我就被安排在了311宿舍，宿舍里除了葛辉和我是北京人之外，其他都是外地同学，有福建的张松、赖庄军，还有新疆的方军。从大三开始，学校给我们各个宿舍都安装上了一台14英寸的彩色电视，大家都十分高兴，终于可以在自己的宿舍看电视，而不是到电视房十几个甚至二十几个人挤在一起看了。

新学期开始，张银光和马费迪突然走得很近，几次在系里、在食堂附近我都看到张银光跟着马费迪屁股后面，屁颠儿屁颠儿的一副小心谨慎的样子走着，"聆听"着马费迪的"教诲"，不用说他是重蹈叶德伦的覆辙，更确切地说是照叶德伦的方子抓马费迪的药了。这让我对这个原本朴实的山东汉子平增了不少厌恶。

11月11日下午，我听铁正派老师说，11月20日，系党支部就要开支部会了，内容就是发展我和张银光为中共预备党员，我听了这个消息后，一方面着实有些兴奋，终于我可以加入我梦寐以求的党组织了，另一方面也有些意外，就张银光这样的人品，各方面都不是很出色，仅靠着给马费迪溜须拍马、干私活儿也要被吸收到党组织中来了，我更有些不解，难道我党也允许这样搞投机的人加入党组织并大行其道吗？我对和张银光一批加入党组织有些不齿。但不管怎么说，我对于自己即将要加入党组织还是无比期待的，心情非常激动。

11月20日下午,我们在教学楼5层文秘系的小会议室里召开了系党支部的会议,出席会议的有张林瑞老师,铁正派老师、马费迪老师,还有两名学生党员贺新英和叶德伦,再有就是我和张银光两名准备发展的党员人选了。先是入党介绍人马费迪和张林瑞介绍张银光的简要情况,然后3名正式党员举手表决一致通过;再就是由入党介绍人马费迪和铁正派介绍我的简要情况,然后3名正式党员举手表决也一致通过。

支部会议通过后,由支部书记马费迪带领大家起立,我和张银光站在党旗前,跟着马费迪庄严宣誓:"我志愿加入中国共产党,拥护党的纲领,遵守党的章程,履行党员义务,执行党的决定,严守党的纪律,保守党的秘密,对党忠诚,积极工作,为共产主义奋斗终身,随时准备为党和人民牺牲一切,永不叛党。"站在党旗下庄严宣誓的时候,我怀着无比激动的心情,自己马上就要成为先进组织的一分子了,今后将以更加严格的要求约束自己,我感觉到自己全身的毛孔都张开了,心潮久久不能平静……

## 六十三　亚洲杯

12月到了，亚洲杯开始了，这对于我们学校的男生来说，无疑是一则重大的利好消息，校园里、教室中、宿舍里到处都是关于亚洲杯的话题，就连我这个平时不怎么看足球的"伪球迷"也加入到看球、评球、论球的行列中来。

这届亚洲杯在阿联酋举办，预选赛分成10个小组进行，中国队与中国香港、中国澳门和菲律宾队同组。中国队先后以7∶1、7∶0和2∶0战胜了中国澳门、菲律宾和中国香港队，以全胜的战绩名列小组第一名，轻松地进入八强争夺赛。科威特、韩国、印度尼西亚、伊朗、沙特阿拉伯、伊拉克、泰国、中国、叙利亚、乌兹别克斯坦10支球队入围八强争夺赛，东道主阿联酋队和上届冠军日本队直接晋级。八强争夺赛共12国球队，分为3个小组，每组前两名和成绩最好的两个小组的第三名晋级八强。比赛首场中国队以0∶2负于乌兹别克斯坦，第二场比赛以3∶0完胜叙利亚，0∶1负于日本，最后中国队勉强以净胜球获得小组第二，晋级八强。由于我是"伪球迷"，这些比赛我没有全看，只看了其中的几场，其他的比分都是听同学们讲或看新闻时知道的。

进入八强赛，我也开始密切关注比赛的动向了，准备每场比赛都看。12月16日晚上，我们都急急忙忙地到食堂吃了几口饭，就都纷纷回到宿舍。18时，比赛准时开始，中国队对阵沙特阿拉伯队。中国队主教练是戚务生，队员有张恩华、曹限东、宿茂臻、黎兵等人，门将是区楚良，应该说首发阵容比较强大。我坐在靠窗的下铺、赖庄军趴在上铺上，其他人也都在自己的床上或坐或趴，紧紧盯着小小的电视机屏幕。上半场，中国队在开场就抢得先机，开场仅4分钟张恩华接彭伟国的一记角球，先声夺人射进1球，我们顿时欢呼起来，这时就听得楼道里也传来了同学们的欢呼声。没过多久，彭伟国又利用马明宇的一记任意球，凌空垫射进第2个球，宿舍楼里不但听到了男同学的欢呼声，还听到了一阵阵女同学的尖叫声，宿舍楼里一片沸腾。上半场中国队轻松地以2∶0获胜。中场休息期间，我们抓紧涮饭盆、上厕所、打开水，同学们忙作一团，但彼此相见，脸上都洋溢着胜利的喜悦，都不免说上两句："今天中国队表现真出色！"

下半场，沙特教练葡萄牙人文加达换上了图纳扬开始对中国队展开强攻，他晃过中国队的左后卫刘越，通过补射灌入中国队球门一球。"嘘——"

"啊？"

"啊呀！"

"有没有搞错？"宿舍里、楼道中传来了不同的声音。

大家还没有醒过第一粒进球的闷儿来，沙特球员贾贝尔又在同一位置将一粒球射进了中国队的球门。"我靠！区楚良你干什么吃的呀？摆设呀？"上铺的赖庄军用拳头捶打着床板。

"都怪后卫刘越，真够臭的！笨死得了！"我也非常气愤地说。

"好啦，好啦。接着看吧哥儿几个，还有希望，不刚平吗？"张松说道。我们暂时平复了情绪，继续盯着屏幕，屏幕中范志毅在场上指着刘越说着什么。

没过多一会儿，沙特球员马哈莱尔在禁区内再次骗过刘越打入中国队球门第三粒球。赖庄军再次用拳头狠狠地敲打着床板，我气得也从床上蹦了起来,喊道:"刘越,笨死你啦——"

楼道中一片唏嘘的沸腾声和狂吼声。范志毅在场上自上而下看着刘越大声地骂着,看得出来范志毅也已经怒不可遏了。

第60分钟,图纳扬梅开二度射入中国队球门第4粒进球,然后跑到场边的摄像机前,摆出了他常摆的双手打枪的动作,动作极具挑衅性。我们的心情一落千丈,但我们仍期望着奇迹能够出现,希望中国队能够追平。这时,图纳扬的打枪动作把中国队主教练戚务生打醒了,他才请求场上裁判换人,让吴承瑛换下一直在梦游着的球员刘越。

吴承瑛上场后没多久,就如同上了发条似的,猛地从后卫位置跑到了沙特队的球门附近,飞起脚来一球,打进了沙特队的球门。"喔——喔——"宿舍里、楼道里再次响起了热烈的欢呼声。但场上裁判认定这粒进球无效,我们看着镜头回放,明明这粒是有效进球,但最终裁判还是判进球无效。我们一片嘘声,电视里球场上中国队看台上也响起了阵阵的嘘声,无疑这嘘声是对场上裁判表示了极度的不满。这时,我的心情、我们的心情都十分沉重。

距比赛马上就要结束的时刻,张恩华打进了中国队的第3粒进球,但这已经难以改变3:4比分的败局了,中国队无缘四强,惨遭淘汰,结束了它的本届比赛之旅。同学们的情绪跌落到了谷底,有的说中国队刘越太臭,有的怪教练戚务生没有早把刘越换下来,有的则怪场上裁判的不公,但不管如何评论,都不能改变中国队出局的结局了,同学们都扼腕叹息,情绪低落,在水房见面也连招呼都不打了。

剩下的三场四分之一比赛,因为没有了中国队,大家已经失去了兴趣,阿联酋队1:0小胜伊拉克;科威特1:0淘汰日本;伊朗队6:2狂扫韩国队。决赛沙特队点球大战4:3淘汰了夺冠大热门儿伊朗队。

　　这届亚洲杯结束后，我就发誓再也不看足球比赛了，特别是有中国队参加的比赛，这也算是这届亚洲杯给我带来的一个最重大的影响了。

## 六十四　云居寺之旅

12月30号这天是周一，下了第二节课，班长陆英凯征求大家元旦是否举办新年联欢会的意见，大家响应者寥寥，看到这种情况，她便对大家说："既然大家都没什么情绪，那咱们今年就不举办新年联欢会了，大家反对吗？"同学们仍旧不置可否。于是陆英凯宣布："既然大家也不反对，那咱们今年就不再举办新年联欢会了。"同学们依旧是集体沉默，我也没言语，毕竟我现在已经不是班长了。

课间，王玉华和杨莎莎凑到我跟前儿来，王玉华问："林秀，你们房山除了十渡之外还有什么好玩的地方呀？"

"是呀！是呀！说说看。"杨莎莎用她那嫩嫩的女童音附和着。

"这大冷天儿的，有什么好玩的地方儿呀？"我想了想。"哦，有了，云居寺，这个冬天去应该没什么影响。"

"太好了！那元旦我们一起去云居寺如何？"杨莎莎问。

"组织班级活动你们得征求陆英凯的意见吧？"我说。

"征求她意见干吗呀？我们这又不是班级活动，我们这是'民间活动'。"王玉华斜了一眼陆英凯。

"是呀！问她干吗呀？"杨莎莎用她那童音阴阳怪气地说。

我感觉得到，王玉华和杨莎莎对陆英凯有些看法了。的确，最近一段时间，我感觉陆英凯也变了，不像以前那样说话客气，有什么事儿和我商量着来了，取而代之的是有些独断专行，说话语气或多或少也有些命令的意味了。不仅是和她同宿舍的王玉华和杨莎莎对她有些反感，我对她也开始有些反感了，班长的位置让她变化很大，好像是换了一个人，我现在有些怀疑自己当初的眼光了，是我当初看错了她的为人，还是权力使她性情大变，这个我还真不得而知，我有些淡淡的后悔的感觉了。

"都谁去呀？怎么去呀？住哪儿呀？"我问她俩。

"你问问安小超、老吴他们呗。云居寺在你们房山，到了那边就住你家呗，到你家那边儿自然你熟，怎么去你想办法啰。"杨莎莎轻描淡写地说。

"这个嘛，我得先问问小超和老吴的意见，我还得事先给我妈妈打个电话，让她提前准备一下。"

中午，我到125宿舍，找小超和老吴，他们俩都同意去。

我便和小超开玩笑说："小超，你不说杨莎莎不错，你挺喜欢的吗，这回正好是一次好机会呦。"

"你少来了！我可不知道她怎么想，去玩的时候你可别胡说！"小超有些不好意思。

我又到了221宿舍，问小峰和张桦去不去，张桦说不去，小峰正坐在上铺整理自己的书，说："我就不跟你们去了，现在都没钱吃饭了，哪儿有钱玩呀？"

"你个富家公子哥儿怎么会没钱呢？"我不解地问。

"这不这个月刚给莉莉买了件大衣嘛，这个月的钱都花光了，每月5号我爸妈发工资，他们基本都是6、7号才给我的存折里打钱呢，这还差1个礼拜呢。"

"你这是活该！谁叫你充大款的？"虽然话是这么说，但我还是从兜里掏出两沓饭票，"我昨天刚买的，40块，都给你，够不？"我平时生活非常节俭，从不乱花钱，每周吃饭买20元饭票就够了，每周我妈给我50块钱，我都花不了。

"够了，够了，当然够了！挨过这几天就行了，下周我把钱还你啊！"他脸上都乐开了花。但他直到毕业也没还我。

12月31日下午放学，我们一行5人共同乘车到了我家。这时，天已经完全黑了，我妈妈已经做了满满一桌子菜，做完最后一个菜，我妈妈让我们吃，她自己独自一边吃她提前盛出去的饭菜了，无论王玉华和杨莎莎她们怎么请，我妈都不过来和我们一起吃。我打开了一瓶长城干红，给他们倒上，边吃边聊，聊得热火朝天，一直聊到晚上10点多。我妈妈到姥姥家睡去了，把床让给了王玉华和杨莎莎，我、小超和老吴在我家客厅的沙发床上睡了一晚。

由于我家到云居寺并没有直达车，于是，我把姥爷的自行车推上，加上我自己的三枪牌赛车和其他2辆自行车，一共4辆车。一大早儿我们就骑车上路了，因为杨莎莎不会骑自行车，因此，我、小超和老吴就轮流骑一段路驮她一段路。今天的天气还不错，晴空万里的，不是很冷，通往云居寺的道路都是柏油路，倒还好走，但距离云居寺还有五分之二距离的时候，就是一路上坡了，杨莎莎虽然不是很胖，但也100多斤，驮着她实在是骑着费劲，于是我们便推着自行车走这几段坡路。我们一路有说有笑，自然也就不觉得累了，走到最后一段坡路的最高处，紧接着便是一段1000多米的大下坡，于是我让杨莎莎坐在我的三枪牌赛车后车架上，我们风驰电掣地就向坡下滑行了下去，吓得杨莎莎嗷嗷地尖叫，双手紧紧地抱在了我的腰上。说实话，我的心里也捏了一把汗，我的赛车是弯车把，平时我骑行时两手都把住前方横着的车把，但这次由于坡度过大，我不得不俯下身来双手紧握着弯下来的车把，我不断地大声地喊："杨莎莎，你可抱紧了，千万别松手！"十几秒钟的光景，我们便嗖的一下子滑行了1000多米，自行车到了平路，速度自己降了下来，这时，小超他们仨的自行车也跟了上来。我的后背冒出来了冷汗，现在想起来有些后怕，我的赛车的方向本来就不好控制，后面还驮着100多斤的杨莎莎，本来车的刹车就不太灵，这么陡的长下坡，万一有一辆车迎面过来，我们肯定是刹不住车、一起狠狠地摔出去，我不敢往下想了，也没敢和他们几个说出我这段内心感受。

到了云居寺门口，我买了门票，我们一起步入由11块汉白玉石组成的拱形山门。寺里很多地方还在修建，许多建筑还没有完工，显得十分空旷。一名讲解员给我们做了简要的讲解，我们才了解到：云居寺始建于唐贞观五年，由僧人静琬创建，距今已有近1400年的历史。至辽圣宗时期形成五大院落、六进殿宇，金、元、明、清各代都有修葺，占地面积70000多平方米，享有"北方巨刹"的盛誉。千年古刹云居寺可谓是饱经沧桑，它在日军侵华战争时，曾于1937年、1939年和1942年三次遭到日军大规模轰炸，寺中主体建筑大部分被炸毁，仅残留下这座孤零零的山门和几座佛塔。当时，山门被炸得伤痕累累，正面有弹痕10多处，尤其是山门右下端的两块起支撑作用的石料被炸得仅剩下三分之一，石料的连接处仅有10厘米左右，仿佛随时都有倒塌的可能。但奇怪的是它险而不倒，从40年代到80年代，山门顽强地支撑着、屹立着、等待着"寺必重修"这一机缘的到来。1985年，云居寺被列为国家一级文物，在党和政府的重视下，开始大规模修复，目前仍在修建之中。该寺是国家首批重点文物保护单位，1992年入选北京旅游世界之最，它的特点归纳为一、二、三、四，即：一是一部令人荡气回肠的千年刻经史；二是有两个不同于其他寺庙的显著特点；三是"三绝"——石经、纸经、木板经；四是"四宝"——唐辽古塔、佛祖肉舍利、紫铜大佛和云居古钟。20世纪50年代末，利用三年时间对石经进行发掘整理，并组织专家对房山石经进行研究。出版了《房山石经影印本》和《房山石经题纪汇编》等一批研究著作。1974年，房山区政府建立云居寺文管所，1988年扩成云居寺文物管理处，1987年，云居寺对国内外游人开放。1995年12月正式注册登记为云居寺石经陈列馆。寺的南北有两座辽塔对立，南塔又称藏经塔，地下有藏经穴，塔已无存，北塔是辽代砖砌舍利塔，又称"罗汉塔"，建于辽代天庆年间，高30多米，塔身集楼阁式、覆钵式和金刚宝座三种形式为一体，造型极为特殊。塔的下部为八角形须弥座，上面建楼阁式砖塔两层，再上置覆钵和"十三天"塔刹。这种造型的辽塔，现已十分少见……

云居寺中已修缮完的殿宇没有几座，只有一座叫毗卢殿的大殿是建完后正式使用的，我们步入殿门，看到殿中央供奉着一尊大概3米高的铜佛座像，佛的头上布满肉髻，两眼微闭，两耳垂轮，身披红色丝绸披风，左脚在下、右脚在上，双腿盘坐于莲花宝座之上，左手掌心向上自然放在右脚处，右手自然垂放在右腿膝盖处。给我的感受是慈眉善目，但又不失庄严。我刚进殿门时就听讲解员说这个毗卢殿就是云居寺的主殿，而且看到标牌上写着这座大佛是毗卢遮那佛，我十分纳闷，便问："为什么毗卢殿是云居寺的主殿呢？我记得我去过的其他寺庙都是大雄宝殿呀！为什么这里供奉的是毗卢遮那佛，而不是如来佛祖释迦牟尼呢？"

讲解员说："毗卢殿作为主殿，这恰恰是云居寺不同于其他寺院一个的显著特点。关于供奉的为什么是毗卢遮那佛，佛经上说：'佛有三身'，即：应身、报身和法身。应身佛名为释迦牟尼佛，象征着能仁寂默，表示随缘教化各种不同的众生的佛身；报身佛名为卢舍那佛，象征着光明遍照，表示证得绝对真理而自受法乐的智慧是佛身；而毗卢遮那佛就是三身佛中的法身佛，象征着'光明遍照''遍一切处''大太阳'，又叫大日如来，表示证得绝对真理就是佛身。此外，这尊毗卢遮那佛是明朝铸造的紫铜佛像，重4.5吨，是国家一级文物。它的莲座是千叶莲花，一个莲瓣代表一个三千大千世界，这一形式来自《梵网经》。何为三千大千世界？三千大千世界原是古印度传说的一个广大范围的世界的名称。据《长阿舍经》等书记载：'我们所生活的这个世界，中央是须弥山，有七山八海环绕着，海中有四大洲，海外更有铁围山。同一个日月照耀着这块大地，同一个佛教化着这个世界，称为一个小世界。合一千个小世界为中千世界。又由于大千世界中有大、中、小三个千世界，又称之为三千大千世界。'佛教传入中国后，大千世界这个词就沿用至今。毗卢遮那佛所坐的莲座代表整个华藏世界……"

我们出了毗卢殿，在钟鼓楼形式的辽塔前盘桓了一会儿，又到了展示石经的展馆。我们了解到：佛教在西汉末年传入中国，东汉明帝因梦派人去西域求取经法，使者在大月氏遇到了摄摩腾和竺法兰二人正在用一匹白马驮着经书、佛像到中国来传法，便一同返回洛阳，汉朝朝廷为他们建立了馆舍，这就是中国的第一个寺庙——河南洛阳的白马寺。佛教传入中国后，经过 2—3 世纪的传播得到很大的发展。唐朝大诗人杜牧曾有诗云："南朝四百八十寺，多少楼台烟雨中。"但当佛教的发展影响到统治者的利益，阻碍了生产力的发展，它也会受到限制和打击，中国历史上就出现了灭佛运动，也就是历史上称为"三武一宗"的灭佛运动。在南北朝时期，北魏和北周就有过两次大规模的灭佛运动，灭佛时沙门被迫还俗，寺院、佛像被拆除，大部分纸帛经书被化为了灰烬。灭佛运动给佛教徒提出一个严峻的问题，即：怎样才能把佛经保存下来？公元六世纪的北齐时代佛教徒开始刻制佛教石经，如当时在河北省武安县北响堂山摩崖刻经《维摩诘经》等，刻经于石则可久存，这对后代大规模刊刻石经有很大影响。房山石经的奠基人是南岳大师慧思，他从法难中汲取了教训，发愿刊刻石经，但没能实现愿望就圆寂了。弟子静琬继承了师父的遗志，他遍访名山大川，当走到今天的云居寺所在地大石窝地区，发现了这里盛产汉白玉、艾叶青等上好石料，又有祖祖辈辈长于雕刻的工匠，为刊刻石经提供了必要的物质基础。他登上小西天，也就是现在的石经山，发现四周群峰如莲瓣般环绕，小西天正是莲花心，依托天然的洞穴和四季长流的山泉，静琬选择了小西天，从此这里成为千年石经刊刻的起源之地。静琬大师自隋大业年间刻经至他圆寂的唐贞观十三年，约30年间从未中断过刻经。他早期刊刻石经和存放石经的地方是石经山雷音洞，有9个藏经洞，分上、下两层，共藏石经4196块，大部分都是静琬大师亲手所写所刻的石经。静琬大师的笔墨既有魏碑的苍劲，又有唐楷的圆润，是我国书法艺术转型过渡期的代表作……

我们观看了《武德八年题记》《贞观二年题记》《贞观八年题记》等石经后，不免对静琬大师几十年如一日，专心刻经传法的精神肃然起敬。虽然因佛祖的肉舍利借到八大处展览，我们没有看到，略感遗憾，但佛教博大精深的文化内涵、僧人对于佛教的那份笃信、高僧为护法刻经传世的那份执着给我们留下了深深的印象。

出了寺门，突然不见了杨莎莎，我们四处寻找也没见到她的踪迹，在寺门前等了10分钟，还不见她出来，于是我们又折返进了寺门，我们几个折腾了半个多小时，最后终于在寺门处找到了她，急出了我一身汗。我狠狠地说了她一通，"如果我们要是找不到你，你就在这儿出家做尼姑吧！"

杨莎莎着实委屈，还想争辩一下，看我脸带怒色，便不言语了。

安小超出来帮她打圆场，"哎，林秀，你就别责怪她了，不就是走散了吗？现在不找到了吗？好啦！别说了"。

其实我并不是真生气，是在担心杨莎莎，毕竟她平时像个小孩子，而且她又是家中独女，如果真把她丢了，恐怕都没法向她的父母交代。杨莎莎像犯了错误的小孩子一样，低着头，两手手指不停地摆弄着，不时害怕地抬头看我一眼，我看到她那可怜相儿，忍不住笑了，说："这回你可得跟紧了，再丢了，你就自己找回云居寺，后半生在此出家吧。"大家都哈哈地笑了起来。

"你真——讨厌！"杨莎莎撒娇地说，她很感激小超为她解围。

## 六十五 "小师妹"

在云居寺的归途上，虽然安小超为杨莎莎解了围，杨莎莎对他很感激，但他俩之间始终没有产生爱情的火花。元旦过后，安小超始终耿耿于怀，多次对我说："林秀，你和杨莎莎她们宿舍的同学都很熟，你帮兄弟一把，没事儿多组织些活动呗，让我也有机会和杨莎莎多聊聊。"

我笑着说："我服务够到家的吧，都把你们约到我家那边儿去了，而且创造了去云居寺的机会，还让你骑车驮着她，这机会还不够好呀？谁叫你自己把握不住的？我再创造机会，你总这么拿着劲儿、不主动出击也是白费呀！"

"那不一样，毕竟你们好几个人都在呢，我怎么好意思和她表白呀！"安小超辩解道。

"你这意思是怪我们几个当电灯泡了？明明是你自己没勇气，还拉不出屎赖茅房！"

"哎，我不是那个意思！总之，你以后得多给兄弟我创造机会。"

"你还是自己的事儿自己解决吧。"

1997年是香港回归祖国的年份，天安门广场早从1994年12月19日就竖立起香港回归倒计时牌儿了，我们学校从1997年1月1日在学校公示栏的黑板上也弄了个181天的倒计时，每天减1天。

晚上，我打完球，去阅览室看书，路经学校公示栏，看到黑板上还有173天。我照例又是最先进入阅览室，我选了平常经常坐的靠窗第二排中间的座位坐了下来，正当我打开《百年孤独》看时，一个身高在一米六左右的小姑娘走到我座位对面坐了下来。这个小姑娘我以前从来没见过，梳着齐耳的短发，脸盘瘦削，属于典型的瓜子脸，眉目清秀，眼睛透着机灵和聪慧，右脸脸颊上有一颗芝麻大小的黑痣，让人看后记忆深刻。她摘下厚厚的五彩毛线织的围脖儿，脱下身上穿着的豆青色的呢子大衣放在椅背儿上，上身露出一件纯白色的高领套头毛衣，下身是一条黑色的紧身牛仔裤，静静地坐了下来，拿着一本厚厚的《许国璋英语》看了起来。

　　由于我平时没有见过这个小姑娘，我就在看书之余偶尔抬眼看了看她，当我第一次抬眼看她时，我看到她也正在盯着我看，我表面上从容地低下头看书，但内心也不免有些不自然。我看完了《百年孤独》的第1、2两章，起身去了趟卫生间，然后回到座位上坐下来，这时对面的小姑娘再次盯着我看，我貌似无意地向她微笑了一下，没想到她也主动向我笑了笑。我每天都是先看一段时间的小说，再看课本儿的，于是，我把《百年孤独》放在一边儿，拿起《商贸英语》看了起来。

　　时间飞快，一会儿就到了10点，这时阅览室里已经没有几个人了，我收拾了收拾书本，就准备起身离开阅览室了，对面的小姑娘也正穿着大衣、拿着围脖起身要走，我们前后脚儿离开了阅览室。在楼道中我在前、她在后走着，我没有回头看，但是听她的皮鞋声应该距我也就三五米远，我继续往前走，走到一楼的转角处，看到她正从2楼的楼梯上往下走，我们又打了一个照面儿，但我没多看就下楼梯了。走出教学楼，我径直去学校的圆台，看看夜间闲话都谁在，正巧伊薇焕和小妹她们都在，见了我就喊："傻哥，我们就等你了！"

　　"你们这俩傻妹子呀！早来了？"我和她们打过招呼后，便朝着教学楼方向坐下了。但是一直没见到阅览室那个小姑娘从教学楼里走出来。

一连十几天，每天晚上我在阅览室都能看到那个小姑娘，她每次也都坐在我的对面位置，我心中有些纳闷儿，到底这个小姑娘是哪个系的呢？但一直没有得到答案。周四晚上，我收拾好东西从阅览室出来，小姑娘也紧跟着我出来了。然后她紧跑了两步追上我，主动跟我打招呼，"你好！同学，我看你天天看商贸英语，你是什么专业的呀？"

我头转向右侧，心里有些吃惊，这个小姑娘是在主动和我搭讪呀。"我是94中英文秘书专业的，你是哪个系的？以前我怎么没有见过你呢？"

"我嘛，哪个系的都不是。"她回答道。

"哦？哪个系的都不是，那你——是？教师家属？"我猜道。

"不是的，我家在附近住，我不是你们学校的学生，我现在在上中专，学的是行政管理，明年我就毕业了，我想进外资企业或者是中外合资企业，所以最近在抓紧恶补英语，因为家离你们学校近，进门儿保安又不管，所以我就找个安静的环境学习来了。"

"哦，原来如此呀！"我恍然大悟。"那不错，你还挺勤奋的嘛！"

"没有了，我这是临阵磨枪，不像你，天天都那么专心地在阅览室从开门学到关门。"

"没有啦，我也就看看闲书，复习一下课程而已。"

"你看什么闲书呢？"她问道。

"加西亚·马尔克斯的《百年孤独》。"我们边聊边下楼梯。

"哦，什么内容呀？我听都没听说过呢。"

"是一部魔幻现实主义小说，内容说起来话就长了，我还差一点儿没看完，等有机会我再和你详细介绍书的内容吧。"

"那好吧，那就说定了，等你看完了给我讲讲。"

"嗯。一定。"说着，我们到了教学楼一层的大厅，我往通向校园的门儿走，她则朝着学院大门口方向的门儿走。于是我们相互道别后便分开了。

下周一晚上，在阅览室里，小姑娘又坐在了我的对面，我俩相视一笑，谁也没说话，阅览室关门儿时，我们又相继走出来。她又赶到我旁边，然后说："对了，还没问你叫什么呢。"

"我叫林秀，你呢？"

"我叫周艺捷。"

"哦，不错的名字。你多大？"

"我19岁，你呢？"

"你猜。"我故意说。

"这有什么好猜的，无非就是二十一二岁嘛！"

"聪明！那你可是小妹妹，你可得管我叫哥呦！"我笑着说。

"那好，那我就认你当哥了。你是学中英文秘书的，你的英语一定很好，回头你可得给妹妹我辅导辅导呦！这哥可不是白当的。"她俏皮地说。

"好！好！我这是上了你的贼船啦！让你叫声哥还是有代价的呀？"我玩笑着说。

"那是呀，你们学校这么多人，我为什么只管你一个人叫哥呢？我怎么不叫别人呢？对吧？"

"是，是，我说不过你，以后管你叫'常有理'妹妹得了。"我笑着说。

"不许你这样说人家。"她装作生气的样子，她那股子娇嗔劲儿让人看了感觉既可爱又好笑。

"好啦，我是开玩笑的，小周妹妹，这样叫行了吧？"

"这还差不多，要不就叫我艺捷吧。"

"好，这也好。艺捷。"说着，我们又走到了教学楼一层的大厅。

我正要和她道别，她又说道："哥，那你哪天给我辅导一下英语呗？"

"辅导什么呀？我哪儿有那么高的水平呀？我的英语才四级，六级差2分儿没过。"我谦虚道。

"那就可以了，我什么级都没有呢。你看你哪天有时间？我来找你？我是说真的。"

"哦，是吗？那好，谈不上辅导，咱们就交流交流吧。我们周四下午没课，但你得上课吧？"

"巧得很，我们周四下午也没课，不过我得下午2点半左右才能从我们学校赶到你们学校。"她认真地说。

"我无所谓，反正周四下午的时间都是我自己的。"

"那就周四下午2点半我来找你，对了，你在哪个宿舍呀？"她毫不忌讳地问。

"啊？你还要去我宿舍？"我有些惊讶，刚认识没多久，一个小女孩儿，就想去我的宿舍呀！我心里惊讶，但表面却没有表现出来。

"我在311宿舍，你来……"

"那好，周四下午我就去311宿舍找你。"我正要说"你来我宿舍不方便吧"，便被她接过话来。无奈，我只好默认了。

周四下午，我在宿舍里，简单地把宿舍的桌子收拾了收拾，要知道，男生宿舍，如果不收拾，那就基本和猪圈差不多，还好，我们宿舍的几名男生还比较注意干净，所以，我没费多少劲儿就把宿舍弄得整齐有序。其他几个人都出去不知道干吗去了，就我一个人在宿舍里，我躺在床上把最后一章《百年孤独》看完了。刚放下书，正想再找一本小说看，敲门声响了，我一看表，2：40，我赶紧起身去开门。打开门一看，周艺捷站在门前，右侧头发上多了一个黄绿相间的塑料发卡，显得格外可爱，脖子上绕着她那条五彩毛线织的厚围脖儿。

我赶紧请她进了门，然后拿把凳子让她坐了下来，给她倒了一杯白开水。她坐定后，把围脖解了下来，把呢子大衣也脱下来，我接过来放在我的床上，展现在我面前的是她明黄色的毛衣，她瘦瘦的，胸部略微隆起，毛衣垂到大腿部位，包住了臀部，显得落落大方。她四周环顾了一下我们宿舍，然后说："哥，你们宿舍还挺整洁的嘛！"

"是吗？男生宿舍嘛。乱得很，你别介意！这也是我不想你来我们宿舍的原因之一。"

"之一？那还有原因之二吗？"她非常聪明地抓住了我的话把儿。

"你不要这么敏感好不？我只是随便一说。"我辩解道。

"既然有之一，就应该有之二，对吧？"她俏皮地笑着看着我。

"哎，你这小丫头呀！原因之二就是你是小姑娘，来我们男爷们儿的宿舍，不怕狼入虎口呀？"我有些尴尬，但仍强颜欢笑地说。

"我当然不怕了，你一个大学生，本身就应该有一定的素质，何况我都观察你10多天了，你天天在阅览室里就知道闷头看书，都不抬头看我一眼，也不看周围的女同学，不像有几个男生，拿着本杂志四处张望，哪儿有美女就往哪儿看，所以我断定你不是个坏人。"她十分认真地说。

"难道坏人还把'坏人'两个字写在脸上？没听过一个成语叫'衣冠禽兽'么？说的就是表面上装好人，背地里无恶不作。"

"难道你就是那种'衣冠禽兽'？"她扑哧一下笑了起来，转而前仰后合地捂着嘴大笑起来。

"你个小丫头片子呀！把我给绕进来了。"我有些惊讶这周艺捷的敏锐。

"哥，这可不是我饶你，是你自己拿'衣冠禽兽'做比喻，想跟我解释有些坏人表里不一的，可不是我说的呦！"她的笑意还未完全消失，两眼笑眯眯地注视着我。

是呀，这的确是我自己做的比喻，没想到她反应神速地用在了我身上。我哭笑不得，又不能和她这么个小姑娘生气，于是我岔开话题，"今天来你想和我交流什么呢？"

"不是交流，是向你来请教的，我想……"正在这时，又传来敲门声，我用眼睛和她示意了一下，赶忙起身去开门。

"老林，今天你怎么没出去打球呀？呦——这还金屋藏娇呢呀？"安小超戏谑着说。

"你胡说什么呀！有什么事儿？"我阻止着他说。

"没什么事儿就不能找你了？是不是我来的不是时候？"他脸上露出了坏坏的笑容。

"谁说的，你如果没事儿，要不进来，要不就该干吗干吗去，别在门口戳着呀！"

他没有客气，闪身便进来了。周艺捷看到他进来，也起身和他打招呼，"你好！"

"你好！没想到老林宿舍里还有一位美女呀！"安小超仍旧以他那种不正经的玩笑语气说。

"没见过美女呀你？来，我给你介绍一下，这位是周艺捷，是我新认的妹妹。"我指着周艺捷说。

"这位是安小超，我们班的英语课代表，英语非常好，你要问英语方面的问题，倒是应该多向他请教。"

这时安小超假装谦虚道："哪里呀，我英语就那么回事儿！可不敢谈'请教'二字。"

"那你以后可得多教教我呦！"周艺捷谦虚地说。

"哪里？哪里？不敢！不敢！"安小超有些酸文假醋了。

我们三个人在一起并没有聊与英语相关的话题，只聊了一些家常，这却对我们相互有个了解帮助很大。我得知，周艺捷家就住在丽都饭店对面的高家园小区，自小在北京长大，目前就读于北京市信息工程学校，已经是中专第四年，明年就毕业了。

当天晚饭时，安小超在食堂找到我，拿着他那小大人儿似的腔调说："哎，老林，那个周艺捷有些意思，说话挺逗的，人也蛮可爱的，我觉得她反应特别快，一说什么她一下子就明白了。不错！不错！"

"别跟我这儿装腔作势了行不？你是看上人家了吧？"我戏谑道。

"看上了又有什么不行的呀？我确实觉得小姑娘还不错！"他并没有害臊。

"那杨莎莎呢？你就不喜欢了？"我突然冒出了这句。

他一时语塞，脸上有些不自然，辩解道："她和杨莎莎怎么一样呢？杨莎莎像个小女孩儿，但周艺捷年纪虽然比杨莎莎小，却比她成熟。两个人不一样。"

"要我说呀，你就是个花心大萝卜，追谁都不长久，所以谁都追不上。"我玩笑着说。

"是我谁都追不上，我是花心大萝卜，那你呢？你追上谁了？难不成你也是花心大萝卜？"他倒反戈一击。

我也一时语塞，但我马上反应过来，我说："我和你一样吗？我这叫专情，要不不追，追了就和一个女孩认真地谈一场恋爱，我现在是没遇到合适的，如果遇到了绝不会像你这样吃着碗里的，想着锅里的。"

除了每周一至周四晚上我和周艺捷在阅览室的见面外，周艺捷每周四下午2点半准时到我宿舍来聊一些英语以及一些小说的话题，从我们的交谈中，我教了她一些知识，也谈了我对一些小说的读后感，但我也从她那里学到了许多，比如说对一些小说的理解，一些英语生僻单词的掌握。看得出来，她对我有一些好感，但我心中有郑香君，而且我对她也没有那种来电的感觉，我只把她当作自己的一个小妹妹，保持着应有的距离。安小超见我则是一如既往地用他那端着的小大人儿样儿，嘴上必提周艺捷，但始终没见他对周艺捷付诸什么行动，自然和周艺捷没有什么结果。

## 六十六  打工

　　从大三这个学期一开始，许多同学就开始外出打工了，像221的张桦、王先晋二人，还有95少儿的一些同学，郑香君也成为他们中的一员。他们都是到大山子的麦当劳去做服务员，每小时工资是7块5，麦当劳店规定他们打工1天不能超过4个小时，但即便是这样，对于1个学生来说，1天能赚30元，也很不错了，一个月下来，也和自己的家长赚得差不多了，有的比自己的父母赚得还多呢。

　　因为我一直认为，学生在学校期间的主要任务就是学习知识，今后赚钱的时间有很多，而且今后的职业生涯都将在社会上混迹，所以我就没有参与打工。张桦他们打工1个多月，我从他口里得知，郑香君也去了他们所在的麦当劳店，于是，我也产生了打工的念头，不为别的，就是想有更多的机会和郑郑接触，从而有更多的相互了解。但是，遗憾的是，郑郑所在的麦当劳店除了正式员工外，这种兼职员工的名额早已经被我们学院的学生占满了，所以人家已经不再需要新的兼职员工了，因此，我与郑郑的进一步了解失之交臂。

　　原来每周我在圆台上的夜间闲话，郑郑偶尔还凑过来参与一下，但自从她到麦当劳去打工，每天晚上都将近11点才回来，我真有些担心，她一个可爱的小女孩，这么晚回来会不安全。于是，我总看似无意实则有意地和张桦闲聊，问起他们打工的情况，并总无意间问起郑郑的情况。张桦和我说，他们经常都是几个男女同学一起回来，他们在麦当劳干得都很得心应手，而且感觉学习之外打工生活很充实。我试探着问他们几点下班，他告诉我他们每天晚上 10 点下班，但是下班后当天值日的兼职员工要把店内的炊具清洗完并整理好，而且还要把店内的卫生打扫干净才能下班，因此，晚上 10 点后至少得收拾半个多小时才能下班，加之那个时候又没有公交车了，所以骑自行车回到学院还需要近 20 分钟。

随着天气转凉，我们的夜间闲话也就自行终止了，因为我事先已经探听清楚了郑郑他们下班回校的时间，所以，我就在每天晚上 10：50 左右，拿着个收音机在教学楼通往宿舍楼的楼门附近闲遛弯，假装听英语广播，实则是想制造与郑郑的"偶遇"。功夫不负有心人，终于有一天晚上，我遇上了郑郑和她们班的男生辛征一起回来，我便和她打招呼，"郑郑，你刚从外边回来呀？"

郑香君停住了脚步，辛征一看我和郑郑攀谈，识趣地自己离开了。郑香君说："是呀，我刚回来，师哥，你干吗呢？还不回宿舍睡觉？"

我差点儿就脱口说出"我等你呢！"几个字，但还是掩饰着自己的真实心情说："我没事儿遛弯儿听听英语广播，你干吗去了？这么晚才回来？"

"我去大山子麦当劳打工去了。"她回答。

"哦，是吗？为进入社会提前做准备呀？这么晚回来一定很累吧？"我关切地问。

"是呀，就只当是社会实践了，还好，不是特别累。"

"你可得多注意休息，白天上课，晚上打工的，身体可是自己的呦！一定要多注意呀！"我语重心长地说。

"我会注意身体的，谢谢师哥关心！没事儿我就先回去洗漱了。"

我看着她行色匆匆的样子，真想再多说几句，但又不知接下来再说些什么，于是便说了一声："嗯，你回去早点儿休息吧。再见！"便望着她的背影任她离去了。我的心中既有久别相见的喜悦，但更多的则是一种怅然若失的迷茫感觉。

接下来几天,我仍是晚上 10∶50 左右要不在教学楼通往宿舍楼门前遛弯儿听英语广播,要不坐在圆台的台阶上盯着教学楼等待,但是都没有看到郑郑出现,我的心里狐疑起来:怎么?这些天郑郑没去麦当劳打工吗?还是有什么其他事儿?一丝担心不免油然而生。我仍装作若无其事的样子,到 221 宿舍找张桦,随便问问他们的打工情况,他说情况照旧。当我问起他辛征是不是也和他们一起去打工的时候,张桦用疑问的眼神看着我,问:"怎么?你怎么这么关心我们这个山西小老乡呀?"

我故作镇定地说:"没事儿,就是随便问问嘛。"

"他也每天都去,但是和我们不是一个班儿,我们这些学生兼职员工分为两个组,我和老大几个 94 级的一组,是夜班,从晚上 6 点到 10 点,辛征和郑香君一个组,他们是中班,从下午 4 点半到晚上 8 点半。"

"哦,郑香君也打工去了?"我假装不知道。

"是呀,她最近和我们小老乡辛征关系处得还不错呢!好像最近有那么些小进展呢。"张桦说。

"啊?他们俩有小进展?什么进展呀?"我心中有些吃惊,但仍故作镇定地问。

"还能有什么进展呀?无非是谈男女朋友呗!"他轻描淡写地说。

但是,他的轻描淡写无疑在我的心中如同引爆了一颗原子弹,我的心情一下子就失落起来。"他们进展到什么程度了?"我关心地问。

"林秀,你怎么这么关心这个呀?我又不和他们天天在一起,谁知道他们具体进展到什么程度了?这你得问他俩去。"

在一旁正收拾东西的王先晋插话说:"反正我看到他们俩下班时

是拉着手出去的。"

我的脑子"嗡"的一声一片空白,后面他们说了些什么我已经不记得了,也不知道怎么回的宿舍,我心乱如麻,真是无比后悔和自责,为什么没有鼓起勇气主动找郑郑去表白。但我的心中还残存着一丝希望,虽然她和辛征拉手了,但这毕竟是老大说的,我并未亲眼所见,而且这也不能说明他们的恋爱关系就此确立了,也许我还可以努力一下,也许会有所转机。想到这里,我的灵魂从神不守舍到自然归位了,我的心情也好受了一些。

第二天晚上,我没有去阅览室,8:10左右,我便坐在圆台的另一端等着郑郑回来。8点半左右,我远远地看到辛征从教学楼的另一侧骑着一辆自行车从篮球场和圆台之间的水泥甬道过来,由于天已黑了,加之我背对着教学楼,教学楼一侧是各个教室的日光灯投射出的灯光,所以辛征并未看到我,但我清楚地看到他身后的自行车后车架上坐着郑郑,她正用右臂搂着辛征的腰,他们还有说有笑地说着什么。我犹如被泼了一盆冰水,从头凉到了脚,我对郑郑的希望彻底地破灭了,我亲眼看到了我不想看到的一幕,这一幕是这样清晰!这样真实!而这一幕就在我眼前播放着。这一幕令我久久不能忘怀,我就这样失去了郑郑,失去了心中刚刚燃起的爱情希望。也许是我绅士,不愿意打扰别人的恋爱,看到郑郑他们甜蜜的样子,我不再去争取郑郑;也许是我脸皮不够厚,当我心爱的女人有了男朋友之后,我便不想再干扰她的生活;也许……总之,我没有再像别的男孩儿那样,只要心爱的女人没结婚就锲而不舍或叫死皮赖脸地继续追求,这也许就是我的性格弱点吧。

我神不守舍地在操场边的水泥甬道上漫无目的地瞎转,脑海里还一幕幕地放着曾经见到郑郑时的场景,不觉间走到了校园与针灸骨伤学院相隔的栅栏附近,栅栏边上的路灯发出微弱的黄光,路灯下传出了清晰的"嗯——嗯——啊——啊"的呻吟声。在微弱的黄光下，一名女生坐在路灯的底座上面，双腿叉开，绕在了她面前的男生的腰部，女生的双手紧紧地抱住男生的后背，并不断地乱摸着，男生的两只手居然从女生的衣服下面伸进了女生的衣服，正在使劲地揉捏着女生的胸部，女生白白的肚皮都暴露无遗。虽然我不忍仔细再看，但我已经认出了女的是 95 少儿的申淼淼，男的就是她那脸上布满麻子的男朋友，这时我已经从刚才的震惊、失望和失落中清醒过来，赶紧加快了脚步，向宿舍楼走去……

## 六十七　学车

虽然爱情的希望破灭了，但是生活还得继续。很快期末考试就结束了，我报了学校组织的驾校学车，同学们报名的有20多人，除了少数几名女生报了学小客车驾照之外，其余的我们都报名学大货车驾照。

寒假第一天，驾校就派一辆中型轿车到学校来接我们，我们20多名同学都兴致勃勃地赶赴位于大兴区的京南驾校，今天是《交通规则》考试，我们已经把驾校提前给我们的整本儿的《交通规则试题》背熟了，这本《交通规则试题》一共是9套题，每套题100个选择和填空题，这对于我们这些尚属青春年少、记忆力非常强的大学生来说，简直是小菜一碟儿，我们都一次性通过了考试，我还得了100分。

正式学车时，我们这20多名同学，除了3个学小客车的和其他社会上的学员拼在了一个组里以外，其他我们这些学大货车的同学被分成了3个组，每个组8个人，我和我们班的陆英凯、李艳，94中文文秘班的李坤、张燕红、杨翠红，94管理的王海龙，95少儿的包英杰一个组。驾校分配教我们的师父是位60多岁的老头儿，姓吴，他身高一米六五左右，胖胖的，肚子略微鼓出了一些，两鬓皆白，平时经常笑呵呵的，头戴一顶蓝色的带帽檐儿的工人帽儿，身穿蓝色的确良布的工作服上衣，腿上穿一条黑色的裤子，脚上穿着一双黑色条儿绒棉靴，一看就是一位朴实、诚恳可亲的老工人、老大爷。

大家见过面，吴师父先让我们分别介绍了自己，然后他按照我们年纪的大小，把我们分为了老大至老八，他说："我年纪大了，你们的名字我估计记不过来，所以就按照你们的岁数，叫你们老大、老二……希望你们不要介意。我呢，姓吴，你们叫我老吴就行，我呢，平时要求比较严格，希望你们都能够认真学习技术，开车可不是个小事情，弄不好可就关乎你自己、你的家庭和其他人、其他家庭的人的生死存亡，所以，你们千万得小心！不要把开车当儿戏！也甭想凑合凑合就过关！开车就得一点一滴地学，一步一步认真地练，只有这样一步一个脚印儿地学成了,将来才不会到马路上去当'杀手'，你们都记住我今天说的话了吗？"

　　"记住了。""记住了。"大家七一嘴八一嘴地回答。

　　李坤在我身边小声嘀咕着："有那严重吗？说的和真的似的。"我在他身边用左胳膊肘儿碰了他一下，吴师父并没有听见他说什么。

　　驾校是早晨9点开始练车，下午4点结束，中午12点吃饭，中间休息，下午2点继续练。我们的第1堂课便是钻杆儿、倒库、揉库，也就是练倒车进车库，然后把车在车库中停放到正确的位置。

　　第1天上午，师父就让我们上车先观看，告诉我们车内的钥匙打火、方向盘、油门儿、刹车、离合器的位置，熟悉1—5挡、空挡、倒车挡、停车挡等挡位，然后告诉我们启动汽车的要领。我们的教练车是1341型货车，师父告诉我们说："这个车就是大货车的教练车，你们将来考过了，就将获得B本儿，在你们启动汽车之前，一定要先做几件事儿：一是上车前看看轮胎的位置，是否是正向；二是看看两侧的反光镜，两侧的视野是否清晰，如果反光镜歪了，视野不好，要去及时调整，如果反光镜不干净，要用布擦干净；三是上车后坐在驾驶座位上，先系好安全带；四是检查挡是不是挂在空挡或停车挡位置上，这个非常重要，如果不检查，如果挂着挡，万一你一点油门儿，车就冲出去了，就容易撞到别人；五是踩踩刹车，检查一下刹车是否失灵；六是打开钥匙，发动车子；七是左脚踩在离合器上，右脚踩在刹车上，左手扶紧方向盘，右手放在挡把儿上，看看前方情况和两侧反光镜，确认没有特殊情况，左脚踩实离合器，右脚踩实刹车，右手把挡挂在2挡上，然后慢慢将右脚离开刹车，在即将离开的一瞬间，突然踩在油门儿上，汽车就顺利启动了。"我们大家一旁认真地听着，我也认真听了一遍，不过早在我初中时，我家就有一辆解放牌大货车，我和我姐姐，趁着爸爸不在家还开出过几米远，后来是我姐姐将车倒回到原来停车的位置的。

  我们每一名学员按照年纪顺序上车练习，师父便坐在副驾驶的位置上指导着我们。我们按照年纪从大到小来说，陆英凯是老大，李艳是老二，杨翠红是老三，张燕红是老四，我是老五，李坤是老六、王海龙是老七，包英杰是老八。下午，我们都熟悉了启动汽车的要领，便分别在师父的指导下，开始启动汽车，然后倒车，第1天很快就结束了。

  第2天上午，师父开始教大家倒车入库，我们的车库是模拟的，是用6根竹竿儿分别插在一个铁盘儿底座儿的铁管儿上，前面3根，两两相隔3米多一点儿，后面三根与前面三根平行摆放，弄成两个并排车库的样子。师父在车下先讲了倒车入库的要领，上车给我们做了个示范，然后他便坐在副驾驶的位置上，我们8个人轮流上驾驶室练习。老大陆英凯开车试了6次，终于把车倒进了"车库"，但是左边的反光镜差点碰着最左侧的竹竿儿，但总算是倒车成功了；老二李艳倒了8次，也没把车倒进师父指定的最西侧的"车库"，老三杨翠红和老四张燕红也是如此，也没成功；我试着倒了2次便将车当当正正地停在了西侧"车库"的正中；老六李坤和老七王海龙都是5次倒车入"车库"；包英杰3次倒车入"车库"。下车后，师父进行了点评，对我、李坤、王海龙和包英杰进行了表扬。

吃过午饭，师父到旁边的车里睡午觉了，这时王海龙叫着我，说趁师父睡觉的工夫上车再练练，我问他："这样行吗？师父也不在车上。"

他说："没事儿，咱们不都已经上车开动了吗？这就算会开了。"

我将信将疑，但我还是跟着他上了车，他坐在驾驶室的位置上，我坐在副驾驶的位置上，他发动了引擎，我以为他要倒车入库呢，没想到他开动汽车朝前方开去，围着训练场绕了一圈儿，我赶忙劝阻他："海龙，小心点儿，你还是停车吧！训练场这么多人！"但他还是坚持开完了一圈儿才把车停回到原来的位置上。车一停，我赶紧跳下了车。

下午，师父午睡醒来，别的车的教练过来，告诉了中午王海龙在训练场开车绕圈儿的事儿，朴实憨厚的师父这时变了一副怒不可遏的表情，大声问道："你们中午谁趁我睡觉开车私自在训练场绕圈儿了？"王海龙没言语，我也没吭气儿。

"怎么？敢做不敢当？"他大声训斥着。"自己不说，如果让我查出来，你以后车就甭想练了。"师父补充道。

这时，王海龙担心事情败露而被退学，还是自己主动承认了，"不好意思！师父，中午是我开的车。我就是终于自己开上车了，感觉很惊喜、很新奇……"

"惊喜？新奇？要是撞死了谁，你还喜得出来？你还奇得出来吗？你知道你这是什么行为吗？是无照驾驶，是违反交通规则的行为。如果你撞死人，是要被拘留的，我也会跟着你吃瓜捞。你是大学生怎么了？大学生已经成人了，要独立承担民事和刑事责任！你知道吗？你们大学生更应该守规矩、守纪律！"师父大声呵斥着。

王海龙没敢反驳，蔫头耷拉脑地说："师父，我知道错了，以后不敢了！您消消气吧，别和我一般见识！"

师父仍怒气未消，"别和你一般见识？我要不和你见识见识，你今后还不得开着车到处乱撞呀？不管你在外面是什么人物，在驾校你就得完全听我的！以后再有这种情况发生，就给我滚蛋！"同学们都面面相觑，谁也不敢吭声，这是我们第一次看到师父发这么大的火儿。

下午继续练倒库，还是按照年龄顺序，李艳第二个上车，但她怎么也倒不进车库，她人还非常轴，倒不进去就不下车，一直在车上倒车、前进，再倒再前进，把我们给急得呀，本来一天就没几个小时，除了休息等时间，满打满算一天每个人也就练半个小时，可是李艳说什么都不下来，我们都练不上了。正在我们焦急等待的时候，只见1341车"噌"地从"车库"西侧斜着倒了进去，结果没回轮，车还继续往后倒，只听"咔啦——咔啦啦"两声，车把"车库"后侧中间位置的竹竿儿轧折了，车仍旧未停，竹竿儿下的铁盘底座儿上的铁管儿被轧进了1341后车轮的两个轮胎之间，车还未停，还要继续往后倒。只听师父炸雷一般的声音"停车！快停车——"李艳听到师父的叫声，赶紧踏住了刹车。师父跑上前去，打开车门，厉声喝道："给我滚下来！"

李艳一听师父的怒骂，脸吓得煞白，和犯了错误的小孩子似的灰溜溜地下了车。

"你还想怎么开车呀？这就不是真车库，要是真车库你是不是得把车库撞塌了你才停车呢？你这要是碰上人，没撞死也被你给撵死了！就你这样儿的，还学车呢？一边儿待着吧你！"这时李艳被师父骂得狗血淋头，委屈地哭了起来。"你还有脸哭呢你？"师父余怒未消。

"师父，您别生气！别生气，喝点儿水吧！"这时，我把师父喝水用的玻璃罐头瓶子拿了过来递给他。

"我不渴，气都让她给气饱了。"但师父的语气明显地缓和了下来。

他走到车后，我们也随着过去，看到竹竿被轧得粉碎，地上到处是碎屑，铁盘底座儿牢牢地插在两个右后轮之间，两个轮胎的内侧都各被挤出了一道凹痕。师父试着用手往外拔铁盘底座儿，但是纹丝未动，五大三粗的老八包英杰主动请缨，结果也没拔出来。无奈，师父只能想其他办法，他从副驾驶车座下的工具箱中找来一长一短两根撬棍，然后又从训练场外墙边上找来两块砖头，把两块砖头塞到两个右后车轮中间，卡在后轮上，然后使劲用长撬棍往上撬铁盘底座儿，但仍无济于事。他又换了一个方案，让李坤钻到车底下蹲着，他一边拿着长撬棍左边一头儿，老八蹲着拿着右边一头儿，横在两个轮胎上，师父以长撬棍为支点，短撬棍为杠杆儿，用短撬棍往下撬铁盘底座儿，费了半天劲，嘎悠①了好多次，好不容易才把铁盘底座儿给撬了下来。虽然天气很凉，但是他们3个人都出了一脑门儿汗。

休息片刻，训练继续，师父让李艳停止了训练，让她在车下仔细观看其他学员是如何倒车入库的，她在下面看了半天，也不知道到底别人是怎么将车成功地倒进车库的。我倒库练了第2遍就找到了一个小窍门儿，也就是1341车后有一个装货的斗儿，斗儿靠近驾驶舱后面的玻璃的位置有三根竖着的立柱，倒车时扭头向后看，当看到中间的铁棍儿和"车库"中间的竹竿儿成一道直线时，稍过一点儿，即向右打方向盘打两个满轮儿，车就会成功地倒进"车库"，而且不会碰旁边任何一根竹竿儿。虽然我对李艳倒车入库倒不进库誓不下车的行为比较反感，但是看她哭的那个可惜样儿，我还是动了恻隐之心，于是把我的这个小窍门儿毫无保留地告诉了她。

---

① 嘎悠：一点儿一点儿地，来回晃来晃去的样子。

第2天上车，她仍不能将车正确地倒入车库，这我就实在是没有别的好办法了。师父吸取了昨天的教训，拿来了一个小闹表，每个人定时3分钟，到3分钟闹表铃声就响起，下一个学员就招呼上一个学员下车，然后上车去练习，师父也担心李艳一个人学不会而霸占着车不下来，耽误其他学员练车，如果其他人也过不了考试，那就得不偿失了。

结果，在车辆倒库揉库的考试中，李艳、张燕红和杨翠红3个人都没考过，师父不但没拿到她们3个人驾校给的每人通过的200元奖金，还被罚了600元，这样算下来，把我们5个人通过师父所得的奖金折抵，师父这个科目的考试才拿到手400元，而其他车顶多一两个折了，这个科目的考试，我们的师父得到的奖金是最少的。师父不仅是为了自己拿钱少而气愤，更令他气愤的是，他是这所驾校中大家公认的技术最好的教练，这次他的学员有3个折了，这不免让他面子上十分难看。

不提她们3位补考倒车入库的事儿了，倒库考试结束后，驾校休息了4天，紧接着就开始上路训练，也就是路考科目了。在这个科目的训练中，我们已经看不到师父的和颜悦色了，他整天一脸的严肃。路考我们的1341车后车斗儿上装上了棚子，棚子下面沿两侧的车斗儿固定上了两张长板凳，练车的学员开车，师父坐在副驾驶位置指导，其他学员都在车斗儿里扶着车棚子的铁管坐在两侧的板凳上，这也使我们之间多了相互聊天的时间。

路考训练第1天，李坤坐在我的旁边，其他同学在各自聊天，我在车棚的最外侧，正当我注视着外面的时候，他的右手忽然在我的左胳膊上摸了起来，我"机灵"一下，转过身来问他："你干吗？"

他也被我突然的反应吓得一怔，手和触电一样缩了回去，"没事儿，人家就是想和你聊聊天儿"。他说话那个表情特别像一个小女孩儿，忸怩着，嗲嗲的。

　　我的后背出了一身冷汗，两臂的汗毛顿时竖了起来。我早听说，李坤有点儿同性恋倾向，没想到今天他朝着我来了。我也没和他客气，"想聊天就说呗，别动手动脚的，俩大老爷们儿像什么话？！"

　　"哦——哦。"他嗫嚅着，一时语塞，不知从何处说起了。正好轮到我练车了，我赶忙跳下车斗进了驾驶室，但这时臂上的汗毛仍竖着，我心生厌恶，没想到他居然这么恶心。之后，我就再也不和他坐一起了。

　　路考训练第3天，我和王海龙坐在一起，聊着聊着，我问起了他曾经和朱丽的事儿，他比手画脚地说："哥们儿和她就是玩玩儿，朱丽的身材不错，抱着还是挺舒服的，唯一一点不好的是，她没有胸，没有那种肉肉的感觉，但她是有骨感美。"

　　"那你家庄颖是那种肉肉的感觉了？"我反问道。

　　他一怔，还真被我给问住了，因为庄颖也是那种苗条的女孩儿。"那不一样，至少庄颖身上有些肉，没有朱丽那么骨感。"

　　"哈哈，你就胡扯吧。整个儿一谬论！"我开着玩笑，心底里对他这种玩弄女性的行为很反感，但也为朱丽能看上王海龙这样的花花公子感到惋惜。

　　路考训练的过程是如此漫长，但正是这样的漫长，让大家的了解更加深入起来，在一个学员练习开车的时候，我们其他学员都坐在车后车棚下的两排长凳上，包英杰总是喜欢坐在左边长凳的最里侧，因为他可以透过车的后车窗看到前方学员开车的情况，不知什么时候，陆英凯固定地坐在了包英杰的旁边。他俩也经常有说有笑，相处甚是自然，陆英凯没有了大姐的那种范儿，包英杰自然也不像是最小的小弟弟样儿，陆英凯身高本身就有一米六七的样子，但包英杰的身高一米八，两人在一起倒是有些相配。正当我们坐在长凳上说笑时,车子突然"哐当"一下来了个急刹车,停住了,还好,我的手一直扶在车棚的钢管儿上,只见他们其他人纷纷向前方倒去,陆英凯一下子倒在了包英杰的怀里,还好,包英杰身后便是驾驶舱的背板和车斗儿的立柱,他被支撑住了,并没有倒,他赶忙用双手扶着陆英凯的双臂,从怀中把她扶了起来,关心地问:"你没事儿吧?没摔疼吧?"

"没事儿!怎么来这么个急刹车呀?"陆英凯不解。

正当我们不知什么原因的时候,师父和李艳分别跳下了驾驶舱,把我们也都叫了下来,他当着我们大家的面儿,也没和她客气:"你眼睛长在脑门儿上了吗?你没看到前方是红灯吗?你还往前开?我怎么和你们说的?交通规则怎么规定的?红灯一定要停车!你怎么这么笨呢?学什么什么不行,倒库你把竿撞折了,道路训练你又闯红灯!要我说,你根本就不配学车!"师父的语气有些怒不可遏。

我们都知道师父平时脾气特别好,一定是被气得不行了,他才控制不住情绪发火儿的,因此,谁也不敢出声儿,任凭师父训斥着李艳。李艳只知道戳在那里兀自哭泣,但没办法,师父盛怒之下,谁也不敢招惹他。

学车期间,我请了几次假,参加了一次国展举办的大型招聘会,也去了两家单位面试。等我再次回到驾校时,已距离路考还有不到1周的时间了,我看到陆瑛凯和包英杰简直有些如胶似漆了。

我一回来师父就说我:"都快路考了你怎么总请假呀?"

"我请假不是干别的去了,是找工作去了呀,我学车也不就是为了找一个好工作增加一项技能吗?"我解释道。

"干什么要专心,车学不好可不行!"师父仍有些不高兴。

我自然是知道学车的重要性,因为开车关乎于自己家庭和行人家庭的幸福,稍不注意就将破坏这些家庭一生的幸福,因此,我还是挺重视学车这件事儿的,所以每练一项都十分认真。当我开车在模拟道路上行进时,到了一个T字路口,左侧的横向道路上并没有车辆,但T字路口的红绿灯上是红灯,我看到横向道路上并没有车辆开来,便继续开车行驶,没想到师父"哐当"一下踏了一脚位于副驾驶下的刹车,车顿时停了下来,他把我叫下来,大吼道:"你怎么开的车?前面红灯亮了你没看到吗?"

"我——我看到了,这不是T字路口吗?横向道路上也没有车呀。所以,我……"

"没有车也不能闯红灯!"师父继续大吼道。

"不闯就不闯呗!"我心里想,你有气找我撒什么呀?因为我知道最近同学们因为找工作,经常有人向他请假,他有些不满。我一赌气,不再和他说话了,但我开车还是十分认真的。

终于,我们迎来了最后的"路考",考试前我们都和考官见了面,我们仍旧按照平时的程序进行,只不过考试的顺序师父进行了调整,第1个上路考试的是老八包英杰,第2个师父安排的是我,看得出来,别看那天师父对我那么凶,但是对我的"车技"还是寄予了厚望的,他是想让老八我们俩开个"好彩头"。考试道路就在教练场里,是双向一边一车道,老八开车上路,仅仅直行300多米,考官就让他下车了。我紧跟着上了车,按照程序检查完油门儿、刹车,看了看反光镜,一切正常,请求考官指令出发。考官点头示意,我便开了起来,到了一处桥的坡处,前面两辆车正在做"坡儿起"①,常规来说,平时我们练习时,到了坡儿处都要练习停车"坡儿起"的,所以,我照例踏住刹车停在了坡儿处,没想到,考官说道:"你干吗?"

"不练'坡儿起'?"我看着他问。

"开过去。"考官坚定地说。

---

① 坡儿起:车辆练习术语,是在道路坡儿处停车,然后启动的一个车辆练习项目。

我没有着急立即开车，而是看了一眼前方左侧道路上是否有车，然后又镇定自若地看了一眼左侧的反光镜，打开左转向灯，左脚踏住离合器，右脚慢慢松开刹车，然后快速转到油门儿上，左手打着方向盘，超了前面的两辆车，下坡儿没多久，在考官的指令下右转靠边儿停车换人。

　　最后，我们8名学员都经过了考试，考官下车把我们大家和我们的师父召集在一起点评，"今天你们真正考试合格的也就是你们中的第1个、第2个和第5个这3个男同志，其他3个我是凑合着给你们算过的。你、你，你们两个女同志我就连凑合着也不能让你们过，因为你们的水平简直是差得太远了。希望你们继续努力学习，让自己的开车技术真正地过关、过硬。"他指着李艳和杨翠红说。

　　结果不出所料，李艳和杨翠红又折了。她俩抱头痛哭，我本以为师父又得臭骂她们一顿，没想到的是，师父这次的表情出奇得平静，语气格外温和，"这个结果我早有预料，而且比我预想的要好一些，我预想你们怎么也得3、4个不合格，还好，考官给面子，只折了你们两个。这回你们知道自己的水平了吧？以后千万可不要成为'马路杀手'呦！"

　　在驾校学车期间，我们组的学员多次要请师父吃饭，但师父以"你们还是学生，还没挣钱"为由拒绝了我们，"路考"之前，我们还商量了分别给师父买些什么东西作为纪念品。"路考"结束时，我们都拿出了自己准备的纪念品，他们有买毛巾的，有买食物的，唯独我，给师父买了一个不锈钢保温杯和一袋儿京华8号茶叶。虽然那天师父唯一一次对我大吼，但我知道他那是对我寄予了"恨铁不成钢"的厚望，而且师父不像驾校里的其他师父，那些人等着学员送礼，甚至我们另一组同学的师父还公然向他们索要礼品，结果被同学们告到了驾校。师父虽然已经60多岁，虽然学员考试有几个没通过，奖金没有拿多少，但他平时对自己还是要求很严的，从不拿学员的东西，也没有吃过我们请的一顿饭，而且他平时对我们严格，仔细想起来也是为我们好，所以，我早已经不与他置气了。这次师父没有再拒绝我们，收下了我们的小礼品，而且当他拿到我给他的保温杯和茶叶的时候，他对我慈祥地笑了笑。

## 六十八　找工作

　　我到驾校练习总共18天，平均1天练半个小时，便取得了驾照。为期1个月的寒假很快就过去了，我的生活再次恢复了平静，已经不再想感情方面的事儿了，把自己的精力全部集中到找工作上来。大三第2学期，我们的课程已经没有什么了，虽然参加国展的招聘会后有几家单位给我打电话面试，但都不太理想，并不是我中意的单位，因为我已经考取了《北京市公务员资格证书》，而我的工作定位又是市级机关，因为我觉得国家部委有些不接地气，区县、乡镇又有些视野偏窄，因此，我的就业方向便瞄准了市级机关。

　　但即使是这样，有一些就业的机会我还是积极参加的。外交部某局到我院招收办公室工作人员，我和管理系的刘晓峰、青教系的周春都符合条件，学校推荐我们3个人去参加外交部统一举办的考试。结果，我们3个人当中，只有我考试通过了，其他两个未通过，我也经过了该局的面试，面试的领导好像并没有对我有什么不满意的地方，但是我最终也没有被录用。

　　3月3日，北京市某局到我系来招录干部，他们的条件是要党员、男生、得有北京市公务员资格，全系只有我一个人符合条件，铁正派老师便推荐我去这家单位面试。3月4日，我拿着一摞证书到了这家单位，在单位门口的传达室，我打了电话，一位50岁左右的男同志为我办理了相关的进门手续，将我带进他的办公室，没聊几句，一位40多岁的女领导便来到我身前，我赶忙站了起来，笑着和她点了点头，说了声："您好！"

"你好！你就是林秀？"她问道。

"是的，您贵姓？"

"我姓李。"

"哦，您是李处长呀？"

一旁的男人更正道："这是我们李局长。"

"哦，不好意思！"其实我也不了解处长和局长谁官大谁官小，但既然人家更正了，我肯定是叫小了。

她没太介意，随便问了我一些情况，我都认真地进行了回答，然后她又问我获过哪些证书，我便把随身带的塑料公文袋打开，10多本证书摊在了办公桌上，上面有英语四级的、有奖学金的、有计算机的，总之不少。李局长满意地点了点头，"你的文笔如何？"

"这是我写的小说，请您指教！"我拿出了我事先打印好的小说《聪明人》。

她头转向老李，"带小林见见秦局长吧"。于是，他们二人就领我到了另一间办公室，门没关，李局长轻轻敲了一下门，还没等里面有什么反应，就走了进去，我也跟着进去了。

一个45岁左右的男领导正端坐在办公桌前，抬起头来，"哦，玉芳，来了"。

"是，我给您带来个新人，您见见。"李局长说着坐在了一旁的沙发上。我自然没敢坐下，毕恭毕敬地站在一旁。

"你就是小林？"

"是的，局长。很高兴见到您！我年轻，什么都不懂，以后您还得多多指点我。"我谦虚地说着，但我并不胆怯，虽然谦恭，但我的心情十分平静，眼睛注视着他。

"哦，小伙子还挺精神嘛！"秦局长虽然是表扬，但表情却十分严肃地说。

"您过奖了!"

"在学校都获得过哪些奖励呀?"他语气深沉地问。

"英语四级、计算机二级……"我没有往下多说,把手中鼓鼓的装满证书的塑料公文袋递给他,刚才因为给李局长看,没来得及封口。

"哦,不少嘛!"秦局长并没有去看有哪些证书。

这时,李局长问50岁左右的男同志:"老李,协议怎么签?是从咱们这儿拿协议吗?"

"不是,是从他们学校那儿拿,然后咱们签。"老李说。

秦局长赶忙接过话来,"哦,回头咱们再商量商量。小林,你先回去等通知吧"。

听了这话,我说:"谢谢您!秦局长;也谢谢您!李局长;谢谢您!李老师。"说着我便跟着老李走出了秦局长的办公室。

第二天上午,我又去了一家中央部委面试,下午我便接到了老李的电话,让我去他们单位签协议。我十分兴奋地把这个好消息告诉了铁正派老师和郭岩老师,然后到学生处荆盛处长那里取《就业协议》,我看到荆盛的表情并不是十分高兴(后来我才知道,原来我已经被外交部某局录取,但由于平时刘晓峰和周春经常请荆盛吃吃喝喝,而我却没有请过他,他居然和外交部某局的领导编了一些坏话,致使我没有去成外交部某局。但这次由于是市级政府机关,而我们学校归市里管,他便没敢从中作梗)。3月5日,我便到单位签了《就业协议》,工作的事就这样落实了。我的心情十分舒畅,10多年寒窗苦读,终于找了一份自己满意的工作,这也许是对我10多年努力的一个奖励吧。

我高兴地回到了学校,把这个好消息告诉了佩卿和小峰他们,他们纷纷向我道喜。佩卿早已经决定回福建做生意了；小峰则想继续深造，正在准备报考中国政治学院，他和女朋友辛莉莉两个人自然是多次分分合合，但最终也没有真正分手，只不过是女孩子的分手游戏而已，辛莉莉已于去年考上了中国政治学院，两人平时都是电话来往，周末才见上一面。小峰自然是两耳不闻窗外事儿，一心只读圣贤书了，相对来说，他和佩卿都很轻松。而现在的我，心情则是和他们不一样的那种轻松了。

回到宿舍后，我心情非常好，因为从这一刻起，我在学校已经是自由身了，可以不用再奔波于招聘会和用人单位之间了。但宿舍里的葛辉却哭丧着脸，因为至今还没有一家单位和他联系；方军准备回老家乌鲁木齐了，因为他听说当地政府正在招收汉族大学生加强政府力量，他给乌鲁木齐市政府寄了一份简历，没想到收到了被录用的回函；福建人张松想留在北京，但至今也未找到工作；赖庄军则是一副无所谓的样子，他常挂在嘴边的一句话是："此处不留爷，自有留爷处，大不了老子回福建，肯定能找到一份差事。"

工作落实了，我每天的生活就是白天踏踏实实地和师弟、师妹们打球，没事儿在校园甚至校外闲逛逛，晚上就是在阅览室中随便翻翻书了。

由于天天很闲，张松他们几个福建同学每天都在教学楼和圆台之间的水泥地面上打网球，但由于我的水平一般，而且自己没有网球拍，即使借他们的打一会儿，他们打会儿就把拍子要回去了。我一赌气，自己从体育用品商店买了一只网球拍和几个网球，对着学校礼堂外的墙练习了一上午，就找到了打网球的窍门儿和技巧。每天下午，便成了我打网球的固定时间。一天我和张松打球时，由于打网球得四处奔跑，汗水经常把眼镜弄模糊，我索性把眼镜放在了圆台远离台阶的边上。正当我打得兴起，一个韩国留学生穿着个拖鞋从圆台另一侧跑过来,他并没有从台阶处跑下去,却从圆台远离台阶的边上一脚蹦了出去,正巧踩在了我的眼镜上,他还要继续跑,被我给叫住,"哎,你怎么有台阶儿不走呀你?"

他的眼睛透过小眼镜儿盯住我,用极其晦涩的汉语说:"你的眼镜为什么放在这儿?"

"放在这儿怎么了?碍谁什么事儿了?人家走路都走台阶儿,你怎么随便哪儿就蹦呀?你赶着干吗去呀?"

"我要去找我的老师。"他手指着礼堂方向,我循着他手指的方向看到,十几米开外,94青教的新疆汉族女孩儿于荃站在那里,她也在向我这边看。原来这小子就是借学汉语为名泡94青教的班花儿于荃的韩国臭小子。

"那你看我——赔你钱吧?"他继续用生硬的汉语说。

"算了吧,你以后走路要长眼睛就行了。"我心想,你一个韩国人,好像我们中国人占你便宜似的。

他做了个抱歉的动作,跑到了于荃身边,然后拉着她的手就往留学生的宿舍楼方向去了。

这时张松也过来问我发生了什么?"什么东西?!那个韩国人把我的眼镜给踩坏了,又泡于荃去了。"

"是呀,这帮韩国人,整天游手好闲,不好好学汉语,就知道天天泡咱们中国漂亮女学生。听说现在望京这边儿好多都是韩国人,在他们国内领着'低保',然后到中国好吃懒做,勤快点儿的开个韩国料理店,多数都是无所事事,瞎混。"

"哎,也不知道咱们怎么给他们签的证,让这样的无业游民都到中国享受来了。"

晚上,我照例去阅览室看书,但现在更多的是四处看看,读书也不那么专心了。阅览室里三三两两的,这儿一对儿情侣,那儿一对儿情侣，他们一边看书，一边用自己的方式眉目传情、秀着恩爱。我一抬头，小峰坐下了，令我十分意外的是，紧跟在他身后的居然是于荃，在他身边坐了下来，二人没有说什么，小峰和我点了一下头，然后就认真地看起了他的日语书，嘴中还不停地默默叨念。于荃拿着本杂志随便地翻着，眼睛不时地向小峰这边看。我心想，这小妮子，一边儿和韩国男生瞎混，这边儿却又惦记上了有主儿的小峰了。我使劲地咳嗽了一声，她朝我这边看了一眼，看到我盯着她看，她不好意思地笑了笑。不到9点，她就坐不住了，起身离开了阅览室，但她离开时，极隐蔽地用手指尖儿碰了一下小峰的左胳膊肘儿，小峰一动没动，她的身影却消失了。过了10多分钟，小峰也收拾了书本儿，向我这边点了一下头，起身也离开了阅览室。看来情况不妙呀！他们俩肯定是有情况呀！我也拿起了自己的《战争与和平》上册，走出了阅览室，但是楼道里已没有了他二人的踪影。

　　反正我也看不下去了，又没有看到他们俩，我索性就走出教学楼，走到圆台，没想到李静和她同班同学陈瑶正坐在圆台比手画脚地聊着呢。

　　李静一见我过来了，腾地一下从圆台蹿了起来，"师哥，你来了，我们就等你了！"

　　"嘿，你还真会说话，怎么叫就等我了呢？"我打趣道。

　　"当然就等你了，你是我们的帅哥师哥嘛。"李静顽皮地说。

　　"别逗了，我还叫帅呀？那你真是没见过帅哥了。"

　　"那可不是，我和陈瑶俩人可崇拜你了，你那——形象，真是高大威猛……"

　　"停！停！省省吧，别给我扣大帽子了。"我双手摆出了暂停的手势。

　　"你看我俩你更喜欢哪个类型的？"李静大胆地问。

"啊？"我脸上露出惊讶和疑惑的表情。

"哎，我是说我俩这种性格类型的。"李静解释道。

"那当然是陈瑶这种类型的呀！"我玩笑着说。

"真的？""真的？"李静和陈瑶都瞪大了眼睛看着我。

"哈哈哈，开玩笑啦！你俩是我的小师妹呦！"我打着岔说。

"不行！不行！你必须说实话，说说理由！"李静双手拽着我的左胳膊摇着说。

"行啦！行啦！再摇都被你摇散架了！"我把手抽了出来。

"不行！今天你必须说！"

"说什么？"我继续装着糊涂。

"为什么是陈瑶这种类型的而不是我这种类型的？"李静追问着。

我实在没辙，解释道："你的性格有点儿像男孩子，太过直接，陈瑶呢，平时不爱说话，长得又是娃娃脸，比较淑女，男人当然喜欢温柔型的女人了。"

"正好我们陈瑶还没男朋友，那你就选她做你女朋友吧！"李静非常认真地注视着我说。我被她这一说，突然怔在了那里，但我故作平静。而陈瑶的双颊掠过一丝绯红，看得出来她是害羞了。

我赶忙打圆场，半开着玩笑说："原来你这是拉郎配呀！"

"没错儿！林秀，我今天就是拉郎配！我俩平时都喜欢你，但看你一直没对我们有什么表示，我们刚才就讨论你到底是喜欢什么类型的女孩儿，如果喜欢我这种，我就和你交朋友，如果是陈瑶这种类型，她就和你交朋友，另一个就放弃。"李静居然没称我为"师哥"，这可是第一次，而且她说得是那么认真。

"你们本来就是我的朋友呀。"我继续打岔。

"你别装了，你知道我们说的是男女朋友那种。"李静坚定地说。

"可我——我一直把你们当妹妹看呀！"我试图继续掩饰我的尴

尬。其实从本心里来说，我对陈瑶这个小师妹确实有好感，她平时很文静，很淑女，虽然个别时候说话有些像男孩子，但她总体上来说还是个温柔型的小女人。但只不过我前一阵子一直为郑郑所着迷，整个人心中只有一个郑郑，容不下另一个女人，现在对她死心才仅仅3个多月，心情的创伤还未完全痊愈，怎么能在这个时候再接受另一个女孩儿的到来呢？但我现在心里有些乱，我的生活表面上刚恢复了平静，没想到这两个丫头却用这样直白的方式，一针见血地刺穿了我心中本已平静的水面，令我如此意想不到，如此猝不及防。

"让我静一静！我有些晕！我先回宿舍休息休息了，你们先聊吧。"我没有看她俩，转身就朝宿舍楼走去。

"师哥，师哥。你干吗呀？回来，回来！"李静叫着。但我并没有回头，加快脚步走回了宿舍。

过了几天，我在系办公室和铁老师闲聊，铁老师一看办公室内没别人，就说："林秀，你觉得陈瑶这个女孩儿怎么样？"

"挺好的呀！"

"我介绍给你当女朋友吧？"铁老师认真地说。

"您也要拉郎配么？"我意外地看着铁老师。

"你别多想，我觉得陈瑶这女孩儿不错，我和新春老师聊天时，她也认为陈瑶这女孩儿挺适合你的。"

我有些不自然，说："其实我也认为陈瑶不错，但也许是她出现的时间不对吧，之前我喜欢上了95少儿的一个女生，所以心中容不下别人，但上个学期末我才知道她已心有所属，所以我的心思就不在这上面了。其实陈瑶确实不错，如果没有95少儿的女孩儿，也许我还真会选择她，现在我真不想这些了，马上我就要上班了，我想趁上班前这段时间把自己的各方面状态都调整好，以充沛的精神状态投入到即将到来的工作中。"

一看我这样说，铁老师倒也不多劝，他说："没事儿，这大主意还得你自己定，不过你倒可以考虑考虑。"

回到宿舍，就我一个人，我独自躺在床上，靠在被子上，两手抱头陷入沉思。其实我的心情还没有完全从郑郑的身上平复，但陈瑶这突如其来的示爱方式又令我难以置信，我怀疑这是否是真实的。我想了想圆台夜间闲话的一幕幕，想着陈瑶专注地听着我海阔天空神聊的样子，想着她那张娃娃脸呵呵笑的样子，想着她那沉静的样子，想着她那个别时候有些像男孩子说话的样子，我的嘴角儿不自觉地抬了起来，居然笑了起来。

正当我心中放松地无限遐想时，葛辉急匆匆地进了宿舍，张松也紧跟着他追了进来，"怎么样？怎么样？这回工作找到了？"

"哎，我刚回来，到康师父公司面试去了，这回好像有戏！但我也不完全肯定，他们让我等通知。"葛辉一边擦着额头的汗，一边倒在了自己的床上。

"估计你这回十有八九能成。"张松鼓励着他说。

"借您吉言吧！这回成了，哥们儿请你吃饭。"

同学们找工作，有的人十分顺利，但有的人却一直没有消息，找到工作的多数都进了各级单位的团委，要不就是外企，只有一少部分进了国有企业。

## 六十九　香港回归

6月30日,我们学校的香港回归倒计时黑板上已经标为1天了,上午10点多,94级管理的张离来到我们宿舍,问:"林秀,今天晚上12点就该香港回归了,晚上天安门广场那边要举办庆祝活动,你有什么打算?"

"对呀,那就去天安门广场凑凑热闹呗,这可是咱们中国人的百年梦想呀。"

"那咱们哥儿俩一起去?"张离说。

"好呀!那咱们吃过晚饭就一起走吧。"我对张离说。

吃过晚饭,我俩一起坐上了401路公共汽车,坐到了终点东直门,下车后,又换乘了108路公共汽车,坐到东单站下了车。这时已经将近晚上8点了,长安街两侧已经华灯初上,照得犹如白昼,路两侧人头攒动,满满的都是人,有人拿着小国旗,有的人拿着小的红底白色的紫荆花香港区旗,无论是大人还是小孩儿脸上都洋溢着喜悦的笑容。是呀,100年,这是多少中国人的百年梦想呀!

我们试图从长安街上东单站换乘去往天安门广场方向的公交车,但这时才知道,长安街已经交通管制了,任何在长安街东侧的车辆只能开到东单,长安街从东单往西这段儿已经没有任何车辆了。没办法,我俩只好步行从东单十字路口,沿着长安街往西走,一边走,张离一边说:"今天可真热闹呀!我以前晚上来过长安街,人就很多,看今天到处都是人,这么多人我还是第一次看到。"

"是呗！大家和咱们俩一样，都来凑热闹，都来见证这百年梦想实现的一刻吧！"

走到了王府井路口，这时已经人挨人、人挤人了。路边到处都停放着警车等各种执勤车辆，每走几步就能看到警察、武警在值勤，这时我们已听到天安门广场方向传来的喜庆的音乐声。远远望去，各色的灯光在闪耀着，不时有一束束彩色的光柱儿射向天空。街上不时地传来人们阵阵的欢呼声，我俩也不自觉地欢呼起来，的确，今天是举国同庆，亿万中国人都在各自的地方为香港的回归而欢呼。

我俩好容易一步一挪地走到了贵宾楼饭店门前，再往前便是南河沿大街，这里已经拉起了警戒线，停着许多警车，站了一排警察，看来，这便是我们今晚的终点了。我们隔着人群向天安门广场方向眺望，已经看到了天安门广场上的大屏幕闪亮着，而且欢快的音乐更加清晰，我俩在此止步了，和所有在长安街上的人一样，我们的头都朝着天安门广场张望着，那是一种期待的、望眼欲穿的神情。

"哎，要是我早些参加工作，估计这次回归的纪念活动我肯定是在天安门广场现场庆祝了。"我对张离说。

"是呀，你进的是市级机关，这样的活动肯定少不了让你们参加呀！"张离赞同道。

这时，我看了一眼自己为找工作买的汉显 BP 机，现在已经晚上9点半了，长安街上仍旧挤满了人，仿佛没有一个人要离开一样。广场方向的音乐声一直未停，我俩和众人一起翘首期待着，四处都是红色的小国旗和紫荆花旗在晃动，虽然已经过了3个多小时，但我俩丝毫没有累的感觉，只是这样的翘首期待，令我们感到时间的漫长，我俩面对着警察席地坐在长安街上，两侧的华灯灯火通明，天安门广场方向也是灯光璀璨，我的T恤已经被汗湿透。

时间一分一秒地过去，我们已经没有了时间的概念，突然广场上传来了众人整齐的"10、9、8、7、6、5、4、3、2、1"倒计时呼喊声，我俩看了一下时间，迅速从地上蹦了起来，"哦——哦——"广场方向传来了欢呼声，长安街上传来了欢呼声，绚丽的礼花在天空中爆炸，绽放出各种颜色，然后在天空中划出无数的光带。天安门广场上、长安街和长安街两侧一片沸腾，人们欢呼雀跃着，挥舞着手中的小旗儿，有的人高兴地拥抱在了一起，许多人的眼睛里都流出了激动的眼泪，四处都是欢呼的声音。

凌晨2点多钟，我和张离才恋恋不舍地离开长安街，但这时已经没有了公交车，也没有了出租车，我俩徒步3个多小时才走回了学校，但我俩丝毫不觉得累，还沉浸在无限的喜悦之中……

## 七十　毕业

　　对于陈瑶的丝丝好感像涓涓细流汇入江河一样在逐渐汇聚着，我们每晚的夜间闲话我也不刻意保持距离或疏远她了，她经常坐在我身边，像个渴望知识的小学生一样专注地听着我说的内容，但我感觉她更多的是注视着我的表情，也许那是一种少女对心仪的男孩儿的一种痴迷状吧。我有时边聊也边看似无意实则有意地瞟上她几眼，她银白的娃娃脸倒是越看越可爱，她身材苗条，脑后一条马尾辫随着头的晃动左右摆动，更增加了她的生动。她经常是两个膝盖稍稍弯曲拱起，两只手扣在膝盖上，胳膊自然地勾住，由于重心都集中在了臀部，所以不时地左右微微摇晃，找寻着平衡，而就在她向我这一侧摇晃时，肩膀和胳膊便不时地挨在我的肩膀和胳膊上，虽然她瘦瘦的，但还是有肌肤相触的质感，每当她的肩膀和胳膊挨在我的肩膀和胳膊上时，我的心中便会泛起丝丝涟漪，抑或是火花儿。但我仍旧没有主动向前迈进一步，似乎是在等待着什么时机。
　　突然有一天，我们系的系秘书李新春老师告诉了我一个消息："林秀，95文秘的陈瑶在前些天的体检中被检查出有子宫肌瘤儿，本来我还和铁老师说陈瑶这小姑娘挺适合你的呢，但这么小就得了这毛病，恐怕你得为未来考虑考虑了。"
　　听到这个消息后，我瞬间有些恍惚，心想，怎么会这样？我刚刚对她有些好感呀，刚刚想和她继续呢，她——她——怎么得了这病呀？我有点儿不相信自己的耳朵。"哦，哦，我知道了，谢谢您提醒！"我不知道怎么离开的系办公室。

　　这个消息对我的影响确实很大，我原本计划近期向前迈进一步，向她表示我对她的好感，但还没等我这样做，这个噩耗却不期而至。要知道，我谈恋爱的目的，是要走进婚姻的，既然要走进婚姻，当然将来要有爱情的结晶，但她这病很有可能会生不了孩子，我不敢再往下想下去。

　　接下来的日子，我们继续夜间闲话，但我却有意适当和她保持一些距离了，这种距离并不是担心她病的原因，更多的是不想和她产生感情之后的分离，我不敢面对有爱之后的分别。陈瑶也默契地和我保持着平行的距离，也许是她发现了我在和她保持着距离，但我想也许是她知道她自己身体的这种状况，有意识地和我保持着距离，避免未来给彼此特别是给我带来伤害吧。

　　已经到了7月初了，我们班的同学除了几个外地的准备回家乡发展之外，基本上都找到工作了，而其他系、其他班都有5、6个还没有找到工作，他们急得跟热锅上的蚂蚁一样，到处投简历，到处面试，但仍多数是无功而返。他们经常是早上打扮得漂亮漂亮地乘兴而去，下午垂头丧气而归，各个系也在帮他们想办法，联系用人单位，提供就业信息，但进展甚微。眼看着毕业离校的期限就到了，学校给我们规定的是7月13日，94中文班的女生张燕红急得都哭了，平时她不怎么去系办公室，这段时间几乎天天泡在系里，找就业信息。

　　但无论是找没找到工作，毕业离别宴还是在7月8日举行了，照例还是学校食堂3层，学校又摆了十几桌，桌上鸡鸭鱼肉一应俱全，每桌还准备了4瓶啤酒。校党委书记朱天民做了一番热情洋溢的诸如"做社会栋梁"的发言后，大家开始喝酒，许多桌很快4瓶啤酒就喝完了，就开始向承包3楼食堂的经理要酒，经理不敢不给，他知道这是离别的时刻，这时候的毕业生最不好惹，但他仍让服务员控制着每次只给添 2 瓶。我这个时候非常理性，倒了一杯用嘴抿着，没放开喝，因为我还记得去年的毕业宴时孙岩烂醉的样子，我不想重蹈他的覆辙。我在大学 3 年里，就那几个不错的好朋友，我分别和我班同学表示了一下，然后和几个不错的好朋友把杯中酒干了外，便没再多喝，只是随便吃了些东西。3 楼食堂里乱成一片，有的大声吹牛，有的抱头痛哭，有的骂老师，有的大声地聊着什么，反正是一片混乱。94 管理的几个人还把啤酒瓶子给摔了，但因为现场嘈杂声盖过了啤酒瓶子摔碎的声音，并没有其他同学效仿。辛小峰始终保持着微笑，他滴酒未沾，但张桦却喝多了，他和王小霞没有结果，但他却和王小霞抱在一起失声痛哭，也许这是他俩唯一一次的拥抱吧。佩卿也和栗涛手握着手相视而哭，栗涛哭成了泪人儿。"小姑娘"李晓生仍旧是微笑着，和这个同学聊两句，和那个同学聊两句。

看到乱作一团的情景，我独自走出了食堂，到外面清静了清静，遇上几个 95、96 级的师弟、师妹，和他们打了招呼，在楼下待了半个小时，我重新回到食堂 3 楼，这时张桦已经坐在桌子底下了，背靠着一把椅子的腿儿，老大王先晋用手拉着他的一只手，他才没躺在地上。这时，辛小峰已经不知去向，我赶紧上前，和老大一起把张桦架出了食堂，张桦本来就胖，身高又将近一米八，现在烂醉如泥，死沉死沉的，我俩费了九牛二虎之力才把他架回宿舍，他躺在床上一言不发，两颊红扑扑的，脸上还残留着泪痕。

后来我听说，这场毕业宴持续到下午 4 点多，人才完全散去……

第二天中午饭前，我到 221 宿舍约了辛小峰和张桦一起到食堂吃饭。我问张桦："你今天怎么样？酒完全醒了么？"

"嗯，完全醒了。"

"那今天你还能喝吗？"我问道。

"今天还喝？"他疑惑地问，小峰也向我投来疑问的目光。

"是呀，咱们马上就该毕业了，咱们是不是得请一下系里的铁老师和李老师呀？他们对咱们都挺关照的。"

"是的，这个我差点忘了。"小峰赞同地说。

"同意。"张桦说。

"那好，下午一上课我就去系里请他们二位老师，看看他们有没有时间，如果有，就今天晚上。"我说道。

"好，我们都听你的，请客的钱可得咱们仨平摊。"张桦说。

下午到了系里，我和铁、李二位老师一说，二人都同意。晚上，我们便到学校附近的一家酒楼要了1个包间，我们3个学生请2位老师。我们要了两瓶"红星御"白酒，我们边喝边聊，我和李老师无意中聊起了对我们的了解的问题，我对李老师说："您真正了解我们吗？我觉得您不真了解我们。您看张银光和叶德伦，明明就是两个投机分子，您二位老师还说他们俩不错。你问问小峰和张桦他们俩，我说得对不对？张银光和叶德伦两个人做任何事都是有目的的，都是在利用别人。"小峰和张桦表示赞同。

喝完一瓶儿时，李老师看我们意犹未尽，便说："你们3个都是好学生，祝你们将来走上工作岗位都能做出一番大的事业来，我家孩子小，他爸没在家，我得赶紧回家照看他，今后你们常回学校来看看。"

送完李老师，我们又继续和铁老师喝了第二瓶儿，酒一喝好，话就多了，我们把在学校生活中的点点滴滴都和铁老师说了，无非就是感谢铁老师的关照和我们同学中的真与假。晚上9点左右，我们4人回到学校，来到圆台前，在圆台前坐成一排，这时铁老师也喝多了，大声地说："林秀，咱们再喝点儿啤酒吧！"

"好呀！我去。"于是我到学校门口的小卖部买了4瓶，刚打开酒,李静、陈瑶和万媛下晚自习从教学楼里走出来。

"你们几个干吗去?"铁老师大声地问。

"我们刚上完晚自习呀。"李静说。

"来,一起坐下,和你们这3个师哥一起喝点儿,他们马上就毕业离校了,你们只当给他们送送行。"铁老师说。

"来,来,师妹,坐这儿一起喝点儿。"我也招呼着。

"师哥,你马上就要走了?"万媛问。

"是呀,我计划明天就去单位报到。"我回答。

"这么快就走呀?"陈瑶瞪大了眼睛问。

"嗯。"

张桦又从小卖部买来了4瓶啤酒,我们一人一瓶,喝了起来。李静突然站了起来,豪爽地说:"来,师哥,我敬你们一个!"说着一仰脖儿就喝下去半瓶儿。我们自然也不甘示弱,也各自干了半瓶儿。

陈瑶有些怅然若失,坐在那里不言语。"来,师妹,我敬你一个!感谢你们几个一直陪我夜间闲话!今后咱们这个活动恐怕就要彻底结束了。"

"是呀,是呀,师哥,你一走咱们这个夜间闲话就没有召集人了。"李静失落地说。

"来,喝一个!"陈瑶也猛然站了起来用手拍了拍背带短裤上的土,拿啤酒瓶儿和我的碰了一下,将酒一饮而尽。

我想起了和他们在一起一个个开心的夜晚,泪水溢满了眼眶,我也将一瓶儿啤酒一饮而尽。

不知不觉,我们喝完了16瓶啤酒。这时已经凌晨1点多了,但谁也没有要离开的意思。我们几个明显喝多了,铁老师和张桦背靠背地靠在了一起睡着了,我和3个师妹还在云山雾绕地聊着,李静的眼泪也下来了,"师哥,真不舍得你走"。

这时，陈瑶已哭得泣不成声，咧着嘴说："是呀！我也舍不得你！"

我的眼泪终于也不受我的控制了，像打开闸门的水坝一样夺眶而出。"其实我也舍不得离开你们，每天的夜间闲话是我一天中最欢乐、最轻松的时刻，感觉和你们在一起我都变得年轻了许多……"

快凌晨2点的时候，天上下起了小雨，把铁老师他们给淋醒了，但是大家都没有在意，我们便坐在了圆台旁边的草坪里，躲在松树下避雨，还好是毛毛细雨，而且下了一小会儿就停了。陈瑶依然是双手抱膝坐在我左侧，她并没有喝多，我看铁老师他们几个正打着瞌睡，只有我们俩四目相视，我问她："你冷不？"

她深情款款地看着我，摇了摇头。

我突然鼓起勇气，用左手搂了她的左胳膊一下，她并没有拒绝，但一阵小风吹来，我打了个寒战，赶紧把手收了回来，轻声说："不好意思！明天我就要离开学校了，不要介意我刚才的举动。"

她又默默地摇了摇头。就这样对视着，不知不觉间我俩也肩靠着肩睡着了。

我们醒来时，天已经亮了，大家纷纷站起来，伸了伸腰，坐了一夜，大家几乎都站不起来了，缓了半天，铁老师拿钥匙去开自行车锁，但他弄了半天锁也没打开。

"铁老师，没事儿吧？"我上前关心地问。

"没事儿。"说着车锁打开了。

"我送您回家得了。"我有些不放心。

"没事儿！你又不是不知道，我家就在边儿。"说着他骑上了自行车，但明显有些画龙，但还是骑走了。我和几个同学道别，各自回了各自的宿舍。一觉醒来，我到系里去找铁老师，结果今天他并没有来上班。

下午，我收拾好行李，和221宿舍、佩卿宿舍的朋友们告了别，走出了宿舍楼。走到教学楼门前时,我回头看了看,圆台依然静静地在那里注视着我,两边绿油油的草坪上分布着的几株凤尾丝兰这时已经长出了白色的花苞,凌晨为我们遮雨的针叶松仍旧矗立在那里,依然是那么郁郁葱葱,仿佛在列队为我送行……

图书在版编目（CIP）数据

情迷象牙塔/辛漠然著.—北京：北京联合出版公司，2017.12
ISBN 978-7-5502-8851-5

Ⅰ.①情… Ⅱ.①辛… Ⅲ.①长篇小说－中国－当代 Ⅳ.① I247.5

中国版本图书馆 CIP 数据核字（2017）第 272168 号

### 情迷象牙塔

作　　者：辛漠然
出版监制：刘　凯　马春华
责任编辑：周　杨
装帧设计：聯合書莊 bjlhcb@sina.com

北京联合出版公司出版
（北京市西城区德外大街83号楼9层　100088）
北京联合天畅发行公司发行
北京富达印务有限公司印刷　新华书店经销
字数280千字　　889毫米×1194毫米　1/16　23.5印张
2017年12月第1版　2017年12月第1次印刷
ISBN 978-7-5502-8851-5
定价：49.80元

版权所有，侵权必究
未经许可，不得以任何方式复制或抄袭本书部分或全部内容
本书若有质量问题，请与本公司图书销售中心联系调换。电话：（010）64243832